El laberinto del faraón

Serge Brussolo

El laberinto del faraón

Ediciones Martínez Roca

Traducción: José Ramón Monreal

Diseño cubierta: Compañía de Diseño
Foto cubierta: © Melissa Hayden (Photonica)

Título original: *Le Labyrinthe de Pharaon*

Enric Granados, 84, 08008 Barcelona
Primera edición: junio de 1999
ISBN 84-270-2482-7
Depósito legal B. 23.797-1999
Fotocomposición: Pacmer, S. A.
Impresión: A & M Gràfic, S. L.
Encuadernación: Encuadernaciones Roma, S. L.

Impreso en España – Printed in Spain

Siento la necesidad de salir del mundo moderno,
donde mi pluma se ha impregnado demasiado
y que, por otra parte, tanto me cansa
reproducir como me desagrada ver.

GUSTAVE FLAUBERT

Ahora te restituyo tu carne y recompongo tus
[huesos.
Con gran cuidado he recogido tus brazos,
tus piernas, esparcidos en la tierra a los cuatro
vientos. Los miembros de tu Cuerpo Divino
están reagrupados, y establezco una estrecha
vigilancia sobre ellos.

EL LIBRO DE LOS MUERTOS

UNO

Fue al inclinarse sobre el sarcófago de madera pintada cuando Anuna, perfumista en el Per-Nefer de Setep-Abu, se dio cuenta de que la momia en la que estaba trabajando desde hacía tres días había desaparecido. Una delgada banda de lino salía de la caja mortuoria, señalando el camino tomado por el muerto en su huida. Una fina banda de tela apenas arrugada, impregnada de esencias raras, y que se retorcía como la muda dejada por una serpiente que estuviera cambiando de piel. La muchacha quiso lanzar un grito de alarma, pero de su boca no salió ningún sonido. Había, pues, que rendirse a la evidencia y admitir lo imposible: que el difunto había aprovechado el amparo de la noche para abandonar la casa de embalsamamiento dejando que se desenrollase a su paso el interminable vendaje endurecido con resina que constituía su armadura de eternidad. ¿Por qué se había ido? ¿Porque se negaba a entrar en el reino de los muertos... o porque estaba descontento de los servicios del embalsamador elegido por su familia? Anuna se decantó por esta segunda hipótesis, puesto que sabía que los trabajos de Per-Nefer dejaban un tanto que desear cuando se trataba de enterramientos de segunda.

Se echó a correr, atravesando las salas de preparación donde se empaquetaban las entrañas de los muertos en unos vasos perfectamente diferenciados. El suelo estaba blando bajo sus pies desnudos, tenía la impresión de estar pisando la turba de un terreno pantanoso o ese limo aluvial que recubría la tierra árida en el momento del descenso de las aguas del Nilo. Por más inverosímil que pudiera parecer, sus compañeros de trabajo no se habían dado cuenta de nada; indiferentes a sus gritos, continuaban sin interrupción lavando los cadáveres que el sajador se preparaba para vaciar.

Anuna se encontró en la calle. La banda inmaculada se desenrollaba delante de ella para perderse en el laberinto de las callejas desiertas.

«No puede ser –le susurró una voz en el interior de su cabeza–. No es posible... Ninguna banda de lino es lo bastante larga como para atravesar una ciudad.»

Y sin embargo eso era lo que estaba viendo en aquel preciso momento. El muerto había escapado sin percatarse de que su última vestimenta no estaba perfectamente anudada, y ahora se iba desvistiendo a cada paso un poco más. Pronto estaría desnudo, exponiendo a las miradas de los paseantes su cuerpo surcado de cicatrices rituales, estatua de cuero agujereada y frágil que una simple ventolera podía derribar... e incluso llevársela a las nubes cual una vejiga de cerdo hinchada de aire.

Anuna corría, lanzando enloquecidas miradas en cada cruce. Era una falta gravísima haber dejado escapar un cadáver. El jefe de los embalsamadores, Horemeb, no dejaría de castigarla severamente por ello. Le daría una somanta de palos, procurando pegarle allí donde los golpes más dolieran, como tenía por costumbre.

Anuna tenía unos dieciséis años. No conocía su fecha de nacimiento con exactitud, pues había sido raptada por unos nómadas del desierto cuando era aún una niña, y había terminado por olvidar hasta el rostro de sus padres. Era una alta muchacha delgada de piel oscurísima, con los cabellos recogidos en unas finas trenzas. Tenía la melena pelirroja, algo muy raro en Egipto, y se teñía con *henna* negra, pues el color rojizo que se relacionaba con el dios Set, el asesino de Osiris, era un color maldito. La interpelaban a menudo llamandola «negra», pero ello le traía sin cuidado. Los hombres la acosaban con sus deseos mientras la maldecían por ser más alta que ellos, pues tenía una estatura esbelta de guerrera de gestos suaves.

Atravesó la ciudad sin lograr dar alcance al muerto escapado. Una soledad espantosa se dejaba sentir en Setep-Abu. Las calles normalmente atestadas de gente estaban vacías. La ciudad, castigada por el sol, parecía dispuesta a resquebrajarse como una vasija de barro demasiado cocida. Todo parecía muerto, a punto de caer convertido en cenizas. Hasta los mismos lagartos se hubieran dichos pintados en las paredes por medio de un pincel impregnado en un hollín mezclado de lágrimas.

De repente, y sin que ella supiera cómo había llegado hasta allí, Anuna vio alzarse en el horizonte la silueta de tres pirámides, esas escaleras simbólicas que tienen por función permitir a los difuntos ascender hacia los cielos.

Ella detestaba aquel valle jalonado de tumbas en ruinas por donde merodeaban permanentemente ladrones buscando la ocasión de dar un golpe. Desde siempre, las pirámides –los «castillos de eternidad», según la terminología de los sacerdotes– se alzaban altivamente en la linde del desierto... y desde siempre los violadores de tumbas penetraban en ellas, cual astutos lagartos, dañinos. Anuna, como niña raptada cuya vida se había desarrollado en gran parte en medio de las bandas de saqueadores, adivinaba que los ricos cometían un error al adoptar este tipo de tumba. Habrían tenido por el contrario que abandonar toda pompa, toda gloria, prescindir de las joyas de oro, de las piedras preciosas, para ser enterrados en simples cuevas sin el menor aparato. No llevarse con ellos más que objetos ordinarios, sencillos, sin incrustaciones de nácar. Partir para el Más Allá con el simple bagaje de un felá, de un campesino del Nilo. Pues en tal caso, ¿qué interés habrían tenido los violadores de tumbas en introducirse en las sepulturas reales y desafiar las trampas diseminadas a lo largo de las galerías? ¿Por qué correr tantos riesgos por un «botín» que no incluía más que algunas vasijas de terracota, figurillas de madera pintada y tres faldellines de burdo lino de repuesto?

Anuna estaba convencida de haber imaginado la solución que haría definitivamente imposible el saqueo de las tumbas. Pero, por desgracia, al confesarle sus conclusiones a su patrón, Horemeb, el jefe de los ritos funerarios en el Per-Nefer de Setp-Abu, él se la había quedado mirando como a una hereje antes de llevársela aparte para musitarle airado:

–Habla más bajo... Te aprecio, pero no eres más que una chiquilla, y negra por si fuera poco, no debes pensar en estas cosas. Eso es asunto de los sacerdotes. Nadie puede pretender decidir por el faraón. ¿Cómo osas imaginar que la encarnación de un dios aceptaría partir hacia el Occidente de los muertos con un faldellín por toda indumentaria, un par de sandalias, una hogaza de pan, un manojo de cebollas y un cántaro de cerveza? Todas las personas de noble cuna están decididas a llevar en el otro mundo una existencia semejante a la que tenían en la tierra. Nadie piensa en ocupar un rango inferior al que disfrutaba en este mundo. Tus ideas son malvadas, pues huelen a delirio engendrado por la soledad de las arenas. ¡No trates de pensar, pobre loca! Eres una buena perfumista, pero cuestiones semejantes escapan a tu comprensión. Limítate a mezclar tus gomas y deja a los que saben el cuidado de poner orden en el mundo. Maat, la armonía del universo, está regida por unos ritos inmutables que no nos corresponde a nosotros modificar. Oser-Maat-Ra. Poderoso es el orden cósmico de Ra.

Anuna había vuelto a sus botes de ungüentos, con la cabeza gacha, convencida a pesar de todo de tener razón.

Bruscamente, la joven advirtió a su fugitivo. Estaba desnudo, el cuerpo seco y amarillo, y avanzaba con paso brusco entre las filas de mastabas hundidas bajos los escombros. Se lanzó en su persecución, tratando de razonarle con dulces palabras, pero él no la escuchaba. Se había levantado el viento del desierto, penetrando con violencia en el seco túnel del valle de los muertos. La tempestad de polvo azotó a la momia en marcha, haciendo crepitar sus granos de silicio contra su piel apergaminada.

–¡Vuelve! –gritó Anuna–. Es preciso ponerte al abrigo. Si estropeas tu cuerpo, a tu ka no le va a gustar nada. Ven... No pesas lo bastante como para poder afrontar la tempestad. Estás hueco por dentro. El viento te arrebatará por los aires.

Cogió al difunto por el brazo para tratar de arrastrarle hacia una caverna pero el miembro, deshidratado por las interminables maceraciones del ritual, se rompió con un seco ruido, quedándole en la mano.

Tuvo un sobresalto de terror. La momia continuaba, indiferente a sus ruegos. La tempestad pelaba ya su piel amarillenta. Anuna se ahogaba en el polvo que llenaba el valle. Tuvo que buscar refugio en el vestíbulo de una tumba abandonada. De golpe, cuando se creía a buen resguardo, unas sombras comenzaron a deslizarse por entre los intersticios de las piedras. Eran siluetas de un negro de hollín, bituminosas, que se desplazaban por el aire con los mismos movimientos fluidos de un alga agitada por la corriente.

«¡Los ka! –pensó presa del más extremo terror–. Las almas errantes de los muertos sepultados en el valle. ¿Por qué caminan hacia mí?»

Ahora las almas de los difuntos la rodeaban y vibraban con una malvada energía que deformaba sus contornos.

–Eres tú, Anuna, la perfumista del Per-Nefer –refunfuñó una de ellas–. La negra que aplica los ungüentos y las gomas. Has de saber que estamos muy descontentas del trabajo de tu patrón, Horemeb. Los cuerpos de los que salimos han sido mal preparados. Se degradan de un modo inaceptable... Horemed nos ha engañado. Sus maceraciones no sirven para nada, su natrón es de mala calidad. Nuestras familias han pagado una fortuna por un embalsamamiento cuyos efectos están desapareciendo ya.

Una segunda sombra se deslizó contra la joven, envolviéndola como una humareda extrañamente compacta. El odio la erizaba de agujas urticantes que desgarraban la piel de la perfumista.

–Es por tu culpa por lo que estamos hoy perdidas –susurró ella–. Los cuerpos a los que estamos unidas se han vuelto irreconocibles... Sus rostros son horrendos, sus rasgos se han borrado. No somos ya capaces de identificarlos. Al no poder volver a las momias de las que hemos salido, andamos errantes por el desierto lamentándonos. La tempestad es hija de nuestra cólera. Es culpa tuya, ¿entendido?

–Yo no soy culpable en absoluto –balbuceó la joven con una voz apenas audible–. No soy más que una perfumnista... No me ocupo de las maceraciones.

–¡Cállate! –aullaron las sombras en el límite de su paciencia, y este silbido de rabia dominó el ruido de la tempestad de arena–. ¡Cállate! ¡Hemos sido engañadas! Habíamos comprado la eternidad de los cuerpos y se ha hecho de nuestros despojos unos talegos mal cosidos llenos de moho. Nuestros rostros se disgregan, nuestros dedos se pulverizan, nuestros miembros se caen a pedazos...

El terror paralizaba a Anuna. La acusación era grave. Terrible. Un ka tenía por función viajar entre el mundo de los vivos y el Más Allá, pero, al igual que una nave que sale a alta mar, cada vez al término de su travesía tenía que regresar a puerto, y este puerto, este abra, era su cuerpo momificado. Cuando este último estaba desfigurado, el ka, incapaz de reconocerle, se ponía a andar eternamente errante, presa del más atroz desamparo.

–¡Nos has convertido en unos perros vagabundos! –siseó un alma al oído de la joven–. Vamos y venimos a lo largo de este valle sin poder permanecer quietas en parte alguna.

–¡Nos debes una reparación –gritaron las demás almas que se aglutinaban en compacta masa al pie de la muralla–. Tienes que ayudarnos a reparar nuestros cuerpos.

–¡Tu mano derecha reemplazará la de la momia que se ha disgregado! –rezongó una sombra aferrando la muñeca de Anuna con violencia.

–¡Yo quiero tu pierna izquierda! –exigió otro fantasma.

–¡Y yo tu rostro! –concluyó una tercera silueta rencorosa.

Las criaturas de humo se abatieron sobre Anuna antes de que ésta hubiera tenido tiempo de emprender la huida. Su mano, su pierna, su rostro le fueron arrancados, confiscados, en medio de grandes salpicaduras de sangre y dolor.

–¡Una reparación! –vociferaba el coro de sombras–. ¡Una reparación!

Anuna despertó de la pesadilla cuando se produjo esta última explosión de cólera. Sofocada, rodó sobre un lado, con el corazón latiéndole dolorosamente contra los costados. ¡Qué sueño más atroz! El sudor le cubría el rostro y el pecho. La estera en la cual se había echado para dormir estaba empapada. Se arrodilló, aún temblando. Las imágenes oníricas se negaban a borrarse. Se preguntó con angustia si se trataba de un sueño premonitorio... y lo que significaba. Por más que estuviera ahora perfectamente despierta, no pudo dejar de palpar su cuerpo para comprobar que seguía intacto.

Buscó a tientas el cántaro de agua, bebió un trago, luego se mojó el rostro y los pechos.

Por más que hizo, la horrible impresión de estar amenazada por un peligro inminente permaneció anclada en ella hasta rayar la aurora.

Cuando el sol se puso a brillar en Setep-Abu, se prometió que iría a consultar a un intérprete de sueños antes de dirigirse a la casa de embalsamamiento. ¿Sabría tal vez el hechicero aclararle algo acerca del significado oculto de la pesadilla?

DOS

Erguido sobre su camello, frente al desierto, Netub Asra, el saqueador de tumbas, apretó los puños. Hacía en ese momento tres semanas que jugaba al escondite con unos muertos, y hasta aquel momento los difuntos siempre habían conseguido escapársele. Eso empezaba a resultarle vejatorio. Era como una partida de *senet* enfrentando a un niño ingenuo con un viejo sabio lleno de astucia. Netub, que se había creído al principio muy listo, comenzaba a desengañarse. Sin embargo, sabía que estaba muy cerca de lograrlo, y la aprehensión se volvía más intensa a medida que se acercaba a sus presas.

Se guardó de volver la cabeza a fin de que sus hombres no pudieran leer la angustia en las facciones de su rostro. Aquella noche también había soñado con la tumba de Jakan-Hofer y se había despertado bañado en sudor, aterrado ante la idea de haber gritado durante su sueño. El jefe de unos saqueadores no lloriqueaba como un niño, o si llegaba a hacerlo, era porque había sido visitado por pesadillas portadoras de funestos presagios.

Por desgracia, ni el vino ni las exhalaciones del loto azul o de la mandrágora conseguían borrar de su memoria el desastre de su anterior tentativa, cuando la banda había, a iniciativa suya, violado la pirámide de Tetlem-Isu al día siguiente del descenso del Nilo, en plena estación de Peret, cuando los campesinos sembraban en el limo reciente con el que el río había recubierto las áridas tierras.

Tetlem-Isu, una tumba de importancia menor pero que se decía inviolada aún a pesar de los asaltos sufridos. Los saqueadores, propensos no obstante a jactancias de todo género, decían que estaba encantada, envuelta en un maleficio tejido por los sacerdotes del dios Sobek, el Gran Cocodrilo, el guardián de las fronteras, el comedor de hipopótamos malditos.

–Todos los que han tratado de penetrar en ella no han vuelto a salir jamás –había murmurado a Netub un viejo receptador babilonio–. La pirámide se los ha tragado. Hixsur el de la Barba Ensortijada, Chatawan el Jorobado, Abalón el Domador, ninguno ha vuelto. La gente conoce, sin embargo, la falla que permite entrar en ella. Fue abierta en la cara norte por un terremoto. Es una grieta del ancho de un codo y dos de alta, y que va a dar directamente al vientre de la pirámide. Lo que allí se esconde, nadie lo sabe.

–¿Está intacta la tumba? –preguntó Netub.

–Sin ninguna duda –repuso el receptador–. Es la de Jakan-Hofer, el gobernador del vigésimo segundo nomo. Un chacal que se hizo enterrar con suficiente oro para comprar treinta galeras. Un canalla que le chupó la sangre al pueblo como una comadreja colgada de la yugular de un caballo. Todo está allí, sepultado. Cuando la crecida del Nilo es abundante, las aguas van a bañar la base de la pirámide y la humedad sube en el paramento de piedra calcárea, y es por dicha razón por lo que se ha ido volviendo verde. Las cámaras funerarias deben apestar como una gruta marina, pero el oro no tiene olor, ¿o no es verdad?

Netub había decidido probar fortuna. Si lo conseguía, su prestigio se vería magnificado. Se le consideraría por fin como el rey de los saqueadores, el señor de la tierra roja.

Una vez que el río hubo vuelto a su cauce y los felás comenzaron a sembrar la tierra revivificada, Ashra y sus hombres se deslizaron al interior de la pirámide. El babilonio no había mentido, era como explorar una gruta marina. El agua del Nilo que se había infiltrado por las hendiduras de los cimientos superiores había llenado las galerías de su légamo verde, ese légamo que, por otra parte, fertilizaba el llano y permitía a Egipto no morirse de hambre. Todos resbalaban en esa blanda alfombra pegajosa, se caían cuan largos eran entre juramentos en la ciénaga subterránea.

¿Qué arquitecto de pacotilla se había ido, pues, a buscar el difunto dignatario? ¿Para qué haber erigido la tumba tan cerca del Nilo sabiendo que las fuertes crecidas corrían el peligro de inundarla?

Pero, ¡bah!, no era momento ya de pensar en ello.

Netub Ashra y sus secuaces avanzaban, encorvados, progresando a lo largo de la rampa inclinada que conducía a la cámara mortuoria. El humo de las antorchas resinosas les picaba en los ojos y les costaba muchísimo mantenerse en pie.

La humedad había corroído todas las pinturas murales que hacían recuento de las grandes acciones del difunto. El techo bajo rezumaba. Netub había hecho tender una cuerda desde el punto de entrada, de manera que fuera posible encontrar el camino de salida en la oscuridad si por desgracia las antorchas se apagaban por una corriente de aire. Butaka, su lugarteniente, un griego que se enorgullecía de haber nacido en el país del Minotauro, y que desempeñaba por dicho motivo funciones de *nuu*, es decir, de buscador de pistas, desenrollaba la bobina del cordel con sumo cuidado, pues su terror era quedarse prisionero dentro de un laberinto. La cosa había estado a punto de sucederle ya en un par de ocasiones; desde entonces, el sudor chorreaba por su rostro cada vez que se aventuraba en las entrañas de una pirámide. Hay que decir en su descargo que los buenos arquitectos multiplicaban las trampas: ardides que le hacían caer a uno en unos pozos erizados de rejones, bloques de piedra puestos en equilibrio, y que le aplastaban a uno si tenía la desgracia de poner en marcha su dispositivo... Pero Netub permanecía relativamente sereno. Tales precauciones eran muy raras, pues eran costosas. La mayor parte del tiempo, los constructores se contentaban con obturar las galerías por medio de rastrillos de granito que podían rodearse abriendo un estrecho pasillo en la pared.

En Tetlem-Isu era evidente que nada de esto había sido previsto; la rampa de acceso a lo largo de la cual el sarcófago había sido conducido hasta su última morada se sumergía en el vientre de la pirámide como una hermosa avenida desprovista de obstáculos.

Y luego se produjo el drama.

Una forma oscura, alargada, salió de repente del limo para agarrar bruscamente la pierna de un hombre. Esto provocó un chasquido como de tapa que se cierra de golpe, un ruido de sarmiento quebrado.

–¡Sobek! –gritó Butaka presa de un ataque de terror supersticioso–. ¡Es Sobek! ¡Pobres de nosotros!

Entonces, se les reveló la verdad: la tumba estaba llena de cocodrilos. La crecida del río les había conducido allí, al pie de la tumba, y se habían deslizado al interior de la pirámide hendida a fin de descansar a la sombra, como gustaban de hacer en la riberas del Nilo. El reflujo de las aguas les había sorprendido; el río estaba ya demasiado lejos para que se arriesgasen a volver de nuevo hasta él reptando. Por eso permanecían allí, en el seno de aquella ciénaga clandestina que el grosor de las piedras amontonadas protegía de la evaporación.

Se habían convertido en los guardianes del tesoro.

El pánico que siguió fue atroz. Los saurios surgían de todos lados. Parecía que los hubiera a docenas. La oscuridad no permitía adivinar su aproximación, utilizaban el lecho de limo para deslizarse a ras del suelo con una espantosa fluidez. Los bandidos enloquecieron, se atropellaron para volver a ascender hacia la salida. Por desgracia, el limo que tapizaba la pendiente de la rampa de acceso les hacía perder el equilibrio y les arrojaba más infaliblemente aún en la cloaca de los cocodrilos. Entonces se abalanzaron todos sobre la cuerda guía para sujetarse, pero eran tantos que se rompió bajo su peso. Muy pocos consiguieron salir de la tumba y reunirse en el llano.

–¡Servíos de las antorchas! –gritaba Netub–. ¡Metedlas en las fauces de las bestias!

Pero nadie le hacía caso. El pánico estaba en su culmen. Las tinieblas avivaban el terror de los saqueadores, y los cocodrilos volvían una y otra vez al asalto, sin duda hambrientos por haber permanecido tanto tiempo apartados del río, lejos de sus presas habituales.

En ese momento Netub no se ocupó más que de su propia supervivencia. Con la antorcha en una mano, un venablo de bronce metido por el cinto, se encaramó al pedestal de una estatua de Osiris. Butaka se reunió con él. Durante un tiempo infinito, la oscuridad no estuvo poblada más que por deslizamientos en el agua, por chasquidos de mandíbulas. Se oían gritos vibrantes, atroces, de ese tipo de gritos pueriles que los hombres más rudos lanzan en el momento en que la muerte les hace pedazos. Netub comprendía por fin por qué nadie había vuelto a salir nunca de Tetlem-Isu. Los cocodrilos llevados por la crecida montaban allí una guardia vigilante bajo la mirada del dios Sobek. En Egipto nadie cazaba el cocodrilo, al que se consideraba como el guardián de las fronteras naturales y el enemigo declarado del hipopótamo, este último representando a Set, el dios malvado, el asesino de Osiris.

Fueron unas horas de gran espanto. El limo verdusco no dejaba de entreabrirse en una extensión de mandíbulas erizadas de dientes. Butaka, temblando de miedo, no se daba siquiera cuenta de que las pavesas caídas de su antorcha le abrasaban la piel del brazo. Quería huir él también, correr sin demora hacia la luz. Netub le retuvo, adoptando el único partido que convenía.

–Déjales comer –murmuró a su lugarteniente–, cuando estén bien atiborrados podremos escapar.

El joven jefe de los saqueadores se maldecía por no haber sido capaz de prever la trampa, pues entonces habría sido fácil hacerse preceder por un rebaño de cabras que habrían sido arrojadas en pasto a los saurios para llenarles el buche.

Los ruidos de deglutición llenaban la noche de las profundidades. Una a una las antorchas se apagaban, abandonadas por los hombres despedazados. Se oía a los malaventurados debatirse, presos por las piernas, chapoteando en el légamo con ambos brazos. Los cocodrilos les cortaban en dos de una sola dentellada, y sin embargo, aunque reducidos a estado de hombres-tronco, los saqueadores se obstinaban en trepar hacia el minúsculo punto luminoso de la salida.

Una vez que los saurios hubieron acabado su comida, se hundieron en el légamo y retornó la calma. Ahítos, indiferentes, miraron a Netub Ashra y Butaka descender del pedestal. El primer movimiento del lugarteniente griego fue lanzarse hacia la luz, pero el jefe de los bandidos le detuvo con un gesto.

–No –siseó–. La cámara mortuoria... ahora o nunca. Es preciso que este desastre sirva para algo.

Continuaron, pues, descendiendo en vez de volver a subir, deambulando en medio de los cocodrilos atiborrados, de los cadáveres mutilados y de los miembros esparcidos.

Una desagradable sorpresa les aguardaba, sin embargo, en la cripta funeraria. Los hambrientos cocodrilos habían abierto el sarcófago con grandes coletazos, rompiendo el cofre de cedro y los diferentes encartonados. Habían devorado la momia del gran visir, tragándose los despojos resecos y sus joyas de gala. Luego habían saqueado los muebles, los vasos de oro fino, los habían molido en el torno de sus enormes mandíbulas. Se habían comido el tesoro, atraídos por los perfumes y los ungüentos con que había sido frotado cada uno de los objetos. Si alguna gema quedaba aún, preciso habría sido buscarla entre los charcos de excrementos que constelaban el suelo de la cámara mortuoria.

Netub y Butaka se quedaron inmóviles, horrorizados.

Torturados por el hambre, los saurios habían comenzado incluso a devorarse entre ellos, de modo que la cripta estaba llena de osamentas rotas, de esqueletos putrefactos de los que se desprendía una pestilencia agravada por la ausencia de aireación. Los dos hombres estuvieron a punto de desfallecer.

Netub estaba rabioso. Poco faltó para que sumergiera las manos en el fango en busca de carbúnculos. Únicamente la idea de que los colmillos de los cocodrilos habían probablemente reducido las gemas a polvo le contuvo. Butaka tiró de él hacia atrás.

–Volvamos a subir –suplicaba–, todo está perdido. –Enloquecía, veía ya moverse otras bestias en las profundidades de la tumba; el limo se rizaba bajo el efecto de su lenta aproximación.– Ven, ya no hay nada que esperar.

Netub se dejó arrastrar. Consiguieron volver a subir ayudándose con el venablo de bronce a modo de pico, y sin sufrir ningún ataque. Cuando salieron a plena luz, estaban cubiertos de légamo de la cabeza a los pies.

Aquél fue en verdad un tremendo fracaso para la banda, y, durante mucho tiempo, Netub se reprochó haber cedido a las conminaciones de su lugarteniente en vez de sumergir las manos en las deyecciones de los saurios para buscar en ellas las piedras preciosas a tientas.

La incursión en el interior de la pirámide de Tetlem-Isu le costó la mitad de sus hombres a Netub Ashra.

Además, los bandidos no le perdonaron jamás que les hubiera arrojado en una trampa semejante, y algunos llegaron incluso a murmurar que se había servido de ellos para desviar la atención de los cocodrilos.

–Mientras que nosotros nos dejábamos devorar, él se metía en la cámara mortuoria y llenaba su alforja de piedras preciosas –murmuraban–. Es un bribón. Pero un día habrá que hacérselo pagar...

TRES

Era como si el sol hubiera decolorado el pelaje de los camellos para darles a las bestias el color de la arena; esa arena que el viento levantaba a veces en una muralla polvorienta que subía hasta el cielo. Una muralla zumbante, un enjambre que laceraba el rostro y las orejas si no se había tomado la precaución de protegerse con el capuchón del albornoz. Mosé lo comparaba a menudo a un vuelo de moscas doradas, esas moscas honoríficas que el faraón repartía entre los guerreros ilustres la noche de las batallas victoriosas.

Mosé, viejo general, había recibido una docena de ellas en el curso de su carrera. Había conocido la embriaguez de galopar en su carro biga a la cabeza de un ejército en marcha y de disparar sus flechas sobre el enemigo asiático, de traer encadenados, a los pies del faraón, a los prisioneros capturados en los confines del Imperio... todo eso para acabar convertido en jefe de una caravana serpenteante a través del desierto. Una caravana sin destino, condenada a zigzaguear de vivaque en vivaque.

Los tiempos gloriosos estaban ya lejos, los años victoriosos se los había llevado el viento cual granos de arena arrastrados por la tempestad.

En la actualidad, a los cuarenta años –convertido casi en un anciano–, sus brazos no tenían ya la fuerza para blandir la jabalina, la maza o la espada de bronce. En recompensa por sus buenos y leales servicios, se le había ofrecido el cargo de guardián supremo de la necrópolis real. Reinaba desde entonces sobre un ejército de momias, centinela erguido en medio del desierto para desbaratar todo intento de robo de los violadores de tumbas.

No obstante, se trataba de una misión capital, pues nada debía turbar el sueño de los príncipes y de las princesas difuntos, nada debía alterar sus restos momificados, pues, en caso contrario, su alma –su doble– no habría sabido reconocer su envoltura original y se habría visto condenada a andar eternamente errante, privada de receptáculo.

Sí, los cuerpos tenían que permanecer intactos, perfectos, igual que al salir de las manos del embalsamador. Era preciso pagar aquel precio por la paz de los muertos. Ahora bien, había que contar con los saqueadores, los infames, los impíos, los hombres-que-vivían-en-la-arena; unas tribus bárbaras que no construían ciudades y se cobijaban durante toda su existencia en tiendas de gruesa tela apedazada. Mosé les odiaba. Mosé sentía por ellos un desagrado sin nombre, pues había visto lo que estos «asiáticos», estos «beduinos» eran capaces de hacer con los restos reales. Desde los primeros tiempos de su cargo, había conocido el horror de las visitas a los sepulcros violados. Había podido contemplar los sarcófagos rotos, reventados, las tumbas vaciadas de todos los objetos necesarios al difunto para llevar convenientemente su vida en el otro mundo.

Lo peor eran los cadáveres desnudos, sacados de los recipientes de basalto y desfajados de sus bandas de lino. Unos largos cuerpos amarillos, de color céreo, de piel arrugada y llenos de costurones debidos a las incisiones rituales... Los saqueadores no dudaban en desnudarlos para recuperar los amuletos de oro puro ocultos en los pliegues de las bandas o colocados sobre las heridas.

A menudo los bandidos rompían los dedos del muerto para robarle sus sortijas. Algunos incluso rompían los brazos y las piernas de los cadáveres untados con resina para hacer fuego, pues la madera escaseaba en el desierto, y el frío de la noche difícilmente soportable sin la protección de un vivaque. ¡Cuántas veces había llegado Mosé a los lugares de una profanación para descubrir entre las cenizas de un fuego de campamento enfriado el brazo o la pierna de un príncipe utilizado como sarmiento para alimentar las llamas alrededor de las cuales se habían apretujado unos saqueadores ateridos de frío?

Mosé se abandonó al ritmo del camello. Le horrorizaba ir disfrazado así de beduino. Detestaba a ese pueblo, sus costumbres. Llevar barba, no raparse la cabeza, ir envuelto con unos harapos superpuestos, todo eso le resultaba insufrible. Se sentía sucio, mugriento, tan apestoso como la bestia sobre la cual iba encaramado. Como buen hijo de Egipto que era, sólo soportaba ir vestido de lino blanco, esmeradamente afeitado, depilado hasta en sus partes más íntimas, con un cono de perfume en la cabeza, oliendo a olíbano.

Se volvió para vigilar el estiramiento de la caravana. A simple vista, el convoy se parecía a cualquier columna de mercaderes que se dirigiese al delta para descargar sus tesoros en Bubastis, Busiris y Per-Ramesses. Unos camellos en línea sinuosa, sobrecargados de fardos, de tinajas y de alfombras enrolladas.

En realidad los camelleros escondían debajo de la capa de lana armas de cobre y de bronce. Pertenecían todos a las tropas escogidas del ejército. Aquel a quien se le hubiera ocurrido atacarles se las habría tenido que ver con un adversario temible.

Las tinajas gigantes, las alfombras de una anchura de cuatro codos escondían las momias reales que Mosé se afanaba por proteger de la codicia de los saqueadores. Eran aquéllos unos muy pobres sarcófagos para tan augustos personajes, pero al viejo general de las doce moscas de oro no se le había ocurrido nada mejor para esconder a los ojos del populacho a los muertos ilustres que tenía a su cargo. Cada tinaja, cada alfombra envolvía a un príncipe cuyas bandas escondían docenas de amuletos de oro con incrustaciones de lapislázuli.

Mosé les paseaba a través de las arenas, de las montañas habitadas por los leones, cambiándoles sin cesar de lugar. Era la única respuesta, la única estrategia que había sido capaz de imaginar para contrarrestar la acción de los ladrones.

Una necrópolis móvil, nómada...

Un cementerio que cambiaba todo el tiempo de sitio.

Mosé iba en zigzag, con sus muertos a cuestas. Cuando daba con una cueva, instalaba en ella su tribu de momias durante dos o tres semanas y acampaba en medio de las rocas; al acecho, pues no ignoraba que siempre habría algún pastor que informaría a los ladrones. No cabía esperar nada más que descansos de corta duración. Paradas. Pronto o tarde sobrevendrían señales sospechosas, sombras, siluetas en la cresta de las colinas. Los inevitables exploradores. La avanzadilla de los bandidos.

Entonces convenía levantar el campamento lo más rápidamente posible y salir corriendo en la noche a pesar de las protestas de los camellos. Se sacaba a las momias de la cueva para volver a colocarlas en las tinajas, enrollarlas en las alfombras, y vuelta a empezar: el periplo, el deambular.

Aquello era en lo que se había convertido Mosé, en un guardián de cementerio actuando con astucia contra un enemigo invisible y perseguido por el mal humor de los muertos, descontentos de ser transportados así incesantemente. Ellos, que no aspiraban más que al descanso eterno, conocían ahora la existencia de los refugiados, de los fugitivos que poseían por toda riqueza nada más que unas pesadas joyas de oro puro. ¿Dónde estaban los enseres, los lechos, los cofres, los carros de gala de ébano que habían sido colocados antaño en su última morada? Había sido preciso decidirse a abandonarlos dentro de la tumba amenazada. ¿Como podían mantener en esas condiciones su rango en el Más Allá?

Mosé adivinaba su rabia, su cólera. Soñaba con ellos de noche, envuelto en su capa de lana apestosa. La cólera de los muertos era siempre peligrosa; sabía que los difuntos eran tan impacientes, injustos, como unos niños caprichosos. Un buen día se vengarían. Los muertos descontentos eran capaces de cualquier cosa. Atravesaban las paredes de adobe de las casas para arrodillarse a la cabecera de los niños y ahogarles aplicándoles la palma sobre la parte inferior del rostro. De sobras era sabido que todas las enfermedades de las que sufrían los hombres derivaban de esto, del rencor de los difuntos que no eran honrados ya según los ritos, o cuyas tumbas se dejaba degradarse.

Mosé se felicitaba a veces por no tener ni mujer ni descendencia. Así sería el único en soportar el enfado de los muertos cuando éstos decidieran castigarle.

Miró de nuevo detrás de él, con el corazón encogido por un mal presentimiento. Desde hacía semanas, estaba convencido de que le seguían. Los saqueadores iban tras su rastro y él no conseguía despistarles. Por más que había hecho acostarse a los camellos, les había hecho ocultarse bajo telas color de arena y había obligado a los hombres a enterrarse, no conseguía nada con ello. La irritante certeza seguía acosándole. Allí estaba como la punta de un *kopech* –un puñal de cobre curvo– cosquilleándole la nuca.

«Es Netub Ashra –le susurraba la voz del temor–. No puede ser más que él. Los otros no se hubieran empleado con tanta tenacidad. Él es inteligente, ha adivinado lo que intentabas hacer. Sabe que la caravana es en realidad un cementerio nómada. Netub Ashra, el príncipe maldito de la hermandad de los perros, el rey chacal de los violadores de tumbas. El hombre al que se hubiera tenido desde hace tiempo que cortar la nariz, las orejas, a quien todos los policías del nomo sueñan con arrancarle los órganos genitales con unas tenazas de bronce».

Netub Ashra... Nadie conocía su rostro, pero era sin disputa el más encarnizado de los saqueadores, el más malvado también, puesto que no se contentaba con llevarse el oro y las joyas amontonadas en las tumbas, sino que se aplicaba a profanar las momias en las tumbas, a desfigurarlas para condenar a su ka a una errancia sin fin.

Había algo héretico, demoníaco en él.

Mosé escrutó en vano el horizonte. Era el décimo día del segundo mes de Shemu, el período de la cosecha, y el desierto –la tierra roja, la tierra de la muerte– era como una forja donde crepitaban unas llamas invisibles. Hundirse en ella era aceptar abrasarse vivo. Los oasis se secaban uno tras otro, y era preciso continuar mientras a uno se le hinchaba la lengua dentro de la boca, una lengua tan rasposa como un cartonaje de momia y que se despellejaba en los propios dientes para llenar la garganta de una supuración de sangre cuyo gusto salado avivaba la sed.

Mosé se sentía viejo y cansado. Le desagradaba huir en zigzag y evitar la lucha. Antaño, cuando sus músculos eran ágiles, cuando una sangre ardiente corría por sus venas, habría plantado cara y exterminado a los bandidos.

Netub Ashra terminaría por echarle el guante porque era joven, porque no conocía aún el cansancio, y porque la tontería de sus dieciocho años le permitía todavía creerse inmortal, invencible.

Mosé levantó la mano para dar la señal de alto. Desde hacía varios días, ni él ni sus hombres hablaban ya, pues la sed les hacía toda conversación dolorosa. Les parecía que las venas de su garganta se ponían a sangrar tan pronto como pronunciaban más de tres palabras seguidas, y era un espectáculo extraño ver a esos camelleros perdidos en las soledades desérticas que se comunicaban por medio de gestos, como para preservarse de la curiosidad de los oídos enemigos.

El general miró de hito en hito a sus compañeros. Las caras demacradas, afiebradas, le expresaban todas el mismo mensaje de agotamiento, la misma voluntad de acabar de una vez por todas con aquello.

Habían sido fuertes, antaño, pero la interminable huida les había desgastado. Todos se sentían maldecidos, culpables de haber molestado el sueño de los muertos. Estos guerreros escogidos terminaban por no saber ya si se comportaban bien como protectores de los difuntos o bien como seres impíos. Esperaban de su jefe que les liberara de ese tormento.

Mosé se calzó sus sandalias antes de poner pie en tierra, pues el calor de la arena era tal que le habría hecho ampollas en la planta de los pies. La luz de Ra en lo más alto de su carrera parecía a punto de inflamar las telas, y Mosé no se habría asombrado demasiado si el pelaje de los camellos se hubiera puesto a chisporrotear.

–Señor –murmuró Toset, su ordenanza–. Mira al horizonte. Se acerca la tempestad... allí. Una gran tempestad de arena. Hay que resguardarse.

Lo decía sin convicción, o como si esperara otra respuesta. Estaban todos allí, apretujados, esperando ansiosos las palabras que saldrían de la boca de Mosé. Todos ellos veteranos soldados escogidos que habían combatido codo con codo detrás de sus grandes escudos rectangulares, todos dispuestos a morir por la gloria del faraón, todos tan familiarizados con la muerte que habían aprendido a no sentir ya miedo de ella y a aceptarla como una liberación.

–Desatad las momias –murmuró Mosé–. Enterradlas en la arena y formad un círculo con los camellos.

Era la única solución, no había ninguna cresta rocosa en el horizonte, ningún accidente natural en el que buscar refugio.

Los hombres agacharon la cabeza y se pusieron manos a la obra.

–Señor –insistió Toset–. Será una gran tempestad, nos sepultará si nos quedamos aquí...

Mosé se encogió de hombros.

–Tal vez sea esa la voluntad de los dioses –dijo con fatalismo–. Los que hicieron el mundo saben que nos siguen los pasos los ladrones, han elegido enviarnos esta tempestad para socorrernos... Si nos dejamos enterrar con los restos reales, la caravana desaparecerá de la faz del desierto. Los bandidos no nos encontrarán jamás y los muertos podrán por fin descansar en paz.

Toset mostró una débil sonrisa.

–Tienes razón, señor –apuntó–. No había pensado en ello.

–Nuestros cuerpos permanecerán intactos –añadió Mosé con los ojos clavados en las turbulencias que deformaban el cielo–. La arena seca nos momificará tan bien como lo habrían hecho los embalsamadores. Que cada uno se prepare para renacer. Por mi parte, no quiero morir vestido con los harapos de un beduino. Nos queda poco tiempo. Dame mis útiles de aseo y afila mis navajas.

Toset se inclinó. Mosé se estaba despojando de sus pingajos mugrientos. Tan pronto como su ordenanza le hubo entregado las pesadas navajas de bronce, se cortó la barba, el pelo y se rasuró todo el vello del cuerpo para purificarse. Sus hombres le observaban serios, y luego, una vez que hubieron terminado de sepultar los restos mortales reales, le imitaron.

No tardó en crearse una atmósfera de baño turco en medio del círculo de los camellos. Silenciosos y desnudos, los soldados hacían por última vez su aseo, el aseo de los muertos, se ayudaban a veces mutuamente a rasurarse la barba o a raparse la cabeza. Y grande era la compasión de ver a estos hombres orgullosos con los cuerpos marcados de cicatrices mostrar unos con otros gestos propios de mujer atenta o de criada solícita.

Nadie hablaba ya. A lo lejos, en lo profundo del cielo, la tempestad crecía con un ruido de enjambre enfurecido.

Entonces sacaron los perfumes y los ungüentos para untarse el cuerpo, pues los olores agradables son el único lenguaje que place a los dioses. Se ciñeron los faldellines blancos, de guerrero, a modo de delantal triangular y se tocaron con pelucas de gala, las de los desfiles triunfales, cuando traían, encadenados, a los viles asiáticos a los pies del faraón.

Todos se sentían dominados por una sensación de liberación y de gran alivio. Algunos, con carbón de madera, se trazaron signos protectores en el cuerpo. Un ojo *udjat*, una imagen de Horus toscamente simplificada, luego se arrodillaron bajo las telas protectoras fijadas en el suelo por medio de unas estacas, y esperaron la tempestad.

Nadie se hacía ilusiones. El viento arrancaría el toldo a la primera acometida. Los que cometieran el error de gritar verían llenarse su boca de arena y morirían ahogados. Los que abrieran los ojos verían sus globos oculares destruidos por la metralla de las piedrecillas, de los granos de silicio. Sería una muerte difícil, una muerte que estaban preparados para afrontar desde hacía tiempo. Desde siempre.

«Hemos sobrevivido a tantas batallas –pensó Mosé– que estamos ya casi muertos. Estoy preparado. Soy puro. No he flaqueado jamás. Oh Dios supremo, ve mis acciones amontonadas a mi lado y júzgalas. Pesa mi corazón y ábreme la puerta. Los cuarenta y dos jueces del Amenti no pueden negarme la entrada en la luz.»

Escuchaba crecer el rumor de la tempestad. El desollador viento se acercaba, el soplo terrible que erosionaba las aristas de las pirámides más sólidas, el viento devorador de murallas que roía los contornos de las ciudades levantadas en el corazón del desierto, el viento que borraba de los mapas del mundo conocido las orgullosas fortalezas de recintos amurallados de adobe. Zumbaba como diez millones de moscas frotando sus alas unas contra otras.

Mosé pensó en las doce moscas honoríficas otorgadas por el faraón. Le parecía que eran ellas las que venían a su encuentro en aquel preciso momento. Iban a la cabeza del enjambre. Decían: «Has durado demasiado, Mosé. Es hora de colocar tu corazón en la balanza y de oír el juicio del tribunal supremo. Prepárate».

Los camellos se ponían nerviosos, algunos trataban de levantarse para emprender la huida; había sido preciso trabarlos.

Mosé cerró los ojos. El viento llegaba, empujando ante él mil dunas esparcidas por los aires. Cuando estas blandas montañas volvieran a caer al suelo, se tragarían a todos cuantos habían cometido la imprudencia de quedarse allí, con la espalda encorvada.

«Haz tu trabajo –murmuró Mosé dirigiéndose a la tempestad–, húndenos bien hondo, que no subsista el menor rastro de nuestro paso, que los saquedores se pregunten en vano por el camino que hemos podido tomar. Ofrécenos una necrópolis de arena y entiérranos, firmes, con la jabalina en la mano, haz de mí y de mis soldados los centinelas eternos de los príncipes difuntos. Enciérranos en un capullo ardiente y seco, lejos del alcance de los hombres. Sé que los dioses te envían para paliar mi flaqueza y acepto su sentencia. Sin ti, los restos mortales reales habrían sido profanados. Ven, no tardes más.»

Primero fue como un crepitar ligero sobre la tela, luego la arena se abatió cual bofetones cada vez más fuertes que sonaban sobre el toldo con grandes golpes bruscos y violentos. Los camellos gritaban de terror, pero nadie podía ya oírles de tanto como el rugido de la tempestad lo dominaba todo.

Por último, la tela de protección fue arrancada, arrastrada con sus estacas de dos codos de largo. Entonces, el soplo chirriante envolvió a hombres y bestias.

CUATRO

Acurrucados al fondo de una hendidura, en el corazón de un *ued* seco, Netub Ashra y sus hombres dejaron que pasara la tempestad. Hacía ya semanas que jugaban al gato y al ratón con el viejo Mosé, el guardián del cementerio ambulante, y estaban casi tan agotados como aquéllos a quienes perseguían.

Netub escuchó pasar la tempestad apretando los puños, pues temía sus consecuencias.

Era un joven puro nervio y músculo, de piel color bistre, de largo pelo negro, ensortijado, grasiento, la barba corta y rizada. Desnudo, tenía la complexión de esos hombres forjados por la matriz del desierto, sin una pizca de grasa; de apariencia demacrada y sin embargo dotados de un vigor poco común. Sus brazos, su vientre, sus piernas parecían talladas en madera de olivo, y sus ojos habitados por una fiebre que no se apagaba jamás. Dormía poco, se imponía privaciones o esfuerzos que dejaban extenuados a sus compañeros y les hacían sentirse inferiores a él. Algunos le adoraban precisamente por eso, otros en cambio le odiaban en secreto.

Desde hacía cuatro años, era el rey de una banda de jóvenes brutos codiciosos y sin seso. Extranjeros en su mayoría, que se reían de los dioses egipcios, de las prácticas de embalsamamiento, y no se dejaban dominar en absoluto por un terror supersticioso en el momento de echar abajo la puerta de una tumba. Griegos, piratas o galeotes víctimas de naufragios, pero también comedores-de-cosas-inmundas, pueblo primitivo sin dioses que se alimentaba de serpientes, de larvas. Había también con él negros del país de Punt, unos hombres negros algo caníbales aún, que se paseaban con huesos en los cabellos o atravesados en la nariz. Unos seres que reían a carcajada limpia cuando se les explicaba que los egipcios veneraban determinadas legumbres hasta el punto de negarse a comerlas, como el garbanzo cuya forma evoca la de una cabeza de halcón, y por consiguiente la de Horus, del que se diría una minúscula efigie.

Netub cultivaba cuidadosamente su impiedad explicándoles historias análogas. Les contaba que los sacerdotes de Sobek, el dios saurio, bebían muy religiosamente cada mañana una copa de agua de las lagunas donde los cocodrilos sagrados habían hecho sus necesidades naturales. Les decía que los adoradores de Bastet, la gata divina, un día, dominados por un hambre espantosa, habían preferido devorar a sus hijos y a sus mujeres antes que hacer asar los gatos sagrados que proliferaban a centenares dentro del recinto del templo. Entonces sus hombres se morían de la risa hasta casi ahogarse, y se les iba el miedo. Egipto se les antojaba un país de locos, de seres retrasados atrapados en unos cultos absurdos, y se ponían a hablar de los verdaderos dioses, los suyos, aquéllos cuya cólera convenía no provocar.

Netub les alentaba a ello. La gente le conocía ya en los cuarenta y dos nomos, llamándole el Profanador. Era el terror de los ricos, de los poderosos, de todos aquellos que se pasaban la vida entera preparando su muerte y gastaban sumas fabulosas en la construcción de una tumba. Pues así eran los egipcios, pueblo contradictorio donde los haya, obsesionado por el Más Allá hasta el punto de construir sus ciudades de adobe y sus sepulcros de granito.

Odiaba a esas gentes, escupía sobre esos príncipes arrogantes que, a cada crecida del Nilo, reclutaban a docenas de miles de hombres para erigir una pirámide, uno de esos pretenciosos «castillos de un millón de años», como decían los sacerdotes.

Su padre y sus hermanos habían muerto así, aplastados por enormes bloques de piedra caliza que se les obligaba a subir por la pendiente de una rampa de tierra batida. Pero tal era el destino de muchos campesinos; en cuanto a los más afortunados, regresaban lisiados de las grandes canteras, deslomados, con los huesos dislocados y las vértebras que no se les sostenían en su sitio. ¡Y esos imbéciles –que la reverberación del sol en la pared de caliza de Turah pulida a mano había vuelto casi ciegos– se pavoneaban de haber colaborado en volver más grata la vida futura del faraón!

¡Crétinos, perros desdentados, con el culo pelado a fuerza de patadas! ¡Ralea de víctimas merecedoras de los palos que se les daban!

¿Cuántas veces, en el curso de su infancia, había visto Netub Ashra a su padre y a su madre, arrojados desnudos en el polvo y molidos a palos por los funcionarios reales que venían a recaudar los tributos? Se retorcían bajo la lluvia de golpes, cual gusanos cortados en dos; el padre protegiéndose el sexo con ambas manos, la madre los pechos.

¡Ay, cómo les gustaba a los escribas apalizar a las pobres gentes!

¡Los escribas! Raza infame y despreciable, siempre contando y recontando, el papiro en una mano, el cálamo –ese bambú biselado que les servía para escribir– en la otra. Establecían listas, nomenclaturas, sumaban sin fin, inventariaban... y reclamaban cada vez más.

Netub Ashra les odiaba. A los catorce años, había dejado ciegos a tres de ellos plantándoles los cálamos en los ojos. ¿Para qué podía servir un escriba ciego, eh?

La fiebre de la venganza corría por sus venas sin nunca dejar de hervir. El odio le consumía, y él lo sabía. Le empujaba a las peores imprudencias, pero era lo mínimo que debía a sus padres apaleados, vejados, tratados como esclavos en un país que –después de todo– se gloriaba de no practicar la esclavitud.

Era este mismo odio el que le impedía encontrar el reposo y le hacía poner esa cara demacrada de marabú. Pese a los años, le sucedía aún que volvía a ver en sueños el día en que su padre y su madre habían sido arrastrados a la plaza pública por haber dejado morir a uno de sus hijos. El escriba les acusaba de haber ahogado a la criatura para no tener que alimentarla, pero Netub sabía que ello era falso. El chiquillo se había muerto simplemente de hambre, porque la crecida del Nilo había sido demasiado baja aquel año, porque la cosecha había sido mala y los tributos excesivamente gravosos. Porque, como siempre, la vida era demasiado dura para las pobres gentes.

No se mataba a las madres sospechosas de infanticidio, pues, tal como proclamaban los escribas: «El faraón tiene necesidad de todos los vientres femeninos para engendrar nuevos trabajadores, nuevos soldados». No se las ejecutaba, no, pero se las forzaba a arrodillarse en la plaza del pueblo, con su hijo muerto en brazos, y a permanecer allí a pleno sol durante dos o tres días, hasta que, bajo el efecto del terrible calor del mediodía, el pequeño cuerpo comenzaba a descomponerse en el regazo de la que le había dado la vida. Los escribas consideraban que era una buena lección de la que la criminal no dejaría de sacar provecho.

Cuando esto sucedió, el odio cegó a Netub hasta el punto de que los vecinos habían tenido que agarrarle para impedirle que se arrojara sobre el funcionario y que acabara cometiendo un acto irreparable.

Sí, ahora se le motejaba el Profanador, y él estaba orgulloso de ello. Sabía que en realidad le gustaba menos el oro que el saqueo. Nada le causaba más placer que romper sobre su rodilla la momia de un alto dignatario y arrojar sus brazos, sus piernas al fuego.

–¡Mirad! –gritaba a sus hombres–. Arde todavía mejor que la bosta de vaca seca. ¡Calentaos, compañeros, pues será la primera vez que estos buenos príncipes sirvan para algo!

Y los forajidos de las arenas, de dientes afilados, se reían más fuerte que unas hienas.

Cuando amainó el viento, Netub y sus hombres salieron de su escondite. Estaban muy fatigados, sedientos, pues Mosé les había hecho caminar en el curso de semanas enteras. El joven jefe de los saqueadores temblaba de descontento, se temía que el fanatismo del viejo general le hubiera llevado a arrojarse en medio de la tempestad de arena para escapar definitivamente de sus perseguidores.

Netub Ashra conocía bien a estos soldados escogidos dispuestos a todos los sacrificios, siempre preocupados por un final grandioso. De haber sido Mosé, también él habría aprovechado la tempestad para dar esquinazo de una vez por todas a sus perseguidores. Un acto semejante era lo que cabía esperar por parte de un grupo de guardias fanáticos, pues aquellas gentes sentían un desprecio por la muerte que no cabía esperar de una banda de facinerosos.

Reanudaron la marcha, El ciclón había modificado el contorno de las dunas, sepultado determinadas excrecencias rocosas, de manera que el paisaje se encontraba considerablemente modificado.

Los hombres refunfuñaban, desagradablemente sorprendidos por no encontrar ya ni rastro de la caravana. Querían un botín, pues la última temporada había sido mala. Los más hostiles de ellos comenzaban a murmurar que la suerte insolente de Netub había cambiado de signo.

Butaka, el antiguo galeote griego que hacía funciones de lugarteniente, no dejaba de poner a Netub en guardia contra una eventual rebelión.

–Los nubios dicen que te han echado el mal de ojo – repetía–. Afirman que a fuerza de ultrajar a tus dioses, has acabado por desencadenar su cólera. Creen que deberían tal vez elegir a un nuevo jefe. Ándate con cuidado, pues son bestias salvajes. Si así lo quieres degollaré a los cabecillas mientras duermen, sólo tienes que decírmelo.

Butaka detestaba a los caníbales, que asimilaba a unos supervivientes del gran caos primordial, esas criaturas que –dado que los dioses no habían creado aún ni los animales ni la vegetación– se habían visto reducidos a devorarse entre ellos para no morirse de hambre. Ardía en deseos de deshacerse de esos hombres antes de acabar bajo sus dientes limados en punta. Cuando dormía, siempre lo hacía con una espada a mano.

Netud Ashra no le hacía caso, pero también él tenía prisa por poner fin a la avalancha de desgracias que se habían abatido sobre la banda en el curso de los últimos meses.

–No queda nadie allí –gimió Butaka escrutando la llanura de arena–. Se han largado mientras nosotros estábamos escondidos.

–No –respondió Netub–. La tempestad ha sido demasiado potente, no hubiera podido hacerle frente nadie. Se han dejado enterrar para escapar de nosotros. Hay que sondear la arena. Están aquí, en alguna parte debajo de las patas de nuestros camellos. Examina el suelo en vez de otear el horizonte. Con un poco de suerte, encontrarás algo que sobresalga, como la punta de una lanza, un ronzal, una sandalia. Es eso lo que hay que buscar, transmite la consigna.

A partir de ese momento no avanzaron sino con los ojos gachos, mirando fijamente la superficie dorada de la arena cuyos granos de mica captaban destellos de sol.

Creyeron haberse salido con la suya al descubrir una sandalia de papiro. Como era costumbre, su propietario había hecho pintar bajo la suela la imagen de un enemigo aborrecido, para poder pisar así su representación a cada instante. En el presente caso, se trataba de la efigie de un beduino ocupado en profanar un sarcófago.

–¡Sondead! –ordenó Netub–. El viento ha podido pasear esta sandalia a lo largo de una distancia de trescientos codos, pero no hay que descuidar nada.

Los hombres asieron sus lanzas cuya punta clavaron en la arena. Netub había puesto pie en tierra y observaba las ondulaciones de las dunas. La reverberación, ya muy fuerte, le hacía pestañear. Se sacó del cinto una caja de hueso que contenía polvo de galena y, metiendo el índice en ella, se rodeó los ojos con un trazo negro y espeso. El deslumbramiento cesó al instante.

Los bandidos excavaron la duna entre refunfuños. Por la manera en que acribillaban la arena se habría podido creer que atacaban el cuerpo de un gigante acostado en el desierto.

No encontraron nada. El calor se volvía terrible. Netub sabía que no podrían seguir avanzando por falta de oasis. Además, tal vez la tempestad había colmado los pozos al descubierto, como sucediera ya otra veces.

También él juró, maldiciendo al viejo Mosé y su última astucia.

Los restos mortales reales podían esconderse en cualquier sitio y no era posible sondear toda la extensión del desierto. Había podido formarse una duna por encima de la caravana tragada, arraigando sobre el círculo de los camellos, pirámide irrisoria que otra tempestad dispersaría un día u otro. En tres semanas o en mil años...

Netub sentía las miradas de odio de los bandidos quemarle en la nuca. Le detestaban desde el formidable desastre de Tetlem-Isu, la trampa de los cocodrilos...

Les había prometido la fortuna y se encontraban sondeando el polvo sin ningún provecho. Tres semanas de batida inútil, sufriendo sed y calor. Tres semanas siguiendo al cementerio ambulante y acechando el momento en que el agotamiento de los soldados escogidos haría por fin el golpe de mano posible. Había sido preciso comprar a un gran número de cómplices para enterarse de que las tinajas de arcilla contenían, de hecho, las momias de varios príncipes con máscara de oro. Y he aquí que todo estaba perdido, que la operación se saldaba con un nuevo fracaso.

Como allí, en la pirámide llena de légamo y de saurios...

Netub resopló, ahuyentando de sí esos recuerdos desagradables. No ignoraba ya que estaba a punto de perder su dominio sobre la banda. Cuando a un jefe le perseguía la mala fortuna, se acababa con él para romper el maleficio. Si quería sobrevivir, necesitaba llevar a cabo una acción brillante que hiciera olvidar los pasados fracasos.

Entonces pensó en Anatotep, el viejo nomarca que, desde hacía treinta años, arruinaba a la provincia de Setep-Abu para hacerse construir una tumba inviolable. Decíase que se instalaría en ella con todas las riquezas acumuladas en el curso de su reinado, incluso al precio de dejar tras de sí un país exangüe. Anatotep el Buitre, el Expoliador, cuyos trabajos forzados habían causado la muerte de cientos de campesinos.

No había entregado aún su alma, pero ello podía arreglarse.

–¿En qué piensas, señor? –preguntó Butaka, que estaba inquieto por la inmovilidad de su jefe.

–En nuestro desquite –murmuró Netub.

CINCO

Esa misma noche Anuna tuvo otro sueño.

Estaba sola en el Per-Nefer, inclinada sobre una momia cuyos cabellos untaba con goma olorosa cuando, de pronto, entraba Chesmu, el dios de los lagares, el dios de los perfumistas.

La divinidad iba como de costumbre en busca de cabezas que triturar, de cráneos que arrojar en su lagar, pues Chesmu era un dios marcado por el color rojo: el rojo del vino, el rojo de la sangre.

–¡Quiero la cabeza de Anuna la Negra! –vociferó con su voz de carnicero–. ¿Dónde está escondida? Quiero el cráneo de la perfumista...

La joven se acurrucó contra un sarcófago para pasar desapercibida.

–¡Osiris! –suplicó–, ven en mi ayuda.

Pero sabía que era estúpido proceder así. El único medio de establecer contacto con un dios era recurriendo al perfume, haciendo quemar incienso. El humo odorífero tenía poder de atracción y ninguna divinidad era capaz de sustraerse a él.

Por ello, cogiendo un puñado de incienso de la mesa de los ungüentos, se apresuró a encenderlo.

–¡Osiris! –balbuceó una vez que las volutas hubieron comenzado a elevarse–. ¿Me dirías por qué Chesmu quiere mi muerte? ¿Qué he hecho yo de malo?

En ese instante sintió una viva picazón en los huecos de su palma. Bajando los ojos, vio que su mano, su brazo... y todo el resto de su cuerpo estaban ahora hechos de incienso; el fuego la consumía por entero. Sus dedos, tras haber enrojecido, acababan de convertirse en varitas de ceniza gris.

–Osiris –suplicó ella una vez más–. Respóndeme antes de que toda mi carne se consuma...

Su brazo no era ya más que un sarmiento carbonizado, el fuego atacaba su hombro, su cuello, subía hacia su rostro. Ardía sin experimentar el menor dolor, pero desprendiendo un perfume extraño y mareante. Mujer-incienso, se consumía en el suelo, desmenuzándose su cuerpo a medida que su carne se volvía ceniza. Tentada estuvo de arrastrarse hacia el estanque de agua fría para apagar el fuego soterrado que la consumía, pero Osiris no había respondido aún, por lo que debía continuar difundiendo su perfume, incluso al precio de una combustión general de todo su ser.

–Osiris –gimió mientras sus piernas se disgregaban a su vez.

Y bruscamente Chesmu estaba allí, dominándola, el pie levantado por encima de su rostro. Dejó caer su sandalia sobre Anuna, haciendo estallar su cabeza, aplastándola igual que se pisotea los tizones de un fuego de campamento. Y la perfumista pronto no fue más que una mancha de polvo gris en el suelo.

Así acabó el sueño.

Lo primero que se le vino a la cabeza a la joven fue que se trataba de un pavor simbólico ligado a su miedo a envejecer, pues no tenía más que dieciséis años y desde hacía algún tiempo esta evidencia la atormentaba.

Las gentes del pueblo vivían una media de treinta años; era la longevidad comúnmente admitida, el ciclo de treinta años de la vida terrenal al término del cual el halcón emprendía el vuelo para renacer en el Occidente y fundirse en el oro del sol. Únicamente el faraón, sus sacerdotes, sus escribas, rebasaban este límite. Bien alimentados, bien cuidados, preservados de los duros trabajos y de las faenas mortales de necesidad, alcanzaban sin esfuerzo la sesentena e incluso a veces mucho más. No era raro que un faraón se extinguiera a los setenta u ochenta años pasados, pero eso no tenía nada de asombroso puesto que la sangre de los dioses corría por sus venas y sus órganos estaban hechos del oro más puro –la carne de Ra– imputrescible y soberbio. Anuna, con sus dieciséis años de vida, tenía perfecta conciencia de haber recorrido ya más de la mitad de su trayecto terreno. Era hora para ella de disfrutar de las buenas cosas, pues dentro de diez años –a condición de seguir con vida– no sería ya más que una anciana.

En aquel momento, a causa de su sueño, se sentía más a disgusto aún que de ordinario, amenazada, como el ratón campesino que se abrasa las patas en la arena recalentada mientras por encima de él, muy alto en el cielo, el halcón describe círculos antes de iniciar su descenso en picado.

Por la mañana, se dirigió a casa del adivino, el hombre que leía los sueños. Muchos eran los egipcios que le consultaban, por lo que la perfumista tuvo que aguardar su turno. Cuando ella le contó su pesadilla, el santo varón pareció aterrado.

–Un gran peligro te amenaza –murmuró esquivando la mirada de la joven–. Vas a verte mezclada de aquí a poco en algo que te sobrepasa. Una terrible injuria causada a los dioses. Una blasfemia. Es por esta razón por lo que, en el sueño, Osiris se niega a responderte y Chesmu te reduce a cenizas. Tu crimen tendrá una relación directa con tu oficio, los perfumes. Estáte vigilante, trata de evitar la añagaza. La sombra de la muerte se cierne sobre ti.

SEIS

Fue el olor de los asesinos el que despertó a Dakomon mientras estaba soñando con la serpiente Apofis. En el sueño, el reptil que, cada noche, trata de obstaculizar el itinerario de la barca de Ra, se retorcía en la arena para dibujar el trazado de un laberinto, y este trazado era tan sutil que Dakomon lloraba por ello de alegría.

Fue entonces cuando el olor a moho golpeó su olfato, en medio del sueño. Era uno de esos olores que no se encontraban nunca en el interior de la casa del maestro arquitecto: un olor a mugre, a sudor, al que se añadía la fragancia bituminosa de las bandas utilizadas por los embalsamadores. Sobre todo ello planeaba el olor agrio del cobre de los puñales.

Dakomon se incorporó en su lecho, el corazón como loco. Aunque arquitecto de profesión, siempre había sentido pasión por los perfumes y su nariz era capaz de distinguir los olores más ínfimos, como un sacerdote lee los jeroglíficos más herméticos. Su primer reflejo fue destapar un frasco de nardo para llevárselo a la nariz; suspendió su gesto al comprender que el peligro era muy real esta vez.

Sintió que el sudor corría por su rostro, pero este olor no le indispuso, pues absorbía unas infusiones de toronjil para remediar este inconveniente, por lo que sus emanaciones corporales más vulgares estaban perfumadas por esta planta que tenía, por añadidura, el nada despreciable poder de espantar a los mosquitos.

Contempló como se ponía el sol rojo en el horizonte. La barca de Ra se hundía bajo tierra para su trayecto nocturno sembrado de asechanzas. La noche se posesionaba de todo, y con ella los demonios de la sombra, los fantasmas propagadores de la enfermedad, los genios venidos del desierto y a los que atraía el olor de la carne humana.

Dakomon examinó a la joven doncella desnuda tumbada contra su costado. Durante un instante, había creído ver una gran mancha de sangre bajo su garganta abierta, pero no era más que una sombra, y lo que había tomado por una herida, un fino collar de pelos de elefante trenzados. La ilusión se había visto reforzada por el afeite color rojo vivo con el que la muchacha se había untado la palma de las manos y la planta de los pies, según la moda femenina del momento.

Se sacudió. Estaba decididamente demasiado nervioso. Se acordó de haberse quedado amodorrado en la terraza después de haber hecho el amor; había soñado con Apofis, y luego... Y luego el olor les había sumergido.

El olor de los asesinos a sueldo del faraón. Unos matones sin rostro que se envolvían en bandas como unas momias escapadas de su sarcófago. Se trataba de una astucia de Anatotep, un subterfugio para dejar helados de terror a sus enemigos y hacerles creer que Anubis le había concedido el poder de mandar sobre los muertos y manipularles como títeres, allende la tumba. No se hablaba de ello sino con prudencia, de tapadillo, pues se temía la desconfianza rencorosa del viejo nomarca. ¿No había hecho pintar acaso recientemente unos grandes *udjat* en todas las paredes de la ciudad, e incluso en el interior de las casas de sus ministros, para vigilarles en sus gestos más íntimos?

Se decía que el ojo mágico de Horus le transmitía todas las imágenes que captaba, tanto en las calles de la ciudad como en las ricas casas de recreo de los funcionarios. Estaba formalmente prohibido ocultar estos ojos con una tela o pintarrajearlos de arcilla, so pena de que a uno le cortasen las orejas.

Al igual que todos los demás, Dakomon no había podido sino humillar la cerviz fingiendo sonreír cuando los pintores de palacio se habían presentado ante su puerta para trazar el *udjat* en varias de sus paredes.

–No es para vigilarte, amigo mío Dakomon –había gruñido Anatotep–, sino para garantizar tu seguridad. Sabes que tengo muchos enemigos. Te envidian por el hecho de ser una persona muy próxima a mí, porque te cuentas entre los amigos escogidos del faraón. Un día de éstos hasta podrían intentar hacerte algún daño. Los ojos pintados en tus paredes me advertirán de ello y así podré venir volando en tu ayuda. Gracias a ellos puedo seguirte en todas tus ocupaciones... y me siento menos solo.

La respuesta del arquitecto había sido que se sentía muy honrado, pero, como no tenía un pelo de tonto, sacó la conclusión de que el nomarca desconfiaba ahora de él igual que de todos los demás.

No podía hacerse nada por remediarlo, pues en él era una enfermedad incurable. Más pronto o más tarde, Anatotep creía descubrir en el alma de todos aquellos que le rodeaban fermentos de rebelión, gérmenes de conjura; se creía entonces en el derecho de hacerles suprimir preventivamente para asegurar su propia seguridad. Mantenía un cuerpo de asesinos fantasmas cuyas identidades eran ignoradas. No faltaban los que afirmaban que se trataba de sacerdotes fanáticos, o según otros, de una legión de jóvenes concubinas reclutadas dentro del harén.

–Son sus hijos secretos –murmuraba uno.

–No, sus hijas –corregía otro–. Ha mantenido su nacimiento en secreto, pues no ha querido confesar nunca que no era capaz de engendrar hijos varones.

En realidad nadie sabía nada con certeza, salvo que los matones envueltos en bandas se infiltraban en los palacios mejor guardados para ahogar con un cojín o apresar con un lazo de cuero a todos aquellos a quienes el faraón había cogido ojeriza.

Dakamon se estremeció y arrugó la nariz, en pos del olor terrible que había creído sorprender. Se había pasado toda la infancia así, olfateando, desesperando con ello a sus padres que le reprochaban comportarse como un cerdo. Él no podía hacer nada por evitarlo, pues los dioses le había dotado de una nariz fuera de lo común. De no haber sido arquitecto, como su padre, se habría hecho perfumista. Su familia le había disuadido de ello, pues comerciar con perfumes implicaba viajes peligrosos al país de Punt, donde se elaboraba el mejor incienso del mundo.

Dakomon dio unos pasos por la terraza. Era un hombre delgado, con unos buenos músculos, que gustaba a las mujeres. Tenía un bellísimo rostro de ojos rasgados, adornados con una espesas pestañas negras, y una boca de sensualidad golosa. El faraón, cuyo perfil evocaba en aquel momento el de un viejo buitre, le envidiaba igualmente por dicho motivo.

El arquitecto se puso su faldellín y sus sandalias. Normalmente iba con los pies descalzos, pero algo le decía que tal vez tendría que correr de ahí a poco por un terreno accidentado.

Trató de pensar cuándo había podido cometer un error susceptible de granjearle el odio de Anatotep. ¡Por los dioses! Siempre había sido de una extrema prudencia en sus actos y palabras. Nunca había tratado de escapar a la vigilancia de los ojos pintados como lo hacían algunos. No ignoraba que el nomarca sabía leer en los labios y que, aunque el *udjat* no le permitía oír, Anatotep no tenía ningún problema en descubrir lo que se decía de él escrutando los movimientos de las bocas.

El faraón estaba viejo. Desde hacía cierto tiempo, su entorno sospechaba que estaba aquejado de una cierta forma de demencia senil. Su muerte próxima le obsesionaba, y con ella su futura mudanza al «castillo de un millón de años» que se había hecho construir. Gastaba sin darse cuenta de que estaba arruinando a su nomo. Nada era lo bastante hermoso para él, y se contaba que se dirigía dos veces por semana a casa del embalsamador Horemeb para probar su sarcófago a fin de asegurarse que no se encontraba en absoluto incómodo dentro de él.

Pero su preocupación primordial seguía siendo la violación eventual de su tumba. Este temor le mantenía despierto noches enteras, y cuando por fin llegaba a amodorrarse, era para ver en sueños su momia profanada, su vida en el Más Allá comprometida por la acción de los saqueadores. Era por esta razón por lo que había hecho llamar a Dakomon. El joven arquitecto se había especializado en la construcción de laberintos defensivos, de trampas funerarias. No tenía igual a la hora de imaginar un camino complicado, inextricable, sembrado de trampas. Su reputación había crecido rápidamente y poco a poco se había creado una clientela de ricos funcionarios corroídos, también, por la angustia de la profanación.

Pues el problema era grave. Una momia profanada, desfigurada, mutilada, comprometía irremediablemente la existencia de uno en el Más Allá. Los perjuicios sufridos por los restos mortales podían volverle a uno manco o dejarle con una sola pierna, quedando incapacitado para llevar una vida normal en los campos de Ialu. Asimismo, si los saqueadores vaciaban la tumba de todos los objetos enterrados en el momento del deceso, uno podía encontrarse en el Más Allá más pobre que un felá, incapaz de mantener su rango, privado de servidores, desposeído de los famosos *ushabti*, esas figurillas que todo difunto se llevaba en el momento de la muerte con la esperanza de hacerlas trabajar en su lugar en las tierras divinas. Sin estos preciosos auxiliares, no le quedaba a uno más remedio que uncirse al carro, como un buey, y trabajar ante la mirada del dios. ¿Quién podía tener las más mínimas ganas de conocer una decadencia semejante? ¿Convertirse en un animal de tiro después de haber mandado a docenas de servidores? ¿Quién?

Este temor de ultratumba arrojaba a los escribas, a los ministros en los brazos de Dakomon. El joven les tranquilizaba mostrándoles las maquetas de los laberintos que había imaginado. Introducía en ellos un ratón y le dejaba correr hasta que enloquecía, para gran regocijo de sus futuros clientes.

Al comienzo esta actividad se había revelado muy lucrativa, luego al intensificarse las violaciones de tumbas, los financiadores habían empezado a mostrarse escépticos, exigentes.

–No es más que un ratón –decían con una mueca–. ¿Qué esperas probar con esto? Un hombre sería sin duda más listo. Se dice que basta, cuando se quiere salir de un laberinto, con girar sistemáticamente en el mismo sentido cuando se llega a una bifurcación, de esta manera sería relativamente fácil encontrar la salida al aire libre. ¿Es cierto?

–En teoría, sí –respondía Dakomon–. Pero eso es no tener en cuenta el enloquecimiento que se va apoderando de uno poco a poco... y sin las trampas. Todo hombre perdido en un laberinto se ve dominado por el frenesí, el ahogo. Sé de lo que hablo, pues he procedido a numerosas pruebas con esclavos a los que había prometido la libertad si conseguían salir del dédalo en un tiempo determinado. Ninguno de ellos lo consiguió.

–Pero ¿sucede lo mismo si toman la precaución de encordarse? –replicaban los clientes–. ¿Si avanzan por las galerías señalando su paso por medio de una cuerdecilla?

–Si el trayecto por el que hay que deambular es lo bastante extenso, ninguna bobina basta para cubrirlo –explicaba pacientemente Dakomon–. Además, a la primera trampa, los saqueadores pierden cualquier método. Sobre todo si su avance ha de efectuarse en la oscuridad. Recientemente he puesto a punto un sistema de conductos de aireación que mantiene una corriente de aire constante dentro del laberinto, de modo que las antorchas o los candiles se apagan enseguida. Nada resulta más aterrador que encontrarse perdido en las tinieblas dentro de galerías que se ramifican al infinito. Hasta el espíritu con más temple es incapaz de resistirlo. Sobre todo si la corriente de aire, que se habrá tomado la precaución de hacer pasar por una angosta abertura cuidadosamente tallada –produce una modulación que recuerde el aullido del chacal Anubis. Los violadores de tumbas son unos imbéciles, no dejan nunca de perder la cabeza. Entonces se echan a correr y se arrojan sobre la primera trampa intencionadamente preparada. En cuanto a las trampillas, las he hecho de muy sutiles. A la ida, no se mueven ni un ápice; no basculan sino a la vuelta, de modo que el bandido que ha pasado ya por ese lugar se imagina que se desplaza por suelo firme. Y si ha marcado las losas donde anteriormente ha puesto el pie, como hacen la mayoría de ellos, él mismo se mete en la boca del lobo al no darse cuenta de que la trampilla no funciona más que en un sentido. Es importante que la tumba se gane muy pronto reputación de tragarse a los saqueadores que han tenido la mala idea de introducirse en ella. Esto es una garantía de tranquilidad.

En aquel punto del discurso, Dakomon citaba siempre el caso de la pirámide de Tetlem-Isu, astutamente concebida para llenarse de cocodrilos en la época de la crecida del Nilo, y que había hecho fracasar al mismísimo Netub Ashra, el príncipe de los ladrones. Este sistema, que él había ideado, era un motivo de orgullo para él.

Al volverse sus clientes con el paso del tiempo cada vez más reticentes, construyó en sus jardines un laberinto a tamaño natural por encima del cual uno podía desplazarse gracias a un juego de pasarelas. Cuando el futuro financiador estaba apoyado en la baranda, Dakomon hacía llevar por su criado Uti un esclavo a la entrada del interminable pasillo. Generalmente se trataba de un prisionero de guerra libio, o un comedor-de-cosas-inmundas, o incluso uno de esos detestables nómadas del desierto entre los que se reclutaba a los mejores saqueadores. Desde lo alto de la zona transitable Dakomon gritaba al desventurado:

–Hay una estatuilla de oro en el centro del laberinto; si consigues apoderarte de ella y encontrar la salida, será tuya.

Creyendo que se trataba de un juego cruel, el hombre avanzaba con prudencia, estableciendo cuidadosamente puntos de referencia. Lo más frecuente era que rasgase sus ropas para ir dejando detrás de él unos jirones de tela que le permitieran encontrar su camino. Si estaba desnudo, se mordía el dedo para hacerse sangrar y manchaba las paredes.

–Mira, amigo –cuchicheba Dakomon acercándose a su cliente–, este pobre tipo acaba ya de pasar por encima de dos trampas sin siquiera darse cuenta. Ahora está convencido de que este camino es seguro, y que no se corre ya ningún peligro volviendo a pasar por allí... ¿No es divertido? Lo que tiene de sutil la losa que no gira más que al regreso es que hace fracasar las precauciones exploratorias de determinados saqueadores que hacen que les preceda una oveja, incluso a veces un niño.

–Sí, sí –aprobaban los altos funcionarios–, eso parece en efecto muy bien pensado.

Cuanto el esclavo, con la estatuilla de oro en la mano, acababa cayendo en el fondo de un pozo lleno de rejones, ellos aplaudían y no ponían ya ninguna objeción para firmar el contrato de encargo.

La fortuna de Dakomon se había sido levantado sobre semejantes astucias. Joven, rico, su existencia dorada despertaba muchas envidias, pero se había dejado embriagar. A fuerza de creerse el más astuto, había olvidado que Anatotep, el nomarca, no tenía nada que aprender en cuanto a astucia. Fue entonces cuando cometió un error. Un terrible error...

Dakomon volvió a entrar en casa, con el corazón latiéndole dolorosamente bajo las costillas. Vivía en una bonita mansión en las lindes del desierto, cuyas ventanas muy estrechas no dejaban entrar casi el calor. La penumbra, que hasta entonces había encontrado siempre agradable, le pareció de repente abrigar mil peligros.

Aspiró suavemente, tratando de localizar el horrible olor de las bandas. ¿Había estado soñando o bien Anatotep le había mandado realmente a sus asesinos?

Se liberó de sus sandalias que chasqueaban demasiado fuerte sobre el enlosado. Se preguntó donde estaba Uti, su criado. Uti tenía la misma edad que su amo. Dakomon sospechaba que le gustaban los niños, vicio mal visto en Egipto, pero él toleraba esa inclinación pues adivinaba que Uti, secretamente enamorado, se habría arrojado al fuego por él sin una sombra de duda siquiera. Esta abnegación resultaba sumamente útil en una época en que todo el mundo conspiraba contra todo el mundo. Dakomon se impacientó. ¿Dónde se escondía, pues, ese demonio de servidor? ¿Le habrían cortado ya el gaznate los asesinos momificados?

El arquitecto se dio cuenta de que su propio olor comenzaba a volverse desagradable y ello le incomodó sobremanera. Su olfato demasiado desarrollado le jugaba a menudo semejantes malas pasadas. Cuando atravesaba la ciudad en litera, tenía que tomar la precaución de aplicarse un paño perfumado en la parte baja del rostro para que no le molestara el hedor del populacho. En cierta ocasión, en una obra, se había quedado corto de perfume; la peste a sudor de los albañiles le había causado un mareo tan violento que creyó morir. Fuera de la mirra, del benjuí y del incienso, todo era pestilencia para él, hasta el punto de que a veces le costaba soportar el olor corporal de determinadas cortesanas a pesar de haberse aseado con sumo esmero.

Anatotep era como él. De ahí venían todos sus males.

Entró en el aposento de Uti. El joven criado dormía desnudo en una estera, un frasco de vino de azufaifo a mano. Dakomon le despertó de un puntapié en el vientre.

–Hay alguien en la casa –soltó al servidor con una voz que le costó reconocer–. Los asesinos del nomarca... Están aquí... Siento su olor.

Uti puso unos ojos como platos bajo el efecto del terror.

–¿Tú no los hueles? –insistió el arquitecto.

Uti hizo una señal de que no.

–Pero yo no tengo tu olfato, amo –murmuró–. ¿Estás seguro de no haberlo soñado? ¿Por qué iba a querer el faraón hacerte ningún daño? ¿No es tu amigo?

Dakomon hizo un gesto de irritación. ¡Uti era decididamente demasiado cándido! Por otra parte, a Anatotep no le correspondía el título de faraón, puesto que no era más que un gobernador de provincia atenazado por una ambición desmedida. Sólo la fragmentación progresiva del poder central le había permitido adornarse con ese título sin incurrir en la cólera del verdadero faraón. Antaño, cuando el que llevaba ambas coronas era más poderoso, se le habría castigado por una impertinencia semejante, pero esos tiempos estaban ya lejos.

–Hay que partir –murmuró el joven servidor–. Pasemos por los jardines.

Dakomon estaba petrificado. Jamás había contemplado el emprender la huida. Más que la pobreza o el anonimato, eran los olores atroces del mundo exterior los que le aterrorizaban. ¿Cómo podría sobrevivir en él sin su cofre de fragancias? ¿Sin sus mil frascos todos llenos de las esencias más raras? Privado de la neblina odorífera de la que tenía por costumbre envolverse, la vida se volvería pronto para él insoportable. ¿No era preferible dejarse abrir las venas por los asesinos sin rostro?

–¿Has preparado un talego? –inquirió Uti–. ¿Con oro, joyas, lingotes de cobre?

No, no, no había hecho nada de nada. Y por otra parte, en aquel mismo momento, no pensaba más que en la caja de madera de sándalo donde guardaba sus botecitos de pomada, sus gomas, sus inciensos más raros comprados a precio de oro a los viajeros de regreso del país de Punt.

No, no quería partir sin ellos. Se ahogaría, moriría...

¿Iban verdaderamente a matarle por haber fabricado un perfume que sólo Anatotep y él mismo eran capaces de percibir?

Se le hacía muy difícil admitirlo y, sin embargo, sabía que en ello radicaba el objeto de su condena.

Un perfume cuyos efluvios sólo dos personas, dos solamente, en todo el nomo –¡y tal vez incluso en todo Egipto!– estaban en condiciones de percibir.

¿Qué locura le había empujado a enorgullecerse de ese prodigio ante el viejo nomarca, qué vanidad?

Cuando no trazaba los planos de un laberinto, Dakomon inventaba perfumes. Aquella era en realidad su verdadera pasión. No trabajaba más que con las esencias más raras, pues su olfato en exceso sensible le impedía el empleo de las sustancias comunes, de esos «perfumes» que bastaban normalmente para hacer la alegría de los altos funcionarios. Un día, sin embargo, a fuerza de refinar, había terminado por encontrar un olor exquisito, verdadero lenguaje divino, pero que nadie, por desgracia, había sido capaz de oler. Se lo había ofrecido a algunas cortesanas que le acusaron de burlarse de ellas.

–¡Pero si no es más que agua! –protestaban ellas llevándose el frasco a su linda nariz–. ¡Qué farsa es ésta, Dakomon? ¿Has perdido acaso el juicio?

Entonces había querido regalárselo a los sacerdotes del naos real para que perfumasen con él cada mañana la estatua del dios, esa estatua que lavaban, vestían y alimentaban a cada salida del sol. También allí había sido recibido con una incredulidad ultrajante.

–Te burlas, Dakomon –le dijeron–. Tu ungüento no tienen ningún olor y el dios no podría sacar ninguna satisfacción de él.

El arquitecto había comprendido entonces que era víctima de su olfato demasiado delicado. Había concebido un perfume extraordinario... pero que era el único en poder oler. Una fragancia para un maestro perfumista, para una elite de «narices» fuera de lo común. ¡Un perfume «inodoro» que no existía más que para él!

Había sentido a la vez una gran tristeza y un inmenso orgullo. Por escarnio, por vanidad, había ido poco a poco adquiriendo la costumbre de perfumarse con ese elixir divino cuya existencia escapaba a los hombres comunes y corrientes, pero que los dioses no podían dejar de percibir. Se imaginaba en su candor que gozaba así de una protección muy especial, pues sabía que a la Enéada le encantaban los perfumes selectos. En todo tiempo, los dioses habían privilegiado ese medio de comunicación con la tierra, con los hombres. Si se quería despertar su atención, si se quería hablar con ellos, sólo se podía hacer por medio de los perfumes. Únicamente la emanación de los exquisitos olores al elevarse hacia el cielo establecía el contacto entre ambos mundos. Sin perfumes, la comunicación estaba rota. Dakomon se enorgullecía de ser sin duda el único mortal cuyo olor obligaba a las divinidades a salir de su eterna indiferencia.

Esta vanidad había sido su perdición.

Un día que estaba con Anatotep para resolver determinados detalles de arquitectura funeraria, tuvo la sorpresa de ver al nomarca arrugar la nariz y oler ostensiblemente.

–¿Qué perfume es ése? –inquirió el anciano con esa voz imperiosa y cacareante que hacía perder la cabeza a todos en palacio cada vez que se levantaba–. Nunca he olido nada semejante... Es... es indescriptible.

Con los ojos semicerrados, el rostro marcado por una glotonería obscena, Anatotep husmeaba el viento.

Dakomon sabía que era aficionado a las fragancias, pero en su fatuidad, se había considerado siempre dotado de un olfato más fino que el del propio «faraón». Palideció, adivinando que el nomarca corría el peligro de hacerle pagar muy caro esta insolencia.

–Era mi intención regalároslo, oh señor –improvisó–, pero todo el mundo dice que es insípido... y hasta ahora aquellos a los que se lo he dado a oler han afirmado que es imperceptible. Comenzaba a creerme víctima de alucinaciones olfativas. Por eso ha sido que he decidido remitirme a vuestro juicio, vos que poseéis, por esencia divina, el olfato más fino de Egipto.

Un destello astuto, calculador, se iluminó en el fondo de las pupilas de Anatotep.

–¿Dices que nadie es capaz de olerlo? –repitió con aire de entendido–. ¿Nadie aparte de tú... y yo?

–Es cierto, señor –soltó Dakomon–, y aún a mí mismo me cuesta un poco percibirlo por momentos. Seguramente lo apreciaréis mucho mejor que yo.

–Se me acaba de ocurrir una idea –murmuró Anatotep–. Una idea que nadie ha tenido jamás.

Bien, todo había arrancado de allí. La gloria y la pérdida de Dakomon.

–Amo –suplicó Uti zarandeando al arquitecto por la mano–. Hay que irse, despiértate, eres como un sonámbulo.

Dakomon trataba de imaginar su vida en el exterior. Una vida de fugitivo en la pestilencia de los bajos fondos. Una vez que el contenido de su caja de perfumes se agotara, se moriría, estaba seguro de ello, sofocado por los malos olores.

–Mi caja –consiguió por fin balbucear–. Ve a buscar mi caja de sándalo.

–¡Es demasiado pesada! –protestó Uti–. Es el oro, los lingotes de plata y de cobre lo que hay que llevarse. ¿Dónde están escondidos?

Pero el arquitecto no había ocultado ni organizado nada. Nunca se le había pasado por la cabeza la idea de que tendría un día que emprender la huida como un paria.

Un gran descorazonamiento le invadió y a punto estuvo de renunciar, luego el olor le golpeó de nuevo, ese relente de bitumen y de resina que le recordaba los talleres de la muerte. Supo que los asesinos del faraón se acercaban. Lanzó un gemido de terror. Uti le cogió por la muñeca y le arrastró hacia los jardines. El criado había mantenido siempre mil complicidades con las gentes del pueblo, la huida no le espantaba. Mentalmente, trataba ya de ver qué ruta tomaría para sacar a su querido amo del nomo de Setep-Abu.

Dakomon se dejó llevar. Afuera, el viento helado de la noche se levantaba ya, haciendo susurrar las hojas de las palmeras. Las brasas de los pebeteros colocados a lo largo de las alamedas relucían tenuamente en la oscuridad, avivadas por la caricia de las ráfagas de viento que las hacían pasar del rojo oscuro al rosa pálido en una palpitación irregular.

Cuando Anatotep venía a visitarle, Dakomon arrojaba polvo de olíbano sobre las ascuas, de manera que envolviera al normarca con una verdadera vaharada de perfume, como si fuera un dios descendido a la tierra.

Una estatua de Upuaut, el dios guía, el abridor de caminos, se alzaba en la entrada del dédalo. Dakomon, que titubeaba, las piernas flaqueándole por el miedo, tuvo una revelación.

–Entremos en el laberinto –dijo jadeando al criado–. ¡No se atreverán nunca a seguirnos allí! ¡Sí, el laberinto nos protegerá!

–No, amo –gimió Uti–, es peligroso, se hace de noche, no se ve nada.

–Soy yo quien lo ha trazado y construido –rezongó Dakomon–. Conozco su trazado de memoria, podría pasearme por él con los ojos cerrados.

–Es mejor abandonar la casa.

–¡Idiota! ¿Es que no comprendes que probablemente han rodeado la propiedad? Caerán sobre nosotros tan pronto como hagamos el menor gesto de cruzar el muro del recinto.

El arquitecto recobraba la confianza. Su creación, su genio le protegerían. Estaría seguro dentro del laberinto como un rey en el corazón de una fortaleza, y si los asesinos momificados se atrevían a seguirle, caerían uno tras otro en las mil trampas que él había dispuesto. Sí, era hacia allí hacia donde debía correr sin prestar atención a los lloriqueos de Uti.

Hasta ahora la vida le había resultado dulce y no tenía la menor costumbre de hacer frente a turbulencias de este tipo. Cuando abandonaba su hermosa morada era en litera, escoltado por servidores que portaban pebeteros. Viajaba con las cortinillas echadas para no ver el horrendo espectáculo de la ciudad, y estas cortinillas que le rodeaban de una muralla protectora estaban asimismo impregnadas de sutiles fragancias.

–Ven –ordenó a Uti–. Dame la mano y posa tus pies exactamente donde yo poso los míos.

El criado temblaba como un lebrel ante la proximidad del león. Un olor a agrio sudor salía de él, incomodando a Dakomon.

–¡Haz lo que te digo! –susurró el arquitecto, y todo saldrá bien.

Bordearon la estatua de Upuaut para entrar en el laberinto en el que Dakomon hacía la demostración de sus trampas. La noche más cerrada reinaba ahora en los pasillos; un hombre normal se habría visto obligado a adentrarse por ellos a tientas. Ni hablar de encender una antorcha o la torcida de un candil cuyo resplandor habría podido guiar a los perseguidores ya que el dédalo carecía de techo.

«Aunque uno de ellos subiera sobre la pasarela que está suspendida sobre nosotros para guiar a los demás e indicarles nuestra posición, no podría señalarle el emplazamiento de las trampas», pensó Dakomon arrastrando tras de sí a su criado al que le castañeteaban los dientes. Avanzaba con los ojos cerrados para concentrarse en sus recuerdos. No tenía el menor miedo de perderse, pues no en vano tenía la reputación de maestro de los laberintos. No tenía más que mirar durante breves momentos el trazado de un dédalo para acordarse de él para siempre jamás. Éste era un don extraño que poseía desde su infancia. Un don que había hecho su riqueza... y provocado su perdición.

Avanzaba contando sus pasos mientras que bajo sus párpados cerrados desfilaba el paisaje de paredes estrechas donde las mismas escenas habían sido constantemente reproducidas de forma que crearan una impresión de uniformidad que impidiera el menor punto de referencia.

Las bifurcaciones eran innumerables y las trampas se volvían más numerosas a medida que se acercaba uno a la cámara central. Una arquitectura semejante costaba muy cara. Además, convenía hacerla construir por medio de grupos de albañiles que se relevaban sin cesar, pues, de esta manera, ninguno de ellos podía reconstruir en su cabeza la imagen del laberinto en su estado final. Para mayor seguridad, Dakomon empleaba prisioneros de guerra que hablaban lenguas distintas. Luego, de forma indirecta, le recomendaba al financiador que se encargara de quitarse de encima a los obreros mandándoles «lo más lejos posible». Dejaba al cliente la libertad de interpretar esta noción de «distancia» como le conviniera. La mayoría de las veces los propietarios de la futura tumba se apresuraban a organizar un accidente de obra en el que desaparecían los desdichados excavadores de subterráneos. Era sin duda de lamentar, pero el arquitecto no veía ningún otro modo de proceder.

Habían llegado a la cámara central. Dakomon se apoyó contra el sarcófago ficticio que había instalado allí para dar un carácter más serio a sus demostraciones.

–Ya está –susurró a Uti–, y deja de castañetear los dientes, pues estamos seguros. No conseguirán llegar nunca hasta aquí sanos y salvos. El laberinto acabará con ellos uno tras otro.

Al decir esto, se sintió embargado por una extraña sensación de poder. ¿Disuadiría tal vez esto a Anatotep de volver a comenzar? No, no había que hacerse ilusiones. Uti tenía razón, lo mejor era emprender la huida, abandonar el nomo... e incluso Egipto. Pero ¿para ir adónde? ¿A Babilonia? Decíase que los asiáticos eran muy aficionados a los perfumes. Podría sin duda construirse una nueva vida allí.

–¡Escucha! –gimió Uti–. Vienen, les oigo.

Dakomon les había olido antes incluso de oírles. Su olor nauseabundo les precedía. Un olor a muerte en marcha. Acababan de entrar en el laberinto sin encender ninguna antorcha, como si sus ojos de animales de presa les permitieran ver en plena noche. Esta constatación hizo que un estremecimiento supersticioso recorriera la piel del arquitecto.

«¿Y si fueran realmente momias? –pensó con una crispación de terror–. ¿Unos cadáveres animados que el nomarca puede mover a distancia por medio de un maleficio enseñado por los sacerdotes?»

No, no era posible, Anatotep no era un mago, sino tan sólo un anciado malvado, obsesionado con las conjuras y la necesidad de asegurar la inviolabilidad de sus secretos.

Y sin embargo los asesinos sin rostro continuaban avanzando. Dakomon acechaba en vano el crujir de las trampas al dispararse. Nada pasaba, como si los asesinos evitaran cuidadosamente todos las asechanzas. Era incomprensible.

–¡Vienen! –chilló Uti–. Pronto estarán aquí... ¡Ay, nos has arrojado en las fauces del león! Mejor habríamos hecho perdiéndonos en el desierto como quería yo.

–¡Cierra esa boca! –espetó el arquitecto cuyas manos se iban humedeciendo.

¿Cómo era posible que...?

De repente tuvo una revelación. ¿No había, un día, invitado a Anatotep a visitar el laberinto? Sí, por supuesto. Eso había bastado... La memoria infalible del nomarca había registrado la configuración exacta del dédalo y el emplazamiento de las trampas. ¿Cómo era posible que él, Dakamon, se hubiera mostrado tan estúpido?

Anatotep, de regreso a palacio, se había apresurado a trazar un plano de las instalaciones, plano que había comunicado a su legión de asesinos, por si...

Dakomon se puso a temblar, pues él mismo se había entregado a los leones jugando a los cortesanos.

El olor de los asesinos le aturdió. Supo que acababan de entrar en la cámara central.

No tenía necesidad de verles para adivinar que estaban allí, delante de él, alineados, con el puñal de cobre en la mano.

–Venimos a buscarte –murmuró una voz surgida de la noche–. Venimos a buscarte, Dakomon, por orden del faraón, por el bien del Estado y la seguridad de su ka.

Era una voz sin sexo ni edad.

Sin odio tampoco.

Dakomon estaba petrificado, al borde del ahogo. Súbitamente, unas manos vendadas le apresaron; topó con el obstáculo de unos pechos envueltos en unas fajaduras endurecidas por la resina.

Se lo llevaron. No se atrevió a debatirse por miedo a lanzar a sus agresores hacia una de las famosas trampillas que no se abrían más que al regreso. Si caían, caería con ellos. Los rejones de bronce que guarnecían el fondo de los pozos no perdonaban a nadie.

Salieron del laberinto en silencio. Dos asesinos aguardaban cerca de un brasero que dejaban ardiendo permanentemente en el centro del jardín para alejar a los animales nocturnos: hienas, chacales, que venían del desierto, atraídos por los olores a comida que salían de las casas.

Las momias acercaron al arquitecto al brasero. Las bandas entrecruzadas no dejaban libres más que sus ojos.

–Anatotep, el amo de todos nosotros, vida, fuerza, salud y gloria a su ka, Anatotep siente una gran amistad por ti –dijo el que parecía el jefe del grupo–. E igualmente una gran admiración. Te considera como hijo suyo. Por otra parte, si no fuera así, nos habría pedido que te matáramos esta misma noche. En vez de ello ha insistido para que te capturáramos con vida.

El primer sentimiento de Dakomon fue un intenso alivio, luego volvió el temor, más grande aún. ¿Si no querían atentar contra su vida, que hacían allí los asesinos del faraón? Iba a hacer la pregunta cuando distinguió, entre las brasas, una varilla de hierro que habían colocado al fuego para que se pusiera al rojo blanco.

–Tienes que comprender que representas una amenaza para la supervivencia del faraón –dijo el hombre enmascarado–. Sabes cosas que únicamente él debe saber en adelante. Si se tratara de otro, la solución habría sido más simple, le habríamos cortado el cuello, pero te lo repito, el faraón te quiere como a un verdadero hijo y ha decidido mostrarse clemente. Vamos, pues, a dejarte con vida después de haber tomado algunas pequeñas precauciones. No te resistas, pues eso haría la operación más larga y dolorosa. Cierra los ojos y déjanos actuar, es el partido más prudente que puedes tomar.

Dakomon se debatió entre las manos de sus agresores.

–¿Qué vais a hacerme? –chilló–. Todo esto no tiene ningún sentido, pues nunca causaré el menor daño al faraón. Le quiero como a mi propio padre. Me iré al destierro si es preciso, abandonaré Egipto, iré a establecerme a Tiro, a Nínive, más lejos aún.

–No –dijo en voz baja el hombre–. El riesgo sería demasiado grande. Tenemos que obedecer, tanto tú como yo, tienes que someterte. Comprende que lo que está en juego es mucho, que te sobrepasa, y resígnate. No deberás concebir ningún deseo de venganza, ningún rencor contra el faraón, pues te hace un gran favor permitiendo que sigas con vida. ¿Entendido? Lo que vamos a hacerte dentro de un instante se lo deberás a su afecto, no a su odio.

Aturdido por aquellas palabras, Dakomon no sabía ya lo que debía pensar. Fue entonces cuando vio las tijeras entre las manos de uno de los asesinos.

–Sujetadle bien –ordenó el jefe.

El joven arquitecto se sintió atrapado por las orejas. Le obligaron a arrodillarse y a levantar la cabeza. En el instante que siguió le cortaron la nariz con la ayuda de las tijeras de bronce, luego le cauterizaron las fosas nasales hundiéndole la varilla de metal puesta a enrojecer en el brasero.

El sufrimiento fue tan atroz que perdió el conocimiento. Uti se desplomó, entre lágrimas, temblando de terror.

–Ocúpate de él –soltó el jefe de los asesinos–. Cuida de sus heridas para impedir que se le gangrenen. Si es preciso, ve a palacio, el faraón te mandará a su médico personal. En cuanto tu amo haya despertado, anúnciale la buena nueva: el nomarca dobla el montante de su pensión anual a título de indemnización.

Se fueron tal como habían venido, y la noche se los tragó de igual manera que el agua de un estanque se traga la piedra arrojada por un niño.

Uti acarició con la punta de los dedos el rostro mutilado de Dakomon. La herida era atroz, devastaba la belleza del joven arquitecto y le confería el aspecto de un leproso o de un funcionario condenado por prevaricación, puesto que la ablación de la nariz era justamente el castigo que normalmente se reservaba para esta clase de crimen.

Uti lloró largamente y luego se serenó; fue al interior de la casa en busca de unos bálsamos a base de opio que adormecían los dolores más vivos, y preparó varias pipas de cáñamo índico cuyo humo calmaría al herido. Poca gente fumaba en Egipto, pues era allí un vicio de nómada del desierto generalmente mal visto. Uti había contraído esta costumbre al estar en contacto con extranjeros. Beduinos sobre todo, que no se separaban en ningún momento de su pipa de agua.

Se quedó allí hasta el amanecer, abanicando a su amo con una hoja de palma para ahuyentar a las moscas que trataban ya de posarse sobre la herida.

Cuando Dakomon hubo recobrado la conciencia, su primer reflejo fue pedir un espejo. Uti se negó a ofrecerle el pedazo de cobre pulimentado ante el cual, cada mañana, el arquitecto se maquillaba los ojos con polvo de galena molida.

Se apresuró a arrojar virutas de cáñamo índico sobre la brasa de un pequeño incensario que puso delante de su amo pidiéndole que aspirara el humo bien hondo. Embotado por los ungüentos opiáceos, Dakomon no parecía sufrir demasiado.

–Estoy desfigurado, ¿no? –no dejaba de repetir con tenue voz–. Estoy horrible...

¿Cómo pretender lo contrario? ¿Cómo decirle que tenía el aspecto de un leproso cuya nariz acaba de separarse para revelar la espantosa cavidad de las fosas nasales? No era posible, no se le decía eso a un hombre que había tenido un gran éxito con las mujeres y que había vivido aquellos últimos años en medio de la vorágine de la seducción.

Uti tuvo de repente miedo de que el arquitecto se abriera las venas y arrojó un nuevo puñado de hachís dentro del incensario.

–Señor –dijo evitando mirar a Dakomon al rostro–. Hay que irse. El nomarca está loco. Hoy te ha mutilado, mañana exigirá que te maten.

–Tienes razón –balbuceó el herido–. Cogeremos el oro, el cobre, y nos iremos... Voy a necesitar dinero para vengarme. –Emitió una terrible risita burlona y concluyó–: Esta aventurilla tendrá al menos el mérito de curarme para siempre de los buenos y malos olores. Y ello está bien, pues pienso asociarme con los peores canallas, y de este modo no tendré que soportar su apestosidad.

–¿A quién quieres unirte? –gimió Uti, a quien esta simple perspectiva aterraba ya.

–Con Netub Ashra –dejó caer Dakomon–. El rey de los profanadores. En cuanto hayamos salido de aquí, deberás conducirme hasta él.

SIETE

El jefe de los asesinos envueltos en bandas se inclinó ante Anatotep y dijo:

–El dios halcón ha establecido tu nombre en el cielo, te ha hecho Toro poderoso. En ese tu nombre, Horus Toro poderoso, apareces en Setep-Abu, él te ha consagrado en el nombre de Horus y te ha confiado sus coronas. Poder y valentía. En este tu nombre, Anatotep, reinas sobre la Tierra Blanca, reinas sobre la Tierra Roja y pisoteas a tus enemigos. Inmutable es el devenir de Ra.

El anciano hizo un gesto de impaciencia. Era ya demasiado entrado en años para ceder al placer de esas mismas lisonjas que le encantaban diez años antes. No tenía ningún derecho al ritual de los cinco nombres de faraón y se irritaba a veces de la bajeza de sus súbditos. ¿No habría, pues, entre ellos ninguno lo bastante orgulloso como para levantarse y acusarle de herejía?

–¿Ya está hecho? –le preguntó al asesino disfrazado de momia.

–Tal como ordenaste, señor, fuerza, vida y salud. Gloria a tu ka.

–¿Ha sufrido?

–Lo peor está por venir, pero su criado parece capaz. Con un poco de suerte sobrevivirá.

Anatotep suspiró tristemente.

–¿Le habéis dicho que yo no le odio? –preguntó, pues ese pequeño detalle le preocupaba muy especialmente.

El jefe de los asesinos aseguró que había repetido las palabras dictadas por el faraón sin omitir una sola de ellas.

–Está bien, está bien –murmuró Anatotep cansado de repente de la charla–. Puedes retirarte, has hecho un buen trabajo. Haré que te den diez *debens* de cobre por tu esfuerzo.

El asesino sin rostro salió retrocediendo y desapareció entre las columnas papiriformes que sostenían el techo de la sala.

Las paredes, los pilares, todo estaba desacostumbradamente desnudo, pues Anatotep había hecho rascar las pinturas cuyos olores no soportaba ya. Tan pronto como se acercaba a un fresco, no veía lo que éste representaba porque se encontraba al punto inmerso en el olor de los ingredientes contenidos en los pigmentos... Olía el huevo podrido, olía la orina o las materias fecales que se utilizaban en la composición de determinados colores. Olía los bichos aplastados bajo el pilón: conchas, gusanos, insectos, múrices, quermeses. Y este magma le parecía que proseguía un lento trabajo de putrefacción en sus paredes. So pretexto de embellecer su morada, ¡se le obligaba a vivir en un osario! No tenía más que cerrar los ojos para imaginar las paredes chorreantes de carroña.

Nadie había comprendido jamás nada de sus tormentos. Los médicos consultados le habían declarado con muchas reticencias:

–Sufres tal vez una enfermedad cerebral, oh hijo de Horus, Toro poderoso. Pues este tipo de afecciones tienen por efecto abrumar al paciente con malos olores ilusorios.

¡Qué insolencia! El faraón no podía sufrir ninguna enfermedad, era un hecho reconocido. Si percibía unos olores que nadie era capaz de detectar era simplemente porque los dioses le habían dotado de un olfato fuera de lo corriente.

Había mandado cortarles la nariz a los médicos y se la había hecho comer, para enseñarles así a respetarle.

Pero su vida había seguido siendo un infierno. Exigía ahora que sus ministros se hicieran depilar con bolas de azúcar caramelizado, y masajearse con resina de terebinto antes de comparecer a su presencia, pues sus efluvios corporales le daban náusea. Durante la charla, todos debían sostener en la mano un pequeño pebetero para envolverse con una pantalla protectora, pues –bajo el efecto de la angustia– todos transpiraban en abundancia.

Por este mismo motivo, Anatotep había hecho instalar en una sala contigua una pila para las abluciones donde los servidores corrían a meterse a todas horas, y se hacían ungir con pasta de olíbano por unas masajistas. Cuando se desplazaban siguiendo al nomarca, era con un incensario en la mano.

Anatotep no tenía más que arrugar la nariz para leer en ellos. Le bastaba con aspirar para saber cuál acababa de orinar hacía apenas un instante, cuál había hecho el amor en el curso de la noche, cuál había yacido con un muchacho...

Esta promiscuidad era para el anciano un tormento permanente. Pero lo peor de todo era el olor de la ciudad, ese hedor que el viento dirigía hacia el palacio, ese infierno pútrido de cuerpos mal lavados, de ropas sucias. Cada vez que quería dar unos pasos por la terraza, el nomarca mandaba a un servidor para cerciorarse de que el viento soplaba del desierto y no de la ciudad. El olor del desierto era bueno y limpio. Apaciguaba a Anatotep, aunque a veces, la pestilencia de una caravana de asiáticos, al pasar a lo lejos, lo corrompía por unos instantes.

El fenómeno se veía agravado con la edad, llegando a los límites de lo soportable. Cuando el anciano debía recibir a unos emisarios extranjeros, de limpieza siempre dudosa –de esos seres inmundos que exhibían unas barbas teñidas de *henna* roja– escondía su rostro detrás de una máscara de oro con la efigie de Horus, y cuyo pico recortado estaba lleno de pulpa de saúco empapada en benjuí. Sólo a este precio podía permanecer sentado en su trono sin desfallecer.

En la actualidad, llegaba a adivinar la entrada de un insecto sólo por su olor. Sí, notaba el olor de las moscas, de los mosquitos, podía decir sobre qué o sobre quién se habían posado los insectos un instante antes. Percibía la emanación íntima de los escarabajos, de los lagartos trepando por las piedras de palacio. Podía contarlos, con los ojos cerrados. Bastaba con sumar sus olores.

–Todo eso se lo imagina –cuchicheaban sus enemigos–. Se lo inventa. En realidad, está loco. Está aquejado de una maligna enfermedad cerebral que le produce un gran desarreglo de los sentidos. Pero no quiere hacerle caso a nadie, y menos que a nadie a los médicos.

Anatotep abandonó su trono haciendo muecas. Era un hombrecillo muy delgado, casi enteco y que, en su estado natural, parecía ya presentar todas las características de una momia a punto de estar acabada, justo antes de que se la envuelva en los ciento cincuenta codos de lino reservados a los grandes dignatarios. Su nariz aguileña le confería un perfil de pájaro de presa, y al comienzo de su «reinado», había jugado mucho con esta particularidad para imponerse como elegido de Horus. A fin de perfeccionar este parecido, se había incluso aplicado a mover la cabeza a tirones, a la manera de los halcones.

En esa época, su olfato no le hacía aún la vida imposible, era simplemente mucho más sensible que el del común de los mortales, y no era raro que, en vez de las satisfacciones del harén, Anatotep prefiriera quedarse cara a cara con un pebetero en cuyas brasas una doncella arrojaba pellizcos de polvo odorífero.

Desde que guardaba memoria, su existencia había estado siempre regida por los olores. Fue por ello por lo que, cuando conoció a Dakomon, tuvo la impresión de encontrarse bruscamente ante un doble de sí mismo.

Como él, el joven arquitecto estaba dotado de un olfato de una finura excepcional. Como él, era capaz de detectar unas fragancias cuya existencia la gente vulgar ni siquiera sospechaba.

Así había comenzado todo.

Desde hacía algún tiempo, Anatotep sentía declinar sus fuerzas vitales, los sacerdotes a los cuales había abierto su corazón le habían dicho que el momento en el que habría que emprender viaje hacia el sol estaba próximo, y que debía de ocuparse activamente de sus funerales.

Por primera vez en su vida el nomarca se dio cuenta de que temblaba ante la idea simple de que sus restos eternos fueran profanados por los violadores de tumbas. Hizo venir a Mosé, el viejo general a cargo de la custodia de las tumbas.

–Me gustaría tranquilizarte, señor –le dijo éste–, pero me es imposible. A pesar de todos nuestros esfuerzos de vigilancia, ninguna tumba hasta el día de hoy ha escapado al pillaje. Netub Ashra, el Profanador, se ríe de nuestros centinelas. Goza de múltiples complicidades. Emplea a extranjeros que hacen mofa de nuestras creencias y no están en absoluto aterrados por los textos de execración que se hace pintar en lo alto de las tumbas. Para asegurarte una eternidad en paz, tendrías que aceptar el ser sepultado como un pobre, sin oro ni joyas, con una simple máscara de escayola de repuesto y un par de sandalias.

Anatotep se estremeció al oír este discurso. ¿Acaso Mosé había perdido la cabeza? ¿Había dejado que el sol del desierto le asara los sesos?

–De esto ni hablar –dijo secamente–. ¿De veras no puedes eliminar a esas bandas?

–No, señor –confesó el viejo soldado manteniendo la cabeza baja–. Se ha intentado todo, la tortura, los suplicios, las ejecuciones públicas, no hay nada que hacer. Muchos de esos saqueadores vienen del país de Kush, son tan estúpidos como simios. En cuanto a los nubios, es sabido que son unos magos, y poseen seguramente los medios para contrarrestar las maldiciones de los dioses guardianes.

–Entonces, según tú, ¿es necesario resignarse? –refunfuñó Anatotep vibrante de cólera.

–Tal vez exista una solución –aventuró Mosé–. Me han hablado de un joven arquitecto ducho en sistemas defensivos, se llama Dakomon.

El nomarca convocó en el acto al maestro de los laberintos. Dakomon poseía la gracia de los hombres acostumbrados a ganarse el favor de la gente y que se aplican sin darse siquiera cuenta de ello a seducir a los hombres tan bien como a las mujeres.

–Vida, fuerza, salud y gloria a tu ka –anunció arrodillándose–, señor, para ti he puesto a punto un laberinto de un género desconocido hasta el día de hoy. Nadie entre tus ministros es lo bastante rico como para emprender su realización, pero para ti este aspecto de la cuestión no constituirá un impedimento.

Anatotep sonrió procurando esconder sus dientes picados detrás de su cetro. La insolencia del joven le agradaba tanto como la perfección de sus rasgos. Además, Dakomon poseía una cualidad que el nomarca encontraba raramente en su entorno: olía bien.

–Explícamelo –dijo Anatotep de repente conciliador.

El arquitecto desenrolló unos planos.

–Se trata de un nuevo sistema de laberinto evolutivo –dijo bisbiseando–. A medida que el intruso se adentra en el interior de los pasillos, acciona sin saberlo unos contrapesos ocultos bajo las losas, contrapesos que ponen en marcha un sistema de engranajes que hace que determinados tabiques móviles, montados sobre un eje, se desplacen. Sin él saberlo, el trazado del laberinto se modifica constantemente detrás de sí. Al ladrón le resulta imposible tener ningún punto de referencia puesto que todas las paredes están cubiertas de pinturas idénticas, y aunque se le ocurra trazar unas cruces en el suelo estas marcas no le son de ninguna utilidad porque el pasaje que ha tomado sólo un instante antes ha dejado ya de existir.

Dakomon se excitaba hablando, pero su sudor difundía un agradable perfume a toronjil. Anatotep comprendió que el joven se cuidaba mucho de sus fluidos interiores, y se preguntó si el esperma del muchacho tendría igualmente un gusto a limón. La sangre afluyó de repente a sus pómulos apergaminados. Se quedó sorprendido, a su edad, de sentir aún deseo físico, pues hacía mucho tiempo que ya no se entregaba a los juegos del amor. En su juventud, había puesto a menudo en práctica el conocido adagio de los nómadas del desierto: «La mujer para la procreación, el muchacho para el placer, la cabra por necesidad». Con la única salvedad de que él no había conocido jamás la necesidad.

¿Qué le estaba sucediendo? ¿Con un pie en la tumba, iba a enamorarse de un jovenzuelo que habría podido ser su nieto?

–¿Funciona este sistema? –preguntó haciendo un esfuerzo por volver al tema del encuentro–. ¿De qué están hechos estos tabiques móviles? Sin duda de adobe, por lo que, en tal caso, tu intruso no tendrá ningún problema en agujearlos con una piqueta.

–No, señor –replicó Dakomon con una punta de irritación que no fue capaz de disimular y que le habría costado la vida a cualquier otro que él–. Son bonitos bloques de granito. El dispositivo sobre el eje es muy fiable y casi silencioso. Y sobre todo puede rearmarse indefinidamente, de modo que, a cada nueva presión sobre el disparador, la pared giratoria tomará otra orientación, reorganizando el trazado de los pasillos. Un callejón sin salida aparecerá allí donde un instante antes se abría un pasaje, y así sucesivamente, de manera que el saqueador, completamente desorientado, acabará por perder la cabeza y morir de sed.

Anatotep exigió una demostración. Dakomon lo puso en práctica, pero solamente mediante un modelo reducido. El nomarca pudo, por el contrario, comprobar la eficacia de las trampas en el interior del laberinto que el arquitecto había levantado en sus jardines.

–La idea es seductora –dijo–. Me tranquiliza, sin embargo, siento algún temor por lo que se refiere a mi propia circulación por el interior del dédalo. Cuando esté muerto, mi ka, mi doble, continuará yendo y viniendo entre los mundos, como bien sabes. Por la noche saldrá del sarcófago para pasearse por la ciudad, visitar a los vivos, traerles socorro o castigarles, según...

Dakomon frunció el entrecejo, pues no veía adónde quería ir a parar el anciano.

–Tengo miedo –dijo Anatotep–, tengo miedo de que mi ka sea él mismo víctima de las trampas preparadas para los saqueadores de tumbas... o que se pierda en el laberinto de los pasillos y no encuentre ya el camino de mi sarcófago.

–Un ka tiene que poder atravesar las paredes –objetó el joven–, supongo que ve a través de las cosas y que está en condiciones de detectar las trampas. Eso al menos es lo que imagino...

–Te lo imaginas pero no estás seguro –susurró el nomarca–. Nadie sabe exactamente lo que pasa por la cabeza de los muertos, y los sacerdotes no más que los demás. Todos nosotros nos vemos reducidos a suposiciones. Si mi ka y mis restos mortales no pueden ya reunificarse, mi vida en el Más Allá se verá comprometida. Me veré desgarrado, descuartizado, condenado a una errancia sin fin. ¡Es eso lo que me aterra, la idea de mi doble, perdido en las galerías del laberinto, dando una y mil vueltas, sin poder regresar a la momia de la que ha salido... y acabando siendo víctima de las trampas sembrabas por los pasillos! Tu sistema es perfecto, demasiado tal vez. Podría volverse contra el principal habitante del lugar, y hacer de mí el prisionero de la tumba.

–Pero dispondréis del plano de las trampas, de las losas de contrapeso –objetó Dakomon–. Podréis memorizar todos los emplazamientos...

–Una vez muerto –dijo con una especie de cacareo el anciano–, ¿seguiré conservando estos recuerdos? Son conocimientos muy precisos y me parece a mí que la cabeza de los muertos no debe estar en condiciones de acordarse de nada. Imagino sus pensamientos como humos, impalpables y cambiantes, llevados por el viento, a punto de esfumarse. No... No puedo contentarme con aprenderme tu plan de memoria. Será preciso encontrar otra cosa. Un medio de jalonar el itinerario. De indicar dónde se esconden las trampas. Un medio de colocar puntos de referencia que no serán visibles más que para mí... Para mí solamente.

Anatotep cerró los ojos. Sí, era eso. Había que sembrar el camino del laberinto de pequeños guijarros, de guijarros invisibles para todo el mundo menos para él. Sólo con esta condición se sentiría tranquilo. Así su ka podría ir y venir con toda seguridad. Abandonar el sarcófago para espiar a los vivos y provocar espantosas enfermedades a los que se dedicaban a maldecir el nombre de Anatotep, el nomarca difunto.

Desde que sentía acercarse su fin, reflexionaba mucho en este aspecto de las cosas y se enfrascaba jornadas enteras en sus pensamientos. Organizaba su mudanza con un cuidado maníaco. A veces, sin embargo, tropezaba con pequeños detalles, como el que planteaba en ese momento. Una terrible angustia le dominaba ante la idea de que su ka pudiera perderse en el dédalo defensivo y dar vueltas incansablemente, prisionero inmortal de un laberinto que cambiaría sin cesar de forma como una serpiente retorciéndose en la arena.

–Señor –insistió Dakomon dándose cuenta de la turbación del nomarca–. Se acostumbran a pintar en las paredes de las tumbas falsas puertas, falsas ventanas por las cuales el ka puede salir de la tumba. La mayoría de la gente se contenta con estos simulacros, pues, al fin y al cabo, se supone que el ka posee una textura inmaterial.

El joven arquitecto había pronunciado las palabras que, precisamente, entristecían al viejo: «la mayoría de la gente»... y «se supone que el ka posee»...

Anatotep no tenía nada en común con el populacho; quería alimentarse de certidumbres, no de especulaciones.

–Ya sé lo que vamos a hacer –dijo al cabo de un tiempo el anciano al arquitecto–. Utilizaremos este perfume que tú y yo somos los únicos en oler para marcar el emplazamiento de las trampas en la tumba. Así mi ka podrá evitarlos y el laberinto no cambiará de forma. El perfume es el lenguaje preferido de los dioses, lo que demuestra que se sigue disfrutando del propio olfato incluso en el otro mundo. Sí, es exactamente lo que hay que hacer.

Dakomon había refrenado un encogimiento de hombros. Después de todo, ¿qué le importaba a él ese antojo de viejo si esta concesión podía proporcionarle el contrato de construcción del laberinto?

–Es una maravillosa idea, señor –declaró–, y para un olfato como el vuestro ese perfume seguirá siendo inmortal. Dentro de diez mil años percibiréis aún el olor como si datase de la víspera.

Pero Anatotep era más listo de lo que suponía Dakomon. Compró los planos de las trampas, el del laberinto evolutivo, cuyo trazado volvió a dibujar, añadió unas invenciones de su cosecha, e hizo construir el dédalo sección por sección confiando el trabajo a grupos de prisioneros de guerra.

Anatotep trabajó de maestro de obras y supervisó personalmente los trabajos, lo cual le causó no pocas fatigas y acortó seguramente su vida. Sus albañiles estaban instalados aparte, lejos de los demás obreros y el jefe de los asesinos se encargaba de hacerles desaparecer cada vez que una nueva porción del laberinto estaba acabada. Cuando estuvo todo listo, Anatotep procedió, solo, al marcaje de las trampas dejando caer algunas gotas de perfume sobre cada una de las losas que escondía un contrapeso o una trampilla.

En previsión de la ceremonia funeraria de la que sus futuros restos mortales serían objeto, desenrolló sobre el suelo una interminable cinta roja de forma que quedara definido el itinerario que separaba el receptáculo de granito destinado a acoger el sarcófago de la entrada de la tumba. Esa cinta indicaría a los sacerdotes el único camino a seguir. No deberían en ningún caso apartarse de ella so pena de ver modificarse el laberinto detrás de ellos. Una vez instalado el féretro, el cortejo se retiraría enrollando la cinta, para que no subsistiera ninguna indicación del camino que conducía a la cámara mortuoria. Una vez tomadas estas precauciones, la entrada a la tumba fue sellada y vigilada noche y día por unos centinelas escogidos esperando la muerte próxima del nomarca de Setep-Abu.

Anatotep dejó escapar, entonces, un suspiro de alivio. Estaba agotado. La construcción del dédalo le había sumido en un estado de sobreexcitación que no había conocido desde hacía tiempo.

No obstante, su satisfacción no podía ser sino de corta duración, puesto que su desconfianza acostumbrada no tardó en volver a despertarse. Dakamon conocía la estratagema del perfume...

Dakomon podía sin ninguna dificultad penetrar en el laberinto evitando todas las trampas. No tendría para eso más que fiarse de su nariz.

Dakomon podía ser apresado por unos saqueadores de tumbas y obligado, bajo amenaza, a servirles de guía.

Dakomon, como todos los jóvenes, era demasiado jactancioso para conservar largo tiempo un secreto. Más pronto o más tarde tendría la tentación de referir lo referente al marcaje invisible de las losas convertidas en trampa, y esta confidencia iría a parar a oídos de algún profanador que se apresuraría a hacerle raptar.

Anatotep, que dormía sin embargo muy poco dada su avanzada edad, no consiguió sacar siquiera provecho del corto período de tranquilidad que le había concedido hasta aquel momento la vejez. En vez de amodorrarse tres horas por la noche, se volvió completamente insomne y comenzó a esperar la aurora dando una y mil veces vueltas a las hipótesis más alarmantes en su cerebro enfermo.

Su primer impulso fue ordenar el asesinato del arquitecto. Así de simple y claro. Sin embargo, no fue capaz de decidirse a ello, pues le había tomado afecto a Dakomon, cuya belleza y juventud habían alegrado sus días. Por último, se le había ocurrido la idea de hacerle cortar la nariz y quemarle las fosas nasales. Esta solución presentaba dos ventajas: volvería a Dakomon incapaz de percibir el menor perfume y le afearía de forma irremediable, lo cual liberaría al nomarca del ascendiente que el joven había adquirido sobre su corazón. Pues a Anatotep no le gustaba en absoluto depender de nadie. Material o afectivamente hablando.

El anciano dejó escapar un amargo suspiro. Le costaría no volver a ver más el armonioso rostro del arquitecto, no respirar ya el olor de su piel friccionada con un bálsamo a la canela.

Hizo un esfuerzo por serenarse. Al contrario de la mayoría de los ancianos, no había sentido jamás una pasión inmoderada por el pasado, la machaconería de los recuerdos. Su vida había transcurrido principalmente en el presente del poder y en el futuro de una potencia que él esperaba que se acrecentaría cada vez más. ¿El pasado? No, no le había consagrado jamás demasiado tiempo, ¡y no era ahora cuando iba a empezar a hacerlo!

Reafirmado por esta constatación, decidió que a partir del día siguiente dejaría para siempre jamás de pensar en Dakomon.

Con paso dubitativo avanzó por la gran terraza de palacio para contemplar el progreso de su tumba a la luz de la luna. Era una pirámide modesta, pero que tenía a pesar de ello un aspecto imponente, y siempre le resultaba grato quedarse contemplándola con admiración. A veces incluso, sentía una especie de curiosa impaciencia, como un niño que patalea delante de una golosina que le niegan sus padres. Estaba impaciente por tumbarse en su última morada y estar por fin tranquilo. Entonces, con una punta de angustia y en el secreto de su alma, se preguntaba si, por casualidad, no se estaría volviendo chocho.

OCHO

Las mujeres esperaban a Anuna en la entrada del Per-Nefer, el lugar del rejuvenecimiento, la casa de embalsamamiento. Estaban descontentas y parecían dispuestas a poner verde a la joven perfumista.

–¡Los restos mortales de mi querido esposo han sido embalsamados sin el más mínimo sentido común! –gritó una de ellas–. ¡Se ha cubierto de hongos que han hecho estallar las bandas!

–Pues el mío ha empezado a moverse solo –gritó otra–. Sus brazos, que tenía cruzados sobre el pecho, de pronto se han extendido, rígidos como estacas, y parecía que quisiera cogernos. Mi suegra está muerta de miedo.

Anuna trató de tranquilizarlas. El maestro embalsamador Horemeb, para quien trabajaba, a menudo hacía deprisa y corriendo su tarea cuando se trataba de entierros de tercera. Los cuerpos de las pobres gentes eran vaciados a toda prisa e impregnados en aceite de enebro. Se trataba de una vieja receta de curtidor que producía un cuero muy flexible, impermeable. Una vez la piel descarnada de toda carne, era rociada con aceite de cedro y golpeada con un mazo. Muchos embalsamadores hacían lo mismo con los cadáveres de los felás o de los obreros. Para estas gentes, no había derecho a bandas: un simple sudario cosido con unas puntadas largas y una máscara de cartón sobre la cual un artesano pintaba, con un tallo de papiro con la punta mascada, el sempiterno rostro sonriente.

Horemeb exigía que se trabajara deprisa, pues la preparación de los pobres no le reportaba nada. Los buenos negocios los hacía con los escribas, los altos funcionarios. Éstos eran preparados con mil cuidados, sumergidos setenta días en un baño de natrón que disolvía las grasas, frotados con sal y especias. Después de haberlos vaciado de los órganos susceptibles de pudrirse rápidamente, se les llenaba de pimienta, de bitumen. Hasta que adquirían el aspecto de estatuas capaces de afrontar la eternidad. Un ritual semejante costaba muy caro, pues iba acompañado de la fabricación de los sarcófragos y de su embellecimiento.

Anuna calmó a las mujeres como pudo. Sabía que su cólera estaba justificada, pues un difunto no podía pretender llevar una existencia normal en el otro mundo si sus restos mortales no permanecían intactos.

–Es un criminal –sollozó una de las mujeres más quejosas–. Ya sabes lo que les pasa a los muertos cuya momia se ha echado a perder. Se vuelven unos horrendos monstruos, y se les echa de los campos de Ialu. Entonces regresan a la tierra y se dedican a atormentar por la noche a los vivos. Atraviesan las paredes y ponen sus manos sobre la boca de los recién nacios para ahogarlos.

Anuna prometió cualquier cosa: que les aplicaría bálsamos, que iría a cuidar sus restos. Quería ante todo evitar que los gritos de las plañideras llegaran a oídos de Horemeb, que no dudaría en ordenar a sus criados que les dieran una buena tunda.

La joven se apresuró a penetrar en la casa de embalsamamiento. Un fuerte olor a humedad reinaba entre las paredes agujereadas por minúsculas ventanas, y Anuna, que era extremadamente sensible a los olores, tenía siempre la precaución de obturarse la nariz con tapones de pulpa de bambú en la que había dejado caer dos gotas de una solución de benjuí. Este pequeño subterfugio le permitía no desmayarse cuando tenía que enfrentarse al hedor de las vísceras en maceración. La mayor parte de los celebrantes –los Ut– se limitaban a taponarse la nariz con arcilla fresca, o bien con cera de abeja. Anuna tenía necesidad de una protección más eficaz.

Tan pronto como avanzó por la primera sala, sintió que reinaba una atmósfera anormal. La legión de plañideras parecía más abatida de lo normal. Se trataba de viejas mujeres que se alquilaban a las familias de los difuntos a fin de asegurar un cortejo digno de tal nombre al muerto que iba a ser enterrado. Llevaban el rostro cubierto de légamo, en señal de aflicción, y estaban tan habituadas a prorrumpir en lamentaciones que exhibían en cualquier circunstancia una expresión de profunda desesperación. Algunas de ellas, a fuerza de golpearse en la cabeza con una piedra para manifestar su tristeza, habían terminado por volverse calvas o medio locas, de modo que lloraban permanentemente, como si un verdadero lazo las uniera con los difuntos desconocidos cuyo cortejo fúnebre seguían. Aquella mañana, Anuna las encontró demasiado silenciosas. Padiram vino a su encuentro.

Padiram era sajador, un oficio ingrato donde los haya, a la vez necesario y cargado de oprobio. Cuando traían un cadáver, Padiram tenía por función abrirle el costado por medido de un cuchillo de piedra de Etiopía muy afilado. Era por esta abertura por donde se retiraban a continuación las vísceras del muerto. Por desgracia, este gesto inevitable que recordaba demasiado el del innoble dios Set, mutilando el cuerpo de Osiris para descuartizarlo, debía ser ritualmente castigado, de forma que los parientes del difunto se veían en la obligación de lapidar al «criminal» –en este caso, al sajador– que se veía obligado cada vez a emprender la huida bajo un diluvio de piedras y de insultos. Por más que Padiram fuera rápido, no conseguía esquivar todos los proyectiles. Anuna se había acostumbrado a verle cubierto de hematomas, de heridas con postillas, como si exhibiera con ello las insignias de su profesión.

–Anatotep viene hacia aquí una vez más a probar su sarcófago –murmuró el joven tratando inútilmente de disimular su espanto.

La joven se puso tensa. Todo el mundo le tenía miedo al nomarca. Si uno levantaba los ojos hacia él, hacía que le fueran reventados éstos al instante con un punzón de cobre. Si por inadvertencia cometía uno el error de rozarle, hacía que le cortaran los dedos. Si alguien le dirigía la palabra sin haberle sido solicitada, ordenaba a uno de sus soldados de la guardia que le cortaran la lengua o los labios, a modo de invitación a guardarle más respecto. Cada una de sus visitas daba pie a algún incidente lamentable, pues se volvía cada vez más cruel con los años.

–¿Estás seguro de ello? –murmuró Anuna.

–Sí –dijo Padiram–. Ándate con mucho cuidado y esfuérzate en mantener la mirada baja hacia el suelo. Pues dicen que está de mal humor porque la enfermedad le impide conciliar el sueño. Vamos a tener que lavarnos con sumo esmero porque ya conoces su obsesión por los olores corporales. Que las plañideras se larguen, pues no quieren quitarse el légamo que las recubre, y el nomarca no soportará su tufo a pescado podrido.

Anatotep visitaba cada vez con más frecuencia el Per-Nefer para vigilar los preparativos de sus próximos funerales. Pedía probar los sarcófagos, exigía acostarse en ellos, por más que esta operación se hubiera vuelto muy difícil por los reumatismos que padecía. Una vez extendido en la caja, se quedaba allí, moviendo las piernas de cuando en cuando, como si probara la elasticidad de un traje.

–Me siento estrecho –cacareaba–. Aquí dentro me ahogo. El olor de esta madera no resultaba agradable. Su grano es demasiado basto, me irrita la piel. No podría pasar la eternidad en tales condiciones.

Horemeb agachaba la cabeza e imploraba su perdón mientras el sudor le corría por la frente. Todo el mundo sabía que era inútil discutir los caprichos del anciano. A continuación, el nomarca pedía ver el lino elegido para su mortaja, y se instalaba para palpar las bandas tal como lo habría hecho con unos retazos de tela con miras a un traje de gala.

–Pero ¿dónde has ido a buscar estas hilas? –gruñía–. Esta tela no sirve más que para cortar la sangre de los heridos. Y esta otra es tan rígida que me hará daño en las escotaduras. ¡Ay!, ¿no habrá nadie que me traiga seda? Una bonita seda suave...

Nadie podía responderle. La seda era demasiado rara en Egipto, pues llegaba de lejanos países donde los hombres eran amarillos y tenían los ojos rasgados. Otras veces, Anatotep cambiaba por completo de idea y exigía unas bandas de lino tan resistentes que pudieran soportar el deterioro de los siglos sin deshacerse jamás. «¡Es mi traje de eternidad! –chillaba–. Si tengo que llevarlo tres mil años, tiene que poder desafiar al tiempo. ¡Traedme unas bandas de lino lo bastante resistentes como para soportar el peso de un elefante!»

La voz de Horemeb tronó, devolviendo a Anuna a la realidad. El dueño de la casa de embalsamamiento estaba en la entrada de la sala, con expresión sombría. La joven se precipitó hacia él y se inclinó. El jefe de los embalsamadores era tan ancho como alto, tenía el cráneo rapado, el cuerpo completamente depilado, y hablaba con una voz nasal debido a las bolas de cera metidas en su nariz.

–Sé, señor –dijo Anuna–, que el nomarca está a punto de llegar. Voy a preparar los perfumes.

–En absoluto –mascullό Horemed–. Es cierto que ha venido el gran visir Panatemeb en persona, pero no para anunciarme la visita de Anatotep. Quiere que hagamos una cosa por el nomarca... Prepara tus gomas y perfumes, pues hemos de partir hacia el desierto. Date prisa, tengo que reunir un equipo de embalsamadores, los camellos nos esperan ya en el patio.

Anuna frunció el ceño, ¿un embalsamamiento, en pleno desierto?

–No trates de entender –le musitó Horemeb–. Y si ves cosas extrañas allí donde vamos, haz como si te parecieran absolutamente normales. Ya sabes que vivimos unos tiempos peligrosos.

La joven experimentó un brusco sentimiento de angustia. Desde hacía algún tiempo, sentía a menudo miedo de noche. La gente repetía que no había que andar por las calles después de la puesta del sol, ya que los secuaces del nomarca raptaban a los niños y a los jóvenes por docenas. Isir, la matrona en cuya casa estaba alojada, afirmaba que los chiquillos eran encerrados en unas fortalezas donde los sacerdotes les instruían a repetir incansablemente el nombre de Anatotep.

–Es la pura verdad –murmuraba la gorda mujer–. Se les alinea en un patio, en apretadas filas, y se les hace declamar a coro. Hay equipos de noche y equipos de día que se relevan de manera que el nombre no deje nunca de resonar. Se dice que algunos críos se vuelven mudos al cabo de tres meses de semejante régimen. Es de esta forma cómo el nomarca espera volverse eterno.

Anuna no sabía si había que creer en estos rumores, pero, con el paso de los días, su angustia no hacía sino crecer. La gente había acabado deseando la pronta muerte del antojadizo anciano cuyos interminables preparativos funerarios habían chupado toda la sangre al nomo. En adelante, pese al calor, evitaba dormir en la terraza, como era la costumbre, pues había oído inquietantes historias de mujeres raptadas de las que, al despuntar el día, no se encontraba más que la estera vacía o las sandalias abandonadas.

Cada vez desaparecía más gente. Por la noche, cuando se volvía de un lado y de otro tratando de conciliar el sueño, oía lejanas galopadas en el dédalo de las callejuelas, gritos ahogados, sordos golpes. Había peleas, forcejeos. Las madres temían por sus hijos.

Con el corazón en un puño por el recelo, preparó su pesado cofre de perfumes y se arrebujó en una pelliza de lana de camello. Temía al desierto. Por otra parte, todo el mundo tenía miedo de la tierra roja, pues era el dominio de los *djinns*, de los demonios, de las criaturas fantásticas que habían sobrevivido al caos, antes de que los dioses vinieran a poner orden en el mundo.

Atravesó la sala de embalsamamiento de los pobres, donde unos ayudantes poco cualificados trataban burdamente los cadáveres para hacer penetrar el aceite de enebro en sus carnes. Allí no había ni rastro de vasos canópicos con las efigies de los cuatro hijos de Horus para recoger las vísceras, sino simples paquetes de tela atados con un cordel y sellados con arcilla. El olor era insoportable. Llegó al patio con alivio. Una decena de camellos aguardaban en manos de unos soldados que llevaban el *nemes* amarillo a rayas negras, emblema de la guardia personal de Anatotep. Anuna se estremeció, pues ello no anunciaba nada bueno. Siempre resultaba peligroso andar mezclado de cerca o de lejos en los asuntos del nomarca. Luchó contra su repentino pánico que la impulsaba a salir huyendo. En esos momentos estaba llegando ya Padiram, preparado para el viaje, y seguido por un equipo de embalsamadores de tercera clase. Anuna no comprendía nada de lo que se estaba tramando. ¿Se les mandaba a pleno desierto, escoltados por la guardia personal del nomarca, para un enterramiento de pobres? Motivos había para perder el juicio. Por último apareció Horemeb, con cara sombría. También él tenía miedo, eso era evidente. Anuna se dio cuenta de que las monturas habían sido cargadas con todo el material necesario para el ritual de los funerales. No le dio tiempo, sin embargo, de hacerse más preguntas, pues los soldados les ordenaron que subieran a los camellos. Conducida por los miembros de la guardia del nomarca, la caravana abandonó la casa de la muerte, atravesó la ciudad, y franqueó la muralla para perderse en el desierto.

El viaje duró una eternidad. La canícula era tan fuerte que el horizonte formaba como pliegues bajo el efecto de una bruma de calor, adquiriendo el aspecto de un vestido de lino que ondulase al viento. Encogida bajo el caparazón del albornoz, Anuna se agarraba al asidero de la gran silla de cuero sobre la cual se la había encaramado. Los bandazos del animal en marcha le hacían saltar el estómago. No se atrevía a respirar de tan terrible como era el calor. La lana del camello estaba tan caliente que parecía a punto de inflamarse. Tenía la impresión de ser uno de esos pescados que se envuelve en arcilla antes de ponerlos a asar bajo el rescoldo. Por fin la caravana llegó a una especie de antigua cantera abandonada, uno de esos yacimientos de piedras duras de los que se sacaban los bloques necesarios para la erección de las pirámides. Un campamento de tela ocupaba el centro de la hondonada, una docena de tiendas sucias que se agitaban al viento. Los camellos tomaron por la rampa por donde, antaño, habían sido evacuados los bloques de granito desbastados. El lugar se hallaba desierto. Aunque podían verse lanzas y espadas ordenadas en pabellones, no había ni centinelas ni actividad de ningún tipo. Tan pronto como el viento amainó, Anuna se sintió envuelta en un olor abominable. El olor a muerte... y comprendió que la caravana descendía al corazón de un osario.

El jefe de los guardianes dio la señal de alto. Se hizo arrodillar a los animales.

–Es ahí –dijo a modo de explicación–. Los cuerpos están en el interior de las cuevas, al abrigo del sol. Hay un cierto número que deberéis preparar lo mejor posible. El faraón corre con los gastos, no escatiméis ningún esfuerzo. Haced como si se tratara de altos dignatarios. Las momias deben quedar impecables.

–¿De quién se trata? –preguntó Anuna.

El jefe de los guardianes desvió la mirada.

–De jóvenes vástagos de la aristocracia que se encontraban aquí entrenándose –dijo rápidamente–. Bebieron agua emponzoñada por alguna carroña y murieron todos. Anatotep tiene mucho interés en asegurarles unos funerales de calidad. ¿Entendido? No se podía llevar estos cuerpos a la ciudad sin provocar el pánico. El pueblo habría creído que se trataba de una epidemia. Vamos, ya he dicho demasiado, poneos a trabajar. No os acerquéis a las charcas. Si tenéis sed, bebed únicamente del agua de los odres.

Los soldados se instalaron de cara al viento, dejando a los embalsamadores el cuidado de descender dentro del agrietado cráter. Al acercarse los hombres, unas hienas salieron de las galerías de extracción y huyeron lanzando unas risas odiosas. A medida que la cuadrilla descendía en la hondonada, el olor se volvía más fuerte. Anuna sacó un frasco de perfume de su talego y se roció la barbilla y la nariz con él. Los hombres se pusieron a mascar raíces odoríferas. Penetraron por último en el interior de la primera cueva abandonada. Los cuerpos desnudos habían sido enterrados en la seca arena, con la esperanza de que este sudario natural les protegiera de la podredumbre, pero las hienas, siempre al acecho de un festín, se habían apresurado a extraer a media docena de ellos para devorarlos. Eran esos cadáveres, semidespedazados, los que el calor había corrompido.

Horemeb dio algunos pasos. Anuna le siguió. Ella sintió bajo su sandalia de papiro la forma de una mano. Estaba caminando sobre un cuerpo. Los soldados no se habían tomado la molestia de excavar hondo, los cadáveres reposaban bajo cinco dedos de arena, no más.

–Por los dioses –suspiró Padiram–, ¿cuántos hay? No seremos lo bastante rápidos como para adelantarnos a la putrefacción.

–Cállate –bisbiseó Horemeb–. En vez de hablar, pongámonos manos a la obra. Desembalad los instrumentos, montad una mesa en una de las tiendas. Espero que tengamos suficiente aceite, no sabía que tuviéramos que embalsamar a todo un ejército.

Se arrodillaron y comenzaron a excavar. Unos jóvenes rostros emergieron de la arena. Unos muchachos de unos quince años, tal vez de dieciocho los mayores, todos ellos magníficamente proporcionados. Estaban desnudos, con los ojos cerrados. Un sondeo rápido permitió contar unos cincuenta, una enormidad. Horemeb decidió que no se les retiraría de la arena más que poco a poco, para evitar que se corrompieran y atrajeran enjambres de moscas. El equipo de embalsamamiento se instaló en las tiendas donde los jóvenes habían dormido antaño. Las esteras habían sido enrolladas en un rincón, y todos los objetos personales de los difuntos habían desaparecido. Se improvisó un *uabet* –una mesa de preparación– con tres tablas puestas sobre unos caballetes, y trajeron el primer cadáver.

–No les lavéis con mucha agua –gruñó Horemeb–, pues de lo contrario nos vamos a morir todos de sed. Frotadles con arena o polvo.

Mientras Anuna abría su cofre de perfumes, Padiram examinaba el cuerpo del muchacho con una atención sospechosa.

–Seguramente este muchacho no vio la luz en una noble familia –murmuró al cabo de un momento–. Nos han contado historias. ¡Mirad sus pies! Es un pobre que no ha llevado nunca sandalias. Los ricos tienen, en el dedo gordo del pie, una callosidad que les viene de que tienen la costumbre de calzarse cuando están de visita, o durante el desempeño de sus funciones. Éste ha ido con los pies desnudos toda su corta vida. Tiene el talón más duro que una piedra. Y sus manos, ¿habéis visto sus manos? No son las de un hijo de ricos. Son demasiado callosas.

–¿Tal vez debido al manejo de las armas? –aventuró Anuna.

Padiram se encogió de hombros.

–Era un campesino –murmuró–. Su piel no ha sido suavizada nunca por los masajes. Y estoy convencido de que todos sus compañeros estarán como él. Estos chavales fueron reclutados a la fuerza tal como ocurre a menudo. ¿Conocéis el subterfugio? Se les espera a la salida de las tabernas de cerveza, donde hacen su oficio las rameras, se les atonta de un porrazo y despiertan en el patio de alguna fortaleza... –El sajador examinaba el rostro y la garganta del cadáver.– No hay el menor rastro de convulsiones. De haber bebido agua estancada, se habría muerto en medio de unos espasmos horribles y su cuerpo estaría cubierto de deyecciones; ahora bien, está limpio... Mucho me extrañaría que se hubieran tomado la molestia de limpiarle antes de sepultarle.

Anuna se acercó a la mesa. El muchacho había sido muy apuesto, pero Padiram tenía razón, se trataba de una belleza vulgar de gallito de pueblo. Nunca había pertenecido a la aristocracia.

–Ha sido envenenado –murmuró el sajador–, pero con un veneno fulminante que mata en un abrir y cerrar de ojos. Determinados venenos asiáticos son capaces de conseguirlo. Y son tóxicos que cuestan un ojo de la cara.

–¿Te refieres a venenos que sólo un nomarca podría permitirse? –preguntó Anuna.

Padiram desvió la mirada.

–Más valdría quizá no tratar de saber más –suspiró–. y además el tiempo apremia, hay que ponerse al trabajo si no queremos vernos invadidos por la pestilencia de las carroñas.

Sacó su cuchillo de obsidiana, el mismo que servía para la emasculación ritual de ciertos sacerdotes, y hendió el costado del cadáver a todo lo largo. Había dado comienzo la ceremonia.

Por más que trabajaron lo más deprisa posible, la noche les sorprendió antes de que hubieran logrado tratar a más de media docena de cadáveres. De buenas a primeras el ardor del sol se vio reemplazado por un frío glacial que hacía castañetear los dientes de los más curtidos. Unos chacales se pusieron a aullar a lo lejos, excitados por el olor de los hombres. Anuna, Padiram y los demás estaban agotados. Nunca hasta entonces habían desempeñado su tarea en tan pésimas condiciones. La hipótesis planteada por el sajador no había dejado de confirmarse a lo largo de la tarde. Los muertos provenían todos ellos de los medios más populares. Por ciertas deformaciones óseas, por cicatrices muy especiales, podía afirmarse sin temor a equivocación que habían trabajado en la cantera de una pirámide en construcción, cosa que jamás habrían hecho unos hijos de altos funcionarios. ¿Por qué les habían envenenado tras haberles hecho sufrir un entrenamiento militar forzado? Ésta era una pregunta a la que nadie sabía dar una respuesta.

Cuando Horemeb quiso hacer traer las grandes tinajas de aceite de cedro para embeber con él los restos mortales, el jefe de los guardianes se interpuso.

–Dejad estar eso –dijo en un tono que no admitía réplica–. Eso vale sólo para los felás. Los que tenéis el encargo de preparar para el otro mundo tienen derecho a las mejores esencias. Seguidme, todo ha sido dispuesto como es debido.

Patidifusos, Horemeb y sus ayudantes le acompañaron hasta el umbral de una galería abierta en la ladera de la montaña. Blandiendo una antorcha, el soldado les condujo a una cripta donde habían sido colocados unos grandes recipientes.

–Aquí están –anunció con orgullo–. Están llenos de natrón, podéis poner a remojo los cadáveres en ellos durante setenta días, como se hace con los restos mortales de un faraón. Ya os lo he dicho, no hay que apresurarse. En ese rincón, encontraréis el mejor lino en bandas que pueda adquirirse en el mercado.

Anuna y Padiram intercambiaron una mirada horrorizada. ¿Iban realmente a tener que quedarse prisioneros de la cantera durante más de dos meses?

¿Y por qué razón dispensaban un enterramiento principesco a cincuenta jóvenes campesinos visiblemente muertos por envenenamiento mientras dormían?

Todo aquello no tenía ni pies ni cabeza. Horemeb se inclinó, pero parecía desconcertado. Una vez que el soldado se hubo retirado, los embalsamadores dieron rienda suelta a su inquietud.

–No nos dejarán regresar –gimió el sajador–. No sé lo que se está preparando aquí, pero es a buen seguro un secreto de Estado. Estos muchachos eran apuestos, fuertes, se les enseñó el oficio de las armas durante varios meses, luego, de repente, se les eliminó a todos a la vez. Y ahora quieren que nos ocupemos de estos cadáveres como si se tratara de los de unos príncipes de sangre...

–Cállate –gruñó Horemeb–, desatinas como una vieja plañidera. No hace falta que nos des lecciones, pues ya hemos llegado por nuestra propia cuenta a las mismas conclusiones. No sé más que tú lo que pasa aquí, pero hay que procurar no dejar traslucir nuestro azoramiento, si no seremos «reemplazados». Y supongo que comprendes perfectamente qué implica esto... Propongo que nos tomemos las cosas con calma, con el fin de tener tiempo de reflexionar. Por el momento vayámonos a dormir, pues mañana nos espera un día muy duro.

Cuando salieron de la cueva, pudieron darse cuenta de que los guardianes rodeaban la cantera. Unos centinelas armados montaban la guardia en todo el perímetro de la hondonada.

–Estamos prisioneros –gimió Padiram.

Anuna se sentía cada vez más inquieta, habría dado cualquier cosa por no encontrarse allí.

Decidieron instalarse en una de las tiendas y utilizar las esteras de los antiguos ocupantes de aquellos lugares. Padiram se arrebujó en su capa de lana sin conseguir conciliar el sueño. Finalmente, no pudiendo contenerse más, tocó la mano de Anuna con la punta de los dedos.

–¿No crees que deberíamos tratar de escapar? –cuchicheó.

–Estás loco –suspiró la joven–. ¿Te crees lo bastante fuerte como para pasar ante las mismas barbas de los centinelas y robar un camello? No te creas que porque te pases la vida acuchillando cadáveres eres un buen guerrero.

Estaba a la vez aterrada y exasperada. Desde su más tierna infancia, se había empeñado en tratar de sobrevivir por todos los medios posibles, apresurándose a olvidar los malos momentos pasados. Había sido raptada a los cinco o seis años, de modo que no conservaba ningún recuerdo preciso de sus padres. A veces dudaba de ser egipcia y se preguntaba si no provenía en realidad de un país más lejano, como su piel oscura y sus rasgos negroides parecían demostrar. A los once años, había sido desflorada por el jefe de los nómadas del desierto que la habían raptado, luego ofrecido en recompensa a Hassad, un viejo mercader traficante en incienso en el país de Punt. El anciano la había metido en su cama sin conseguir dejarla embarazada. Con mayor provecho, le había transmitido a Anuna su ciencia de los perfumes tan pronto como había comprendido que estaba dotada de un olfato de una gran sensibilidad.

Habían sido unos años de viajes incesantes. Con la edad, Hassad se deslizaba cada vez menos a menudo entre los muslos de su joven compañera, de manera que ésta había acabado por acostumbrarse al contacto de su vieja piel reseca por el sol del desierto, y una especie de vaga ternura había terminado por reinar entre ellos.

Durante todo aquel tiempo, Anuna había aprendido a no pensar en exceso y a seguir su instinto. A los dieciséis años, había desarrollado una filosofía muy personal de la pérdida de memoria aplicada a los malos recuerdos. Había comprendido que de nada servía lamentarse, puesto que el pasado pasado estaba, y no tenía el menor interés en rememorar el acre olor de los hombres que se habían echado sobre ella, en el tufo de una tienda plantada en medio de las arenas. Las mujeres de las tribus le habían enseñado que era preferible habituarse cuanto antes a este tipo de sinsabores, pues, en tanto que hembra, tendría probablemente que padecerlos hasta que su hermoso rostro se ajara por fin, trayéndole la paz.

Cuando el viejo Hassad murió de una fiebre perniciosa, se alquiló en casa de un perfumista, en Setep-Abu. De allí, debido a los celos que la mujer de su patrón había sentido injustificadamente de ella, había acabado en casa de Horemeb, en la casa de la muerte. El peor lugar que pudiera existir para una muchacha de olfato tan delicado.

–Van a matarnos –gimió Padiram–. Una vez que hayamos terminado nuestro trabajo. Lo presiento. No van a querer correr el riesgo de dejar que contemos lo que hemos visto.

–Cállate –susurró Anuna–. Me lastimas los oídos con tus lloriqueos. Horemeb tiene razón, te has equivocado de profesión, lo tuyo habría sido hacer de plañidera.

NUEVE

En el interior de la cantera abandonada, la rutina había terminado por sustituir al miedo en el corazón de los embalsamadores. La tarea era mucha y había que trabajar con presteza. En la cripta, los grandes recipientes de natrón se llenaban de cadáveres vaciados que se maceraban codo con codo, liberándose de sus últimas grasas. Anuna gustaba de demorarse allí, pues era el lugar más fresco de la cantera. Todo el equipo comenzaba a acusar la fatiga y las malas condiciones de instalación. Por el día se asaban, por la noche se helaban. Los soldados no aflojaban su vigilancia. Cuando montaban la guardia, no estaban atentos a la extensión del desierto sino sin ninguna duda al centro de la hondonada por donde iban y venían los empleados del Per-Nefer. Sostenían una lanza en la mano, mientras que a sus pies un arco y una aljaba llena de flechas no esperaban sino la ocasión de resultar útiles.

Anuna trataba de no pensar demasiado en ello mientras preparaba las gomas y barnices que se requerían para untar las momias a fin de que conservaran un agradable olor a través de la eternidad. Era algo de capital importancia, pues era impensable llegar a los campos de Ialu rodeado de una pestilencia perjudicial para las buenas relaciones sociales. Un muerto que olía mal se ganaba la irritación de los dioses, razón por la que la cuestión de los perfumes ocupaba un capítulo importante en el ritual funerario.

Mientras Horemeb salmodiaba las plegarias y empuñaba el gancho con el cual extraía el cerebro del muerto por las fosas nasales, Anuna no podía dejar de pensar que no había sido jamás completamente seguidora de la religión egipcia, y ello sin duda porque la muchacha era originaria de otra parte, de un lugar donde reinaban unos dioses que le parecían más auténticos, menos drapeados de oro y púrpura, más próximos a la naturaleza y a los hombres.

Ella era aún muy niña cuando había sido raptada, pero conservaba el recuerdo de un gran totem de madera recubierto de barro seco, de danzas tribales conducidas por unos hombres desnudos blandiendo azagayas. Curiosamente, ese dios patituerto, asimétrico, tallado con una pequeña hacha inhábil en un tronco casi sin descortezar le parecía mucho más creíble que la pléyade de las divinidades egipcias de múltiples avatares, de atribuciones confusas y a menudo contradictorias. Con el transcurrir de los años, se había ido apoderando de ella la sensación de que los sacerdotes complicaban a placer un ceremonial en el que ya nadie se aclaraba sin su ayuda; una ayuda que era preciso remunerar bien so pena de incurrir en las peores maldiciones.

Ella había acabado detestando esas estatuas colosales, ese estilo hinchado, esas pinturas estáticas que repetían siempre la misma enumeración laudatoria, y que los pintores copiaban en unos catálogos que establecían un repertorio de todos los estereotipos en uso en la profesión. Tenía la nostalgia de otra tierra, de una religión más próxima al pueblo, y cuyos sacerdotes no iban recargados de oro de la cabeza a los pies. A menudo, en el momento de caer en el sueño, volvía a ver la imagen del gran totem de madera mal tallada, y ella confiaba su destino a ese dios del que había olvidado hasta el nombre. Juraba entonces regresar allí –no sabía dónde– algún día, más tarde, cuando se hubiera vuelto lo bastante rica como para viajar en buenas condiciones.

Al cabo de una semana todos los cadáveres habían sido preparados. Estaban ahora a remojo en natrón por espacio de setenta días. Horemeb hizo saber a los soldados que no se podía hacer nada más por el momento.

–Dejadnos partir –suplicó–. Regresaremos una vez haya transcurrido el plazo.

–¡De eso ni hablar! –replicó el jefe de los guardianes cuya identidad seguía siendo una incógnita. Voy a haceros traer madera y útiles, y fabricaréis los sarcófagos necesarios. Cincuenta féretros enteramente decorados, lo cual debería teneros ocupados durante dos meses, ¿no creéis?

Hablaba con arrogancia y brutalidad. Anuna le detestaba. Tampoco le gustaba en absoluto ser la única mujer en medio de tantos hombres apartados del mundo. Cuando atravesaba la cantera, sentía las miradas afiebradas de los soldados seguir cada uno de sus movimientos para tratar de adivinar las formas de su cuerpo bajo las gruesas ropas de beduino con que había tomado la precaución de envolverse.

Con la falta de ocupación retornó el miedo. Horemeb y sus empleados se pusieron a mascar loto azul, la droga utilizada por los sacerdotes para alcanzar el éxtasis y entrar en contacto con los dioses. A partir de ese momento, los embalsamadores tuvieron la mirada errática de determinados oráculos, y sus gestos se volvieron poco precisos. Los que abusaban de ella balbuceaban palabras incoherentes o bien estallaban a reír sin motivo. Padiram afirmó haber visto a Anubis, el dios de los muertos, asomar la cabeza por la abertura de la tienda colectiva durante la noche y señalar con el dedo a aquéllos que esperaba llevarse próximamente con él. Horemeb sonreía de forma permanente, enfrascado en un desfile de imágenes interiores de las que no decía palabra. Anuna se abstenía de estas prácticas que no servían sino a los propósitos de sus carceleros. No tardó, por otra parte, en darse cuenta de que los soldados, cada vez que traían la comida de los detenidos, no dejaban nunca de añadir una provisión de cáñamo índico, de mandrágora, de belladona o de loto. El aturdimiento de los embalsamadores les facilitaba la tarea.

Finalmente, les trajeron las tablas necesarias para la construcción de los sarcófagos y un gran cesto lleno de ojos de cristal que habían de introducir en las órbitas vaciadas de los cadáveres.

La falta de agua volvía las abluciones difíciles, y Anuna sufría por el tufo del sudor que despedían sus compañeros, razón por la cual se aislaba el mayor tiempo posible en la cripta de los recipientes, allí donde los muertos flotaban en su último baño. No tenía miedo de los cadáveres. Simplemente deploraba que todos aquellos hermosos jóvenes de cuerpo perfecto hubieran sido asesinados por una razón que se le escapaba. A veces, yendo y viniendo entre los recipientes, acariciaba con la punta de los dedos un rostro de rasgos seductores, que le habría gustado conocer en vida. Miraba los labios descoloridos por la sal, pues contrariamente a los egipcios, que se manifestaban su mutuo afecto frotándose la nariz –ritual que a ella siempre le había parecido ridículo–, gustaba del contacto de la boca de un hombre contra la suya, probablemente porque provenía de un país en el que era práctica el beso, y también porque este rito le parecía más voluptuoso, más íntimo.

Se encontraba precisamente en la cripta cuando su atención se vio atraída por un perfume que no conocía, una fragancia que no había traído en su cofre y que no había sentido flotar nunca en el aire hasta aquel momento. Miró a su alrededor, tontamente, como si el olor fuera a materializarse bajo la forma de un humo azul o dorado. Era demasiado elaborado para provenir de una fuente natural, era del tipo de cosa con la que se envolvían las sacerdotisas de Isis para atraer la mirada benévola de la diosa madre.

De repente tuvo la certeza de que había alguien allí en la oscuridad de la cueva, observándola, y que acababa de destapar el frasco de una esencia rara para llamar su atención.

–¿Quien hay ahí? –espetó tratando de conservar un tono de firmeza en la voz.

Con movimiento rápido, se sacó de la nariz los tapones de médula de saúco que la obturaban. El fuerte perfume le hizo volver casi la cabeza. Titubeó. Como todos los que poseen un olfato de una extraordinaria sensibilidad, era tan vulnerable a los olores que éstos la ponían en ocasiones al borde de la ebriedad, achispándola como un vino demasiado embriagador. Se llevó la mano al rostro para protegerse del aturdimiento, pero le había dado tiempo de descubrir otros efluvios: los de la lana sucia, de las ropas impregnadas de sudor, un mal olor a hombre desaliñado como puede emanar de un camellero. El contraste era asombroso e incompatible. Anuna se fue rápidamente hacia el rincón de sombra de dónde emanaba el perfume, pero no encontró más que un trozo de trapo en el suelo. Era de ese trozo de tela del que salía el olor, de ese jirón desflecado y mugriento. Lo recogió, sin comprender nada.

Un temor supersticioso la dominó. Pensó en Padiram, en ese Anubis venido a identificar a los futuros muertos entre los durmientes. Se preguntó si el dios chacal no habría apuntado, por casualidad, el índice hacia ella. Se sentía siempre un poco en falta con respecto a las divinidades egipcias, y temía oscuramente que éstas terminaran un día por mostrarse resentidas de su falta de fervor religioso para con ellas. Miró hacia el fondo de la cripta, esperando poco menos que ver surgir de las tinieblas el temible perfil del dios de los muertos. Un brusco terror la hizo correr hacia la luz. El calor de la cantera le cortó el aliento. Padiram se la quedó mirando fijamente con una risa tonta.

–¿Vienes corriendo así para arrojarte en mis brazos? –le dijo con sorna–. No hacía falta salir de la cripta, estaremos mejor a la sombra.

–¡Huele esto! –ordenó Anuna alargándole el trapo–. ¿Qué piensas tú de ello?

El sajador se encogió de hombros.

–Es demasiado ligero –decidió–, apenas si se nota. Se evaporará enseguida, ni hablar de utilizarlo para los muertos.

Anuna le arrancó el trapo de las manos y se alejó sin decir una palabra. No era la primera vez que comprobaba el abismo olfativo que la separaba de sus compañeros. No olían «casi nada» mientras que ella se ahogaba por la agresión de olores que aullaban en ella como una jauría de hienas famélicas.

¿Quién había venido a observarla en la cripta? ¿Y que significaba el trapo perfumado?

Pasó una mala noche. Hacía demasiado frío y no conseguía conciliar el sueño. Las mantas apestaban a piel de camello y únicamente el perfume del jirón de tela que seguía conservando en la mano le impedía ceder a la náusea.

No pudiendo resistirlo más, salió fuera de la tienda, en la oscuridad. Los centinelas seguían en sus puestos. Habían encendido un brasero para protegerse del frío nocturno. Anuna se desplazó de manera que no fuera vista por los vigilantes. No quería que su presencia en medio de la cantera se interpretara como un desafío a los guerreros guardianes. El viento del desierto aplacó su malestar y ahuyentó hacia el infinito la pestilencia de los camellos. Por simple reflejo, miró hacia la entrada de la cripta y se estremeció. Alguien había allí que la observaba. No era un soldado... Un hombre vestido como un camellero, y cuyo rostro estaba medio tapado por un embozo de tela, a la manera de los beduinos. Procuraba no salir del ángulo muerto que le protegía de la vigilancia de los soldados y permanecía inmóvil. Iba tocado con un turbante y se cubría con un gran manto de lana negra; a pesar de la distancia emanaban de él unos efluvios mezclados de raros olores y de mugre. Anuna se preguntó cómo ese desconocido que parecía apreciar los perfumes podía soportar el hedor que desprendían de sus propias ropas. Había en ello algo que no alcanzaba a comprender.

De repente, el hombre levantó la mano para hacerle una señal, luego retrocedió en la oscuridad de la cueva. La joven creyó entender que la invitaba a seguirle, pero no fue capaz de decidirse a obeceder y regresó precipitadamente a la tienda.

Al día siguiente, tras haber roído un mendrugo de pan y bebido un poco de esa cerveza caliente, tan densa que era preciso filtrarla a través de un trozo de tela, se demoró en la cantera para echar una mano a sus compañeros en la construcción de los primeros sarcófagos.

En realidad, y por más que la curiosidad la atormentaba, quería retrasar el momento en que no podría resistir ya la tentación de entrar en la cripta.

Poco antes de mediodía, dejó de luchar consigo misma y tomó en dirección a la cueva. Tal como había adivinado el desconocido la estaba esperando, sentado en el borde de un recipiente de natrón donde flotaban tres muchachos cuyos cuerpos comenzaban a cubrirse de un caparazón vidrioso de cristales de sal.

–Me preguntaba si acabarías decidiéndote o no –refunfuñó el hombre incorporándose.

Hablaba con una voz gangosa poco grata al oído; sus ojos, por encima del embozo que le tapaba la mitad inferior del rostro, eran muy hermosos.

–¿Qué quieres de mí? –preguntó Anuna–, ¿a qué viene todo este misterio?

–Lo sabrás si consigues superar dos o tres pequeñas pruebas que voy a ponerte ahora –repuso el hombre–. Voy a hacerte oler unos trapos, y me describirás los olores que percibas... Si mientes o te equivocas, me iré tal como he venido.

–¿Qué juego es éste? –se impacientó Anuna–. ¿Estás loco? ¿Has entrado a hurtadillas en este campamento para hacerme aspirar unos perfumes?

–No bromeo –dijo secamente el hombre enmascarado–. No te tomes la prueba a la ligera, tu vida depende tal vez de lo que vas a decirme ahora. Necesito saber si eres la persona cuyo talento tanto me han ponderado.

Sacó de su manga una bolsita de cuero cuyo cordón aflojó. Un trozo de tela del tamaño de la uña del pulgar ocupaba el fondo de la bolsa.

–Huele –ordenó levantando la bolsita hacia el rostro de Anuna. Dime lo que es.

–Olíbano –respondió la joven–, mezclado con jugo de una flor bastante fea pero muy rara que no crece más que en país de Punt, en las montañas del Hazar, y que se conoce como *safadit*. El preparado contiene muy poco de ella, apenas una cabeza de aguja.

–Bien –dijo el hombre que pareció impresionado–. Veamos éste, ahora.

Y sacó otra bolsita de cuero del reverso de su manga. Anuna superó sin dificultad la prueba, pero notó que los olores se hacían cada vez más tenues. No tardó en tener la seguridad de que una nariz normal los habría desdeñado por demasiado ligeros, apenas perceptibles.

–Tu reputación no es injustificada –concluyó el hombre con un no sé qué en el tono de voz que se asemejaba a odio disimulado.

–¿Qué sentido tiene todo esto? –se impacientó la joven.

–Tenía que saber si valía la pena que fueras salvada –repuso el desconocido.

–¿Salvada? –se asombró Anuna.

–Sí –respondió el desconocido–. Os van a matar a todos. Y será una vez que hayáis terminado vuestra tarea. Anatotep no quiere correr el riesgo de que podáis hablar de lo que habéis visto aquí. Una vez que hayáis cerrado la tapa del último sarcófago, los soldados os acribillarán a flechazos y os enterrarán en el fondo de una galería, igual que hicieron con el primer equipo de embalsamadores que trajeron aquí.

–¿Hubo otro equipo antes que nosotros?

–Sí, pero desconfiaron y se negaron a trabajar en estas condiciones. Por desgracia para ellos habían visto ya demasiado, y por eso los soldados les eliminaron. Si excavas un poco, encontrarás sus cadáveres en la última galería, en la parte norte de la cantera, la que tiene el acceso cerrado por medio de unas tablas clavadas en cruz.

Anuna sintió que le invadía el frío.

–¿Qué se está tramando realmente aquí? –murmuró–. ¿Por qué asesinaron a estos muchachos?

–Así lo quiso Anatotep. Todos estos muertos están destinados a formar el ejército de ultratumba que le escoltará en el Más Allá. Nuestro venerado nomarca no quiere contentarse con las habituales estatuillas de madera pintada. Todos estos pobres muchachos recibieron una formación guerrera selecta antes de ser asesinados. Pero Anatotep está interesado en mantener el secreto sobre sus actuaciones, pues teme una reacción popular. He aquí por qué os matarán, a vosotros también, cuando la última momia sea depositada en su sarcófago.

Anuna hubiera querido creer que el hombre mentía, pero sabía en el fondo de sí misma que lo que decía era cierto. A partir del momento en que había entrado en la cantera con el grupo de los embalsamadores su suerte había estado echada.

–Tengo un trato que proponerte –musitó el desconocido–. Esta noche, mis compañeros te ayudarán a evadirte, pues tienes para nosotros un cierto valor, aunque tú no seas consciente de ello. Pero este ofrecimiento no vale más que para ti.

–¿Y los demás? –protestó la joven–, Horemeb, Padiram... ¿Quieres que yo acepte huir abandonándoles a su suerte?

–Exactamente. No deberás decirles ni media palabra de tu evasión. Una cosa es sacar a una persona de la cantera, y otra muy distinta a todo un grupo. No queremos correr ningún riesgo. Y, de todos modos, esas gentes no nos serían de ninguna utilidad.

–¡Pero yo no puedo hacer eso! –balbuceó Anuna–. Sería actuar de una manera repugnante...

El hombre la cogió violentamente de los hombros y la sacudió.

–¡Basta de escrúpulos fuera de lugar! –gruñó–. Nada te ata a esos imbéciles, lo sabes muy bien. Si les propusiera el mismo trato a ellos, ¿de veras crees que dudarían un solo instante en abandonarte a los soldados? No seas ingenua. Vendrá alguien esta noche, aquí, a la cripta. Tú deberás hacer todo lo que él te diga. Con un poco de suerte, conseguiréis escabulliros fuera del campamento. A continuación serás nuestra. Es lógico, puesto que te habremos salvado la vida.

Anuna se desasió con brusquedad.

–¿Que seré vuestra? –repitió ella–. ¿Qué significa eso?

–Que deberás hacer lo que nosotros te digamos que hagas –se limitó a responder el hombre de voz gangosa–. Te lo explicaré cuando estés fuera de peligro. Ahora te corresponde tomar una decisión. El que ha de pasarte vendrá a esperarte esta noche, esta noche únicamente. Si dejas escapar tu oportunidad, morirás bajo las flechas de los soldados, una vez que vuestro equipo haya terminado su trabajo.

Retrocedió hacia el fondo de la cripta, allí donde debía de abrirse la falla que le permitía introducirse en la cantera sin llamar la atención de los centinelas.

–No cometas el error de avisar a tus compañeros –insistió el extraño personaje–, pues lo estropearías todo. Se perdió en la oscuridad, dejando a Anuna sola en medio de los muertos.

La joven se quedó un momento desconcertada. El pacto que se le acababa de proponer era a primera vista inaceptable y ella sabía que en una situación normal habría tenido que negarse a salvarse si sus compañeros no formaban parte de la fuga. Sin embargo, adivinaba que el visitante tenía razón. No cabía facilitar la huida del equipo de embalsamadores en pleno sin provocar al punto la alarma. El deseo de vivir la impulsaba a seguir los consejos del desconocido, aun cuando sentía una gran vergüenza de abandonar a los demás a su triste suerte.

«No son nada para ti –le sugería una voz interior–. ¿Por qué preocuparte de ellos? ¿Qué han hecho ellos por ti en el curso de estos últimos meses aparte de tratar de darte un revolcón en los momentos de descanso en la casa de la muerte o de toquetearte cuando se presentaba la ocasión propicia de acorralarte en un rincón?»

Incómoda, abandonó la cripta. ¿El hombre quizá mentía? ¿Y si se hubiera inventado toda aquella historia de la ejecución colectiva con el fin de empujarla a seguirle? No comprendía qué esperaba de ella. ¿Por qué le había hecho oler esos trapos impregnados de delicados perfumes?

El calor del exterior, que la dejó sin aliento, hizo que se quedara inmóvil contra la pared rocosa. Echó un vistazo instintivo en dirección a la galería cuyo acceso estaba vedado por dos tablas clavadas en cruz.

«Te basta con ir a echar un vistazo –pensó–. Es muy sencillo. Deslízate hasta allí y sabrás si el hombre del turbante te ha mentido...»

Comprobó que los centinelas no estuvieran mirando hacia aquel lado y se deslizó a lo largo de la muralla natural. El granito le quemaba la piel a través de sus gruesas ropas. Con el corazón latiéndole, se sumergió en el estrecho y oscuro pasillo, convencida de que iba a recibir una flecha entre los hombros. No pasó nada. Esperó un momento, pegada contra la roca, a que sus ojos se habituaran a la oscuridad, luego se adentró lentamente en la galería. Conforme se alejaba de la entrada, las tinieblas se adensaban: comprendió que pronto se vería obligada a continuar a tientas. Sola en la oscuridad, se arrodilló y hundió los dedos en la arena, en busca de un indicio. En un principio se quedó contenta de no encontrar nada. No había cadáveres, el hombre había mentido... Estaba dejando escapar un suspiro de alivio cuando su mano tocó el rostro de un muerto enterrado en el polvo. Se estremeció, pero se obligó a continuar. Algo parecía clavado en el pecho del cadáver, un trozo de madera... el asta de una flecha rota. Anuna volvió a tapar el agujero a toda prisa y buscó algo más lejos. Esta vez su mano se posó sobre un pene. Se incorporó secándose las palmas de las manos en su ropa. Era inútil proseguir. El hombre del turbante había dicho la verdad. El equipo de embalsamadores que les había precedido estaba efectivamente allí, enterrado a todo lo largo de la galería.

«Y todos nosotros nos reuniremos con ellos una vez terminado nuestro trabajo», pensó mientras retrocedía hacia la salida.

Tenía ahora que tomar una decisión, aceptar huir sola o poner a sus compañeros al corriente de la posibilidad de evasión que se les ofrecía.

Durante todo el día estuvo atormentada por la duda. El equipo se componía de diez personas que ella conocía a fin de cuentas bastante poco. No tenía la menor idea de cómo reaccionarían ante sus revelaciones, y sin embargo el tiempo apremiaba.

«¡Desentiéndete de ellos! –le repetía la voz que resonaba en su cabeza–. Aprovecha la oportunidad que se te ofrece y no pienses más que en tu propia salvación».

A hurtadillas, observaba a Horemeb, a Padiram... tratando de determinar lo que sentía por ellos. ¿Se quedaría realmente trastornada por su muerte? No sabía qué actitud adoptar. Finalmente, no pudiendo aguantarse más, e íntimamente convencida de cometer un grave error, se acercó al maestro embalsamador y le susurró:

–Es preciso que hablemos, a la hora de la comida. Tengo cosas importantes que contar. Avisa a los demás. Que todo el mundo se siga comportando con naturalidad, los centinelas no tienen que sospechar nada.

Horemeb le echó una mirada de asombro pero se dominó. Fue a continuación de grupo en grupo con la excusa de examinar el trabajo de cada uno y transmitió la consigna. Cuando se reunieron para compartir el pan y la cerveza, los rostros dejaban traslucir una gran tensión nerviosa. Anuna expuso rápidamente lo que tenía que decir. Por más que suplicó al equipo que no miraran en dirección a la galería condenada, volvieron todos la cabeza al mismo tiempo como si, desde allí donde estaban, hubieran podido ver a los muertos enterrados en la arena.

–¡No miréis! –gimió–. Los soldados van a sospechar que hemos descubierto su secreto.

–Lo sabía –balbuceó Padiram–. Lo sabía desde el principio... ¡Oh, por los dioses, estamos perdidos!

–¿Les has visto? –insistió Horemeb–. ¿Les has tocado?

–Sí –apuntó Anuna–. Están enterrados bajo un codo de arena.

–¿Son verdaderamente embalsamadores? –insistió el patrón de la casa de la muerte–. ¿Podrías jurarlo?

–No –confesó la joven–. Estaba a oscuras. Sólo he podido palpar unos cuerpos que presentaban heridas mortales.

–Entonces no tienes ninguna prueba –soltó Horemeb–. Puede tratarse de soldados rebeldes. Unos amotinados que han sido ejecutados. Tu historia del hombre enmascarado no tiene ni pies ni cabeza. ¿Para qué querría salvarte a ti y sólo a ti? ¿Qué tienes tú de tan excepcional? Después de todo, no eres más que una negrita mañosa en el manejo de las gomas, nada más.

Se sentía molesto por no haber sido elegido él, pero siendo Anuna incapaz de justificar las motivaciones del desconocido de la cripta, su historia carecía de credibilidad, y los embalsamadores no escondían su desconfianza.

–Has sufrido una insolación –dijo burlonamente Huzuf, un tallador de *ushabti*–. O tal vez has abusado del loto. No me creo una sola palabra de esta historia del hombre enmascarado.

–¿Y de los muertos en la galería condenada qué me dices? –replicó Anuna–. ¿Por qué no nos han dicho nada de ello los soldados? Te lo voy a explicar yo. Porque los cadáveres son de colegas nuestros que tal vez conociéramos.

–¿Y tú qué propones? –cuchicheó Padiram que apretaba nerviosamente su cuchillo de sajador.

–Esta noche –dijo Anuna–, abandonaremos la tienda uno tras otro, para dirigirnos a la cripta, al lugar de la cita. Vosotros amenazaréis al que vaya a pasarnos de dar la alarma si se niega a llevaros con él. No creo que le quede elección. Si somos lo bastante silenciosos, si no perdemos el juicio, tenemos una oportunidad de abandonar la cantera.

–Decides muy pronto por los demás –espetó Horemeb–. ¿Y qué haremos después, eh? Si emprendemos la huida, nos convertiremos en unos parias, nunca más podremos volver ya a la ciudad, lo perderemos todo, nuestras casas, nuestras familias. Tú no tienes nada ni a nadie, por lo que la elección te es fácil. Pero yo... ¿Qué será de mi negocio? No quiero llevar una vida de mendigo. ¿Crees que Anatotep nos perdonará el haber roto el contrato que nos unía a él?

–Anatotep ha decidido nuestra condena –dijo Anuna–. Concederá el Per-Nefer a alguno de sus protegidos, y se saldrá con la suya. Estamos ya muertos para él.

La discusión se empantanó muy pronto y todo el mundo se puso a hablar sin escuchar a nadie. Algunos, como Padiram, se ponían de parte de Anuna, otros se negaban a admitir que se corriera el menor peligro.

–Hemos tomado desmasiado loto –repitió Huzuf–. Y eso nos ha obnubilado. Hemos venido aquí para desempeñar un trabajo de lo más normal, y regresaremos a casa una vez que hayamos acabado nuestra tarea. Lo demás no son más que pamplinas. ¡No iréis a hacer caso de los delirios de una mujer que ni siquiera es seguro que sea egipcia!

–¡Basta! –cortó Horemeb–. Es preciso volver a ponerse a trabajar. Que cada uno piense en qué partido va a tomar de aquí a la caída de la noche. Pero los que decidan irse que sepan que se convertirán en unos parias y se verán en la obligación de abandonar el nomo.

Se separaron. A Huzuf no se le pasaba la cólera; cogió a Anuna aparte:

–Si te escapas –le soltó a la cara–, atraerás la venganza de los soldados sobre nosotros. Nos castigarán por dicho motivo. ¡No sé lo que me frena de ir a denunciarte ahora mismo!

–Yo –espetó Padiram blandiendo su cuchillo–. Podría perfectamente rajarte por equivocación, pues la cerveza turba mi juicio igual que hace desvariar el tuyo. Algo me dice que me resultaría fácil confundirte con todos esos jóvenes que sajo de la mañana a la noche desde que llegamos aquí.

–¡Basta ya! –protestó la joven–. Habláis demasiado alto. Los centinelas nos están mirando.

Se maldecía por hacer cedido a su sentido del deber. Esos imbéciles iban a estropearlo todo. El hombre del turbante lo había previsto acertadamente, había sido una estúpida.

Trascurrió la tarde en medio de un clima de gran tensión. Distraídos, los trabajadores sumaban error tras error y accidente tras accidente. Anuna temblaba ante la idea de que los soldados terminaran por sospechar algo.

–Yo voy contigo –le musitó Padiram–. No temas nada, pues te protegeré. Por lo que se refiere a abrir a un hombre en dos, conozco bien mi oficio.

Esperaron a la noche. Cuando declinó la luz, encendieron el fuego y se reunieron para cenar. Los rostros estaban crispados, inquietos. Horemeb repartió las raciones de comida, consciente de que la mayor parte de los trabajadores harían lo mismo que él decidiera hacer.

–He reflexionado –anunció–. Partiré con Anuna. Creo que tiene razón, si nos quedamos aquí nos matarán. Han pasado demasiadas cosas extrañas desde que llegamos. Y Padiram ha soñado que Anubis designaba a aquellos de entre nosotros que pensaba llevarse con él... Hay que tomarse los sueños en serio. Nos introduciremos uno tras otro en la cripta, reptando por entre los sarcófagos que he hecho colocar esta tarde en una doble fila que nos proteja de las miradas de los centinelas. Todos deberéis desplazaros boca abajo por el pasillo formado por los féretros. Si la luna no brilla en exceso, podremos alcanzar la cueva sin ninguna dificultad.

Su voz, que acostumbraban a oír tronar por los talleres de la casa de la muerte, parecía aquella noche muy indecisa, y, en vez de tranquilizar a los embalsamadores, no hizo sino aumentar su angustia.

Se fueron a la tienda en silencio. Se formaron grupos. Los que querían partir y los que refunfuñaban, replicando a las afirmaciones de Anuna. Pero no era aquel momento para discusiones. Horemeb sopló el candil y se sentó en su esterilla. A ciegas, comenzó a reunir los objetos de primera necesidad que pensaba llevarse con él.

–Claro –rezongó Huzuf–. Para él la decisión es fácil, pues es rico. Probablemente ha amasado reservas de cobre o de plata en otro nomo.

–Yo no obligo a nadie a seguirme –declaró Anuna–. No he sido capaz de partir sin avisaros, eso es todo. Ignoro lo que quiere de mí el hombre que me encontré en la cripta, no tengo ni idea de adónde piensa llevarme. Sé que todo eso puede pareceros muy aventurado, pero yo estoy plenamente convencida de lo que voy a hacer. He tocado a los muertos escondidos en la galería condenada. Sé que no tardaremos a hacerles compañía si nos quedamos aquí.

Esta muerte sin sepultura era precisamente lo que podía aterrar a unos embalsamadores profesionales, y hasta las más reticentes no podían decidirse a correr ese riesgo.

–Anuna saldrá la última –decidió Horemeb–. De este modo el que vaya a pasarnos se verá obligado a esperarla. Yo seré el primero en salir de la tienda, pues si el hombre está ya allí, seguramente sabré discutir mejor con él que vosotros, que sois capaces de abrumarle a preguntas y de hacerle sentir ganas de salir huyendo. Dejad pasar un momento entre una salida y otra.

–Lo lamentaremos todos –gruñó Huzuf–. ¡Es una locura!

Horemeb se instaló cerca de la abertura de la tienda para observar el estado del cielo. Esperó a que la nubes cubrieran la luna, y se deslizó fuera reptando tan silenciosamente como se lo permitía su corpulencia. Todo el mundo se apretujó bajo el tejadillo para observar su avance. Por suerte, el viento soplaba fuerte, levantando una nube de polvo que avanzaba en círculo en la hondonada de la cantera, por lo que los centinelas tenían grandes dificultades en distinguir lo que allí pasaba.

–Debe de haber llegado ya ahora –soltó Padiram–. Vamos, el siguiente... ¿Quién se decide?

Hubo un momento de vacilación, luego los trabajadores se lanzaron tras los pasos del maestro embalsamador, y la tienda comenzó a vaciarse.

–Yo saldré justo detrás de ti –murmuró Padiram posando la mano sobre un hombro de Anuna.

La joven trató de sonreírle. Encontraba a menudo conmovedor a aquel muchacho de físico nada agraciado del que las mujeres huían a causa de su profesión. Ella lamentaba haber sido a menudo brutal con él en el pasado, cuando la acosaba con sus torpes cumplidos. Le hubiera gustado decirle algo, pero no se le ocurrió nada. Por último, le tocó el turno a ella de abandonar la tienda. Se tumbó panza abajo y se puso a reptar entre los sarcófagos inacabados que habían llenado de piedras para impedir que el viento del desierto los derribara. La nube de polvo remolineaba, prisionera de la hondonada rocosa. Anuna la oía crepitar contra los féretros. Pronto alcanzó el final del tramo y llegó a la entrada de la cueva en dos zancadas. El tenue resplandor de un candil brillaba en el fondo de la galería. Al no poder servirse de una antorcha, Horemeb había encendido aquella minúscula luz para evitar que los fugitivos cayeran dentro de los recipientes de natrón que ocupaban la cripta. Anuna se reunió con el grupo. El temor avivaba el olor a sudor de los hombres, haciéndolo casi insoportable. En los recipientes, los cadáveres flotaban, recubiertos ahora de un capullo de sal que les volvía inidentificables.

–No hay nadie –gruñó Horemeb–. ¿Estás segura de que la cita era aquí?

–Sí –susurró la joven–. Hay que esperar.

Un ruido de grava hizo estremecerse a todo el mundo, pero no era sino Padiram que entraba en la cueva.

–Sabía que era una idiotez –musitó Huzuf–. No vendrá nadie, esta muchacha está loca.

En ese mismo momento, se produjo en el fondo de la cripta un ligero derrumbamiento de arena y de piedras. Alguien descendía de la bóveda por un conducto vertical, una especie de chimenea natural muy estrecha por la que habían arrojado una escalera de cuerda. El hombre iba vestido como un nómada del desierto, llevaba una linterna sorda colgada del cuello y dos grandes puñales de cobre metidos en el cinto. Pareció desagradarle sobremanera el descubrir a los trabajadores reunidos en la cripta, y dejó escapar un juramento en una lengua que Anuna no comprendió.

–Vengo a buscar a la perfumista –soltó con una voz habituada a mandar–. Ni hablar de que os lleve a todos vosotros conmigo.

Era joven, de rostro curtido, endurecido, y de cabellos rizados, muy negros. El furor le aureolaba de una belleza amenazante.

Horemeb avanzó hacia él, sacando pecho.

–No sé quién eres –dijo el maestro embalsamador–, pero no te llevarás a Anuna si no nos sacas primero de aquí a mí y a mis trabajadores. ¿Entendido?

El joven dio unos bufidos de cólera como una pantera. Su mano derecha se posó sobre la empuñadura de uno de los *kopechs* de cobre metidos en su cinto.

–Vamos –intervino Horemeb–. Estás completamente solo y nosotros somos una decena. ¿A qué esperas? Ahora no te vamos a dejar marchar. Saca a mis hombres, pues ello no te llevará mucho tiempo. Una vez arriba, nos separaremos. No quiero saber lo que piensas hacer con Anuna. Si la quieres, tuya es.

El nómada del desierto pareció reflexionar, luego señaló la escalera de cuerda que caía de la bóveda.

–Está bien –capituló–. Vamos. No hay que perder tiempo, la polvareda nos protege, pero el viento puede amainar de un momento a otro. Daos prisa...

Y asió la escalera entre sus manos para tensarla a fin de poder subir por ella. Horemeb soltó un manotazo en la espalda de Huzuf y le dijo:

–Vamos, ¿a qué esperas?

El tallador de estatuillas agarró los escalones de madera y se izó rápidamente hacia la bóveda. Pronto le vieron desaparecer por el orificio de la chimenea natural.

–Una vez arriba, hay que tumbarse y reptar –explicó secamente el bandido–. Ni hablar de quedarse de pie. Hay una falla en la meseta rocosa, y si uno avanza como un lagarto por ella, panza abajo, es posible pasar ante las mismas narices de los centinelas sin ser visto. Tratad de ser rápidos y silenciosos –. Cuando se destensó la escalera, urgió–: ¡Deprisa, el siguiente!

Treparon todos, pero estas escaladas repetidas llevaban mucho tiempo.

–Como puedes ver –le espetó el nómada del desierto a Anuna–, tu estupidez nos pone en peligro. Sin estos imbéciles, estaríamos lejos hace ya rato, tanto tú como yo.

La joven no supo qué responder. Los ojos del joven brillaban con un fuego que la incomodaba. Tenía la certeza de que no se tratara del desconocido de los perfumes, pues su voz era muy distinta, en absoluto gangosa. Cuando no quedaban ya más que tres trabajadores, Horemed les dio un empellón para salir a su vez. Finalmente no quedó más que Padiram que quiso dejar pasar a Anuna delante de él.

–¡Ni hablar! –gruñó el bandido–. De la muchacha me ocupo yo. Trepar es lo que debes hacer en vez de hablar.

El sajador dudó, luego cedió. Emanaba del nómada del desierto un aura de violencia tal que difícilmente podía uno oponérsele.

Apenas Padiram hubo desaparecido por la chimenea rocosa, el joven dejó estallar su cólera.

–¡Estúpida hembra! –vomitó volviéndose hacia Anuna–. Si no fueras tan valiosa, te reventaría los pechos a patadas. Has estado a punto de echarlo todo a perder con tu sensiblería. Ahora vas a trepar y a callar, pase lo que pase. ¿Entendido? Pasaremos a diez codos del puesto de guardia. Tu cabeza en ningún momento deberá sobresalir de la trinchera. En ningún momento.

Agarrándola violentamente de la muñeca, la empujó hacia la escalera y le hizo señal de que trepara. Tan pronto como estuvo a cuatro codos por encima del suelo, él la imitó. Anuna no veía ya nada. Subía como ciega por el angosto cuello de la chimenea cuyas asperezas desgarraban sus ropas. El conducto apestaba a excremento de buitre, a la podredumbre de las pequeñas presas despedazadas. Apenas si le quedaba espacio para mover los brazos, y, a cada escalón, sus rodillas chocaban dolorosamente contra la pared. Por fin su cabeza emergió al aire libre. Unas manos poderosas la asieron por las axilas para extraerla de la cavidad. Había un curioso olor en el aire... Un olor a sangre.

Anuna volvió la cabeza, tratando de comprender lo que sucedía. Y de repente, les vio, a todos: Horemeb, Huzuf, Padiram... Yacían de espaldas, con los ojos fijos en la luna; los saqueadores emboscados en lo alto del conducto les habían degollado, uno tras otro, a medida que salían de la chimenea.

A punto estuvo de gritar, pero una palma callosa se abatió sobre su boca. Era la del joven de los cabellos rizados. Sintió su ardiente boca pegarse contra su oído.

–¿Acaso creías que iba a satisfacer tus caprichos? –le susurró con una alegría odiosa–. Nadie me dicta lo que debo hacer. Nunca. Tan cierto como que me llamo Netub Ashra.

DIEZ

Anatotep avanzó por la terraza. El viento soplaba del desierto, trayendo hasta él un olor a dátiles frescos. Sin saber por qué, pensó de repente en el viejo Mosé que había preferido dejarse tragar por la tempestad de arena antes que entregar a los saqueadores las momias reales que tenía a su cargo. Buen servidor...

Dakomon también le había servido bien, pero, con el tiempo, se había creído más importante de lo que en realidad era, y por eso mismo, tal como ocurre por regla general, se había vuelto peligroso. Había tenido que neutralizarle. De ahora en adelante, Anatotep era la única «nariz» de Egipto capaz de detectar los efluvios del perfume «inodoro» creado por el arquitecto. El balizaje de los subterráneos no era perceptible más que para él, sólo para él. Y esta certidumbre apaciguaba su angustia.

Anatotep se acercó a un gong que hizo sonar. Al punto apareció un servidor, con el rostro y el cuerpo chorreantes de perfumes con los que se había tomado la precaución de rociarse antes de comparecer a presencia del nomarca.

–¡Quiero caminar un poco! –espetó este último–. Quiero dar un paseo, que me traigan mis bastones vivientes.

Despertaron a todo correr a dos niños que llevaban todavía el mechón característico de la infancia y en cuyos hombros Anatotep gustaba apoyarse en sus deambulaciones nocturnas. Eran dos chiquillos de unos diez años a los que el anciano había hecho coser los párpados de manera que no pudieran adivinar nada de los secretos del «faraón».

Otros, más malvados que él, no habrían dudado en sacarles los ojos, pero Anatotep no era en absoluto malvado, y el espectáculo de los pequeños cuerpos desnudos le encantaba, sobre todo cuando el frío glacial de la noche del desierto les hacía tiritar.

Sus manos artríticas se aferraron a los hombros de los niños que bostezaban llorando de sueño.

–Andando, potritos míos –les susurró Anatotep con esa voz de abuelo bondadoso que le gustaba adoptar a veces–. Andando, que yo os guiaré, estad atentos a la presión de mis palmas. ¡Hale! ¡Hale!

Y se puso en camino, encorvado, renqueando, masajeando golosamente la carne dorada de los niños sobre los cuales hacía llevar el peso de su viejo cuerpo de torpes articulaciones.

Ayudado por sus «bastones vivientes» se perdió en las profundidades del palacio para contemplar una vez más los preparativos de su próximo enterramiento.

Pasó primero revista a sus cuerpos y cabezas sustitutivas, magníficamente cinceladas por unos artesanos consumados. Estos maniquíes de madera de tamaño natural servirían de vestimenta para su ka cuando éste decidiera ir a pasearse por entre los vivos. Anatotep, por astucia, había optado por conferir a las cabezas de recambio los rasgos de todos cuantos le rodeaban en palacio: escribas, ministros, generales, funcionarios... Esperaba que su ka, adoptando por una noche la identidad de esas personas, conseguiría penetrar en sus secretos, poseer a sus mujeres, a sus hijas e incluso a sus hijos. Se proponía, por medio de este subterfugio, servirse de sus reservas de oro, de cobre, para ofrecérselas a los sacerdotes encargados del mantenimiento de su tumba. Estas pequeñas maldades sin importancia le divertían, le arrancaban cacareos de alegría semejantes a los de un papagayo.

Acarició las cabezas de madera alineadas en un estante, asegurándose de no haber olvidado a nadie. Todo su estado mayor figuraba allí, esperando las buenas intenciones del doble inmortal. Anatotep había querido que los cuerpos tallados en madera fueran potentes, ridículamente provistos de unos órganos sexuales desarrollados.

El anciano reanudó su marcha. Iba allí cada vez más a menudo para serenarse.

Montones de vasijas desbordantes de oro, de plata y de lingotes de cobre. El nomarca sabía que, llevándose estas riquezas a su tumba, arruinaría a la provincia, pero eso le traía sin cuidado. ¿Acaso cada uno no hacía lo propio a su nivel y según sus posibilidades económicas? El padre, el marido arruinaban su casa, a su familia, haciéndose enterrar con las ganancias, las adquisiones de toda una vida de sudores. A veces incluso, la viuda y sus hijos descubrían con horror que el tan querido difunto había establecido con los sacerdotes encargados del mantenimiento de su tumba unos acuerdos que obligaban a sus descendientes más lejanos... Unos acuerdos que garantizaban a los servidores de las divinidades grandes sumas de dinero, así como ofrendas diarias de pan, cerveza, miel y carnes de primera calidad. La segunda vida de los muertos conducía a muchas familias a la ruina sin que les fuera posible sustraerse a sus obligaciones, al haber sido debidamente registrados los tratos en los archivos de la Casa de Vida donde desempeñaban su trabajo los escribas de la administración.

Lo que un simple mercader podía hacer en su propia casa, ¿por qué no podía planteárselo un nomarca a escala provincial?

Así pensaba Anatotep contando las vasijas repletas de piedras preciosas que se alineaban en la cámara secreta. Contaba con partir vaciando el palacio y el tesoro real. No, no dejaría nada detrás de él, ni un lecho, ni un cofre, ni un carro, ni un arma realzada de oro.

Había comenzado ya a hacer momificar los más hermosos caballos de las caballerizas. Y otro tanto había hecho con los magníficos lebreles de las jaurías de caza. Su casa de fieras le seguiría en el gran viaje; los embalsamadores trabajaban en ello. Se había dado muerte ya a los gorilas, a las panteras, a los tigres de Asia para sumergirlos en resina según las mejores recetas de conservación.

Anatotep haría tabla rasa. No se contentaría con malos simulacros de madera o de arcilla, como el común de los mortales, no. Tenía intención de tomar todas las precauciones.

Un día le había preguntado a un sacerdote lo que se suponía se hacía una vez muerto, al llegar a los campos de Ialu.

–Señor –repuso el hombre–, la existencia en dicho lugar es muy sencilla y se parece a la de los campesinos de este mundo. Grandes y humildes trabajan en los campos para complacer a los dioses. El humilde felá se codea con el escriba de palacio, y ambos tiran del carro o llevan el agua en grandes cántaras de una orila a la otra del río de eternidad. Así lo quieren los dioses. Todos, pobres y ricos, se vuelven servidores de la asamblea divina.

Anatotep se estremeció de horror al oír estas palabras.

–¿Quieres decir que tendré que trabajar como el último de los destripaterrones? –se enfureció–. ¿Yo, todo un príncipe?

El sacerdote se retorció las manos. Un sudor de angustia perló su cráneo rapado.

–Es la ley –murmuró con voz temblorosa–. No obstante, los grandes personajes pueden quedar exentos de esta obligación llevándose con ellos una multitud de servidores que harán el trabajo en su lugar. A tal fin se utilizan los *ushabti*, «aquellos que responden a la llamada», unas figurillas de madera pintadas en cuyas manos se colocan los útiles en miniatura. De esta forma el difunto no tiene que preocuparse ya de los pesados trabajos impuestos por los dioses.

–¿Unas figurillas? –masculló Anatotep–. ¿Unas muñecas? ¿Y basta con eso, verdaderamente?

A diferencia de la mayoría de sus contemporáneos, Anatotep desconfiaba de los simulacros y prefería de lejos las cosas reales. La simple representación no le bastaba, su espíritu perpetuamente atormetado, perfeccionista, exigía la mayor verdad posible.

No tenía la menor intención de tirar de ningún carro o de sacar agua con el cigoñal. No había subido tan alto en la vida para caer luego tan bajo en la muerte. Era algo inaceptable.

Cuando los sacerdotes le trajeron un cofre lleno de *ushabtis*, dio vueltas entre sus dedos a esos muñecos de madera coloreada con auténtico desagrado. Los servidores del dios insistieron. Le recitaron la invocación mágica que «agrandaría» las estatuillas llegado el momento:

Oh tú, figurilla mágica, escúchame.

Si soy condenado a realizar los trabajos penosos que están reservados a los muertos en el Más Allá,

Sabe que serás tú en mi lugar quien tendrá que sembrar los campos, llenar el agua de los canales y transportar la sal del Este al Oeste.

Pues tú estás aquí para sustituirme a mí.

A lo cual la figurilla debía responder: *Aquí estoy, a tus órdenes. Manda y te obedeceré.*

Por más esfuerzos que hizo Anatotep, no podía creérselo. ¡Unos muñecos! Unos juguetes para niños... ¿Cómo era posible ser tan crédulo? Si quería quedar realmente eximido de las tareas infames que le aguardaban en los campos de Ialu, tenía que llevarse con él a unos servidores mucho más convincentes. Fue por ello por lo que hizo abatir y momificar a doscientos prisioneros de guerra que fueron encerrados en unos sarcófagos de acacia con todos los útiles que podían necesitar en el otro mundo: layas, azuelas, tijeras de cobre, bolas de dolerita...

–¡Avanzad todo recto, mis pequeños potrillos! –ordenó el anciano a los niños ciegos.

El espectáculo de la cripta le encantaba –mejor dicho, le tranquilizaba–. Los doscientos sarcófagos de los servidores se alineaban contra la pared, simples cajas desprovistas de ornamentación. Pero lo más sobrecogedor seguía siendo el ver los sarcófagos construidos para los caballos, gigantescos, y que habían sido enganchados de dos en dos a unos carros de combate recubiertos de incrustaciones de ébano y de oro.

Para mayor precaución, Anatotep había hecho igualmente apresar y encerrar en varios templos del nomo a dos mil niños a los que se adiestraría a repetir su nombre durante todo el santo día, pues le habían dicho que un muerto cuyo patronímico se dejaba de recordar se corrompía poco a poco, víctima del olvido de los hombres. El único medio de permanecer fuerte y activo en los campos de Ialu era impedir por todos los medios que el recuerdo de uno se borrase de la memoria de los vivos. La imagen de esos dos mil niños salmodiando su nombre a coro daba nuevo calor al viejo corazón del nomarca.

Pero de lo que Anatotep desconfiaba por encima de todo era de los mismos dioses. Esos dioses impúdicos que pretendían hacer trabajar tanto a los poderosos como a los simples felás. Esta exigencia le atormentaba a la manera de un insulto, de una grave ofensa. No quería, una vez muerto, perder sus privilegios, su rango, y retroceder en la escala social.

–¡A mi edad –decía a los sacerdotes incómodos–, no voy a ponerme a trabajar la tierra y a guardar cabras!

–En los campos de Ialu todo es distinto –trataban de explicarle los religiosos de cráneo rasurado–. Todo el mundo vuelve a ser joven, y se olvidan los males del cuerpo. Allí arriba tendrás de nuevo quince años, y para toda la eternidad.

–Pero ¿y qué pasa con mi rango? –se enfurecía entonces Anatotep–. ¿Quién se preocupará allí de respetar mi rango?

Siempre volvía a lo mismo, atenazado por el miedo de caer bajo. Tenía pesadillas en las que se veía convertido en un pobre campesino, durmiendo en una estera agujereada, en el mismo suelo, en una casa de adobe llena de olores abominables, sufriendo la promiscuidad de cuerpos mal lavados.

¿Por qué los campos de Ialu estaban tan mal organizados?

¿Por qué los grandes de este mundo aceptaban tales vejámenes?

Anatotep no estaba dispuesto a pasar por ahí. Se proponía instalarse en el Más Allá como un señor de la guerra totalmente decidido a defender sus derechos. No partiría con las manos vacías. Así como algunos se llevaban sus muebles y animales domésticos, él, Anatotep se llevaría una legión de soldados escogidos momificados con todas sus armas. Nada de estatuas de madera, no, sino verdaderos combatientes que habrían aceptado morir para acompañar a su jefe al otro mundo. El reclutamiento había comenzado ya, por otra parte, y una decena de jóvenes exaltados se habían abierto las venas sin la menor vacilación a fin de preceder a Anatotep en su última morada. El nomarca les había hecho momificar como si se tratara de príncipes de sangre, y había ordenado que se colocara en sus sarcófagos todas las armas de las que tendrían necesidad en caso de conflicto. Pues el anciano se proponía sin ningún pudor hacer la guerra a los mismos dioses si éstos le imponían unas obligaciones insoportables. Había pedido a los sacerdotes que establecieran un mapa detallado de los campos celestiales, mapa sobre el que meditaba esbozando planes de batalla.

Evidentemente, diez soldados no eran suficientes. Habría que despertar otras vocaciones... o bien organizar redadas en las aldeas. Llevarse por las fuerza a los jóvenes más vigorosos, formarles en el oficio de las armas en un campamento secreto perdido en pleno desierto; luego, una noche, una vez concluida su formación, hacerles envenenar por el jefe de los asesinos. Se les momificaría en el mismo sitio para evitar cualquier habladuría y así él se saldría con la suya.

Sí, era una buena idea. Había dado órdenes al gran visir para que se empezara a trabajarar en este sentido, y por lo que le habían informado, la maquinaria estaba ya en funcionamiento, fabricando aquí y allá a los futuros combatientes de su ejército de ultratumba.

Para Anatotep esas legiones de soldados fantasmas eran de suma importancia, le tranquilizaban. Rodeado de sus guerreros, sería el único difunto de los campos de Ialu en no doblegarse a los caprichos infantiles de los dioses. ¿Labrar la tierra? ¿Transportar cántaras de sal de una orilla a otra de un río? ¡Eso ya se vería! Pondría orden allá arriba igual que antaño había tomado las riendas del nomo que había sido puesto a su cargo.

–Avanzad, potrillos míos –ordenó el anciano–. Tengo que ir a ver a un amigo. Trotad, trotad. ¡Se mueven con tanta gracia vuestras pequeñas pantorrillas! Os daré unos pasteles de miel y unos tallos de papiro confitados. ¡Trotad! ¡Hale! ¡Hale!

Los chiquillos desnudos tiritaban. Al más joven, molido de cansancio, a duras penas si le sostenían las piernas. El nomarca les clavó sus uñas en la carne de los hombros para acicatearles. Bajo el aguijonazo de los conos de plata que recubrían cada uno de los dedos del «faraón», los niños se encabritaron. Anatotep les empujó hacia delante, por el pasillo serpenteante dejado en medio del tesoro funerario. En un extremo se abría una cámara secreta protegida por una fórmula de execración esculpida en el dintel de la puerta.

«A todo aquel que cruce este umbral– proclamaba el texto–, el dios le arrancará brazos y piernas. Le sacará el corazón del pecho y lo arrojará a los perros. Y organizará para sus hijos accidentes en los que éstos se romperán la cabeza contra una piedra. Hará que su mujer sea violada por los bárbaros y llevada en esclavitud a un país inmundo donde las gentes cuecen sus alimentos en leche hirviente. El que lea esta advertencia, si no es tan estúpido como un habitante del país de Kush, se dará media vuelta y olvidará haber venido aquí».

–Esperadme ahí –ordenó Anatotep a los niños–. Podéis descansar un momento.

Mientras los chiquillos se dejaban caer sobre un cojín en medio del amontonamiento heterogéneo del tesoro funerario, el anciano empujó la puerta de acacia de doble batiente que cerraba la cámara.

Una atmósfera cargada, llena de un olor a sueño y a aire cerrado le asaltó, haciéndole arrugar la nariz.

La estancia, amueblada con gran lujo, era la réplica exacta de sus propias habitaciones, con la sola diferencia de que no tenía ninguna abertura al exterior y que las ventanas estaban pintadas en trampantojo.

Un hombre dormía en un lecho principesco cuyos pies representaban a los cuatro hijos de Horus. Un anciano, que roncaba, dejaba escapar de vez en cuando ligeros pedos, y su rostro recordaba curiosamente al del normarca, a tal punto que hubiera podido creerse que les unía un lazo de estrecho parentesco.

En realidad, se trataba de un antiguo campesino venido de una aldea situada en las proximidades de la primera catarata, un tal Tomak, al que Anatotep había conocido treinta años antes con ocasión de una expedición punitiva contra los beduinos. El hombre, un felá de la más baja extracción, tenía un extraño parecido con él. Anatotep se había sentido al principio vejado por ello, luego había caído en la cuenta de todo el partido que podía sacar de una coincidencia semejante.

Sabiéndose, en efecto, detestado por el pueblo y los altos funcionarios, temía por encima de todo una conjura palaciega que desembocara en su asesinato. Un doble le sería muy útil: un pelele, que podría entregar a la vindicta popular si la necesidad así lo exigía. Un hombre que iría a aspirar los malos olores del pueblo en su lugar.

Era sobre todo este último punto el que le había hecho decidirse, pues cada comparecencia pública era para él una verdadera tortura olfativa, de la que a duras penas si se recuperaba.

Pero Tomak era poco menos que un simio; ¿se conseguiría pulirle a la manera de esos cinocéfalos que se amaestran para que recojan los higos en los campos?

La apuesta le divertió. Durante cinco años, mantuvo al campesino en cautividad en una fortaleza del desierto, puso a su disposición los mejores profesores, le hizo saciarse de cerveza, de vino y le proporcionó mujeres a capricho. Cuando Tomak supo leer, escribir y estar a la altura de su rango, Anatotep le hizo regresar en gran secreto, dio muerte a los profesores, e instaló a su doble en los sótanos de palacio.

Tomak era un ser simplón, glotón, indolente, y al que nada gustaba tanto como dormir y fornicar. Desde hacía veintinco años, ocupaba el lugar de Anatotep en todas las apariciones públicas. Víctima de varias conjuras, había recibido tres heridas de daga. Dos en el pecho y una en el vientre.

Cada vez, Anatotep había aparecido al punto en público para mostrar al pueblo que era sin duda alguna de esencia divina –como un verdadero faraón– y que nada podía acabar con él.

Tales «curaciones» relámpago crearon en la imaginación de las masas la imagen de un nomarca invencible al que las hojas de los puñales no conseguían siquiera herir de manera duradera, y contra el cual era inútil rebelarse.

Tomak a punto estuvo de morir en cada una de estas agresiones, pero, como era de constitución más robusta que Anatotep, estuvo de nuevo en pie en espacio de unas pocas semanas, dispuesto a reanudar su papel.

El nomarca se acercó al lecho cubierto de pieles de cervatillo y de pantera. El olor de su doble le revolvía el estómago. Tuvo que apretar contra su nariz un paño empapado de esencia de terebinto para poder soportar esa promiscuidad sin desfallecer.

Con la vejez, la semejanza entre ambos hombres se había acentuado, con la salvedad no obstante de que Tomak se obstinaba en seguir gozando de mejor salud que su señor.

Para que no fuera posible diferenciarles, incluso en el baño, Anatotep había llevado su obsesión por los detalles hasta el punto hacerse unos cortes superficiales en la piel en los mismos sitios que Tomak. Estas falsas heridas, poco profundas, habían sido expresamente mal recosidas de forma que parecieran mucho más graves de lo que en realidad eran.

Anatotep odiaba a Tomak al que encontraba feo y viejo. No le perdonaba que le diera de sí mismo esa imagen tan decrépita. Los espejos de cobre pulimentado sabían, por el contrario, mentir.

Sólo el gran visir, el jefe de los sacerdotes de Horus y el médico de palacio estaban al corriente del embuste. Se dejaban engañar con toda candidez, confundiendo al nomarca y su doble. Esta práctica estaba sin embargo bastante extendida tanto entre los faraones como entre los demás reyes. Algunos incluso mantenían una legión de sustitutos a los que hacían aparecer en diferentes puntos del país para que sus enemigos no pudieran saber donde residía en realidad el verdadero soberano.

Anatotep se sentó en un asiento de hierro guarnecido con unos cojines llenos de plumón de avestruz para observar a Tomak.

El muy condenado no sufría de insomnio. Comía por cuatro, bebía por seis, y exigía cada semana del gran visir que le mandara nuevas concubinas. Éstas, convencidas de haber sido honradas por el faraón, contribuían a difundir entre la aristocracia del nomo el mito de un caudillo siempre juvenil que se hacía con creces merecedor a su apelativo ritual de «Toro poderoso».

Anatotep sentía igualmente celos de Tomak por dicho motivo. Por esta pujanza y lozanía de la que él, al fin y al cabo, nunca había gozado, ni siquiera cuando era más joven.

Anatotep no había frecuentado nunca en demasía el harén, no había tomado esposa y no había engendrado ningún hijo. Tomak, desde su entrada en acción, se había puesto a embarazar a las concubinas en fila, procreando verdaderas legiones de pequeños bastardos que pasaban por hijos del nomarca. Esta pretendida descendencia despertaba en Anatotep pulsiones de holocausto. Casi habría deseado que se produjera alguna catástrofe natural a fin de darse el gusto de ofrecer esa progenitura cargante en sacrificio.

Sintió de repente ganas de coger una daga de obsidiana y clavársela en la garganta al durmiente para acabar de una vez por todas con sus insoportables ronquidos.

Sin embargo, Tomak le era útil. Con ocasión de las fiestas del jubileo, esas fiestas *sed*, en las que el faraón se suponía que rejunecía en el curso de las ceremonias rituales, Tomak ocupaba su lugar para correr alrededor de la arena delante del pueblo allí reunido, lanzar la jabalina y dar prueba de intacta vitalidad. Anatotep, tullido por los reumatismos, habría sido totalmente incapaz de hacerlo, tanto por debilidad como porque el olor del populacho le habría medio asfixiado.

Tomak no se paraba en tales nimiedades, su burda nariz se satisfacía con los olores más comunes y corrientes y había conservado a pesar de los años una salud insultante, consecuencia de sus bajos orígenes.

A veces, Anatotep se sentía dominado por la extraña impresión de que Tomak se llevaba la parte del león, y sentía unas enormes ganas de poner fin a los insolentes privilegios de aquel tragaldabas que no hubiera tenido que abandonar nunca su aldea natal.

El nomarca suspiró. Todo aquello terminaría pronto, cuando él muriera. El gran visir había recibido órdenes al respecto. Tan pronto como Anatotep hubiera expirado su último aliento, Tomak sería degollado por el jefe de los asesinos, pues era impensable que un campesino pudiera sobrevivir a un faraón, aun cuando este último hubiera usurpado su título.

Anatotep hizo acopio de fuerzas para poder incorporarse. Los dolores de sus huesos le recordaron que su fin estaba próximo y ahogó una risita burlona de satisfacción al pensar en la poco grata sorpresa que tendría Tomak ese día.

ONCE

Una vez izada a lo alto de la chimenea de piedra, Anuna no tuvo en absoluto tiempo de protestar, pues Netub Ashra la empujó por el estrecho pasadizo de una hendidura que se abría en la meseta rocosa. La falla, de dos codos de profundidad, serpenteaba a la manera de una zanja, lo cual permitía –a condición, no obstante, de desplazarse por ella reptando– atravesar las líneas enemigas sin ser visto por los centinelas de guardia. La joven tuvo que avanzar boca abajo y ayudándose con los codos por aquel estrecho pasillo que apenas si era lo suficiente ancho para un chacal, y donde tenía grandes dificultades para respirar. Un bandido, cuyo rostro no le había dado tiempo de distinguir, la precedía. Incapaz de reflexionar, se limitó a hacer lo que le decían que hiciera mientras que, por encima de su cabeza, la ventolera de polvo obligaba a los soldados a protegerse detrás de su escudo. La falla la llevó hasta un desprendimiento de tierras donde esperaban dos camellos que tenían el morro atado para impedirles gritar en medio de la noche. Netub obligó a Anuna a montar con él y le pasó en torno a la cintura un brazo tan duro que le dejó magullados los costados.

–No trates de huir –le susurró al oído–. Estamos exactamente en medio del desierto y no tendrías la menor posibilidad de encontrar tu camino.

Los animales se pusieron en marcha. Anuna no comprendía nada de lo que le estaba sucediendo. No podía borrar de su cabeza la imagen de Padiram y de Horemeb, degollados como corderos, con sus grandes ojos abiertos a una luna que no podían ver ya ni uno ni otro.

No había hecho sino apresurar su muerte creyendo salvarles. Pero estaba habituada a la violencia, sabía que la vida era breve, susceptible de interrumpirse en cualquier momento. De su existencia entre los nómadas había conservado el recuerdo de las razias, de las bandas irrumpiendo con el sable blandido, generalmente cuando uno menos se lo esperaba. Uno podía acostarse al lado de su amante, con el corazón en paz, y morir degollado algunas horas más tarde, sin haber buscado pendencia con nadie. La vida era así. Era el destino. *Mektub*, como decían los caravaneros.

–Escucha bien lo que voy a explicarte –continuó Netub Ashra–, pues no pienso repetirlo. Te llevo a mi refugio; una vez allí, te pondré en manos de un hombre al que tuviste ya ocasión de ver en la cripta. El que te hizo oler los perfumes. Deberás ser como una sierva con él y no contrariarle jamás. ¿Entendido? Si quiere poseerte, ábrete de piernas y deja que haga lo que le plazca, o te entregaré a mis bandidos para que aprendas lo que es ser dócil. No trates nunca de ver su rostro. Fue horriblemente desfigurado y se vuelve medio loco cuando una mujer posa sus ojos en su mutilación. La semana pasada estranguló a una pobre nubia de doce años que yo había comprado para entretener sus noches. Una chiquilla de gran belleza. Pero esa idiota era demasiado curiosa y no pudo resistirse a la imperiosa curiosidad de levantar el embozo con que él se envuelve el rostro para dormir. Tanto le desagradó lo que vio que se puso a dar alaridos. Nuestro amigo la hizo callar. Para siempre. Al depositarla en el suelo, nos dimos cuenta de que le había reventado los ojos antes de retorcerle el pescuezo. Recuerda bien esto. Siempre que se trata de su imperfección, pierde el juicio.

–Pero ¿quién es? –gritó Anuna para hacerse oír en medio del viento.

–Se llama Dakomon –contestó Netub–. No necesitas saber más. Obedécele, no le mires nunca a la cara, y todo irá bien. Ya has podido ver que no bromeo. Ah, y una cosa más. Dakomón tiene un servidor, un tal Uti. Es un hombre al que le gustan los chicos, y estará probablemente celoso de ti. No te fíes de él, pues sin duda te pondrá trampas. Es un verdadero escorpión, pero no podemos prescindir de él, puesto que es el único que sabe calmar las crisis de su amo. Los dos son imprevisibles, y no te harán la tarea fácil, pero tu supervivencia depende de ellos. Para mí, tú no eres más que carne para pasto de los chacales. Si no me eres de ninguna utilidad, me desembarazaré de ti en el acto. Por el contrario, si actúas como es debido hasta el final, recibirás tu recompensa, como el resto de mi banda. Te harás rica. Muy rica.

No dijo nada más, y el resto del trayecto se desarrolló en silencio. Los camellos avanzaban en la noche entre las dunas todas parecidas. Anuna se preguntó cómo podía orientarse Netub en medio de una obscuridad semejante. Probablemente gracias a las estrellas.

Se dejó llevar por el balanceo de los animales y terminó por dormirse. Cuando Netub la sacudió, el alba despuntaba ya, rosada por encima de la suave línea de las arenas. Un campamento de nómadas había sido levantado cerca de las ruinas de una antigua fortaleza cuyas murallas de adobe habíanse disgregado en medio de las tempestades con el paso de los siglos. Anuna observó que una tienda, más hermosa que las demás, había sido levantada aparte, probablemente para preservarse de los desagradables olores de los camelleros. Un apuesto muchacho de ojos perfilados con *khol* estaba esperando, plantado delante del capitel al modo de un centinela. Su manto de lino blanco, inmaculado, formaba un curioso contraste con los abigarrados harapos de los bandidos.

–Es el muchacho del que te he hablado –gruñó Netub–. Uti. Ve a su encuentro, él te explicará lo que tienes que hacer, pero no te dejes engatusar por sus sonrisas. Seré despiadado. Quiero resultados, y rápido. Si se demuestra que no eres de ninguna utilidad para nosotros, te cortaré el gaznate después de haber dejado que todos mis hombres se diviertan contigo. Ahora ve... Vivirás con Dakomon y su servidor, dormirás con ellos. No te acerques por aquí, pues mis ladrones no han estado con ninguna mujer desde hace mucho tiempo y no necesito decirte lo que te harían sufrir si vienes a provocarles.

Anuna recibió un violento empellón entre los omóplatos. No se dio cuenta que estaba temblando de cansancio y de miedo. Avanzó, más para huir de la pestilencia de los bandidos que porque hubiera decidido hacerlo. El agradable perfume que se desprendía de Uti fue para ella un alivio.

–Así que tú eres Anuna –dijo el muchacho con una sonrisa que no estaba desprovista de desprecio–. Espero que seas menos idiota que la que te ha precedido. Supongo que Netub Ashra ya te ha hablado de mi señor.

Aferrando el brazo de la mujer con una mano dura, le hizo, en términos más diplomáticos, las mismas recomendaciones que el jefe de los saqueadores.

–Te conviene obedecer –bisbiseó entre dientes–. Estos bandidos son unas bestias salvajes de la peor calaña. Hay incluso antiguos caníbales entre ellos. Unos negros procedentes de más allá de la tercera catarata, de las regiones que están aún bajo el dominio del caos. Espero que no seas como ellos. ¿No tendrás los dientes afilados, espero? ¡A ver, abre la boca! Debo comprobarlo.

Anuna sintió ganas de gritarle que se callara. Sentía los ojos de los ladrones reunidos en el centro del vivaque acompañarla a cada paso que daba. Estaban todos allí con sus rostros tostados, sus pingajos, sus cintos de cuero erizados de puñales. Algunos tenían los cabellos aceitados con manteca de camella, otros sonreían descubriendo unos dientes tallados en triángulo para desgarrar mejor la carne de sus enemigos. Algunos se habían cubierto la cabeza con arcilla para protegerse del sol. Ella distinguía incluso algunos cuya barba trenzada estaba teñida con *henna* roja. Parecían armados de cualquier modo, con espadas, puñales, recogidos aquí o allá, principalmente de encima de los cuerpos de sus víctimas o bien robados en las tumbas reales que habían profanado, y no dejaba de ser curioso el ver estas armas tan bonitas, tan valiosas, llevadas por unos seres viles de mejillas más velludas que el ijar de un camello.

–Ven –ordenó Uti–, pues mi amo te espera.

Empujó a Anuna hacia la tienda. Cuando la joven mujer penetró en el refugio de tela, se quedó sorprendida al descubrir una instalación lujosa, con el suelo tapizado de magníficas alfombras. Un olor a cáñamo índico flotaba entre las paredes de algodón aceitado, como si se hubiera fumado hacía muy poco. Unas copelas ofrecían unos tallos de papiro confitados a la glotonería del visitante. El hombre de los perfumes estaba allí, recostado sobre una estera, tan sólo ataviado con un faldellín. Su cuasi desnudez subrayaba la perfección de su cuerpo recién depilado y masajeado, pero conservaba, enrollado en la mitad inferior del rostro, un largo embozo de lino blanco que le llegaba hasta debajo de los ojos. Se incorporó con elegancia al hacer su entrada Anuna. El menor de sus ademanes estaba lleno de esa gracia exquisita que no se adquiere sino frencuentando las altas esferas de la sociedad.

–Entra, sé bienvenida –lanzó con su extraña voz gangosa–. Y quítate esos harapos, Uti te sacará unas ropas dignas de tal nombre. Como puedes ver, tratamos de diferenciarnos de los bárbaros cuya promiscuidad por desgracia no nos queda más remedio que soportar. Veo que tu evasión ha salido bien. Tanto mejor, pues no es poco el trabajo que tenemos, tú y yo.

Unas telas traslúcidas separaban la tienda en varios aposentos, pero estos velos no tenían más que un valor simbólico, ya que dejaban traspasar la mirada. Anuna observó que habían reunido allí una increíble cantidad de frascos de perfumes, y casi todos los materiales existentes en el universo para crear otros nuevos. Los botes de ungüentos, de raíces, sellados con cera, se alineaban en los compartimentos de unos grandes cofres de madera de sándalo.

No tuvo tiempo de reflexionar más en ello, pues Uti le arrancó los harapos como si quisiera dejarla desnuda en previsión de cualquier venta de esclavos. Ella se volvió, pues no le gustaba el destello que brillaba en los ojos del hombre enmascarado. El servidor le ofreció un vestido de mujer, lavado y que había sido plisado poniéndolo a secar en una prensa de madera surcada de estrías paralelas.

–Seguramente Netub te habrá dicho ya quién soy –soltó el hombre enmascarado con un voz de repente menos cordial–. Me llamo Dakomon, y era el maestro de los laberintos... El arquitecto funerario más destacado de la corte de Anatotep. También era perfumista en mis horas libres, por propio placer y el de mis amantes.

Se puso a explicar cómo había preparado un sistema perfecto de defensa para cámaras funerarias: el laberinto evolutivo, y cómo este prodigio había hecho que el faraón se interesara por él. Hablaba con una voz átona y gangosa, difícil de soportar porque era entrecortada por curiosos ruidos húmedos, por un gargajeo procedente de debajo de su embozo, a la altura de la nariz... o por lo menos del lugar donde habría tenido que encontrarse normalmente su apéndice nasal, pues Anuna notó que el embozo estaba anormalmente plano allí donde la línea saliente del cartílago habría tenido que hacer una protuberancia. Sintió verdadero desagrado por ello y bajó los ojos para no tener la tentación de dirigir su atención a ese punto concreto del rostro del lisiado.

–Un día –concluyó el arquitecto– encontré la fórmula de un perfume que sólo el nomarca y yo eramos capaces de percibir. Un perfume inodoro para el resto de la humanidad. Anatotep se sirvió de él para marcar el trayecto a seguir en el laberinto que impedirá el acceso a la cámara funenaria donde él será enterrado a su muerte, en medio de todos sus tesoros. ¿Entiendes lo que trato de explicarte? Ha dejado caer una gota de esa esencia en cada lósa que esconde una trampa.

–Pero ¿por qué?

–Porque teme que su ka, al perderse por los pasillos, pueda disparar accidentalmente las trampas... y sea incapaz de salir de la tumba. Teme verse así condenado a dar vueltas por un laberinto perpetuamente cambiante de forma. Sé que es una tontería, pero nada puedo hacer para remediarlo. Hay que aceptarlo como una chifladura propia de un viejo chocho. Gracias al perfume, su doble conocerá el emplazamiento de los contrapesos ocultos en el suelo, y podrá evitarlos. La ventaja de este marcaje es que es invisible e inodoro para cualquier otro que no sea Anatotep, puesto que es el único que puede percibir el olor.

–Pero tú también eres capaz, ¿no? –dijo tontamente Anuna en un arranque de adulación del que se arrepintió al instante.

–No –silbó Dakomon mientras sus uñas rechinaban sobre la paja de la estera–. Anatotep me hizo arrancar la nariz y quemar las fosas nasales, para mayor seguridad. Yo no siento ya nada, ningún olor. Podría vivir encima de un montón de estiércol sin que ello me molestara lo más mínimo. Ahora ya lo sabes todo. Mientras sus hombres me mutilaban, me hicieron comprender que debía este favor a la ternura del nomarca, puesto que, de no haberme amado como a un hijo, me habrían simplemente degollado.

Anuna se esforzó por no dejar traslucir su incomodidad. Percibía ahora un ligero olor a sanies procedente del embozo. De ello deducía que la herida seguía supurando a pesar de los cuidados recibidos. Ahuyentó de su mente las imágenes que la asaltaban. No tenía que dejar a ninguna costa que su desagrado se trasluciera, pues sentía la mirada de Dakomon clavada en ella. La escrutaba, la escudriñaba con una atención celosa, malsana, como si esperara cogerla en falta.

–Pero –consiguió por fin murmurar–, ¿cuál es mi papel en esta historia?

–Tú serás mi nariz sustitutoria –soltó Dakomon–. ¿No lo habías comprendido aún? Tengo la intención de vengarme sometiendo a pillaje la tumba de Anatotep una vez que haya muerto. Quiero profanar su momia, desfigurarla, reducirla a pedazos para comprometer su vida en el Más Allá. Pero para llegar hasta la cámara mortuoria necesito de un guía capaz de sentir lo que yo era capaz en otro tiempo de oler. Una «nariz» que pueda localizar el emplazamiento de las trampas, pues Anatotep ha rediseñado completamente el laberinto. Ha modificado los planos que yo le propuse, de modo que lo ignoro todo, actualmente, sobre la disposición de las losas de contrapeso. Si cometiera el error de atreverme a entrar allí, sería víctima de mis propias invenciones.

–Es imposible –protestó Anuna–, pues yo no soy más que una insignificante perfumista de tercera. Nunca he trabajado más que para los muertos, en la casa de embalsamamiento de Horemeb. Sin duda estabas dotado de un olfato mucho más sutil que el mío. No estoy del todo segura de poder sentir las emanaciones etéreas de las que hablas.

–Sería realmente una lástima –dijo fríamente Dakamon–. Pues en tal caso, me vería obligado a confesar a Netub Ashra que no me eres de ninguna utilidad, y no dudaría en eliminarte, puesto que ahora sabes demasiadas cosas y no cabe ni pensar en devolverte la libertad. Estás condenada a lograrlo.

Anuna se quedó de piedra, helada de miedo.

–Pierdes el tiempo, amo –intervino Uti–. No es más que una negra acostumbrada a vivir entre malos olores. Las mujeres apestan por todos los orificios, como bien sabes. Nunca podrá rivalizar contigo. Estoy convencido de que mi nariz es incluso más sensible que la suya.

–¡Basta! –silbó Dakomon–. Sé que ella es mejor que tú, pues la sometí a unas pruebas que superó. Puede sin duda afinar su olfato, y me dedicaré a ello en las próximas semanas. –Y, volviéndose hacia la joven, agregó –: No eres la primera en venir aquí. He hecho raptar a otras perfumistas en los nomos vecinos. Todas me han decepcionado, y tuve que entregarlas a Netub Ashra. Algunas de estas pobres muchachas tardaron en morir a manos de los saqueadores, tardaron demasiado tiempo. Creo que sus gritos de sufrimiento acabaron incluso por espantar a los chacales y a las hienas. No te miento si te digo que eso mismo es lo que te espera a ti si te niegas a cooperar. Te he elegido porque la gente habla de ti y de tu increíble sensibilidad para los olores. Por desgracia, cuando Netub se dirigió a la ciudad para preparar el rapto, habías partido ya para embalsamar los cadáveres de los jóvenes asesinados en la cantera.

Levantó las manos, con las palmas abiertas, como lo hacían los narradores callejeros para indicar que la historia había terminado. Anuna retrocedió instintivamente.

Uti la asió por el brazo.

–Sal de esta tienda, negra –le espetó con insolencia–, pues mi amo está cansado de verte y tenemos que hablar de cosas que tú no debes oír.

La joven no trató de rebelarse. Se agachó para abandonar el refugio de tela. Tan pronto como estuvo afuera, los saqueadores empezaron a comérsela con los ojos y algunos le hicieron gestos obscenos.

DOCE

Los primeros días, Dakomon sometió a la joven a un interrogatorio interminable para asegurarse de que conocía a la perfección todas las esencias utilizadas en el arte de los perfumes. Con la rutina, los temores de Anuna disminuyeron. A la hora de la cena, el arquitecto se aislaba para comer sin que se pudiera ver su rostro. Tan sólo Uti le asistía en este ritual.

Por la noche, la tienda era el lugar de un extraño ceremonial. Anuna descansaba aparte, en una de las «habitaciones» delimitadas por las pantallas de lino transparente, en tanto que Uti se echaba junto a la cabecera de su amo, para velar por su sueño y volver a colocar el sacrosanto embozo en su lugar si por una mala fortuna a Dakamon se le desplazaba en las horas del sueño. El criado había desterrado de la tienda todos los espejos de cobre pulimentado, pero asimismo todos los objetos de metal cuya superficie brillante hubiera podido desafortunadamente reflejar la imagen del supliciado. La joven le hizo una observación al respecto al servidor, que la asió brutalmente por la muñeca para retorcérsela como si quisiera romperle los huesos.

–Es cierto –susurró hablando en voz baja para que su amo no le oyera–. Y que te quede claro que los únicos espejos en los que puede contemplarse todavía son tus ojos. Ándate, pues, con cuidado del reflejo que le devuelves... Si se descubre tal como es en realidad, podría perfectamente coserte los párpados. Al fin y al cabo, ¡es únicamente tu nariz lo que necesita!

Durante el día, Dakomon hacía gala de una coquetería digna de un cortesano. Se hacía rasurar, depilar, masajear, y se daba postín, ataviado de inmaculado lino. Su conversación resultaba agradable, y Anuna, pese a la angustia que ya no la abandonaba, no era insensible a la perfección de aquel cuerpo dorado, cuya delicada musculatura no podía compararse en nada a aquella, horrenda, de los galeotes de brazos surcados por gruesas venas que uno se encontraba en Setep-Abu, a la puerta de las tabernas de cerveza. Dakomon tenía la costumbre de seducir, y se comportaba con Anuna como lo habría hecho con la hija de un alto funcionario. Pero el demonio que habitaba en él se despertaba con la caída de la noche. Entonces se volvía febril, no paraba de manosear su embozo para cerciorarse de que no se le caía. O bien se aislaba con Uti y le acosaba a preguntas.

–¿Huele mal? –le preguntaba–. Estoy seguro de que huele mal... Supura, no me vengas con historias. Tiene que despedir algún olor. Si descubro que me mientes, te sacaré los ojos... Sabes que soy capaz de hacerlo. Supongo que no habrás olvidado cómo traté a esa pequeña nubia, la otra vez... No me mientas, Uti. ¿Huele mal?

El criado trataba de tranquilizarle, y, febrilmente, impregnaba el embozo de esencia de benjuí.

–Tú tal vez no lo huelas –suspiraba Dakomon dejándose caer entre los brazos de un sillón–, pero ¿y ella? La muchacha... Ella tiene el olfato más desarrollado que tú.

–¡Eso no es cierto! –protestaba Uti con una voz de niño pequeño–. No es mejor que yo. No confías en mí, señor, cuando podría guiarte tan bien como ella por el interior de la tumba del nomarca.

Dakomon se encogía de hombros con lasitud.

–Mi pobre Uti –suspiraba–. Déjate de pamplinas. Tú no tienes más que unas muy modestas aptitudes, nada más. Nos conducirías a todos a la muerte.

Cada uno de estos desaires hacía que el odio que el servidor alimentaba hacia Anuna se acrecentara un poco más. Ésta se plegaba a las fantasías del arquitecto y respiraba a lo largo de la jornada los innumerables perfumes que éste hacía desfilar por debajo de su nariz. Dakomon abría un frasco, luego exigía que le diera la composición exacta de la fragancia que acababa de hacer flotar ante su olfato. Si se equivocaba, le azotaba los hombros o los muslos con un junquillo de bambú. Tenía que enumerar exactamente la cantidad de gotas, de pizcas. Aprender a identificar unos efluvios que no había olido en toda su vida.

Pero un día se rebeló. Tenía los muslos llenos de hematomas, y acababa de abofetearla; aquello era demasiado.

–¡Acabemos de una vez con esto! –le gritó ella–. Déjame oler tu famoso perfume «inodoro», y dejemos estar estos juegos, pues esto no es una escuela de escribas.

–¡Pobre idiota! –gruñó Dakomon–. Te cres muy fuerte. En tu género no eres mala, pero aún no estás preparada. Si te hiciera olfatear el perfume en cuestión, no olerías nada... Como los demás, como todos los demás. Hay que afinar tu olfato.

–¿Qué sabes tú? –silbó Anuna –. Tú dámelo, dámelo ahora mismo y te diré de que está compuesto.

Dakomón dejó escapar una risa sarcástica.

–Eres encantadora, pero una perfecta idiota –dijo–. No soy lo bastante tonto como para haber conservado un frasco de ese perfume conmigo. ¿O acaso crees que confío en ese Netub Ashra? No quiero que pueda prescindir de mí. El perfume secreto no lo elaboraré hasta el último minuto, en el momento en que descendamos al laberinto. De este modo, Netub se ve obligado a velar por mi salud y a satisfacer mis caprichos. Mientras tanto, tú haz tus ejercicos, pues no estás acostumbrada a trabajar con sustancias preciadas. Habrías podido ser tan buena como yo, pero tu olfato se ha echado a perder de vivir en medio de olores vulgares.

Al hacerse de noche, Anuna se dejaba caer como un fardo en su estera, rota por la tensión nerviosa. En varias ocasiones, en medio de una duermevela, había tenido la impresión de que Dakomon se inclinaba sobre ella con el fin de verla dormir, pero se guardó mucho de abrir los ojos. Temblaba sólo de pensar que un movimiento en falso o un golpe de viento pudieran arrancarle su embozo de lino, pues sabía que no iba a poder reprimir un grito. Había trabajado en la casa de embalsamamiento, había visto muchos cadáveres, pero nunca había tenido miedo de ellos, ya que ningún muerto había tratado jamás de abrazarla; ahora bien, ella adivinaba que Dakomon no iba poder dejar de hacerlo, más pronto o más tarde. Había llevado una vida de seductor y no podía admitir que se hubiera vuelto, en la actualidad, un objeto de repulsión. Esta idea le iba volviendo, paulatinamente, loco. Tenía frecuentes pesadillas de las que se despertaba pegando gritos. Uti lo tomaba entonces entre sus brazos y lo acunaba.

Reinaba en la tienda una atmósfera cargada, viciada, a la que Anuna le costaba mucho habituarse. No se arriesgaba sino raramente a salir, pues la concupiscencia de los bandidos inactivos le producía verdadero malestar. Tan pronto como aparecía, éstos multiplicaban sus gestos obscenos o las mímicas salaces. El lugarteniente de Netub Ashra, un griego llamado Butaka, corría entonces para escoltarla, espada en mano. La tensión no dejaba de ir en aumento, y Anuna no ignoraba que la motejaban la «puta del Nariz Cortada». Un día, Netub la cogió aparte, y le pidió que la acompañara bajo las murallas del fortín en ruinas.

–¿Qué? –interrogó él con una mímica de impaciencia–. ¿La cosa avanza?

Anuna le miró fijamente a la cara. Se llevó la sorpresa de descubrir que era aún más apuesto de como le recordaba. Había un lobo dentro de él, una especie de furor que infundía miedo y que no debía de apaciguarse más que en la fatiga de las matanzas. Era uno de esos hombres para quienes las mujeres no son más que instrumentos de placer, al igual que el vino y la carne asada. Intuía que sufría de saberse dependiente de ella. ¿La habría querido sin duda más sumisa, más aterrorizada?

–No sé –dijo ella dirigiendo su mirada hacia la inmensidad del desierto–. Dakomón parece bastante satisfecho...

–Ten cuidado –rezongó Netub–. Estáis todos en peligro. Mis hombres le detestan, y no sueñan más que en cortarle el pescuezo.

–¿Por qué? ¿No es vuestro aliado?

Netub se encogió de hombros.

–Ese imbécil se jactó, una noche, de haber construido la pirámide de Tetlem-Isu –dijo con voz sorda–. Es un nombre que no nos agrada oír... Una jodida trampa en la que dejamos a muchos de los nuestros. Una tumba llena de cocodrilos... Desde entonces, mis hombres no piensan en otra cosa que en clavar su cabeza en la punta de una pica. Por más que les repito una y otra vez que sin Dakomon nuestro negocio se iría al garete, ellos hacen oídos sordos. Son unos brutos, poco menos que unas bestias. Mucho me temo que alguna noche traten de introducirse en la tienda del arquitecto. Si eso sucediera, no dudes en gritar. Sólo podrás contar conmigo o con Butaka, pues ningún otro tomará partido por esa carroña. Si te es posible, dile que evite ir pavoneándose por las inmediaciones del campamento, vestido como un príncipe. Oblígale a quedarse lo más posible en el interior, aunque para ello tengas que estar haciéndole el amor durante todo el día. Su vida depende de ello... y por tanto también la tuya.

A Anuna le irritó que Netub pudiera creer que ella compartía la cama de Dakomon. Se preguntó además porqué, pero no encontró ninguna respuesta.

Cuando ella refirió esta conversación al arquitecto, éste prorrumpió en una risa llena de odio.

–¡Me cisco en esos cerdos! –gritó–. Sin mí no pueden hacer nada. Soy intocable. Únicamente yo puedo hacer su fortuna. Sé que me detestan, pero a pesar de ello están obligados a protegerme. Encuentro esta paradoja deliciosa.

A veces, cuando se sentía dominado por negras ideas, ordenaba a Uti que arrojara polvo de opio en el pebetero. La tienda se llenaba entonces de pesadas exhalaciones que sumían a Anuna en el estupor. Si uno de los nómadas del desierto se hubiera deslizado en ese momento dentro del refugio para cortarle el pescuezo, habría sido incapaz de iniciar el menor movimiento de huida.

–Vamos a pasar a una fase superior del entrenamiento –le dijo una tarde Dakomon–. Mañana, haré que te pierdas en medio del laberinto que he hecho construir en las ruinas del fuerte, y de este modo te harás una idea más precisa de lo que te espera en la tumba de Anatotep, y acaso te conviertas en una alumna más dócil.

TRECE

Al día siguiente, Dakomon condujo a Anuna al recinto de las ruinas. Los ladrillos desmenuzados por las tempestades de arena habían llenado el fortín de un polvo rojizo, muy fino, que se levantaba a cada paso. Una curiosa construcción ocupaba el centro del lugar, como una especie de segunda fortaleza a tamaño reducido cuyas paredes medían cinco codos de alto por sesenta de largo.

–Aquí lo tienes –explicó el arquitecto–. Es la reproducción aproximada de un laberinto funerario. Con la sola diferencia de que éste no tiene techo y que todos sus muros son de turba seca en vez de haber sido tallados en granito. Se han requerido varios meses de trabajo para ponerlo a punto. No es más que un simulacro, un recorrido de entrenamiento, pero que te familiarizará con lo que te espera en la verdadera pirámide. He instalado en él las trampas habituales. Como en una tumba auténtica, éstas son accionadas mediante losas con contrapesos que se activarán tan pronto como tu pie se pose en ellas. He marcado estas piedras con un perfume cien veces más oloroso que el empleado por Anatotep, y la prueba es, por tanto, fácil en comparación con la que deberás afrontar en la realidad.

Se sacó un rollo de papiro de su cinto y se lo alargó a la joven.

–Aquí tienes el plano del trazado –dijo–. Su diseño es el clásico, y si no desencadenas ninguna trampa saldrás de él fácilmente. Por el contrario, las cosas se volverán más complicadas si pones en funcionamiento los tabiques montados sobre un pivote. En ese caso, los pasillos modificarán su posición a tu espalda, y cada vez que pongas el pie sobre una losa con trampa, un nuevo laberinto se organizará a tu alrededor. Inútil decirte que entonces este plano no te servirá ya de nada.

Una puerta se abría en la pared de turba. Anuna se acercó a ella.

–Ten muy presente que se trata de una burda reproducción –insistió Dakomon–. En la realidad, los muros móviles girarán mucho más rápidamente, y sin hacer ruido. Las fosas serán mucho más profundas, y erizadas de rejones. Tu vida, y la nuestra, dependerán de tu olfato. Esta prueba no es ningún juego.

Le entregó el plano a la joven y le hizo oler un perfume apenas perceptible cuyo olor estaba encerrado en una sortija hueca.

–Ve –ordenó secamente–. Y presta atención, si no te llevarás desagradables sorpresas.

Anuna traspuso el umbral de la extraña construcción. Los angostos pasillos, desprovistos de la menor ornamentación, le produjeron enseguida una sensación de ahogo. El suelo estaba formado de losas desbastadas deprisa y corriendo, mal ajustadas y que se movían bajo sus pies, de modo que, a cada paso, tenía la detestable impresión de accionar unos resortes ocultos. El viento no penetraba en el interior del dédalo, había estancado allí un aire ardiente, cargado de miasmas. Anuna se detuvo al cabo de tres pasos, examinando el suelo. El pasillo de la izquierda, así como el de la derecha, no medía de ancho más que dos losas: si quería avanzar, iba a tener que elegir sobre qué piedra poner el pie. Frunció la nariz, tratando de localizar el olor que Dakomon le había hecho olfatear apresuradamente. Cayó en la cuenta de repente de que un perfume tan impalpable era difícil de aislar en medio de todos los olores de que estaba impregnado el laberinto: un olor a turba, a boñiga de camello, a polvo caliente... Olor a carroña que emanaba probablemente de animales cuyos cuerpos se pudrían en las ruinas. Todo eso formaba una vorágine de agresiones olfativas de muy difícil clasificación.

Al comienzo, todo fue a pedir de boca, dobló dos veces a la izquierda según las indicaciones del plano. Las paredes, todas semejantes, no permitían contar con ningún punto de referencia visual. «Aún será peor en la verdadera tumba –pensó –. Habrá un techo de granito que acentuará la impresión de encierro. Y la oscuridad... sobre todo la oscuridad.»

Se estremeció sólo de pensar en esas tinieblas en cuyo seno tendría que adentrarse. ¿Podrían encender candiles?

«Si somos numerosos, habrá que economizar el aire –pensó con angustia–. Habrá que contentarse, por tanto, con una iluminación muy tenue. Una llama minúscula para alumbrar toda la extensión del laberinto».

Se dio cuenta de que su rostro y su cuerpo chorreaban de sudor. Su propio olor la indispuso y distorsionó su percepción del lugar por donde se movía. Localizó por fin el perfume que le había hecho oler Dakomon. Se agachó para tratar de determinar si había rociado la losa de la derecha o la de la izquierda. A la izquierda, la exhalación era más fuerte. Decidió, pues, posar los pies sobre la piedra de la derecha. Franqueó el obstáculo sin desencadenar la menor catástrofe, y se sintió aliviada. ¡Era más fácil de lo que había creído!

Muy pronto se desencantó al comprender que Dakomon, aunque había rociado copiosamente las primeras losas, no había dejado caer más que una gota de perfume sobre las siguientes, de suerte que el marcaje se volvía apenas perceptible y quedaba ahogado en medio del hedor a estiércol que subía de las paredes de turba. El pánico dominó a Anuna. De tanto esforzarse, terminaba por no percibir absolutamente nada. Cometió el error que deseaba precisamente verle cometer el arquitecto. Huyendo de los malos olores, pronto no trató más que de aislar los buenos, hasta el momento en que se dio cuenta de que Dakomon había utilizado el muy pérfido varios perfumes para marcar las losas. Estos marcajes funcionaban a modo de señuelos destinados a enredarla. Habían sido dejados sobre unas losas inofensivas, pero terminaban por llenar los pasillos de una niebla odorífera que mareaba a Anuna y le impedía aislar eficazmente la única fragancia importante.

Se quedó un largo rato paralizada, sin saber ya en qué losa tenía que cargar su peso.

–¿Así que dudas? –dijo la voz guasona de Dakomon a lo lejos–. ¿No te esperabas esta pequeña treta, eh? Sin embargo, es el tipo de astucia que Anatotep sería muy capaz de habernos preparado. ¿Te imaginas? Todas las losas marcadas con perfumes distintos... Sólo una nariz excepcional podría orientarse en medio de ellos. ¿Te sientes menos segura de ti misma ahora?

La ira se apoderó de la joven... e hizo la elección equivocada. Apenas había puesto el pie en la losa cuando un sordo estruendo resonó a su espalda. Se dio la vuelta... ¡Demasiado tarde! Las paredes de turba habían girado ya. El pasillo que acababa de tomar ya no existía. Allí donde, apenas un momento antes, se abría una puerta, no había ahora más que un callejón sin salida. El pasillo se había cerrado, condenándola a seguir adelante. Perdió la cabeza, cometiendo equivocación tras equivocación. El olor a su propio sudor la inundaba, nublando su percepción. No sabía ya lo que tenía que buscar; el recuerdo del perfume de referencia se borraba de su memoria. Iba acumulando elecciones erróneas, equivocándose cada vez de olor, y las paredes se movían una y otra vez, en medio de un tumulto de sordos chirridos. Veía modificarse los pasillos ante sus ojos, desaparecer puertas, formarse ángulos allí donde no había habido antes más que líneas rectas. El laberinto parecía presa de la locura. A cada paso en falso, su diseño se modificaba, y Anuna giraba en redondo, golpeándose contra las paredes. Corría hacia una salida que se desplazaba sin cesar, siguiendo un itinerario en constante evolución. Quiso precipitarse hacia el vano de una puerta que se borraba y a punto estuvo de ser aplastada entre dos lienzos de pared que giraban. La maquinaria, construida con unos materiales primitivos, hacía mucho ruido y levantaba mucho polvo. Los pasillos se llenaban de una neblina amarillenta procedente de la pulverización de los tabiques que se gastaban a cada nuevo movimiento. Anuna, cegada, se debatía en medio de esa polvareda que la hacía toser, estornudar.

Fue así cómo cometió un error garrafal, y cómo el suelo se abrió bajo sus pies.

Dio un alarido, pero la trampilla la había tragado ya. Cayó en la oscuridad de una fosa que tenía la forma de un cono con la punta hacia arriba, lo cual anulaba toda esperanza de escalar las paredes. La arena amortiguó su caída. Apenas hubo recobrado el conocimiento se sintió rodeada de un espantoso olor a putrefacción.

No se atrevió a moverse ya. Por encima de su cabeza se había hecho de nuevo el silencio, las paredes habían cesado su loca danza. El laberinto había recobrado la calma, pero su perspectiva se había transformado por completo.

Anuna se ahogaba. Cuando quiso enderezarse, su mano tocó el pecho de una mujer. La textura viscosa de la piel le permitió comprender que se trataba de un cadáver. Estaba sepultada con una muerta... Una pobre muchacha que llevaba pudriéndose allí desde hacía por lo menos una semana. El hedor era atroz. Por más que estaba acostumbrada a los cuerpos en mal estado, Anuna no pudo dejar de vomitar, pues la pestilencia rebasaba los límites de lo soportable.

La voz de Dakomon le llegó del exterior, ahogada por la distancia y la profundidad de la trampa.

–¿Dónde estás? –le espetó el arquitecto–. ¿Has caído en el reino de las sombras? En ese caso, tal vez estés en compañía de una de las muchachas que te han precedido. Es cierto que estaban dotadas, pero mucho menos que tú, lo reconozco. Cuando comprendí que no conseguirían detectar nunca el perfume «inodoro», decidí ser indulgente con ellas. Pensé que era más humano lanzarlas dentro del laberinto que entregarlas a los hombres de Netub Ashra. Han muerto de sed en el fondo de las fosas, pero apenas si se oían sus gritos desde el exterior. Los bandidos se sentían enormemente tentados de ir a socorrerlas para utilizarlas para lo que tú bien te imaginas, pero no se atrevieron a aventurarse dentro del dédalo. Las pobres no resistieron más de tres o cuatro días. Pero eran muy necias. Cuanto más grita uno, más polvo se traga... y más sed se tiene.

Anuna guardó silencio. Había recobrado la calma. Se había familiarizado lo suficiente con cadáveres en la casa de embalsamamiento para dominar su repulsión: únicamente el hedor le causaba un malestar real.

–Tómate tu mal con paciencia –dijo con sorna Dakamon–. Has trastornado por completo la estructura del laberinto, y tendré que emplear un buen rato para encontrarte. Felizmente conozco todas las configuraciones que puede adoptar el sistema, y tan pronto como me haya subido a las murallas para ver cuál es ahora su diseño, estaré en condiciones de ir a buscarte. Este pequeño ardid únicamente es posible porque el laberinto no tiene techo. Si estuvieras en una verdadera tumba, sería incapaz de ir en tu ayuda puesto que no puedo fiarme ya de mi olfato.

Anuna cerró los ojos y se alejó lo más posible del cadáver en putrefacción. Se preguntó con una punta de angustia si Dakomon estaría realmente en condiciones de sacarla de la fosa. ¿Y si, víctima de su mutilación, se embrollaba también él dentro del trazado hasta el punto de caer por otra trampilla? ¿Quién vendría a buscarles? Nadie, seguramente, pues ninguno de los bandidos se atrevería a cruzar el umbral de los pasillos sembrados de trampas.

«¡Con tal de que no se equivoque!», pensó apretando los puños.

Dakomon tardó largo rato en encontrarla. Estaba acompañado de Uti que llevaba una verdadera brazada de planos que reproducían las diferentes configuraciones que el sistemas de tabiques móviles podía llegar a adoptar, y el nuevo emplazamiento de las trampas para cada una de ellas.

–Ha sido preciso avanzar contando las losas –explicó Dakomon inclinado por encima de la trampa–. Es muy delicado. Como te decía hace un rato, este ardid sería imposible si tuvieramos un verdadero techo de granito encima de la cabeza, pues entonces sería incapaz de determinar qué disposición han adoptado los engranajes instalados en el subsuelo.

Uti lanzó de mala gana una escalera de cuerda dentro del agujero para permitirle a Anuna salir de la trampa. Cuando estuvo fuera de la fosa, la joven examinó sus miembros pues se había magullado ligeramente al caer.

–¿Y por qué no sabotear precisamente el sistema de engranajes y de contrapesos? –preguntó ella–. Me parece que bastaría con desplazar una losa e introducirse por allí... Pues esta maquinaria debe de ocupar una sala subterránea. Una vez destruido el sistema, las paredes estarían condenadas a la inmovilidad.

Dakomon sacudió la cabeza.

–Bien razonado –dijo en tono irónico–. En teoría, eso podría hacerse, pero, para mayor seguridad, he hecho llenar esta cripta de áspices. Miles de serpientes venenosas que van a devorarse unas a otras y a reproducirse en un lugar cerrado, bastándose a sí mismas. Habría que estar loco para pretender molestarlas, y quien lo hiciera no tendría la menor posibilidad de salir con vida. Además, levantando la losa de acceso, se corre el riesgo de hacer salir a los reptiles y de llenar la tumbas de ellos.

Anuna disimuló su desgrado a duras penas.

–No –insistió el arquitecto–. No hay más que un medio de violar la tumba de Anatotep, y éste es aquél para el que trato de prepararte. Espero que la mala suerte de hoy te haya servido de lección y que estés más atenta mañana.

Tuvieron que rehacer el camino por los pasillos andando uno detrás de otro. Dakomon abría la marcha, contando cuidadosamente las losas y comprobando frecuentemente el trazado de los planos. Anuna creyó que no saldrían de allí antes de la noche. Estaba agotada, magullada, y su nariz, llena toda ella del olor de la muerte, no percibía ya ningún perfume.

Cuando emergieron finalmente de la trampa, Dakomon la cogió brutalmente por la muñeca para atraerla contra su pecho.

–Puedes estar segura de que hoy ha sido fácil –soltó con una voz repentinamente cargada de amenaza–. El perfume era cien veces más fuerte que el empleado por Anatotep. Tendrás que estar más atenta. Si mañana caes en otra trampa, te dejaré en ella todo un día en compañía de la pobre idiota que está acabando de pudrirse allí. ¿Entendido?

Durante toda la noche, Anuna soñó que corría por el interior del laberinto sin encontrar nunca la salida mientras que del otro lado del muro del recinto resonaba la risa de Dakomon.

Los días siguientes, consiguió dominar de manera más satisfactoria el espacio interior del dédalo. Por fin logró orientarse en medio de la mezcla de los perfumes e identificar las losas susceptibles de poner las paredes en movimiento. Los bandidos habían adquirido la costumbre de asistir a sus ejercicios, y, para seguir mejor su deambulación, subían a lo alto del antiguo camino de ronda del fortín en ruinas, donde se concentraban, cual espectadores en unas gradas. Desde allí arriba la insultaban, o bien le daban gritos de aliento. Algunos se divertían gritándole falsas indicaciones, otros, para confundirla en su proceso de identificación olfativa, se le meaban sobre la cabeza al tiempo que lanzaban gritos de júbilo. Netub tenía que intervenir personalmente y echarles a puntapiés en el trasero.

Anuna caía cada vez menos a menudo en las fosas abiertas en el suelo, pero siempre tenía la desagradable sorpresa de encontrarse cara a cara con un nuevo cadáver. Y comenzaba a comprender que Dakomon llevaba preparando su venganza desde hacía demasiado tiempo como para pararse en insignificancias.

Curiosamente, sus relaciones con el arquitecto mejoraban. Intuyó que tras haberle hecho sentir miedo, trataba de amansarla. Aunque no se dejaba engañar por la maniobra, era no obstante sensible a ella.

Ello ocurría por la noche, cuando Dakomon ordenaba a Uti que les sirviera vino de palma sin escatimar. Entonces el arquitecto se tumbaba en una estera, en medio de las rocas, y contemplaba la puesta del sol.

–¿Qué harás cuando seas rica? –preguntaba a la joven–. ¿Por qué no seguimos juntos, eh? Presiento que has vivido lo tuyo y que no eres de esas mujeres que se asustan de un hombre un tanto mutilado. Sé lo que conviene hacer cuando se tiene dinero, conozco las costumbres de los grandes, sus leyes, sus astucias. Estarás completamente indefensa frente a esas gentes. Se te comerán viva y te desplumarán en menos que canta un gallo. Si te conviertes en mi compañera, nos iremos hacia Asia, a Babilonia, a Nínive. Haré de ti una gran perfumista y yo me contentaré con ser arquitecto. Sabes perfectamente que no podremos quedarnos en Egipto.

Anuna intuía lo que podía haber de humillante en mendigar así compañía para un hombre que había vivido en otro tiempo rodeado de mujeres. No se atrevía a tratarle con aspereza, encontrándole a la vez conmovedor y peligroso, pues la amenaza afloraba siempre bajo la súplica. A decir verdad, cuando uno se esforzaba en olvidar lo que se escondía bajo el embozo de lino blanco que cubría el rostro de Dakomon, no se podía sino ser sensible a la perfección de su cuerpo, de su torso liso y dorado, y Anuna se sorprendía a veces imaginándose acostada bajo ese pecho jadeante o rodeándole con sus brazos. Debía de sentirse una cierta satisfacción al hacer gemir de placer a un hombre de alto linaje. Por su parte, no había compartido nunca la cama de un muchacho de su edad, y no conservaba de los abrazos que había tenido que sufrir más que el recuerdo de unas pieles resecas y arrugadas, sembradas de pelos blancos tan duros como crin de camello. Siempre había servido de juguete a viejos camelleros, hombres que habrían podido ser sus abuelos. Había terminado por acostumbrarse a sus exigencias, pero nunca había experimentado el menor placer, aun cuando, a la larga, había sentido por ellos una vaga ternura, nacida principalmente del hecho de que le pegaban raramente.

Dakomon, por su parte, la seducía. Despertaba en ella deseos desconocidos. Como hombre habituado a gustar, lo había notado, y jugaba con ello, esforzándose por no dejarse ver más que con su mejor cara o en poses que le favorecían. Una vez más, Anuna no se dejaba engatusar por tales coqueterías. Maldecía la habilidad del arquitecto, su fatuidad, pero no podía impedir sucumbir a ella.

Era un juego peligroso y Anuna era consciente de ello, pues la belleza del cuerpo semidesnudo no tenía que hacerle olvidar que, bajo el embozo de lino, se escondía una herida supurante, atroz, que no cicatrizaba.

«Trata de imaginar lo que pasará cuando se incline sobre ti para hacerte el amor –se decía– y cuando las gotas de pus al caer de su herida vayan a parar sobre tu rostro o entre tus senos...»

Trataba, por medio de este atroz cuadro, de refrenar el deseo que sentía por Dakomon, pues ese deseo era un engaño, un espejismo.

Por desgracia, él era un pico de oro, y añadía a su natural seducción el encanto de sus evocaciones. Hacía desfilar en el espíritu de Anuna los cuadros de una existencia de lujo y de seguridad que ella jamás había conocido, ella que se había pasado la mayor parte de su vida en una tienda, en medio del caos y del hedor de las caravanas en marcha. De repente se veía bañándose en una pila de mármol, rodeada de dóciles doncellas que la secarían antes de masajearla largamente. Se veía acodada en la terraza de una gran mansión, de un palacio, dominando una ciudad extranjera que hervía de mercaderes y de viajeros. Dakomon conocía las palabras que se requerían, poseía el don de evocar esas regiones lejanas, esos placeres extraños.

«Si consigues soportar su fealdad –le susurraba la voz de la razón, no pasarás ya nunca más hambre ni frío. Te querrá como un tesoro porque serás la única mujer en el mundo que no grite de terror cuando él se desenmascare. Si eres capaz de hacerle creer que no sientes ningún asco, si consigues olvidar su imperfección y mirarle como a un hombre normal, tu fortuna está hecha».

Sí, era cierto... Era lo que hubiera tenido que tratar de hacer. Una muchacha como ella, sin recursos, sin familia, no podía pasar sin un protector. Si quería vivir más de treinta años, tenía que dejar de ser pobre y comenzar a comer hasta el hartazgo, tenía que hacer que la cuidaran, habitar en lugares muy distintos que cloacas infestadas de miasmas y de parásitos. Tenía que coger la suerte al vuelo.

Tenía que hacerse querer por Dakomon, volverse indispensable para él. Saber mirarle con esa expresión de admiración sensual de que debían de haberle dado prueba sus amantes en el pasado. Tenía que hacerle vivir en una ilusión, un sueño. La ilusión de que seguía siendo apuesto. Era eso lo que él esperaba, era ese contrato el que se obstinaba en proponerle sin abordar nunca la cosa de manera demasiado directa. Y le sugería un pacto imposible.

«No podré», se confesaba por la noche, cuando se acostaba en su estera y miraba, a hurtadillas, al arquitecto envolverse el rostro con un cuidado maníaco. Comprendía por qué no la había forzado aún, violado. Esperaba... Esperaba a que ella aceptase su compañía por propia voluntad.

«¿Les propuso lo mismo a las otras chicas? –se preguntaba Anuna–. ¿A todas las que ha dejado morir de sed en los hoyos del laberinto?»

¿Era ella sólo una postulante entre tantas otras o bien la había distinguido realmente? No tenía ni idea.

Sentía miedo de él. Sentía deseo de él.

No obstante, no estaba segura de ser capaz de dominar su reacción cuando él se quitara el embozo y frotase su rostro contra el suyo para besarla. Pues la sometería pronto a esta prueba, no le cabía la menor duda. No era de esos hombres que se contentan con una mala comedia.

Una mañana, mientras andaba un poco por fuera de la tienda para tratar de calmar la jaqueca que le provocaban los perfumes que respiraba todo el santo día, Uti se le acercó con la excusa de traerle un remedio diluido en vino de azufaifo.

–Ni lo intentes –le murmuró como si leyera en su pensamiento–. No pienses siquiera en ello. No tienes ni idea de lo que te iba a tocar soportar. Ninguno de los adefesios que él ha tratado de seducir antes que tú lo ha logrado. ¡Oh! Se creían muy fuertes, las muy putillas, pero bien que me reí yo al oírlas gritar en el momento supremo, cuando él exigió besarlas y acercó su rostro al suyo. Por más que se hubieran mentalizado para lo peor, estaban muy por debajo aún de la verdad. Soy el único en poder mirarle a la cara sin sentir asco, porque le amo de veras... Porque yo podría morir por él si me lo pidiera. Tú no tienes esta fuerza, no eres más que una pequeña puerca que quiere sacar partido del agujero que tiene entre las piernas, nada más. Te lo repito, no lo intentes. Es un consejo de amigo.

–Y, sin embargo, no es que me aprecies mucho que digamos –replicó Anuna.

–Es cierto –dijo Uti–. Pero quiero que todo esto acabe. Dakomon no volverá a vivir de nuevo hasta que la momia de Anatotep no esté hecha pedazos, y yo ya estoy harto de pudrirme en esta colina en medio de estos bandidos que apestan como cien chivos juntos.

Sin embargo, ella avanzaba en su aprendizaje. Dakomon le había enseñado cómo privarse de comer para afinar su olfato. Le había demostrado que el hambre podía redoblar la percepción de los olores, y la propia Anuna estaba sorprendida de su talento. Nunca hubiera pensado que era capaz de detectar olores tan tenues.

Una noche, cuando se deslizaba fuera de la tienda para satisfacer una necesidad natural, alguien se le acercó y le sopló pimienta roja en pleno rostro. No vio más que una sombra y, al segundo siguiente, los ojos, la nariz y la boca le ardían como si acabara de meter la cabeza dentro del fuego. Lanzó un grito; la pimienta le destrozaba las narices como una colada de plomo fundido. Perdiendo el equilibrio, rodó por la arena, pendiente abajo de la colina. Por más que no podía demostrarlo, tuvo inmediatamente el convencimiento de que esta agresión había sido obra de Uti. Así, una vez agotados los argumentos, no había encontrado otro método que éste para librarse de ella...

Se ahogaba, gemía, lloraba. Cegada, no sabía donde encontrar agua. Por fin, vinieron en su ayuda. Unas manos rugosas la ayudaron a levantarse y a volver a subir hacia el campamento.

A través del intensísimo sufrimiento, oyó la voz de Netub Ashra que decía:

–Echa tu rostro hacia atrás, pues voy a tratar de lavarte.

Ella obedeció. Primero el agua avivó el dolor, luego comenzó a experimentar una sensación de alivio.

–Leche –soltó la voz de Dakomon–. ¡Hay que lavarle los ojos y las fosas nasales con leche de camella! ¡Rápido!

–¿Quién ha hecho esto? –rezongó Netub–. ¡Por los dioses, ha sido tu criado, voy a cortarte el gaznate!

–¿Y por qué no puede haber sido uno de tus bandidos? –replicó el arquitecto–. Algún cobarde que no se atreve a confesar que nuestro plan le infunde miedo...

Los dos hombres discutieron un momento, olvidando que ella sufría. Tuvo que llamarles al orden. Le pusieron una calabaza llena de leche entre las manos, abrió los ojos y sumergió su rostro en ella.

–Hay que mover los párpados –le explicó Dakomon–. Aspira la leche también por las narices, es lo más importante. Me trae sin cuidado que te vuelvas ciega, pero no quiero que pierdas el olfato.

Ella hizo lo que le decía; le dolía tanto que se creía al borde de la muerte. Aspiró la leche por la nariz, se ahogó y le cogió un interminable ataque de tos.

Dakomon la agarró por debajo de los sobacos y la obligó a enderezarse.

–Ven dentro de la tienda –dijo–. Te daré un poco de opio, eso te calmará el dolor.

Ella se abandonó, sufría demasiado para poder dejar estallar su cólera. Se tumbó en la estera; el arquitecto se puso a limpiarle los ojos y la boca con una esponja. Anuna tenía la impresión de que sus labios habían aumentado al doble. Las lágrimas la cegaban, pero lo peor seguían siendo sus fosas nasales a través de las cuales parecía circular un aire cargado de escorias. Oyó a Dakomon amonestar a Uti:

–¿Has sido tú, verdad? ¡Asqueroso escorpión! Has sido tú quien le ha arrojado pimienta al rostro. No lo niegues.

–En absoluto –protestó el servidor–. ¿No comprendes que se lo ha hecho ella sola? Esa asquerosa quiere librarse de mí para poder manipularte a su antojo... Ha comprendido perfectamente que yo era tu único amigo aquí, y quiere que se me acuse para que me entregues a los bandidos. Es una maquinación... No te dejes engañar, amo. Ella espera quedarse sola contigo, si caes en la trampa, estás perdido. Yo soy tu único amigo.

–Ya basta –gruñó Dakomon–. ¡Deja de lloriquear! Detesto cuando hablas con esa voz de mujer. Ya resolveremos esto más tarde.

Fingía seguir estando encolerizado, pero Anuna adivinó que comenzaba ya a sospechar.

–Miente –balbuceó–. Me han arrojado pimienta al rostro... Ha sido alguien que se me ha acercado por detrás... No me ha dado tiempo de verle la cara.

–¡Basta ya de esto! –silbó el arquitecto–. No tengo tiempo que perder con disputas domésticas. Pero si te has hecho esto tú sola, no sé con qué finalidad, déjame decirte que estás loca. La pimienta puede destruir una nariz de perfumista de forma irremediable. Es muy posible que no te restablezcas de esta agresión, o que quedes lisiada, privada para siempre de tus capacidades olfativas. Si eso sucediera, no tendré piedad contigo...

–No he sido yo –gimió Anuna–. ¿Qué interés podría tener en hacerlo?

–Con las mujeres nunca se sabe –replicó Dakomon–, es tan retorcida vuestra manera de pensar...

Se pasó la hora siguiente aplicándole bálsamos y elixires en las fosas nasales. Lentamente, el dolor se fue calmando, pero Anuna tuvo que confesar que no sentía nada. A su alrededor el mundo no tenía ya olor. Atontada por la droga, acabó por dormirse.

Fue despertada a la mañana siguiente por el eco de una conversación que mantenían Dakomon y Netub Ashra en la entrada de la tienda.

–Pero ¿podrá oler aún algo? –preguntaba el jefe de los bandidos.

–No puedo afirmarlo –suspiró el arquitecto–. Las narices de esta calidad son extremadamente frágiles, un olor demasiado fuerte puede destrozarlas para siempre. No es la primera vez que eso ocurre. Puede igualmente curarse, pero nunca recuperar su sensibilidad inicial.

–En dicho caso, no nos servirá ya de nada –rezongó Netub–. Por los dioses, habrá sido una pérdida de tiempo. Comienzo a preguntarme si tu idea es de veras realizable. ¿Y si no encontramos nunca a nadie capaz de oler tu dichoso perfume «inodoro»? ¿Has pensado en ello?

–Nada urge –dijo Dakomon–. Anatotep no está muerto aún. Y cuando haya entregado su alma, dispondremos todavía de dos meses y medio para dar los últimos retoques a nuestros preparativos. Sabes perfectamente que tendrá que estar a remojo setenta y dos días en natrón antes de ser colocado en su sarcófago.

–Los hombres se impacientan –replicó Netub–. La inactividad les vuelve malvados. Pronto no se aguantarán ya.

Anuna pasó tres días difíciles durante los cuales el mundo cesó de tener el menor olor. Sus mucosas nasales, quemadas por la pimienta, no percibían ya nada, ni agradable ni desagradable. Dakomon la rodeaba de atenciones y de cuidados, como lo habría hecho con una amante querida. Esta ternura irritaba a la joven que se sabía a fin de cuentas a punto de sucumbir a ella. Habituada a la autoridad de hombres mayores que siempre la habían tratado como una niña pequeña indócil a la que conviene domar a la manera de un animal, descubría sensaciones nuevas que la embriagaban como el humo del cáñamo índico.

«Para él no es más que un juego –se repetía tratando de endurecerse–. No sucumbas a sus embelecos. Está tan acostumbrado a seducir que no se da ya cuenta siquiera.»

Ella no ignoraba que Netub Ashra se impacientaba.

Felizmente, triunfó sobre su mal y recuperó progresivamente sus facultades de perfumista. El entrenamiento se reanudó, para gran decepción de Uti que, evidentemente, había esperado que su astucia le desembarazase de Anuna.

–Nos acercamos al objetivo –dijo una noche Dakomon–. Hay que celebrarlo. Presiento que estás a punto de lograrlo.

Parecía muy excitado y sus ojos brillaban con un resplandor enfermizo por encima de su embozo. Cuando echó a Uti de la tienda con la orden de no regresar hasta el amanecer, Anuna se dio cuenta de que tenía intención de poseerla. Experimentó una mezcla de temor y de deseo, y se dio cuenta de que había esperado ese momento con impaciencia.

El arquitecto le ofreció una copa llena hasta los bordes de vino de palma y le ordenó que bebiera. Ella obedeció. La cabeza se puso a darle vueltas. Era agradable. Dakomon apagó los velones y echó sobre las brasas de los pebeteros un polvo de cáñamo índico que llenó la tienda de una cargante humareda.

«Confía en aturdirme –pensó Anuna–. Cree que tendré menos miedo si estoy bajo la influencia de la droga.»

Y comprendió que tenía intención de despojarse de la máscara...

¿Había hecho lo mismo con sus anteriores «aprendizas»? ¿Habían tenido ellas derecho al mismo ceremonial –el vino, el cáñamo índico– antes de conocer el horror?

Dakomon no parecía en su estado normal; Anuna tuvo el convencimiento de que había tomado loto azul. Reía con una extraña risa de joven bromista y transpiraba mucho. Este sudor expandía un perfume a toronjil que le daba a uno la impresión de estar tumbado en un jardín.

Achispada por el vino, a Anuna le costaba mantener el equilibrio. Cuando las palmas del joven se posaron en sus hombros, ella dobló las rodillas y se dejó acostar en la estera. Tenía la voluntad completamente anulada.

«¡Levántate! –le gritó una voz lejana desde el fondo de su conciencia–. Huye. No serás más fuerte que las demás. Cuando él se despoje del embozo, lanzarás un grito que le hará enloquecer de ira. Vete, vete antes de que acabe contigo. Tú misma puedes ver que ya no tiene control sobre sí mismo».

Pero ella se negó a hacer caso a la voz. Se repitió que no tendría miedo, que había trabajado en la casa de la muerte, que estaba acostumbrada a los cadáveres, que la vida la había endurecido, que...

Dakomon estaba desvistiéndola. Tenía esas manos increíblemente suaves que son privativas de los ricos, y cuyo contacto Anuna no había sentido nunca más que por casualidad. Se entregó.

–No cierres los ojos –dijo Dakomon con una curiosa voz silbante–. Mantén los párpados levantados. Quiero que me mires.

Las palmas de la joven trasudaron. No se había equivocado. Iba a quitarse la máscara, de un momento a otro. No había tenido más que este pensamiento en la cabeza desde el principio. Sin duda esperaba que ella saliera victoriosa de esta última prueba del mismo modo que había superado las trampas del laberinto. Había apostado por ella, había terminado por imaginar que estaba hecha de otro temple, que a diferencia de las demás muchachas, resistiría la visión de su cara mutilada sin rechistar. Anuna había estado a punto de creerlo también ella, pero en aquel momento estaba mucho menos segura de lograrlo. Lamentaba de repente no haber bebido más vino, fumado más cáñamo índico. Le habría gustado sumergirse en ese sonambulismo al que ciertas sacerdotisas accedían utilizando el loto.

Dakomon estaba desnudo. Muy delicadamente, separó los muslos de la joven y la penetró.

–Sabía que contigo sería distinto –balbuceó –. Tú no tienes nada en común con las tontas que me trajo Netub... Eres más fuerte, ¿no? No le temes a nada, lo advertí desde el primer día.

A Anuna le dieron ganas de gritarle que se equivocaba, que tenía que renunciar a sus proyectos, que no estaba segura de que...

Él era hábil, poseía ese conocimiento de la mujer que los hombres adquieren muy jóvenes por la frecuentación asidua del harén. Anuna se estremeció de placer al rozar los músculos perfectos de su pecho. ¡Por los dioses! ¡Qué flexible y suave era su piel!

–¡Mírame! –jadeaba Dakomon–. Mírame a los ojos...

Estaba inclinado encima de Anuna, dominándola, poseyéndola. Bruscamente, vio que él levantaba la mano derecha hacia su embozo. Ella quiso impedírselo, pero él la agarró del gaznate y la mantuvo clavada contra el suelo. Era demasiado tarde, no podía ya detenerle. Se ahogaba, puesto que él casi la estrangulaba. Reducida a la impotencia, vio desenrollarse lentamente el embozo de lino que le daba varias vueltas alrededor de la cabeza, ese embozo con cuya ayuda tal vez la estrangulara en cuestión de minutos, ese embozo mediante el cual había sin duda agarrotado a todas las que habían fracasado en la prueba.

–No –quiso suplicar Anuna–. Eso no...

–¡Mira –ordenó por última vez Dakomon–, mírame bien!

Y dejó caer el embozo. Hincado como estaba dentro del vientre de la joven mujer, no pudo dejar de percibir el espasmo de asco que la recorrió. La herida era atroz. La nariz arrancada a ras de rostro le daba el aspecto de un leproso. La herida era malsana, estaba infectada de sanies que supuraba de las fosas nasales. El contraste con la belleza de los ojos y de la boca sensual de curva perfecta, era tal que agravaba el horror de la mutilación. Anuna consiguió no gritar, y Dakomon creyó que ella le estaba alentando. Una sonrisa frunció sus labios. Por un instante, creyó tener la partida ganada. Ignoraba que esa sonrisa le confería la apariencia de un esqueleto.

–Bien –murmuró con voz temblorosa –. Bien, sabía que tenía razón de confiar en ti. Eres la que yo esperaba. Seremos inseparables. Vamos a sellar el pacto. Bésame... Ahora.

Se acostó sobre Anuna, acercando su miserable rostro al de la joven. Una gota de pus cayó en la boca de la perfumista.

Era más de lo que ella era capaz de soportar. Gritó y se debatió, luchando para rechazar al hombre que la aplastaba. Una expresión de locura cruzó por la mirada de Dakomon. Se enderezó y se puso a abofetear a Anuna con todas sus fuerzas dirigiéndole viles insultos.

–¡Voy a sacarte los ojos! –masculló con una voz que hubiérase dicho la de un demonio–. Después de todo, en la tumba estará oscuro, y no tengo necesidad más que de tu nariz... Nos complementaremos.

Yo seré tus ojos y tú mi olfato. Ya verás, haremos una buena pareja. Deja de moverte. No llevará mucho tiempo.

Anuna vio que blandía un puñal de cobre de hoja afiladísima. Lanzando patadas para escapar de él, le agarró la muñeca con ambas manos a fin de apartar la hoja de su rostro. Siguió a ello una lucha confusa en el curso de la cual rodaron de lado. Dakomon no cesaba ya de gritarle asquerosidades. En el momento en que Anuna estaba a punto de flaquear, él se calló de repente y se volvió blando entre sus brazos. La joven se dio cuenta entonces de que en el curso de su forcejeo, el arquitecto se había empalado sobre su propio cuchillo cuya hoja se le había clavado en el pecho, bajo la tetilla izquierda, a la altura del corazón. Ella estaba tan agotada que no tuvo fuerzas siquiera de quitárselo de encima. Se puso a llorar y a temblar, incapaz de desasirse de aquel muerto cuyo sexo seguía hincado en ella. Alguien entró en la tienda, atraído por los gritos. Era Uti. Al descubrir a su amo muerto, se puso a lanzar desgarradores lamentos que a Anuna le recordaron los de la plañideras del Per-Nefer.

La joven tuvo miedo de que él perdiera la razón y sintiera la tentación de acabar el trabajo iniciado por Dakomon. Por suerte, Netub Ashra hizo irrupción, seguido por Butaka, su lugarteniente. El griego dio un empellón a Anuna con un brusco gesto e hizo rodar el cadáver sobre la espalda.

–No cabe duda –dijo posando su mano sobre la yugular del arquitecto–. La ha palmado. Esta putilla le ha atravesado el corazón, la cosa no podía acabar de otro modo.

Uti se puso a gemir más aún si cabe. Netub le abofeteó al vuelo y la emprendió con él a puntapiés.

–No sois más que un par de imbéciles –espetó–. Acabáis de firmar vuestra condena a muerte. Ahora, ya nada impedirá a mis hombres que os hagan pedazos.

Volviéndose hacia Anuna, la agarró por los cabellos y la obligó a incorporarse a pesar de su desnudez.

–¿Te hizo oler el perfume? –le gritó a la cara–. ¿El perfume del faraón? ¿Puedes reemplazarle?

–No –balbuceó la joven–. Estaba decidido a no elaborarlo más que una vez en la tumba... Temía que trataras de desembarazarte de él si cometía la imprudencia de prepararlo demasiado pronto.

–¡Entonces, considérate muerta! –rugió el jefe de los saqueadores arrojándola al suelo–. Estás tan muerta como él. Se os enterrará juntos, así podréis seguir copulando en la tumba.

Los faldones de la tienda se separaron, dejando libre paso a la horda de los bandidos. Algunos blandían antorchas, y sus ojos, haciendo caso omiso de los restos del arquitecto, se recreaban con alucinada gula en el cuerpo de Anuna.

Netub volcó su cólera sobre Uti, al que azotó con redoblados golpes con el látigo que de ordinario utilizaba para fustigar a los camellos. Unas marcas sangrantes se dibujaron en el rostro de muchacha del criado.

–¿Y tú? –vociferaba Netub–. ¿Sabes algo más? ¡Por los dioses! Todo este tiempo perdido, toda esta preparación... Voy a hacer que os desuellen vivos y os revuelquen en sal...

–No –dijo entre hipidos Uti ahogándose en la sangre que corría de su lacerada boca–. No me confiaba sus secretos... Nunca he olido el perfume del faraón... Decía que yo no sería capaz...

Netub Ashra se hundió de hombros. Hizo un gesto de cansancio hacia sus hombres.

–Lleváoslos –suspiró–. Haced con ellos lo que os plazca.

Los bandidos se precipitaron sobre Uti y Anuna, con las manos extendidas, mostrando una horrible sonrisa en el rostro. Fue entonces cuando el criado se puso a gritar con una voz que el terror volvía casi incomprensible:

–¡Esperad! Que tal vez quede un medio... Creo que Dakomon había anotado la fórmula del perfume... Le sorprendí, en cierta ocasión, mientras creía estar solo... Se encontraba leyendo un papiro. Me dijo: «Es la definición exacta del perfume de Anatotep, creo que no se puede expresar mejor». Y enrolló la hoja para guardarla dentro de un tubo de cuero. Está aquí... en la tienda. Pero yo no sé leer...

–¡Busca! –ordenó Netub–. Encuéntrame ese tubo, rápido.

Uti se puso inmediatamente a cuatro patas entre los cofres desbordantes de frascos. Su torpeza le hacía derramar los frascos que iban llenando la tienda de embriagadores olores.

–Aquí, aquí está... –farfulló por fin al tiempo que blandía un delgado rollo de cuero de gacela–. Está aquí dentro, lo reconozco... Apuntaba todas las fórmulas de los perfumes que creaba.

Netub Ashra le arrebató el rollo de las manos, lo abrió, y sacó un puñado de finas hojas de papiro cubiertas de signos que nada significaban para él.

–¿Hay alguien que sepa leer esto? –ladró.

Los saqueadores estallaron a reír por lo absurdo de la pregunta. Netub soltó un gruñido de furor. Se volvió hacia Anuna.

–¿Y tú? –soltó–. Tú eres perfumista, has estado cerca de los escribas, de los sacerdotes...

Pero Anuna no sabía leer. No conocía más que los signos convencionales en uso en su profesión y que pintaba en los frascos para diferenciarlos. Los ricos no utilizaban esta simbología de pobres, y cada casta tenía su propia escritura. Por si fuera poco, nadie en Egipto sabía leer aparte de los escribas y los poderosos.

–No –confesó ella–, no sé descifrar las verdaderas escrituras. Habría que pedírselo a un escriba.

–Se puede encontrar alguno –refunfuñó Netub arrugando las delicadas hojas entre sus manos callosas–. ¡No será porque escaseen!

Los saqueadores rezongaron, decepcionados. En cuestión de instantes, habían creído que se les dejaría jugar con la mujer y el criado, pero he aquí que todo había quedado anulado, y la ejecución postergada. Su decepción se trocó en cólera, y Netub intuyó que estaban a punto de rebelarse. Era preciso hacer algo, echarles un hueso. Fingió estallar en grandes risotadas y soltó señalando el cuerpo de Dakomon:

–¡Pero miradle, al constructor de Tetlem-Isu, la pirámide en la que perdimos a tantos de nuestros buenos compañeros! ¡Está menos orgulloso ahora!

Los ladrones rugieron, se arrojaron sobre el cadáver que levantaron por encima de sus cabezas y se lo llevaron, así enarbolado, en dirección a las ruinas del fortín.

–Tal vez habéis ganado un momento de respiro –susurró Netub a Anuna y a Uti–, pero las próximas horas serán difíciles. No estoy seguro de poder garantizaros vuestra seguridad.

No se equivocaba, pues fue una noche horrible, marcada por el signo del vino, de la barbarie y de la blasfemia.

Había entre los bandidos guerreros procedentes de las tierras altas, mucho más allá de las cataratas, hombres de piel oscura habituados a las hambrunas de las sabanas, y que habían contraído allí la costumbre del canibalismo. Eran seres crueles y zafios, parcos de palabra, pero de una habilidad temible con la azagaya. Llevaban en el rostro y el cuerpo escarificaciones tribales que les conferían una apariencia temible. Cuando se disponían a desmembrar a Dakomon por el simple placer de destrozarle, uno de ellos se levantó y dijo:

–¡Ya que nos hizo comer por sus cocodrilos, en Tetlem-Isu, comámonoslo nosotros!

Se lanzaron sobre él a la rebatiña. Se llevaron a la fuerza a Uti y a Anuna para obligarles a vaciar el cadáver de acuerdo a la técnica de los embalsamadores. Luego construyeron un hogar sobre el que fue instalado Dakomon, como un animal preparado por un asador. Un largo pedazo de madera, hundido en su boca, le atravesaba el cuerpo; este espetón improvisado descansaba en equilibrio sobre dos horquillas, para que los «cocineros» pudieran hacerle asarse uniformemente.

Anuna trataba de disimular su terror, pues presentía a los bandidos dispuestos a toda clase de abominaciones. Netub y Butaka la rodeaban para protegerla por si se daba el caso de que los ladrones se dejaran debordar por la locura. Los rasgos de Netub denotaban una tensión extrema, y aunque aparentaba algunas veces reír con los demás, su mirada permanecía gélida. Uti parecía un espectro. Entre los chirlos que estriaban sus mejillas, su piel había perdido el color. No paraba de temblar, como si fuera a desplomarse, víctima de las fiebres.

Cuando el olor de la carne asándose llegó a las narices de Anuna, la joven se clavó las uñas en las palmas de las manos... Pues ese olor resultaba agradable.

Presintiendo que Anuna estaba a punto de desmoronarse, Netub se inclinó hacia ella para susurrarle al oído:

–Estáte tranquila, no dejes traslucir tu temor. Es repugnante, pero había que pasar por esto. O Dakomon o tú.

Sus manos no se apartaban en ningún momento de los dos puñales que llevaba metidos en el cinto. Butaka había arrojado una capa de lana sobre la espada depositada a su lado.

Circulaban jarras de vino, que habían sido robadas en las reservas de Dakomon. Los hombres cantaban a voz en grito, reían. Los caníbales se habían desnudado y danzaban alrededor del fuego, según el ritual de su país. Les gritaban a los egipcios que, después de haber probado la carne humana, no iban a poder dejar ya nunca de tomarla. Así era. Éste era el motivo por el cual estaba prohibida la antropofagia: para impedir que los humanos, víctimas de una irreprimible gula, se arrojaran acto seguido unos sobre otros para devorarse entre ellos. Los saqueadores les escuchaban revolviendo los ojos, embrutecidos por el vino y casi tentados por esta ignominia que, acaso, les hiciera más fuertes. Todos habían oído hablar de esas tribus que devoraban el corazón, el hígado y el cerebro de sus enemigos. Sabían que en Egipto mismo, por más que se hablara raramente de ello, las largas hambrunas habían desembocado en actos de canibalismo colectivo. Dudaban, preguntándose si no podrían, comiéndose a Dakomon, apropiarse de un poco de su ciencia de los laberintos, una ciencia que les sería muy útil en el ejercicio de su difícil oficio.

–No podía actuar de otro modo –murmuró de nuevo Netub–. Finalmente, deberás el haber salvado tu vida a los cocodrilos de Tetlem-Isu.

Anuna no respondió, le hubiera gustado perder la conciencia. Le suplicó a Netub que le diera loto.

–No –respondió firmemente el jefe de los bandidos–. Esas drogas provocan reacciones imprevisibles. Si tomas, te volverás incontrolable. Permanece como estás. Si te muestras tan despiadada como ellos, te ganarás su aprecio.

Cuando la carne estuvo asada, el cocinero cortó unas anchas tajadas con su faca. Los egipcios se negaron a probarla, pero exigieron que Anuna y Uti participaran en el festín.

–¡El mejor bocado para el cazador! –exclamaban escandalosamente entre risotadas–. El mejor bocado para el cazador.

Anuna quiso incorporarse para emprender la huida, pero la mano de Netub se cerró sobre uno de sus hombros, forzándola a volver a sentarse.

–¡Come! –ordenó con voz neutra–. Come o morirás en sus manos. Ya no respondo de ellos, al menos esta noche no.

Y Anuna tuvo que hincar el diente al trozo de carne asada que le acababan de poner delante sobre una piedra plana, mientras que Uti, presa de una crisis nerviosa, se desmoronaba babeando.

CATORCE

Los hombres de Netub se dirigieron a Setep-Abu. Capturaron a un escriba destinado al registro de las cosechas, lo metieron dentro de un talego, lo molieron a palos y se lo llevaron al campamento.

Al ser liberado, el buen hombre sangraba por la nariz y tenía el arco supraciliar roto. Comenzó por protestar con esa voz de mando que era propia de los escribas, luego, a la vista de las jetas espantosas que le rodeaban, se calmó un poco. Netub Ashra se arrodilló para explicarle lo que se esperaba de él.

–Vamos a mostrarte unos papiros, y los leerás en voz alta para nosotros. Si te niegas a hacerlo, o bien si tratas de mentirnos, te cortaremos un dedo a cada intento, principalmente el pulgar y el índice que te sirven para sostener tu cálamo. Sin ellos, te las verás y desearás para ejercer tu profesión, creo yo. ¿Lo has entendido?

El escriba sudaba a mares tratando de conservar a pesar de todo una actitud digna. Estaba acostumbrado a repartir los castigos, no a padecerlos, y este ultraje a su rango le henchía de una cólera que le hacía poco menos que olvidar su temor.

Uti trajo el tubo de cuero del que hizo caer una a una las delgadas hojas de papiro. El escriba les echó un rápido vistazo, pareció asombrado, y puso cara de extrañeza.

–Pero si esto son recetas de perfumes... –enunció con una punta de arrogancia–. Estos documentos no tienen ninguna importancia...

–Léenoslos a pesar de todo –rezongó Netub–. ¿Es que nosotros no tenemos aspecto de hombres preocupados por la apariencia? ¿Querrías privarnos de la dicha de oler bien? ¡Qué desconsiderado que eres, amigo!

Los bandidos estallaron a reír con esa risa amenazante que se extendía como una avalancha, y el escriba se apresuró a descifrar en voz alta los signos trazados en los papiros. A Anuna le costó disimular su decepción, y Netub le preguntó con rudeza.

–¿No es eso? –espetó.

–No –suspiró la joven–. Es cierto que son perfumes delicados, pero que todo el mundo podría apreciar.

–Continúa –ladró Netub abofeteando al escriba en el oído derecho–. Cambia de música, pues ésta no me gusta.

De repente, mientras hojeaba los fragmentos de papiro, el funcionario pareció quedarse mudo de asombro y se inclinó como si acabara de ver algún signo divino trazado con hollín desleído.

–¡Oh...oh! –balbuceó–. Pero si es el cartucho de Anatotep. La rúbrica del faraón... Esta misiva es de su puño y letra. Qué honor... Yo, un simple amanuense del montón, puedo leer un mensaje escrito de puño y letra del mismísimo hijo de Horus.

Se inclinó ante la hojita farfullando fórmulas de juramento de fidelidad.

–¡Déjate de monerías y lee! –aulló Netub.

El escriba se puso entonces a descifrar con una voz llena de emoción, como si leyera un pasaje del ritual de la vida en el gran *Libro de los Muertos*.

–«Es como un olor a lapislázuli vuelto ardiente por el sol del desierto, y en el que cae de repente la lágrima de un niño que se evapora crepitando con ese perfume a leche y miel que únicamente las mujeres son capaces de percibir. Es como el polvo de un millón de rosas deshojándose en el corazón de una tumba, y que el viento del tiempo soplase de repente en el rostro de los dioses. Es como la amatista, cuando está demasiado calentada en el vientre de la montaña trocada en horno, y cuyo color se oscurece y desprende un olor a luna caída en un charco de sol. Gracias a ti, oh Dakomon, hijo mío, por haberme procurado esta inefable alegría.»

El escriba guardó silencio, unas lágrimas de emoción corrían por sus mejillas.

–Es todo –balbuceó–. A continuación figura el cartucho de Anatotep, ¡vida, fuerza, salud, gloria a su ka!

–¿Eso es todo? –ladró Netub–. Pero no es una fórmula... ¡No se especifica claramente ningún ingrediente! No es una receta. No quiere decir nada, carece de toda utilidad...

–Es un poema –intervino Anuna–. Y yo no estoy tan segura como tú de que sea totalmente inútil. Aunque no estamos ante una receta precisa, este texto establece una relación de correspondencias sutiles, de analogías que hablan a la imaginación del perfumista.

Netub le plantó cara, el rostro desfigurado por la cólera.

–¿Quieres decir que podrías imaginar el perfume que nos interesa a partir de esta tontería de cántico? –vociferó.

–Sí –contestó la joven sosteniéndole la mirada–. Sé que eso puede parecer insensato para alguien normal, pero una «nariz» puede percibir muchas cosas que escapan a las gentes comunes y corrientes. Déjame aprender este poema de memoria, pues me parece que podré sacar algo de él.

Hubo un momento de vacilación. Netub, Butaka y los bandidos escrutaban a Anuna con incredulidad, tratando de adivinar si lo que se proponía era simplemente ganar tiempo con la intención de hacerle creer que era capaz de imaginar un perfume a partir de un simple trozo de papel.

–Así es –insistió la joven–. Los músicos oyen músicas en su cabeza, los perfumistas huelen perfumes aún no existentes.

–Muy bien –capituló Netub–. Como no sé nada a este respecto, no puedo contradecirte. De todas formas, no tenemos elección.

Anuna se arrodilló ante el escriba y le pidió que releyera el poema hasta que ella se lo hubiera aprendido de memoria. Resultó largo y penoso, pero la repetición de las palabras hacía nacer en el espíritu de la perfumista analogías extrañas. Al contrario de la gente normal, sabía que todos los objetos poseen un olor específico, incluso los que se creen totalmente inodoros, como las piedras preciosas. Lo había comprobado en numerosas ocasiones al colocar sobre las momias de la casa de la muerte las joyas aportadas por las familias de los difuntos. Conocía el olor íntimo del lapislázuli, el de la amatista, pero también el de la esmeralda o la cornalina. Sabía que el oro posee un perfume inimitable que evoca el ácido y verde de la savia que corre por el tallo de una flor recién cortada.

Cerró los párpados y dejó que las palabras de Anatotep hicieran subir dentro de ella una curiosa fermentación fantasmal constituida por olores imaginarios.

Cuando Anuna se hubo aprendido el poema de memoria, se puso en pie.

–Sé que vais a matarme –dijo con calma el escriba–. Concededme el honor al menos de ser enterrado con el poema del faraón. Será para mí una alegría inexpresable. Sin vosotros, nunca habría tenido la posibilidad de descifrar un texto escrito de su puño y letra. Nunca. Pues soy demasiado humilde para que se me autorice a posar mis ojos sobre semejante tesoro. Os lo agradezco, infinitamente.

Se inclinó, provocando las risas de los bandidos que creían que se había vuelto loco.

Abrieron una honda fosa en la que le pidieron que se tumbara, cosa que él hizo sin la menor protesta, con el poema de Anatotep apretado contra su pecho, a la manera de ese ritual de la vida que se colocaba entre las piernas de las momias antes de cerrar el sarcófago.

Entonces los bandidos le recubrieron, echando sobre él la arena ardiente del desierto. El escriba lloraba sonriendo, con las manos apretadas sobre el tubo de cuero que le había entregado Netub Ashra. Cuando su rostro hubo desaparecido, los bandidos saltaron a pie juntillas sobre la sepultura para apisonar la arena, y la recubrieron de gruesas piedras a fin de desalentar a las hienas y a los chacales.

Anuna regresó a la tienda de Dakomon y se instaló delante de los cofres de perfumes, usando las esencias más raras, tomando polvos de fragancias etéreas, desmenuzando insectos o pétalos de flores desconocidas. Trabajó hasta la caída de la noche, tratando de recrear el olor que había hecho nacer en su imaginación el poema de Anatotep.

Terminó por caer rendida, agotada, pero se volvió a poner manos a la obra al día siguiente. Lentamente, algo nació en el fondo del crisol.

Cuando se sintió casi satisfecha, se volvió hacia Uti y le preguntó qué pensaba él. Enseguida vio en la expresión despechada del servidor que no percibía ningún olor.

Por lo que se refería a ella, el olor misterioso que subía del receptáculo de obsidiana evocaba un sol frío que era atravesado por el vuelo de un Horus de oro pasando en dirección al Occidente. Las alas del dios levantaban este polvo de rosas secas evocadas por el poema, ese aroma a la vez gastado y magnificado por el tiempo, privado de sabia y de alegría pero al mismo tiempo cargado de una potencia secreta. Era el olor del ba, el olor del ka... La marca de una pista trazada por fantasmas. Era como las lágrimas de Nut, la diosa que forma la bóveda celeste, y cuyos sollozos dan origen a las constelaciones. Sí, era el llanto en forma de estrella que cae de sus ojos inmensos y acaba por entibiarse en los lagos de las grandes cataratas, mucho más allá de la tierra roja, en esas regiones a las que los humanos no se arriesgan jamás...

–¡Eso no huele a nada! –soltó Uti con el rostro enrojecido de cólera–. No lo conseguirás, es como el agua. De todos modos, nadie podrá conseguirlo nunca. Dakomon era el único capaz de conseguir tales prodigios. Crees que has logrado recrear el famoso perfume inodoro, pero no es más que un espejismo. Cuando bajes a la tumba de Anatotep, no olerás nada, nada, nada... Andarás sobre las losas sembradas de trampas, y morirás.

Gritaba con una voz estridente, insoportable. Anuna le abofeteó, y él prorrumpió en sollozos.

–¿Qué novedades hay? –le preguntó Netub cuando ella salió de la tienda, con los riñones y las rodillas rotas por la excesivamente larga inmovilidad.

–Creo que he conseguido algo –murmuró–. Huele esto.

Y ella le tendió un paño humedecido que él olfateó en vano.

–¿Huele de veras? –dijo con asombro–. Tengo la impresión de que el agua de un pozo tendría más olor. ¿No estarás tratando de darme gato por liebre?

–No –dijo Anuna–. Es inefable, pero potente... Creo comprender ahora lo que quería decir Dakomon. Nunca se ha elaborado un perfume semejante. Con sólo que el utilizado por Anatotep en el laberinto se le asemeje un poco, lo reconoceré al instante, aunque esté mezclado con otros olores. No es un perfume para los humanos, es algo verdaderamente... divino. No encuentro otra palabra para definirlo.

–Bien –dijo Netub sonriendo por primera vez–. Entonces, nada está perdido. Hay que festejarlo, ven a beber con nosotros.

Y su mano se posó sobre el brazo de Anuna, más ardiente que una hoja de puñal al rojo vivo.

Al día siguiente llegó un hombre trayendo grandes cestas de una sustancia rojiza que se asemejaba a ese material constituido de arcilla y de paja triturada utilizado para modelar los adobes que servían para edificar las casas del pueblo. Se aisló en un rincón de las ruinas y trabajó largo rato sin que nadie pudiera ver exactamente lo que hacía. Mientras él estaba atareado, los bandidos habían construido un horno de piedra refractaria con unas piedras recogidas en las ruinas de la fortaleza.

A primeras horas de la tarde, Anuna, al ir a sacar un poco de agua con el cigoñal, vio unas formas humanas acostadas en el suelo. Unos hombres desnudos que habían sido desollados vivos, y que los bandidos iban introduciendo uno tras otro por la boca del horno de alfarero.

Perseguida por las imágenes espantosas del festín caníbal en el que había tenido que participar, la joven creyó por un momento que los comedores-de-cosas-inmundas organizaban un nuevo holocausto. Tuvo que acercarse para comprender que se trataba únicamente de grandes estatuas de tierra roja, modeladas con esa arcilla que sirve de ordinario para hacer las tinajas. Haciendo visajes debido al calor del horno, observaba el espectáculo sin comprender nada de lo que se desarrollaba ante sus ojos. Las estatuas huecas parecían haber sido concebidas para albergar guerreros de fuerte complexión. Se abrían como sarcófagos –la parte posterior del cuerpo formando la caja, la delantera sirviendo de tapa–, con la sola diferencia de que tenían realmente una forma anatómica provista de brazos y piernas.

Anuna se interrogaba acerca de para de qué podían servir aquellos modelados cuya talla y corpulencia diferían de un especimen a otro. Acabó preguntándoselo a Netub Ashra, quien le explicó:

–Será gracias a estas estatuas que penetraremos en la pirámide. Una vez que los modelados estén listos, cada miembro del grupo se acostará en el interior de uno de ellos. Se ha previsto que sean lo bastante grandes como para que quepan en ellos, aparte de un hombre, útiles, comida y una reserva de agua. Cuando el pasajero clandestino se encuentre bien instalado en ella, recubriremos la estatua de bandas, como si se tratara de un verdadero muerto, y se le colocará en un sarcófago de madera ligera, del tipo habitualmente utilizado para los servidores.

Anuna sintió que le subía la fiebre.

–Espera un momento –balbuceó ella–, ¿quieres decir que voy a tener que meterme en el interior de estos jarrones gigantes?

–Sí –gruñó Netub con un mohín de impaciencia–. No hay forma de hacerlo de otro modo. La finalidad de la maniobra consiste en sustituir las momias de los servidores y soldados que Anatotep piensa llevarse con él a la tumba por éstas falsas. Nos beneficiaremos de complicidades que nos permitirán efectuar el cambio en el último minuto, en el momento en que se forme el cortejo fúnebre. Nos bastará con reemplazar las momias inicialmente previstas por las nuestras. Será como un escamoteo.

–Y por supuesto –murmuró Anuna–, yo me veré envuelta dentro de una de estas falsas momias.

–Por supuesto –aprobó Netub–, puesto que toda la operación descansa sobre ti. Tendrás que permanecer inmóvil y en perfecto silencio, aunque te falte un poco de aire. Están previstos unos agujeros de aireación en la superficie de las estatuas, pero es posible que a pesar de todo haga un poco de calor en su interior. Será sólo un momento malo que pasar.

–¿Cuánto tiempo deberé permanecer encerrada? –preguntó la joven.

–El que dure la ceremonia. Ya sabes cómo va la cosa. Los sacerdotes harán traer los sarcófagos uno tras otro a la rampa de acceso. Quitarán todas las tapas, sin excepción, para proceder al ritual de apertura de la boca que le permite al difunto comer y hablar en el otro mundo.

Anuna conocía el rito. El sacerdote abría el ataúd y tocaba la barbilla de la momia con una azuela, considerándose que ese simple gesto le devolvía al muerto el uso de sus sentidos perturbados por el proceso de embalsamamiento. Acto seguido se volvía a cerrar el sarcófago para descenderlo a las profundidades de la tumba.

–Será el momento más peligroso –dijo Netub–. Cuando el sacerdote se incline sobre ti, no deberás moverte. Es de capital importancia que no sorprenda ningún ruido procedente de la momia, pues de lo contrario entrará en sospecha.

Anuna apretó los dientes.

–Es una locura –dijo con voz ahogada–, eso no puede funcionar nunca.

–Funcionará si no pierdes el control de tus nervios –gruñó Netub con un tono de lo más irritado–. A continuación los sacerdotes descenderán las momias dentro de la tumba para colocarlas alrededor de Anatotep. Estarán allí sus servidores, sus soldados, y quizá algunas hijas del harén que habrá hecho igualmente momificar para no encontrarse solo en el Más Allá. La instalación de los objetos llevará un cierto tiempo, pues el laberinto con trampas obligará a los sacerdotes a mostrarse prudentes.

Anuna cerró los ojos. Se imaginaba ya, asfixiándose lentamente en el interior de la estatua de arcilla hueca en la atmósfera cerrada de la cámara mortuoria. ¿Qué sucedería si se desmayaba de pronto y hacía vacilar el sarcófago? El ataúd se abriría... La falsa momia se quebraría al golpear contra las losas de granito... El engaño sería descubierto.

–Cuando todos los objetos preciosos del faraón hayan sido descendidos –continuó Netub–, los sacerdotes se retirarán enrollando detrás de ellos la cinta destinada a mostrarles el camino a seguir, luego los obreros sellarán la tumba. Se abatirán los puntales y los rastrillos de granito caerán en el pasillo de entrada. La pirámide quedará cerrada.

–¿Cómo sabré que se han ido todos? –objetó Anuna–. ¿Crees que me daré cuenta de lo que suceda a mi alrededor?

–Sí, percibirás la vibración sorda de los bloques de piedra que obstruirán el pasillo. Son lo bastante pesados como para que el eco resuene a través de todo el espesor de la tumba.

–Admitamos que así sea –dijo la joven–. ¿Y después?

–Después, utilizarás un cuchillo afilado que deslizarás por la juntura de las dos mitades de la estatua de arcilla para seccionar las bandas. Una vez que hayas cortado esta envoltura, tu prisión se abrirá como una simple caja.

Anuna rió sarcásticamente. De boquilla todo aquello parecía, en efecto, muy sencillo. Pero ella pensaba en lo que sucedería si la hoja del cuchillo se rompía.

–De todas formas, no estarás sola –insistió Netub–. En todo el grupo, alguno al menos habrá que consiga salir de su capullo y ayude inmediatemente a los demás.

–¿Y luego qué?

–Luego será a ti a quien le toque entrar en acción. Deberás guiar a tus compañeros en medio de las trampas.

–Pero si se nos transporta hasta la cámara mortuoria –objetó la joven–, saldremos de los sarcófagos justo en medio del tesoro de Anatotep...

–Exactamente –dijo Netub–. Pero el problema será transportar todo ese oro hasta la salida.

Anuna frunció el ceño.

–¿Te refieres a la verdadera salida? –dijo ella, patidifusa–. Pero si estará bloqueada por varias toneladas de granito...

–No, hablo de la salida que vosotros tomaréis. Se trata de un conducto abierto en diagonal en el espesor de la pirámide, y que normalmente debe desembocar en la cara sur después de haber atravesado todo el espesor de la pared. Es un conducto muy estrecho, de apenas un codo de ancho, y que se instala en casi todas las tumbas para que el difunto no se vea totalmente aislado del exterior y para que su ka pueda emprender el viaje sin demasiados problemas. Este conducto es la mayoría de las veces demasiado angosto para que un hombre o incluso un niño pueda deslizarse por él. Por lo general no es más que un conducto simbólico por el que yo podría a duras penas introducir mi brazo. Pero en el caso que nos ocupa, nos hemos visto favorecidos por complicidades bien situadas, y hemos conseguido que el estrecho conducto sea ampliado.

–¿Entonces, por qué no atacar la pirámide por allí? –preguntó Anuna–. Me parece a mí que eso sería más sencillo que hacerse transportar dentro de los sarcófagos.

–Porque no sabemos dónde desemboca el conducto –replicó Netub–, y porque actualmente se halla recubierto por el paramento de caliza blanca decorativo que reviste todas las caras de la tumba. ¿Nos ves acaso escalando la pirámide para cavar en ella al azar? ¿Cuánto tiempo crees que tardarían los centinelas en descubrirnos? Cuando volváis a subir, desde el centro de la tumba, desembocaréis inevitablemente en esta cobertura de caliza que recubre todas las caras de la construcción, y este revestimiento obturará el conducto; tendréis que perforarlo si queréis salir, pero creo que no será muy grueso en ese punto concreto. Hemos pagado para que así sea.

–¿A qué altura estaremos?

–Lo ignoro. Todo depende del ángulo de inclinación del conducto. Sin duda bastante arriba. Y como el paramento es liso, tendréis que descender con una cuerda.

Netub hablaba con una voz sorda, trazando unos dibujos en la arena con un junquillo.

–Pudiera ocurrir –murmuró Anuna– que tu dichoso conducto ascendiese hasta lo alto y desembocase justo debajo del piramidión de oro puro. Será como arrojarse en el vacío desde lo alto de una montaña.

Sintió que la recorría un desagradable estremecimiento al imaginarse deslizándose interminablemente a lo largo de la inmaculada pared. El rozamiento le desgastaría las ropas, luego lo haría con su piel, desollándola viva. Daría vueltas en medio de la noche, dejando en el revestimiento blanco una larga estela de sangre.

–Es factible –recalcó Netub–. Siento no poder descender contigo, pues soy demasiado ancho de hombros, y no podría deslizarme de ningún modo por el conducto. Tu caso es distinto, tú eres larga, menuda. Tienes el aspecto de un bejuco. Si te untas el cuerpo de grasa, conseguirás deslizarte por él.

–¿Cuánto tiempo permaneceremos allí abajo? –preguntó Anuna que sentía que le dominaba el vértigo.

–No lo sé –dijo el joven–, eso dependerá de ti. Trata de actuar lo más rápidamente posible, pues los pasillos no contendrán mucho aire y os veréis obligados a prender un candil. Esta llama pronto os resultará perjudicial. Creo que no podréis aguantar más de una noche, sobre todo si hacéis esfuerzos... y os veréis obligados a hacerlos puesto que tendréis que transportar el tesoro hasta lo alto del conducto.

–Estás loco –suspiró–. Perderemos todos la vida en el intento.

En los días subsiguientes, se procedió a las primeras pruebas. Anuna tuvo que tumbarse en el interior de una estatua con un odre lleno de agua y algunos panes por todo sustento. Butaka le puso entre las piernas un montón de hilas y de esponjas, a fin de retener los líquidos si por desgracia se sentía presa de unas irreprimibles ganas de orinar. Luego fue cerrada la «tapa» de arcilla y el hombre de barro cocido fue envuelto con varias decenas de codos de bandas de lino.

Anuna oía la voz furiosa de Netub resonar a través de la estatua.

–¡Envolved! –rezongaba–. No os importe poner cantidad. Los sacerdotes deben tener la impresión de que están en presencia de una verdadera momia. No conviene hacer el trabajo de cualquier manera.

–Pero, si ponemos mucho, la muchacha no podrá salir –protestaban los bandidos–. Si está demasiado apretado, no va a conseguir introducir la hoja del cuchillo en la juntura de la tapa.

Anuna compartía sus temores, pero Netub no quería oír nada. La luz del exterior le llegaba a la joven por los gruesos agujeros de aireación que el alfarero había practicado en la greda, pero esta luz disminuía a medida que el capullo de bandas se espesaba.

–¡Parad! –gritó ella–. Me voy a morir ahogada.

Nadie pareció oír sus lamentos. Sintió que la levantaban del suelo, que la apoyaban contra un muro, en un rincón a la sombra. La impresión de confinamiento era penosa. Enseguida empezó a sufrir de calor, de sed. Se dio cuenta de que respiraba demasiado hondo, y que tenía que percibirse el eco de su respiración por poco que uno se inclinara sobre la falsa momia. El tamaño de la estatua le permitía, no obstante, acercarse los brazos al pecho. Así podía llevarse el odre a la boca o coger un poco de pan del morral colgado de su hombro. Comprendió que debería beber lo menos posible para evitar la necesidad de orinar, pero esta abstinencia la pondría en grave peligro de deshidratarse, y no tendría que perder eso de vista, sobre todo con aquel calor.

Lo más terrible era la perspectiva de verse abandonada a pleno sol en el extremo de la rampa de acceso, mientras los sacerdotes salmodiarían los cantos y los himnos. Si amontonaban una encima de otra las momias de los servidores del faraón, habría fatalmente algunos bandidos a los que les faltaría el aire y perecerían asfixiados. ¿Había pensado Netub en ello?

Cerró los ojos y trató de disciplinar su respiración, pero el pánico la invadía. Se ahogaba. Quería salir. Cediendo al miedo, pataleó, desequilibrando la estatua de arcilla que se hizo trizas al golpear contra el suelo.

Cuando consiguió salir de entre los restos, jadeante, Netub la agarró violentamente por los cabellos.

–Tendrás que acostumbrarte –le espetó a la cara–. Te interesa esforzarte por conseguirlo. Pues si no, la próxima vez, te dejo encerrada tres días en el vientre del monigote de barro.

Y ella sabía que mantendría su palabra.

El problema venía del hecho que, a causa del considerable peso que habría implicado una estatua más sólida, los alfareros estaban obligados a limitarse a un modelado de paredes frágiles.

–Si es demasiado pesado –rezongaban–, los sacerdotes sospecharán algo. Hay que aligerar lo más posible, sobre todo si los muchachos tienen que llevarse víveres, cuerdas, talegos y útiles.

Poco a poco, Anuna fue refrenando sus angustias. Respiraba lo más lentamente posible, tratando de superar el horrible calor que envolvía su cuerpo. En varias ocasiones, la sacaron del capullo medio ahogada, y Netub la abofeteó para hacerle recobrar la conciencia. Luego tuvo que aprender a utilizar el cuchillo para cortar las bandas que mantenían unidas las dos partes del sarcófago de barro cocido. No era fácil, y rompió tres hojas antes de conseguirlo. Imaginaba con horror qué pasaría si ninguno de los pasajeros clandestinos de la pirámide conseguía liberarse...

«Nos volveremos los compañeros involuntarios de Anatotep –pensaba ella ahogando una risa nerviosa–. Nos quedaremos prisioneros de su tumba para toda la eternidad.»

–¿Cómo te las has arreglado para disfrutar de tantas complicidades? –le preguntó una noche a Netub–. No creía que estuvieras tan introducido entre los grandes de este mundo.

–Fue Dakomon quien lo arregló todo –soltó el jefe de los bandidos–. Era relativamente fácil, pues es mucha la gente que odia al nomarca y no sueña más que en tomarse cumplida venganza. Dakomon era rico y conocía a todo el mundo. Gastó una verdadera fortuna en organizar este pillaje, pero lo que contaba para él era ante todo profanar la momia de Anatotep. Creo que el tesoro le importaba un pitoche. Habría podido rehacer su vida sin esperar su parte. No tenía ninguna necesidad de hacerse rico, puesto que ya lo era. Ahora todo descansa sobre ti. Cuando estés allí abajo, no olvides hacer pedazos los restos del nomarca, Dakomon se pondrá contento y te ayudará en tus empresas. Siempre conviene estar protegido por un muerto.

Los enanos llegaron a finales de semana. Habían viajado en litera, como verdaderos príncipes, pero sin disfrutar del trayecto que habían encontrado monótono. En realidad eran pigmeos, una raza procedente de un lejano país y que, desde siempre, los faraones habían considerado con una especie de fascinación divertida. La mayoría de los pigmeos llevaban una vida de lujo a la sombra de los soberanos, y se les trataba con gran deferencia. A cambio, se les pedía que bailaran y cantaran. Todas las cuadrillas de malabaristas se creían en la obligación de tener al menos uno de ellos. Contar con un enano o un pigmeo en sus filas era tener la seguridad de ser invitado a la corte, a tal punto la nobleza egipcia sentía una extravagante curiosidad por estos seres fuera de lo común. Había, por consiguiente, un gran tráfico de ellos, afrontando los cazadores enormes riesgos para ir a buscarlos a unas regiones perdidas, a menudo muy peligrosas.

–Fue también una idea de Dakomon –confesó Netub–. Los pigmeos son muy fuertes a pesar de su estatura, y su pequeñez permitirá que quede suficiente espacio para llevar los talegos y los útiles de escalada que necesitaremos. Éstos son acróbatas. Forman parte de una cuadrilla de saltimbanquis, pero no quieren seguir llevando esta vida de perpetuo viaje. Sólo aspiran a volverse ricos y regresar a su tierra para construirse un palacio. No te llames a engaño por su aspecto. Son coriáceos y malvados. Tal vez te cueste conseguir que te obedezcan, pues consideran a las mujeres simples animales carentes de cerebro.

–¿Hablan nuestra lengua? –inquirió Anuna.

–Más o menos, pero nos desprecian y no se juntan jamás con los más altos que ellos. No intentes engatusarles mediante arrumacos.

Los pigmeos eran un total de ocho. Más negros que el hollín, presentaban un cuerpo prodigiosamente musculado, de miembros torneados. En conjunto se revelaron muy caprichosos y poco sociables. Negándose a mezclarse con los bandidos, acampaban aparte y exigían una comida refinada, vino de calidad. Se estaban entrenando durante el día entero. Contorsionistas consumados, podían introducirse en una tinaja y volver a salir de ella sin la ayuda de nadie.

–Se les ha entrenado a hacerlo desde la infancia –explicó Netub–. Cuando eran niños de pecho, su madre les dislocaba sistemáticamente los huesos para darles elasticidad. Ahora son capaces de desencajarse un hombro a voluntad si la necesidad así lo exige. Ello les permite colarse por aberturas minúsculas.

Instintivamente, Anuna pensó en el conducto por el cual los saqueadores deberían emprender la huida. Los enanos podrían entroducirse por él, no cabía ninguna duda al respecto, pero ¿y ella? Nadie le había enseñado a dislocar sus articulaciones. El temor a permanecer allí abajo, prisionera de la tumba, le asaltaba de nuevo. Decidió alimentarse lo menos posible a fin de afinar su silueta durante las semanas siguientes.

Los pigmneos formaban pirámides humanas trepando unos sobre otros. Dotados de un prodigioso sentido del equilibrio, podían formar una especie de columna viviente de doce o trece codos de alto, y desplazarse de este modo sin caer rodando jamás. El que se encontraba en la base de esta pila avanzaba a paso lento, soportando el peso de todos sus compañeros. Aparentemente no sufría, y los músculos de sus cortas piernas no dejaban adivinar el menor temblor de cansancio.

Los bandidos asistían a estas demostraciones boquiabiertos, celosos de una habilidad semejante. Cuando caía la noche, los pigmeos danzaban alrededor del fuego según un ritual complicado y bárbaro que les daba el aspecto de verdaderos demonios surgidos de las tinieblas.

No obstante, hubo un problema cuando hicieron saber que tenían necesidad de mujeres para satisfacer sus ardores y le exigieron a Netub que les mandara a Anuna lo más pronto posible. El jefe de los saqueadores se negó a ello, y la frustración de los enanos estuvo en un tris de degenerar en reyerta. La joven temblaba a la sola idea de que Netub pudiera estar tentado de ceder al capricho de aquellos espantosos hombrecillos. Felizmente se mantuvo en sus trece y mandó a sus secuaces que trajeran unas prostitutas de una ciudad vecina que aceptaron desplazarse a cambio de varios *debens* de cobre.

–A veces tengo la impresión de que la organización de este robo representa por sí sola más dinero que el tesoro que podamos sacar de la pirámide –se guaseó una noche Anuna–. ¿De dónde sacas todo este cobre? ¿Todo este oro?

–Lo tomo de las reservas de Dakomon –respondió Netub evitando la mirada de la joven–. Al abandonar Setep-Abu, se llevó toda su fortuna para financiar la operación.

–¿Y nunca has sentido la tentación de apoderarte de ella? –dijo asombrada Anuna–. Habría sido fácil. Y sobre todo mucho menos arriesgado de lo que nosotros vamos a emprender. ¿No has pensado que la fortuna de Dakomon, antes que echases mano de ella para comprar mil complicidades, era tal vez superior a lo que será tu eventual parte del tesoro de Anatotep? Además, este botín, lo tenías ya en tus manos... Te habría bastado simplemente con robárselo al arquitecto y emprender la huida sin compartirlo con nadie. ¿No temes haber dejado escapar la presa por correr detrás de una simple sombra?

Netub hizo un gesto de cólera.

–No lo entiendes –susurró–. No se trata únicamente de una cuestión de oro, de riqueza... Nos va en ello nuestra dignidad. Hay que hacer pagar sus crímenes al nomarca. Despojarle de su tesoro, pero al mismo tiempo profanarlo. Es importante. No te imaginas lo que lamento no poder descender contigo para hacer pedazos su momia. ¡Ah, cómo me gustaría romperla contra mi rodilla, desmembrarla!... ¡Cómo me gustaría pisotearle el rostro a talonazo limpio! Tendrás que hacerlo tú en mi lugar. Es capital. Ni hablar de que Anatotep pueda llevar en el otro mundo la vida impune que ha llevado en éste.

–Si tan malvado es –objetó Anuna–, los cuarenta y dos jueces del Amenti pesarán su corazón y lo arrojarán a la Devoradora, la perra del infierno que se sienta al pie de la balanza. Es la ley.

Netub estalló en una risa ofensiva.

–¡Qué ingenua eres, mi pobre muchacha! –soltó él–. Los poderosos se entienden siempre entre ellos. Hace mucho tiempo que Anatotep ha comprado la indulgencia de los dioses por medio de sacrificios y de ofrendas suntuosas. Su corazón no será pesado en la misma balanza que el de las pobres gentes.

El entrenamiento se reanudó. Tal como Netub había previsto, los pigmeos podían instalarse en el interior de las estatuas huecas llevando también en ellas un conjunto de talegos, útiles y cuerdas. Daban prueba de una notable resistencia física y eran capaces de permanecer encerrados todo un día a pleno sol. Para evitar deshidratarse sin beber demasiado, chupaban cristales de sal. Explicaron asimismo que cuando les entraban ganas, orinaban dentro de un frasco y luego se bebían su orina para reembeberse de forma constante, evitando así correr el riesgo de un escape de líquido hacia el exterior. Eran hombrecillos coriáceos que, al llegar la noche, se obstinaban en bailar sobre una alfombra de brasas para gran regocijo de los bandidos.

No obstante, las estatuas de arcilla, exageradamente delgadas, tenían preocupado a Netub. Había pensado, en un primer momento, en utilizar madera, pero esta experiencia había producido figuras demasiado pesadas. Una momia vaciada de todos sus órganos no pesaba casi nada, y no había que despertar bajo ningún concepto la curiosidad de los sacerdotes durante la ceremonia de apertura de la boca. Cuando se trataba de difuntos subalternos, los servidores del dios raramente se tomaban la molestia de sacar la momia de su féretro. Se limitaban a levantar éste en vertical para presentar la máscara de cartón o de escayola que recubría la cabeza del muerto a la azuela blandida por el oficiante. Éste tocaba sus labios con ella y pronunciaba las palabras sagradas devolviendo a la momia sus facultades sensoriales, luego pasaba al siguiente difunto.

–Comprende –masculló Netub acercándose a Anuna para que los demás no le oyeran– que seréis mezclados con las verdaderas momias, y que no es imposible que los sirvientes noten una diferencia de peso durante la manipulación. Éste es el punto crítico. Tenemos que aligerar las estatuas de arcilla. Incluso he pensado por un momento en reemplazarlas por unos monigotes de cartón.

–Los cartonajes no serán nunca lo bastante rígidos –objetó Anuna–. Tienen tendencia a desfondarse bajo la presión de los dedos. Se corre el riesgo de que los útiles los agujereen.

–Lo sé –suspiró Netub–. Es por dicho motivo por lo que me he decantado finalmente por la solución de la greda.

–¿Cuánto tiempo crees que podrás retener a todas estas gentes aquí? –preguntó Anuna–. Terminarán por aburrirse, querrán regresar a la ciudad... Y allí, en las tabernas de cerveza, se irán de la lengua con las rameras.

–No nos quedaremos mucho tiempo aquí –repuso Netub cuyo rostro se difuminaba en la noche–. Anatotep va a morir un día de éstos.

–¿Ah, sí? –rió sarcásticamente la joven–. ¿Y cómo puedes estar tan seguro de ello?

–Porque vamos a asesinarle –dijo tan tranquilo Netub Ashra.

QUINCE

Netub le mostró a Anuna el veneno que utilizarían para conseguir sus fines. Era un frasco de pasta de cristal azul, cerrado con un tapón de arcilla, ligeramente mayor que el dedo índice.

–¿Crees que podrás acercarte lo suficientemente a él como para derramar esta droga en su vino? –espetó la joven.

–No, yo no –soltó el jefe de los bandidos–. Daré el frasco a dos niños que acompañan a Anatotep en sus deambulaciones nocturnas. Dos hermanos a los que el nomarca ha tomado cariño y llama sus «bastones vivientes» porque acostumbra a apoyarse en ellos para desplazarse.

–¿Aceptarán unos niños envenenar al nomarca? –dijo Anuna, incrédula.

–Le detestan. Le temen. Anatotep les ha hecho coser los párpados a fin de que no puedan ver ninguno de sus secretos. Sólo tienen una idea, desembarazarse de él y recobrar la visión. ¿Crees que no es motivación suficiente?

–Sí –confesó la joven.

–Iré mañana a Setep-Abu –dijo Netub–. Me acompañarás, puesto que no quiero dejarte sola con mis hombres en mi ausencia. Ahora que está todo listo, conviene darse prisa, acabar de una vez por todas. Los dos meses durante los cuales la momia de Anatotep va a estar a remojo en el natrón será ya una dura prueba, y tengo prisa por ponerme manos a la obra.

Fue una extraña experiencia para la joven regresar a Setp-Abu como un fantasma. Acompañando a Netud Ashra, entró en la ciudad disfrazada de camellero. Le pareció que había transcurrido una vida entera desde que abandonara la casa de la muerte. Horemeb, Padiram, Huzuf le parecían los lejanos camaradas de alguna vida anterior, y no tenía ya nada en común con la pequeña perfumista que había sido entonces.

La ciudad era más aterradora aún que en su recuerdo. Se vaciaba con la oscuridad; las calles se transformaban en desierto a medida que la luna ascendía en el cielo.

–Es a causa de los proveedores de Anatotep –le susurró Netub–. Todas las noches entran en las casas para robar niños o mujeres. Los que cometen la imprudencia de dormir en las terrazas son sus primeras víctimas.

–¿Las momifican? –preguntó la joven con voz jadeante.

–¿A las mujeres? Sí –cuchicheó Netub–. El nomarca quiere rodearse de un harén de momias, no de muñecas de madera, y como a sus verdaderas cortesanas no les apetece en absoluto acompañarle al Más Allá, hace raptar a las más bonitas muchachas de los barrios populares. Pero, a fin de cuentas, esto a nosotros nos favorece, puesto que es gracias a estos cadáveres cómo vosotros podréis entrar en la pirámide.

Envueltos en sus albornoces, tomaron por las calles vacías, sumidas en un aterrador silencio. Se oía maullar a los trescientos gatos del templo de la diosa Bastet, pero en vano se habría buscado el eco de una canción berreada por los borrachines salidos de una taberna de cerveza cualquiera. Al caer las tinieblas, los habitantes de Setep-Abu se habían cerrado a cal y canto en sus casas, dejando la calle para los fantasmas maléficos del nomarca.

Netub y Anuna anduvieron rozando las fachadas. El jefe de los ladrones avanzaba, puñal en mano, presto a cortarle el cuello a cualquiera que intentase interponerse en su camino. Acabaron por introducirse en el jardín de una casita de adobe cuya puerta ostentaba el cartucho de Anatotep. Una mujer prematuramente envejecida les esperaba, temblando. En un banco de piedra, dos niños con los párpados cosidos estaban sentados el uno al lado del otro. Iban desnudos y llevaban el mechón de pelo característico de la infancia. Sus joyas eran principescas; emanaba de su cuerpo un raro perfume.

–Daos prisa –suplicó la mujer–, pues no tardarán en venir a buscarles para llevarles a palacio. Anatotep no les permite venir ya casi nunca a verme, a mí, que soy su madre. Y ya es hora de que esto se acabe de una vez.

Sin responderle, Netub avanzó hacia los chiquillos y se arrodilló para ponerse a su altura.

–Traigo lo que ya sabéis –dijo con voz sorda–. Es un veneno etíope, potente pero sin ningún sabor. Los hombres de ese país untan con él la punta de sus flechas para fulminar a los animales. De todas formas, no echéis demasiado, pues en ese caso los signos de envenenamiento resultarían demasiado evidentes. Es preciso que el nomarca parezca que ha sucumbido de muerte natural. ¿Entendido?

Los chiquillos sacudieron la cabeza al mismo tiempo. A Anuna le parecieron guapísimos pero marcados por una profunda tristeza, como si no esperaran ya nada de la vida.

–¿Toma aún vino? –inquirió Netub, presa de un súbito temor.

–Sí –dijo uno de los niños–. De noche, nos hace atravesar una inmensa sala que apesta a momia. A veces se detiene para sacar algo de dentro de unos vasos, algo que se asemeja a unas perlas de cristal... Creo que se trata de piedras preciosas. Se ríe burlonamente todo el rato, como si estuviera contento. En señal de agradecimiento, nos hace abrir la boca y nos mete algo sobre la lengua aconsejándonos que no nos lo tragemos.

–Son perlas –explicó la madre.

–Al final de la sala –continuó el niño– hay una gran puerta cerrada. No tenemos derecho a cruzar el umbral. Nos hace sentarnos allí, sobre unos cojines, y entra él solo en la estancia. No sé qué hace en ella. Tal vez se dedica a contemplar un tesoro más importante aún. Es un viejo chiflado.

–Pero ¿y el vino? –se impacientó Netub.

–Hay vasijas por todos lados –respondió el niño que hasta ese momento había permanecido callado–. El nomarca es como todos los viejos, le falta saliva, tiene todo el tiempo la boca seca. Entonces nos ordena que le pongamos de beber. Hay que hacerlo a tientas, y si derramamos vino en el suelo nos castiga.

–¿Os pega a menudo? –se inquietó Anuna.

–No, no demasiado –murmuró el niño–. Pero lo peor es cuando nos obliga a besarle.

–¿Cómo es eso? –preguntó la joven perfumista.

–A veces, no quiere beber en un cubilete –explicó el niño–. Nos manda tomar el vino en nuestra boca para escupirlo en la suya. Es algo asqueroso.

Anuna palideció. Instintivamente, cerró los dedos en torno al brazo de Netub.

–Es espantoso –balbuceó–. ¿Qué pasará si Anatotep les impone este capricho cuando el vino esté envenenado?

Netub se desprendió con irritación.

–Está previsto –resongó–. Todo está previsto, es inútil alarmarse. La madre de los chicos les untará el interior de la boca con un barniz, una laca vegetal que impedirá al veneno penetrar en la carne. A continuación les bastará con enjuagarse la boca lo más rápidamente posible con agua pura. Si bebieran una gran cantidad de resina se protegerían también el estómago, pero con esto se correría el peligro de que tuvieran un cólico, pues no todo el mundo soporta el barniz, y no podemos correr semejante riesgo.

Anuna estaba patidifusa por la crueldad de Netub. Ni por un segundo había contemplado la posibilidad de que los niños, por un descuido, pudieran ingerir un trago de vino envenenado. A decir verdad, le traía sin cuidado, pues para él lo único que contaba era el éxito de su plan.

Se sacó del cinto el frasco de cristal azul que contenía la sustancia tóxica y lo puso en la palma de la mano del chiquillo. Éste se lo colgó de un corchete disimulado bajo el mechón que le colgaba del lado derecho del rostro, y que constituía el peinado ritual de los niños impúberes.

Sus ojos de párpados cosidos se volvieron hacia Anuna, y buscó a tientas para contactar con la joven. Ésta cogió la manita sudorosa que se adelantaba, con la horrible impresión de mandar a ese niño a una muerte segura.

–No temáis, buena señora –dijo el pequeño–. Todo saldrá bien... Y de todas maneras mi hermano y yo preferimos morir antes que seguir teniendo que besar al nomarca.

–Muy bien –cortó Netud–, bien dicho, pero no olvides que si Anatotep quiere jugar a transformarte en cubilete viviente, no debes tragarte ni una sola gota de vino. El barniz te protegerá, pues se trata de una resina sacada del árbol de la goma. No tiene mal gusto. Se diría que es papiro confitado. ¿Te gusta el papiro confitado?

–Sí –dijeron los niños con una sonrisa.

Anuna vibraba de cólera contenida. Le pareció que nunca había detestado a nadie tan intensamente.

–Os lo suplico –gimió la madre–, marchaos ya. La escolta no tardará y tengo que hacerles hacer a los niños unas gárgaras con la resina, por si... Que los dioses nos protejan.

Y se inclinó para besar las manos de Netub Ashra.

Instantes después, el ladrón y la perfumista estaban ya en la calle.

–¿Cómo puede darte las gracias esta mujer cuando estás mandando a sus hijos a la muerte? –rugió Anuna–. Eres un ser vil.

–Cálmate –susurró Netub–. No soy yo el vil sino Anatotep. ¿O es qué crees que el nomarca se contenta con jugar al cubilete viviente con esos dos mocosos? Se sirve de ellos de todos los modos que puedas imaginarte... Y créeme, ello debe de resultar algo más bien desagradable para que unos niños de esta edad estén dispuestos sin temblar a afrontar la muerte para verse liberados de ello.

DIECISÉIS

Anatotep estaba de un humor de perros, y ni siquiera la larga enumeración de los compañeros momificados que se llevaría con él en su último viaje había conseguido, aquella noche, devolverle la alegría. Al término de su paseo nocturno, había franqueado, así pues, el umbral de los aposentos secretos de Tomak, su doble, dejando a los dos niños que le servían de bastones vivientes en la sala del tesoro funerario, tal como tenía por costumbre. Al contrario de lo que sucedía de ordinario, había sorprendido a Tomak despierto, en un estado de gran excitación por las grandes muestras de ardiente interés que acababa de darle a una mujer del harén, una joven nubia de doce años recién adquirida por el gran visir Panatemeb.

Desde hacía cerca de una hora, ahora, los dos ancianos mantenían una conversación languideciente, la misma que intercambiaban desde pronto haría treinta años. En realidad, monologaban, cada uno en un rincón de la estancia, repitiendo unas ideas que no les comunicaban ya ni ánimos ni consuelo. Anatotep era incapaz de evitar un sordo rencor hacia su doble, rencor tejido de sentimientos encontrados, pues le reprochaba a Tomak tanto que le devolviera una desagradable imagen de sí mismo como que estuviera en mejor forma que él. Súbitamente se preguntó qué demonios hacía allí, escuchando a aquel anciano buen hombre diciendo tonterías sobre la calidad de la piel de una cortesana cualquiera? ¿Como era posible que ese viejo esqueleto no se sintiera cansado aún de los juegos de cama?

«A menos que lo cuente con la única finalidad de contrariarme –pensó el nomarca–. Sería muy capaz.»

Estaba irritado, descontento de no tener finalmente a nadie más con quien hablar que esa caricatura de sí mismo cuyos tics de lenguaje y modales se le antojaban ridículos y le inquietaban en su fuero interno, pues tal vez no eran más que los reflejos apenas agrandados de sus propias coqueterías. Se irritaba consigo mismo de no poder dejar de venir allí para plantarse delante de una especie de espejo viviente cuyo aspecto le trastornaba. Así pues, ¿era realmente tan viejo, tan feo? ¿Tan deprisa había pasado la vida?

Un extraño y sordo temor le perforaba en ese momento el estómago, una serpiente invisible se anudaba alrededor de su caja torácica, impidiéndole respirar.

Más que nada, se reprochaba el ser incapaz de morderse la lengua, pues, de forma inevitable, se entregaba a las confidencias, expresando sin darse cuenta siquiera el quebradero mental de sus secretos tormentos.

«De todas maneras, no tiene ninguna importancia –se repetía al principio–. Ese cretino tiene demasiado poco seso como para comprender lo que le digo, es como si le hablara a un perro. No puede acarrear ninguna consecuencia....»

Pero esta necesidad de compañía le resultaba vejatoria. Un hombre como él no hubiera debido tener necesidad de ningún auditorio. Un hombre como él hubiera debido bastarse a sí mismo y no complacerse más que con el espectáculo de su propio espíritu.

«En una época –pensó–, eras capaz de alegrarte en solitario del recuerdo de tus victorias, de tus tejemanejes políticos. Te pasabas veladas enteras enfrascado en ti mismo, sonriendo de lo hábil que eras. ¿Por qué, actualmente, eso no te basta ya?»

Se despreciaba a sí mismo por venir así a mendigar la atención de un campesino, de un tragaldabas al que había adiestrado igual que a un simio para que diera algunas volteretas.

«¿Quién de nosotros dos imita al otro? –se preguntó de repente–. Es cierto que me estudia, pues su trabajo consiste precisamente en hacerse pasar por mí... Pero ¿no hago yo acaso lo mismo, sin saberlo? Cuando salgo de aquí me parece a veces que imito sus andares, más firmes que los míos, que ajusto mi porte al suyo, porque al fin y al cabo lo encuentro más seductor que el mío... Le contraté para que me imitara, y soy probablemente yo, en definitiva, quien me he convertido en su doble. ¿No es un mejor «Anatotep» de lo que lo soy yo? Me influye, cuando debería ser al contrario... Galopo detrás de él para permanecer a su altura. Me obliga a apretar el paso. Es inadmisible. Es absurdo».

Con el paso de los años, cada uno había terminado por no ignorar nada del otro. Ello se había producido de forma insensible al principio por propia necesidad de la superchería y luego porque la costumbre se había trocado poco a poco en necesidad. Una necesidad que el nomarca siempre se había reprochado a sí mismo.

«Me envidia –se repitió Anatotep–, pero yo le envidio igualmente, no puedo negarlo. En el fondo de su corazón cada uno de nosotros piensa sin duda que el otro se lleva la parte del león. No somos sino dos viejos tontainas. Poco falta para que nos arrojemos el uno sobre el otro y nos arranquemos nuestros últimos cabellos, peleándonos como esas mujeres que se enzarzan a veces en los mercados públicos».

Lanzó un suspiro y se llevó una copa de vino a los labios. Estaba vacía, quiso llenarla, pero en la jarra tampoco había nada.

«Estoy borracho –pensó–. Por eso es por lo que estas ideas estúpidas me rondan por la cabeza como unos quebrantahuesos buscando una presa».

Dudó sobre la conducta a seguir. ¿Debía ir a acostarse? ¡Pues no! El sueño le huiría, como siempre. Era demasiado temprano aún para pensar en cerrar los ojos.

«No estoy lo bastante ebrio para dejar de estar triste –decidió de repente–, ¡necesito más vino!»

Estaba a punto de dar unas palmadas para llamar a sus servidores, pero de repente se acordó de que se encontraba en los aposentos secretos de Tomak, y que ningún esclavo tenía derecho a cruzar la entrada de la cripta.

Se levantó echando pestes contra su reumatismo; si quería beber, tendría que ir él mismo a buscar una nueva jarra, pues Tomak estaba más beodo aún que él y en una incapacidad poco menos que absoluta de levantarse de los brazos de su sillón de cabezas de león.

En la gran galería del tesoro funerario, los dos chiquillos se estremecieron al oír resonar el paso del nomarca. Aovillados sobre unos cojines, aparentaban dormir en medio de los lingotes de oro y de las momias que no podían ver. La resina con que su madre les había untado la boca les dejaba en la lengua un regusto extraño a goma arábiga. Hasta aquel momento, esta precaución no había sido de una gran utilidad puesto que Anatotep no había mostrado deseo alguno de beber de sus labios. Aquella noche, el nomarca no parecía de humor lascivo. Los niños le oían murmurar detrás de la puerta vedada. Era probable que hablara solo, a la manera de los viejos que desatinan sin darse cuenta.

De común acuerdo, habían decidido vaciar en la vasija de vino la ampolla entera de veneno que les había entregado Netub Ashra. El jefe de los ladrones les había incitado a la prudencia, pero ellos no querían correr el riesgo de ver a Anatotep sobrevivir al atentado. A pesar de su joven edad, conocían lo bastante bien al nomarca como para saber que sospecharía al punto una conjura y les haría torturar con toda la crueldad de que era capaz.

–Es preciso que reviente –había dicho el mayor–. No quiero volver a sentir su vieja boca paseándose sobre mí. Y no quiero seguir haciendo las cosas a las que nos obliga.

–Quiero volver a ver el sol –había gemido el más joven–. Y el rostro de mamá... Hace tanto tiempo que nos cosieron los párpados que he comenzado a olvidarme de su cara.

Habían vaciado, así pues, todo el contenido del frasco en la vasija de vino de palma. Desde ese momento, esperaban, acurrucados el uno contra el otro para tener menos frío.

La puerta de doble batiente se abrió y Anatotep apareció titubeando. No se dignó siquiera mirar a los dos niños y se apoderó de la vasija de vino con avidez. Quería demostrarle a Tomak que no era impotente y que sabía arreglárselas aún sin la ayuda de un ejército de servidores. Regresó a la habitación apretando la vasija entre sus flacos brazos.

–¡Bebamos! –gañó con una voz que parecía la de una anciana–. Brindemos por los dioses del Occidente, brindemos por la campaña que llevaré a cabo en los campos de Ialu cuando emprenda el viaje hacia el sol... ¡Gloria a mi ka!

Llenó dos copas con suma torpeza, y ofreció una de ellas a su doble que la cogió con gula. A Tomak le gustaba el vino. El vino y las mujeres.

–¡Bebamos! –repitió Anatotep.

Los dos ancianos vaciaron cada uno su cáliz de alabastro, ávidamente, indiferentes al vino que desbordaba de las comisuras de sus labios para gotearles por el gran pectoral de oro y de lapislázuli que les ceñía el cuello, puesto que se vestían de manera idéntica, desde siempre, para contribuir a acrecentar la confusión.

Transcurrieron una treintena de latidos de corazón antes de que el veneno hubiera hecho su efecto. El faraón y su doble se deplomaron el uno sobre el otro, embarullados, dejando caer las copas de piedra que se rompieron al tocar el suelo.

En la sala del tesoro, los niños que habían oído el ruido de la caída, se levantaron precipitadamente y abandonaron aquel lugar a tientas para reunirse con su madre que les esperaba en los jardines.

–Se acabó –murmuró el mayor de ellos–. Netub Ashra nos descoserá los párpados. Y más tarde nos convertiremos en bandidos, igual que él.

DIECISIETE

Llevó un buen rato comprender lo que le había sucedido al faraón. Los servidores, inquietos, se obstinaron en correr de una estancia a otra, a través de toda la extensión del palacio sin atreverse a dar la alarma. Al sentir todos miedo del nomarca, temían indisponerle si le molestaban en medio de alguna meditación. Esta timidez general hizo que el gran visir Panatemeb no fuera avisado de la desaparición de Anatotep hasta mediada la mañana. Panatemeb era una de las tres personas –junto con el sumo sacerdote de Amón Mene-Ptah, y el médico personal del amo y señor de Setep-Abu– que conocía la existencia de Tomak. Su primer reflejo fue ir a buscar al doble del nomarca para exhibirlo en público antes de que el rumor de la desaparición de Anatotep trascendiera fuera del recinto de palacio. Sabía que el odio del pueblo estaba vivo y temía verlo estallar en manifestaciones violentas si la crueldad del tirano se debilitaba aunque no fuera más que por un instante.

Panatemeb, hijo de un comerciante en aceitunas, había escalado uno tras otro los peldaños del poder a la sombra del nomarca cuyos más mínimos caprichos había favorecido siempre, en particular su absurdo deseo de ser considerado como un faraón. Era un hombre rechoncho, de tez rojiza, que dismulaba bajo una aparente afabilidad una voluntad de hierro y una absoluta ausencia de escrúpulos políticos. Tenía unas gruesas manos de campesino que le avergonzaban y que él recargaba de sortijas con la esperanza de conferirles un aspecto más aristocrático. Pretendía ser mucho más joven de lo que en realidad era y se hacía depilar el cuerpo en sus partes más íntimas para que ninguna cana subsistiera en toda la superficie de su piel.

Aquella mañana se apresuró a bajar a las entrañas del palacio donde se despojó de las sandalias de papiro para desplazarse con más rapidez y silencio. Un olor a vino derramado asaltó su olfato tan pronto como hizo su entrada en la gran galería funeraria donde se amontonaban en desorden las momias de los caballos, las de los servidores, de las mujeres y de los soldados que el nomarca contaba llevarse con él al otro mundo.

Panatemeb había tenido siempre la prudencia de parecer estar más loco aún de lo que estaba Anatotep, lo que había llevado al nomarca a sentirse libre, y a moderar a su visir, haciéndose la ilusión de ser un hombre cuerdo. En el curso de su carrera, Panatemeb no había dejado jamás de tener una absurda confianza en sí mismo y en su suerte, y hasta aquel momento no había tenido que lamentarlo.

Cuando el gran visir empujó la puerta de doble batiente de los apartamentos secretos, fue para descubrir a Anatotep y a Tomak desplomados el uno sobre el otro en medio de un charco de vino. El uno estaba muerto, el otro se encontraba en los estertores, pero, pasado el primer momento de estupor, Panatemeb se dio cuenta de pronto de que era incapaz de saber quién era quién...

Un sudor de angustia perló su rapado cráneo. Con grandes prisas, mandó a buscar al médico de palacio y al sumo sacerdote de Amón con la esperanza de que ambos hombres supieran zanjar la cuestión mejor que él.

Mientras les esperaba, transladó al faraón y a su doble al lecho cubierto de pieles de pantera, y luego se puso a escrutar su rostro con atención obstinada. El sacerdote y el médico le sorprendieron en medio de aquel ejercicio... sin haber llegado aún a ninguna conclusión.

Panatemeb alzó la mano para cortar de forma tajante las lamentaciones rituales de Mene-Ptah. Expuso la situación tan rápidamente como le fue posible.

–Acabo de encontrarles tirados en el suelo –declaró–. En medio de un charco de vino. Ya porque han bebido demasiado, ya porque han sido envenenados, lo cierto es que habrá que hacer lamer por un perro el líquido derramado y observar su comportamiento. El uno está muerto, el otro agonizante... pero ¡no sé cuál de los dos! Es por esto por lo que os he hecho venir. Me siento incapaz de diferenciarles.

El médico se acercó a la cama y se puso a desvestir a ambos hombres. Su expresión reflejaba incomodidad.

–Por los dioses –susurró al cabo de un momento–. Confieso que no lo sé más yo. Hace tiempo que Anatotep no dejaba que nadie se acercara a él. No permitía que nadie le tocara o le mirara a los ojos. No le he auscultado desde hace años. Afirmaba no encontrarse enfermo, decía que sus órganos estaban constituidos de oro puro, tal como sucede con todos los faraones...

–Pero las heridas –insistió el gran visir–. Las cicatrices de las cuchilladas recibidas cuando intentaron atentar contra su vida...

–Sabes perfectamente que si Tomak las encajó realmente, Anatotep se hizo hacer unas ficticias en su propia carne, en los mismos sitios, precisamente para que no se los pudiera diferenciar –replicó el médico–. Y de eso hace tanto tiempo que no guardo un recuerdo preciso de su aspecto. Te lo repito. Hace por lo menos seis años que no he visto al nomarca desnudo. Cada vez que me consultaba, era para hablarme de su obsesión por los olores, por los perfumes... y como le parecía que yo olía mal, me obligaba a permanecer arrodillado a veinte codos de su trono.

–Panatemeb –murmuró el sumo sacerdote–, lo que nos pides es imposible. No olvides que la mayor parte del tiempo ni siquiera sabíamos con quien teníamos que vérnoslas, si con el nomarca o con su doble. A menudo he sospechado que Anatotep jugaba a enredarnos. En cuanto a Tomak, era de una temible habilidad en la imitación.

–Es cierto –encareció el médico–. Anatotep era un ser demoníaco. Más de una vez he tenido la impresión de que se aplicaba a imitar a Tomak para hacernos creer que no era Anatotep. Hacían buenas migas, la verdad. ¿Acaso podrías tú mismo afirmar que el nomarca te dejó acercarte a él en el curso de los últimos años? Quiero decir, ¿acercarte a él de verdad, hasta casi tocarlo?

El gran visir sacudió la cabeza con desaliento.

–No –musitó–. Siempre a causa de los olores corporales. Por más que me bañara en perfume, afirmaba que olía la mugre y me obligaba a hablarle desde el otro extremo de la sala.

–Era una estrategia concertada –rezongó el sacerdote–. Un medio para mantenernos alejados. Nunca he creído verdaderamente en esos cuentos de olfato delicado.

–No es ésa la cuestión –cortó Panatemeb. ¿Cuál de los dos está vivo? ¿Cuál de los dos muerto?

El médico se inclinó de nuevo sobre los cuerpos, los palpó, para acabar encogiéndose de hombros en señal de impotencia.

–No sé –dijo–. El que está agonizando tal vez va a poder salir de ésta si se le hace beber mucha leche de camella y si se le provoca el vómito. El veneno parece haberle afectado menos, sin duda porque ha tomado menos vino que su compañero. ¿Debo ponerme manos a la obra para devolverle a la vida?

Panatemeb dudó. El momento era crucial.

–Pero ¿y si fuera Tomak? –balbuceó Mene-Ptah–. Instalaríamos a un impostor en el trono...

–Lleva ya treinta años en él –dijo sarcásticamente Panatemeb–, no de forma permanente, es cierto, pero hace ya tiempo no obstante que nos hemos acostumbrado a él.

–No es lo mismo –protestó el médico–. Anatotep estaba allí, moviendo los hilos. Tomak era nada más que un florero, un mono amaestrado. Si es él quien ha sobrevivido, será incapaz de llevar las riendas del Estado.

–Yo estaré allí para ayudarle –dijo el visir escrutando uno tras otro a los dos hombres–. Hasta ahora ni vosotros ni yo hemos tenido motivos de queja del «reinado» de Anatotep. Hemos prosperado, nos hemos enriquecido. La llegada de un nuevo nomarca puede comprometer este equilibrio.

–Así pues, ¿crees que debo salvarle? –preguntó de nuevo el médico.

–Inténtalo –rezongó Panatemeb–. De todos modos, nada nos asegura que vaya a sobrevivir. Parece estar muy mal.

–Pero si él muere –gimió el sumo sacerdote de Amón–, ¿a cuál enterraremos en el castillo de eternidad? No se puede enterrar a un campesino con los honores reservados a los príncipes de Egipto. Sería una blasfemia sin precedentes. La tumba debe estar habitada por Anatotep, y sólo por él. Si nos equivocamos de cadáver cometeremos un horrible sacrilegio que desagradará a los dioses, y caerá sobre nosotros una terrible maldición. ¿Habéis pensado en ello?

Panatemeb bajó la cabeza, incómodo.

–¿No se podría enterrar uno al lado del otro? –propuso–. ¿Como unos... hermanos?

–Tal vez –murmuró Mene-Ptah–. Sería, efectivamente, una solución aceptable. Pero tendrían que morirse ambos al mismo tiempo.

–Si éste que está en la agonía supera la muerte –observó el médico–, nos dirá quién es, y entonces sabremos lo que debemos hacer.

Panatemeb apretó los dientes, pero sin dejar traslucir nada de los pensamientos que cruzaban por su cabeza.

¡Qué alma de cántaro era el médico!

«Si yo fuera Tomak y escapara a la muerte –pensaba–, me apresuraría a afirmar que soy Anatotep. Explotando la confusión de los espíritus podría acabar mi vida tranquilamente instalado en el trono. Sí, es seguro. Afirmaría bien alto que Tomak ha muerto.»

Se acercó al lecho donde yacían los dos cuerpos de tan semejantes perfiles. Tan leves eran las diferencias anatómicas que resultaban desdeñables. La vejez había ido borrando paulatinamente la personalidad de los ancianos, volviéndoles extrañamente gemelos. Verdad es que no tenían exactamente los mismos rasgos fisonómicos, pero ello resultaba apreciable tan sólo porque estaban acostados uno al lado del otro. En la vida de cada día, alguien que se hubiera topado con ellos uno despúes de otro no habría podido afirmar que acababa de encontrarse con dos personas distintas.

«He aquí por qué nos prohibía levantar los ojos hacia él –se repitió el visir–. Para impedir que los rasgos de su rostro se grabaran en nuestra memoria.»

Su atención se posó sobre el agonizante cuyos estertores resultaban cada vez más penosos.

«¿Y cómo depositar confianza en éste? –pensó con cólera–. ¿Cómo creerle si mañana abre los ojos diciéndome: "Sí, soy Anatotep, el nomarca de Setep-Abu". Nunca conseguiría quitarme de la cabeza que estoy dejándome enredar tal vez por un campesino fullero.»

–Muy bien –dijo volviéndose hacia el médico–. Haz todo lo posible por salvarle.

En gran secreto, hicieron preparar al muerto por unos sacerdotes que le sumergieron en un recipiente de natrón. Esta preparación sumió al jefe del culto de Amón en un gran malestar, pues estaba horrorizado en su fuero interno ante la idea de tener que recitar el ritual de los príncipes para un hombre que no era probablemente más que un infecto comedor de pescado de las riberas del Nilo.

El agonizante fue puesto bajo custodia en los aposentos del nomarca. Pasó dos días y dos noches luchando contra la muerte. El médico de palacio no se separó un solo instante de su cabecera. Su diagnóstico era pesimista. Sin embargo, al alba del tercer día, el hombre que acaso era Anatotep abrió los ojos. Pareció terriblemente aterrado y presa de una gran confusión mental. No tardaron en darse cuenta de que no sabía ya quién era. Había perdido la memoria.

–Es frecuente –le explicó el médico al gran visir–. A menudo he observado esta aberración en soldados que habían sufrido una herida en la cabeza... o que se habían quedado largo tiempo entre la vida y muerte. La memoria se pierde. El hombre parece despojarse de su pasado como si se preparase para algún renacimiento. Creo que es porque se ha acercado mucho al tribunal celestial y a los cuarenta y dos jueces del Amenti. Ya conoces la fórmula ritual que el muerto debe pronunciar en ese momento: «Mira mis acciones amontonadas, a mi lado». Creo que el amontonamiento de las acciones vacía de alguna forma la cabeza del difunto, lo mismo que se vacía un talego para poner unos objetos encima de una mesa... de ahí esa pérdida de memoria cuando por desgracia el agonizante es despertado antes de que haya pasado por completo las pruebas de entrada en el Más Allá. Su cuerpo retorna, pero el contenido de su cabeza sigue allí, al pie de la balanza donde va a ser pesado su corazón. He aquí por qué el hombre que se encuentra en esta habitación no se acuerda ya de nada. Nuestros esfuerzos por curarle le han privado de su pasado. Tal vez no hubiéramos tenido que obstaculizar el desarrollo del juicio en el que parecía ya muy metido. La medicina no debe ser un estorbo a los designios divinos.

Panatemeb se acercó al lecho e interrogó al anciano aterrado que estaba allí. El enfermo, que seguía teniendo los labios abrasados como consecuencia del veneno, se reveló incapaz de responder a las preguntas que le planteó el gran visir. No sabía ya dónde se encontraba, ni conservaba tampoco ningún recuerdo del cargo que había ejercido. No dejaba de mirar alrededor suyo con curiosidad, como si descubriera el decorado que le rodeaba por primera vez.

Panatemeb cogió al médico por el brazo y lo arrastró a un rincón de la estancia.

–Es Tomak –musitó–. Estoy convencido de ello.

–¿Y en qué basas tu convencimiento? –dijo no sin asombro el médico.

–En los olores... ¿No has observado que no se ha quejado de nuestros olores corporales desde su despertar? Anatotep no habría dejado de hacerlo tan pronto como hubiera abierto los ojos.

El médico hizo un mohín.

–Lo siento –murmuró–, pero eso no quiere decir nada. En primer lugar, esta, por así llamarla, sensibilidad para los perfumes acaso era fingida o imaginaria. A continuación, en el caso de que hubiera sido real, no es imposible que Anatotep la haya perdido como ha perdido todos sus demás recuerdos. He atendido a soldados que, después de haber salido del coma, vieron sus pulsiones psíquicas considerablemente modificadas. Algunos a quienes les gustaban las mujeres, se pusieron a desear a chicos, otros a quienes antes volvía locos la cerveza no querían más que vino. Les he visto incluso que, tras haber sido arqueros consumados, no eran capaces ya de dar una en el blanco, he visto a cobardes convertirse en rayos de la guerra, a hombres cuerdos metamorfosearse en viciosos.

–¿Cómo explicas tú eso?

–Creo que cuando un hombre se aventura por el territorio de la muerte, se torna permeable a las almas errantes. Los espíritus que rondan por las inmediaciones del río de eternidad se introducen en él para tratar de regresar entre los vivos, y cuando, por medio de nuestros remedios, devolvemos efectivamente al herido a la vida, hacemos entrar en nuestro mundo a todos los demonios que han utilizado su envoltura carnal a modo de vehículo. He aquí por qué aparecen en él unos rasgos de carácter que no eran los suyos. Estas pulsiones extrañas son las de los espíritus que le habitan. En el caso que nos ocupa, el alma de un muerto que no conocemos se ha instalado tal vez en el cuerpo de Anatotep. Hemos hecho regresar a alguien del Más Allá. Alguien que no tenía ningún vínculo de unión con el nomarca. Siempre es delicado empeñarse en reanimar a los agonizantes, pues están ya demasiado cerca de los dioses. De insistir en ello corremos el riesgo de buscarnos problemas.

El médico parecía poco menos que aterrado.

Panatemeb se volvió instintivamente hacia el palidísimo anciano que tiritaba en medio del gran lecho de ébano. Aquel hombre no tenía seguramente nada en común con el nomarca. No se apreciaba en él ni crueldad, ni el menor deseo de poder. Era únicamente un hombre muy anciano más endeble que un niño.

«Ha sobrevivido –pensó Panatemeb–. Pero la cuestión radica ahora en saber si será capaz de retomar sus funciones».

La idea de un Anatotep desposeído, tembloroso, en suma, fácil de manipular no le desagradaba en absoluto. Podrían contentarse con exhibirle de lejos, con mascullarle las palabras que tendría que recitar.

«No pierdo tal vez nada con el cambio –pensó mientras la excitación se iba apoderando de él–. Este hombre, sea quien sea en realidad, puede permitirme enriquecerme mucho más aún, porque no tendré ya que temer su desconfianza, sus astucias, su permanente espionaje. Podré tenerle maniatado a mi antojo, como un muñeco de blanda arcilla, y me convertiré, yo, Panatemeb, en el único verdadero nomarca de Setep-Abu.»

–¿Qué debo hacer? –inquirió el médico.

–Haz que se reponga –ordenó el gran visir–. A partir de ahora, considera que se trata de Anatotep, nuestro nomarca. El otro... le enterraremos en secreto, en una tumba anónima. Oficialmente, no ha pasado nada. El faraón ha sido víctima tan sólo de una indisposición pasajera resultado de una excesiva actividad en el harén. La vida continúa.

–Pero ¿cómo va a poder desempeñar su papel? –balbuceó el médico.

–Ya le prepararé yo para ello –dijo secamente Panatemeb–. No te preocupes por eso.

DIECIOCHO

Pero las cosas no sucedieron tal como el gran visir esperaba. El hombre sin memoria no quería convertirse en nomarca. Consideraba que había regresado con malas artes al mundo de los vivos.

–No tengo ya ningún recuerdo –gemía–, pero eso no es todo. Las cosas a mi alrededor no tienen ya olor, los alimentos o el vino carecen de sabor. Y cuando pongo la mano sobre un objeto, apenas si percibo sus contornos bajo mis dedos. Toda mi carne está como entumecida. Veo en ello la prueba de que estoy muerto. Vosotros me habéis arrancado de la paz del Más Allá ensañándoos con mi cuerpo, y los dioses me castigan por haberme largado a la chita callando de los campos de Ialu. No soy más que un difunto extraviado... No tengo nada que hacer entre vosotros.

Desde los primeros días, se había empeñado en examinar su cuerpo desnudo, convencido de que era en realidad una momia liberada de sus bandas. Al ver las cicatrices de las cuchilladas en su vientre y pecho, había lanzado unos gritos de espanto, creyendo que se trataba de incisiones funerarias dejadas por los embalsamadores. Al médico de palacio le había costado muchísimo hacerle admitir que eran nada más que el rastro de antiguos atentados perpetrados contra su persona. El anciano se había quedado con la mosca detrás de la oreja, rasgo de carácter que le hacía asemejarse a Anatotep.

Por más que los otros dijeran, él se obstinaba en creerse una momia sacada de su sarcófago. Golpeaba su cuerpo descarnado con sus dedos artríticos y murmuraba:

–Estoy hueco por dentro, lo noto. Estoy vacío. No tengo ya nada en mi interior. Me han despojado de todo, del cerebro, de las vísceras. Por eso es por lo que no me acuerdo de nada, por eso es por lo que no tengo ya hambre ni sed, y que nada tiene gusto ni olor para mí. Estoy muerto. Y los muertos no tienen ni recuerdos ni sensaciones. ¿Dónde están mis vasos canópicos? ¿Qué habéis hecho de mis entrañas?

Cuando se ponía a divagar de ese modo, con voz estridente y autoritaria, no existía ningún problema en reconocer el tono de Anatotep. Pero eso no probaba nada, puesto que Tomak había sabido remedar siempre el timbre de voz del nomarca a la perfección.

Cuando Panatemeb trataba de explicarle el papel honorífico que tendría que desempeñar en los engranajes del poder, el anciano se tapaba los oídos.

–Eso son asuntos de vivos –vociferaba–. A mí no me afectan. Vuestro mundo no me importa un ardite, quiero regresar con los míos, quiero volver a partir hacia los campos de Ialu. ¡Os maldigo, a vosotros y a vuestra medicina impía que perturba a los muertos en el momento del gran tránsito y les hace regresar a pesar suyo!

Sus alaridos se volvían conprometedores. Muy pronto, los servidores hicieron correr el rumor de que el nomarca había perdido el seso. El anciano se revelaba extremadamente difícil de controlar. Rasgaba las colgaduras para confeccionarse unas bandas con las que a continuación se envolvía torpemente. En dos ocasiones, se puso a deambular por el palacio de semejante guisa, buscando dónde habían escondido su sarcófago. Se volvía malvado, cubriendo de denuestos y de amenazas a todos cuantos se cruzaban en su camino.

«No cabe duda de que es Anatotep –pensaba Panatemeb–. Su carácter no ha cambiado tanto como afirma el médico. El problema es que se ha vuelto más loco aún de lo que ya estaba».

Un rey loco era la peor cosa que se podía imponer a un pueblo. La multitud –que soportaba sin rechistar la crueldad y lo arbitrario– no toleraba jamás por mucho tiempo que su conducta le fuera dictada por un demente. Si la chochez del nomarca se volvía pública, la revuelta no tardaría en estallar.

A las crisis de violencia sucedieron períodos de abatimiento. El anciano, a fuerza de escuchar a escondidas las habladurías de los servidores, había acabado enterándose de las tristes hazañas de Anatotep. Había concebido un desagrado hacia sí mismo sin límites.

Panatemeb, para sacarle de su depresión, tuvo la idea de explicarle el subterfugio inventado por el nomarca, y trató –en el colmo de la paradoja– de convencerle de que él era en realidad Tomak, el doble de Anatotep, y no tenía por consiguiente nada que reprocharse. Esta noticia pareció tranquilizar un tanto al anciano.

–Entonces yo soy un campesino –repetía dando cabezadas como un niño ancianísimo–. Jamás me he inmiscuido en los asuntos de Estado. No soy más que un ser ingenuo, un comedor de pescado. No soy en absoluto responsable de las crueldades del nomarca.

–No –balbuceaba el gran visir–. Te limitabas a aparecer en público con ocasión de las ceremonias religiosas. Jamás has tomado ninguna decisión política.

–Está bien –refunfuñaba el anciano–. Entonces mi corazón no está corrompido. Es cierto, tienes razón, no soy Anatotep, soy Tomak... Siento que es así. Sí, sí, eso es. Mi nombre es Tomak. Me parece bien que se me llamase así.

Panatemeb lanzó un suspiro de alivio; por desgracia, el respiro fue de corta duración puesto que, a partir de ese momento, el anciano exigió abandonar el palacio, que no era un lugar para él, a fin de llevar una vida modesta a riberas del Nilo, como le imponía su «verdadera» identidad. El visir se apresuró a hacer construir una cabaña en los jardines de la residencia real, en las proximidades de un estanque que fue llenado de peces vivos. El anciano se intaló en aquel tugurio, ataviado nada más que con un faldellín, y se empeñó en pescar –con la ayuda de un arpón que no tenía fuerzas siquiera de blandir– los peces que jugueteaban dentro de la inmensa caracola de alabastro.

Panatemeb comenzaba a desesperar de poder utilizarle en público. Hacer aparecer a ese viejo loco en una asamblea era correr el riesgo de verle adoptar un comportamiento extravagante o bien que se lanzara a un discurso comprometedor en el que enumeraría los crímenes de Anatotep y reclamaría un castigo ejemplar.

Ideas asesinas cruzaban por su mente. Por la noche se imaginaba que se acercaba a paso de lobo a la cabaña de turba y arrastra al viejo hasta el estanque para ahogarle dentro de él. Pero no se atrevía a pasar a la acción. La voz de la prudencia le indicaba que podía tratarse de una retorcida astucia de Anatotep para cerciorarse de la fidelidad de su entorno... Al término de la comedia, el nomarca dejaría caer la máscara de la chochez y pronunciaría unas condenas sin apelación. Todo era posible con él. Convenía ser prudente.

«Quiere hacerme creer que es Tomak porque en realidad es Anatotep –se repetía–. Quiere ver si yo pretenderé aprovecharme de la situación. Acaso todo esto no es más que una trampa. Juega a hacerse el loco mientras que su legión de asesinos enmascarados le protege, acechando tras la espesura. Espera ver si cometo un error.. pero yerra. No haré nada.»

Una mañana, se dieron cuenta de que el anciano había desaparecido. Le buscaron en vano dentro del recinto de palacio sin lograr encontrar ni rastro de él. Era evidente que había huido sin llevarse nada más que algunos pequeños objetos con los que había adornado su cabaña a fin de poder jugar al pescador. Disfrazado de felá, había abandonado la residencia mezclándose con los jardineros que regresaban a sus casas a la caída de la noche. Los centinelas no habían prestado atención a ese abuelo vestido con unos andrajos, apoyándose en un bastón.

–Hay que mandar a la guardia en su busca –espetó el sumo sacerdote de Amón–, no se le puede dejar andar errante por la ciudad igual que un mendigo.

Panatemeb se encogió de hombros.

–Es un caso perdido –dijo con calma–. Se niega a colaborar, se ha vuelto extremadamente comprometedor. Cree haber vuelto de entre los muertos, no podremos utilizarle tal como pensábamos hacer.

–¿Quién es, en definitiva? –interrogó Mene-Ptah bajando la voz–. ¿Has llegado a alguna conclusión?

–Creo que es Anatotep –murmuró Panatemeb–, pero ha perdido la cabeza. He aquí que se ha vuelto virtuoso. En mi opinión, es preferible dejar que se vaya. Un nomarca sin joyas, litera ni escolta, no es más que un felá. Nadie entre las gentes del pueblo ha visto jamás a Anatotep lo bastante de cerca como para reconocerle en ese anciano vestido con unos harapos.

–¿Qué vamos a hacer, entonces?

–Tenemos un cadáver en reserva, ¿no? Pues declaremos al nomarca muerto y organicemos sus funerales. No podemos dejar prolongarse esta situación, es demasiado peligroso. Los rumores se han disparado, es hora ya de nombrar un sucesor.

El sumo sacerdote puso unos ojos como platos.

– ¿A quién, entonces? –susurró.

–A uno de los bastardos de Tomak –repuso Panatemek–. Sabes perfectamente que el cargo se transmite de padre a hijo. Dudo que Anatotep haya engendrado la menor descendencia, pero no tengo pruebas de ello. Oficialmente, los hijos nacidos de las mujeres del harén son suyos. Basta con coger al de más edad y declararle sucesor titular, yo aseguraré la regencia. El populacho adora ser gobernado por un niño, eso conmueve su ingenuidad.

–Un bastardo... –farfulló el sacerdote–. ¿De veras no existe ninguna posibilidad de que uno de ellos sea de la sangre de Anatotep?

–No –dijo Panatemeb desviando la mirada–. Al nomarca no le gustaban las mujeres.

–Así pues, ¿vamos a enterrar a un campesino en la cámara mortuoria de la pirámide? –dijo en un hipido el celador de Amón-Ra–. Supongo que no ignoras que es una espantosa herejía. Tras eso, el verdadero Anatotep no podrá disfrutar nunca más de la tumba que le corresponde por derecho propio. Partirá para el otro mundo como el último mono, como un pobre felá... Él, que organizaba sus funerales desde hacia tanto tiempo, y con tanto esmero.

–No tienes más que decirte que entierras al verdadero nomarca –rezongó Panatemeb a quien irritaban estas lamentaciones–. Después de todo, la duda sigue siendo razonable. Nada nos demuestra que el muerto que está a remojo en estos momentos en un recipiente de natrón no sea el verdadero Anatotep.

–Es cierto –susurró el sacerdote que parecía presa de una gran turbación–. Pero si nos equivocamos, tendremos que soportar el peso de la maldición. Una vez muerto, Anatotep nos perseguirá con su odio, tanto a ti como a mí, por haberle escamoteado su tumba, y su venganza será terrible.

El gran visir apretó los dientes. Presumía de ser realista, pero, como todo buen egipcio, le tenía miedo a los fantasmas, y especialmente a los de los difuntos encolerizados.

–No tenemos elección –concluyó con voz poco firme–. Haz lo que sea necesario. Pide a los heraldos que anuncien el deceso en todo el nomo y pon en marcha el ritual funerario. La llegada de un sucesor aplacará la cólera del pueblo y nos concederá una nueva prórroga, sobre todo si el nuevo nomarca es un niño de lo más encantador.

–Haré lo que deseas –dijo Mene-Ptah retirándose–. Únicamente espero que no hagas de nosotros unos blasfemos.

Panatemeb le vio alejarse con alivio. Los fanáticos religiosos le hacían sentirse siempre incómodo. Sólo por un momento pensó en el tesoro que acompañaría al difunto a su última morada. Era una lástima emparedar semejantes riquezas en el vientre de una tumba, pero los sacerdotes velarían para que ni un anillo de oro o una sortija de cornalina fueran sustraídos, pues tal era su función; era, pues, inútil, esperar disminuir la importancia del bagaje.

DIECINUEVE

El anciano avanzaba en la noche tan rápido como le permitía su cuerpo agotado por los años. Había huido de palacio impulsivamente, porque una voz soterrada en el fondo de su espíritu le susurraba que no tenía cabida en un lugar tal. Un hombre malvado había habitado allí, un hombre cuya sola mención provocaba terror y cuyas fechorías hubiéranse dicho innumerables.

Cuando intuyó que el gran visir, Panatemeb, planeaba hacerle ocupar el puesto de ese aborrecido criminal, el anciano prefirió desaparecer. Por otra parte, no tenía la menor apetencia de poder, ninguna aspiración a reinar. Le parecía que un impulso natural le llevaba hacia las cosas sencillas, la vida natural.

Sin embargo, no tenía la menor idea acerca de su propia identidad. Cierto que habría preferido ser Tomak, el doble del faraón, pues ese campesino le parecía de una candidez relajante, pero, al mismo tiempo, esta eventualidad le molestaba, puesto que le hubiera desagradado no ser de noble cuna.

Esta contradicción le producía una profunda irritación, por lo que había decidido no pensar más en ello. De todos modos, estaba muerto, estaba plenamente convencido de ello. El mundo no tenía ya para él ni gusto ni olor. Los alimentos se deshacían como la ceniza en su boca y sus manos eran incapaces de establecer ninguna diferencia entre la piel de una mujer y la madera de un junquillo. Se sentía hueco. De vez en cuando, se inclinaba hacia delante, convencido de que actuando así oiría rodar en el interior de su torso vaciado su corazón y sus riñones, únicos órganos que los embalsamadores volvían a poner tradicionalmente en su sitio, pues el corazón y los riñones son el compendio de todo el hombre y encierran su fuerza, su coraje. No por otra razón se apresuran los dioses a sondearlos antes de admitir a los difuntos en los campos de Ialu.

Su cabeza estaba vacía, y cuando trataba de hacer nacer un recuerdo en ella, no encontraba sino imágenes confusas a las que era incapaz de dar ningún significado. Era aún lo suficientemente lúcido como para darse cuenta de que esos restos de memoria podían pertenecer tanto a Tomak como a Anatotep, puesto que ambos hombres habían llevado prácticamente la misma vida durante treinta años, razón por la cual no trataba en absoluto de profundizar en ellos. Por otra parte, le importaba un ardite, todo eso no tenía la menor importancia puesto que estaba muerto. «Sin embargo –le susurraba la voz de la cordura–, Tomak tiene más posibilidades de acceder a los campos de Ialu que Anatotep, por eso sería bueno que fueses un simple campesino y no un príncipe de Egipto... A la hora del pesaje de los propios actos, es muy probable que el corazón de Anatotep sea arrojado a la perra de los infiernos por los jueces del Amenti.»

–Tomak, Tomak –se repetía–. Sí, soy Tomak, pues no siento ninguna maldad en mí. Mi corazón es puro, y no les quiero ningún mal a las personas que me rodean.

No mentía, no aspiraba sino al reposo. Le hubiera gustado encontrar una tumba, un sarcófago donde tumbarse y cerrar los ojos en espera de que las cosas reanudasen su curso, que la Maat –la armonía del universo– fuera restablecida. Oser-Maat-Ra. No sabía hacia dónde dirigir sus pasos. A sus los servidores de palacio les había oído hablar de un valle donde los muertos eran enterrados en mastabas, unos panteones excavados en la ladera de la montaña. Confiaba oscuramente poder introducirse en uno de ellos, como un pasajero clandestino, y tumbarse al pie de un sarcófago, en una cámara mortuoria cualquiera. No sabía si el habitante de la tumba se enfadaría por ello, pero trataría de empequeñecerse lo más posible, como esos perros domésticos que algunos hacían momificar a fin de que acompañaran a su querido amo en el gran viaje.

Cosa curiosa, una plegaria del *Libro de los Muertos* le rondaba de continuo por la cabeza, haciéndole las veces de bagaje. Sabía que era la invocación ritualmente pronunciada por los sacerdotes para devolverle la memoria al difunto:

«Que mi nombre me sea devuelto en el gran Templo del Otro Lado. Que guarde el recuerdo de mi nombre. En medio de las murallas de fuego de los Territorios Inferiores. Durante esa noche en que serán contados los años. Pues moro al lado del Gran Dios del Oriente. He aquí que todas las divinidades se sitúan una tras otra detrás de mí, y cada vez que pasa una de ellas puedo yo pronunciar su Nombre...»

Había confiado en preguntar su camino a los paseantes, pero, por desgracia, las calles de la ciudad estaban sorprendentemente vacías, las tabernas donde se tomaba cerveza cerradas a cal y canto. Era el único en deambular por aquel dédalo de callejuelas, silueta desecada, agarrada a un bastón cuyo golpeteo regular resonaba extrañamente en las fachadas de adobe. Había tratado de pedir ayuda, de solicitar información, pero su voz había brotado de su boca en una queja agridulce y sin fuerza que nadie había oído. Pero ¿qué había de asombroso en ello, puesto que era la voz de un muerto?

El anciano sabía que los difuntos no pueden hacerse oír por los vivos. Las gentes agazapadas en el vano de las estrechas ventanas debían de estar interrogándose sobre su presencia entre ellos. ¿Quién era esa momia casi desnuda que se paseaba por las calles de la ciudad? ¿Qué hacían, pues, los sacerdotes? ¿No había, así pues, nadie que la devolviera a su tumba y le explicara que no tenía nada que hacer en el mundo de arriba?

Un gran abatimiento se apoderó del anciano, y a punto estuvo de acostarse en el polvo, con los brazos cruzados sobre el pecho. ¡Se sentía tan desposeído, tan perdido!

Acababa de apoyarse contra un muro cuando tres siluetas surgieron de la oscuridad y avanzaron deprisa hacia él. Eran tres sacerdotes subalternos del culto de Amón, que se inclinaron ante él.

–Gloria a ti, faraón –murmuró uno de ellos–, te buscamos desde hace horas por todo Setep-Abu. El sumo sacerdote de Amón, Mene-

Ptah, nos ha lanzado detrás de tu rastro desde que abandonaste el palacio. Te suplicamos que nos sigas, no sabes adónde ir y nosotros estamos completamente dispuestos a ofrecerte el refugio que buscas en vano.

El anciano se dejó llevar. Estaba al límite de sus fuerzas y no habría podido oponer la menor resistencia. Le hicieron subir a una litera y le llevaron a través de las calles desiertas hasta el templo de Amón. Fue preciso sostenerle mientras subía la escalinata, pues le flaqueaban las piernas. Pesaba tan poco que los sacerdotes, en esa ocasión, se convencieron de que se trataba efectivamente de una momia a la que se le habían retirado todos los órganos. El contacto con ese muerto errando entre los mundos les llenó de un terror sagrado.

El fugitivo fue desembarazado de sus harapos y envuelto en un manto de lino bordado de oro, tras lo cual le instalaron en el trono normalmente reservado al faraón cuando presidía las ceremonias del culto de Amón.

El sumo sacerdote, avisado de su llegada, se arrojó a sus pies, tocando con la frente las losas de mármol que recubrían el suelo.

–Señor –dijo Mene-Ptah–, estoy completamente trastornado. Te he observado detenidamente en palacio, y he llegado al íntimo convencimiento de que eres sin ninguna duda Anatotep, el nomarca de Setep-Abu. Tu visir, Panatemeb, me ha ordenado que proceda a los funerales de tu doble, Tomak, y que le entierre con todos los honores de ordinario reservados a los príncipes de Egipto. No puedo decidirme a hacerlo, puesto que sería una blasfemia de la que los dioses me pedirían cuentas. Esta tumba es la tuya, has empleado diez largos años en construirla, has aportado a ella muchas mejoras con el fin de garantizar tu eterno reposo y defenderte de los saqueadores; no es posible que un usurpador ocupe tu lugar en tu castillo de eternidad, ese sitio te pertenece. No sé qué hacer, oh Anatotep, guíame, estamos aquí para servirte. Libéranos del tormento de la duda.

El anciano sacudió la cabeza. Nada tenía importancia ya a sus ojos más que esa tumba que se le ofrecía de todo corazón, a él, que una hora antes contemplaba la posibilidad de introducirse en un panteón como una rata en busca de guarida.

–Acepto tu ayuda –murmuró inclinándose hacia el sumo sacerdote–. Lo que vamos a hacer es lo siguiente. El día de la ceremonia, será a mí a quien coloques en el sarcófago del faraón, sarcófago que descenderás dentro del receptáculo de basalto que debe acogerle. En cuanto a Tomak, pondrás su momia con las de los demás servidores que deben acompañarme al Más Allá. Así, no estará totalmente privado de sepultura.

Mene-Ptah inclinó la cabeza, sin atreverse a plantear las preguntas que le venían a los labios.

–Ya estoy muerto –dijo el anciano en tono cortante, como si hubiera adivinado las reticencias del sumo sacerdote–. Lo sé, lo siento así. No tendrás, pues, que momificarme en absoluto. El trabajo ha sido ya realizado, y sin este estúpido médico que se ha empeñado en salvarme, estaría en este preciso momento instalado en los campos de Ialu desde hace varias semanas. Te pediré, pues, únicamente que ordenes a tus fajadores que me envuelvan con lino, como es preceptivo. Yo me tumbaré en el sarcófago y me quedaré en silencio durante toda la ceremonia. Una vez sellada mi tumba, las cosas volverán a la normalidad, la Maat será restablecida y los dioses reanudarán el ritual en el punto en que fuera interrumpido.

–Se hará tal como deseas, señor –murmuró Mene-Ptah inclinándose más aún–. Oser-Maat-Ra.

Temblaba de frustración, pero era impensable esperar obtener del nomarca el permiso para examinar su cuerpo. Un sacerdote no podía replicar a las afirmaciones del faraón. Si Anatotep decretaba que estaba ya muerto, preciso era plegarse ante su íntima convicción y hacer como si ello fuera irrefutable.

«Pero, por todos los dioses –pensaba el sumo sacerdote disimulando el sentimiento de espanto que se apoderaba de él–, si este hombre se equivoca respecto a su verdadero estado, va al encuentro de un fin atroz.»

Los casos de momificación de seres vivos eran raros, pues era éste un castigo ejemplar que se reservaba a los felones, a los regicidas. Parecía tan terrible en sus consecuencias que se dudaba en aplicarlo. Si Anatotep no estaba en realidad muerto, iba a condenarse él mismo a perecer encerrado en su propio sarcófago, como una rata prisionera dentro de una tinaja cuyo tapón de arcilla no tiene fuerzas suficientes para hacer saltar.

Mene-Ptah se retiró retrocediendo de espaldas.

«Con sólo que muriera durante el curso de las próximas semanas... –se sorprendió anhelando–. Tiene un aspecto tan cansado... Si falleciera, bastaría con que yo hiciera durar más los preparativos de embalsamiemto para dar a su cuerpo tiempo a momificarse convenientemente, y la jugada saldría redonda.»

Este pensamiento le tranquilizó un poco. Tomak llevaba a remojo dos semanas en su baño de natrón, pero la muerte de Anatotep no sería oficialmente proclamada más que al cabo de unos días, cuando Panatemeb hubiera arreglado todos los detalles de la sucesión. Entonces comenzaría el largo ritual del viaje hacia el Occidente.

VEINTE

En el curso de los dos meses que acababan de transcurrir, las relaciones de Anuna y de Netub habían evolucionado paulatinamente. Habíanse hecho amantes la misma noche en que fueron a llevar el veneno a los chiquillos ciegos del barrio de Setep-Abu.

«Sin duda voy a morir en el vientre de la pirámide –pensó de pronto la joven al dar la espalda a la ciudad–, tal vez sea hora de disfrutar de la vida puesto que me quedan todavía diez semanas de plazo antes de los funerales de Anatotep.»

A partir de aquel momento, su decisión estuvo tomada, y se entregó a Netub a su regreso al campamento, sin vergüenza ni pudor inútiles.

No se trataba de una cuestión de amor entre ellos, pero la joven sabía que, de todos modos, no podría ya resistir por mucho tiempo al deseo de tocar la piel curtida del jefe de los bandidos.

Era lúcida; se confesaba sin ambajes que tenía ganas de posar su mejilla en el pecho y el vientre de Netub desde la primera noche en que lo viera en la cripta funeraria de la cantera abandonada, esa noche sangrienta en la que él había asesinado fríamente a los embalsamadres que escapaban. Horemeb, Padiram...

Así era, como una fiebre, una necesidad que uno sabe que es poco razonable pero que es imposible controlar. Ella había terminado por ceder a esta apetencia que ardía en su interior, ese hambre que la hacía acostarse sobre el cuerpo desnudo de Netub para captar por toda la superficie de su piel la firmeza de los músculos del saqueador. Él era su ungüento, su bálsamo, su remedio. La curaba de los viejos camelleros cuyos abrazos había tenido que sufrir en otro tiempo, borraba el íntimo asco que había creído que no vería desaparecer jamás. No conseguía saciarse de él. Rodeaba su torso con sus brazos y lo estrechaba como a un árbol para percibir mejor la solidez de su lomo. Veía en él una magnífica estatua viviente, una de esas estatuas sagradas que los sacerdotes lavaban, perfumaban y vestían cada mañana. No obstante, se embriagaba de Netub Ashra en secreto, sin dejarle adivinar nada de la increíble atracción que sobre ella ejercía, pues por nada del mundo hubiera soportado que él pudiera imaginarse que la tenía en su poder.

Gozaba clandestinamente, en silencio, con los labios sellados a los gritos que le hubiera gustado lanzar. No quería darle la oportunidad de que se jactara de haberla reducido a su merced. Deseaba seguir siendo su igual, no ser una vencida a la que se parte de un tajo, a la que se clava en una estera de paja. No sólo.

Habituado como estaba a las rameras, él no sabía por otra parte qué decirle cuando se desacoplaban y se encerraba en un hosco enfurruñamiento. Eso no tenía ninguna importancia, pues Anuna no esperaba de él ninguna palabra de amor, ninguna tonta zalamería, incluso le hubiera reprochado que cediera a semejantes insulseces, que la tratara como a una guardiana de cabras a la que se recompensa por una noche de entrega ofreciéndole unas cintas. No, sus relaciones funcionaban de otro modo y estaban rodeadas del silencio tenso de las bestias que se acoplan sin dejar de vigilarse, por temor a que el otro, en medio de la confusión del placer, dejara escapar algún zarpazo asesino.

Ella tenía siempre hambre de él, de sus brazos, de sus manos largas y duras, de sus muslos sólidos como madera de olivo. Ella los tocaba, los acariciaba, maravillándose –tras haber paseado la palma de su mano por toda esa carne dura y sembrada de cicatrices– de reencontrar la piel sedosa del sexo, tan vulnerable, como un oasis de infancia en medio de ese cuerpo de guerrero. A ella le gustaba más que nada cerrar suavemente los dedos en torno a esa cosa tan desarmada, tan desarmante, en la que los hombres ponen paradójicamente su honor y su potencia. Entonces ella tenía la impresión de tenerle enteramente dominado, igual que se sujeta a un perro por la correa.

En una palabra, no tenía un pelo de tonta, sabía que Netub era astuto, cruel, egoísta, incapaz de un gesto de ternura. Todo en él se había endurecido por la desgracia precoz, y era ya demasiado tarde para esperar que las cosas cambiaran. Era hermoso como una rosa del desierto que os lacera las manos si la apretáis demasiado fuerte. El desprecio y la dureza de los grandes habían hecho de él un ser despreciativo y duro que no confiaba en nadie. Anuna no se quejaba de ello. Gracias a él, en el espacio de tres meses, ella había pasado de la condición de pequeña perfumista del Per-Nefer a la de ladrona de altos vuelos. Se sentía casi a la par que Netub Ashra, se embriagaba con la idea de que el pillaje de la pirámide descansaba sobre ella, y sólo sobre ella...

La pequeña perfumista se había vuelto alguien importante. Por fin existía. No formaba ya parte del grupo de las muchachas anónimas que los hombres aplastan debajo de ellos durante una noche de placer y despiden apresurándose en olvidar su rostro. Ella no era ya una simple sirvienta, un ser inferior. Era la piedra angular de una conjura fabulosa, como nunca nadie había osado concebir otra hasta entonces en Egipto.

En el curso de los dos últimos meses, había tomado conciencia de que no tenía ya miedo, e incluso que la empezaba a dominar una cierta impaciencia. Echaba de menos ponerse en acción, tenía prisa por descender al interior de la tumba y guiar allí a los saqueadores. Ésa sería la hora de la gloria para ella, Anuna, la mestiza venida del lejano Sur, la compañera de cama de los viejos camelleros, la humilde perfumista que había estado a punto de acabar su existencia en la piel de una sirvienta en la casa de embalsamamiento, encargada de las gomas y fragancias para uso de las momias. Netub, el ladrón loco de nebulosos proyectos, era su oportunidad, una oportunidad que ella no tenía que dejar escapar.

El joven estaba que rabiaba de tener que borrarse ante ella en el momento más importante de la acción.

–Daría cualquier cosa por estar ahí dentro contigo –rezongaba golpeando la arena con el puño–. Tener que quedarme en el exterior, esperando a que salgáis de la pirámide, me pone enfermo.

A Anuna le divertía su tormento. Era demasiado ancho de hombros para esperar poder meterse por el estrecho conducto de aireación. Tampoco ella estaba del todo segura de no encontrarse allí muy oprimida. La frustración del jefe de los saqueadores la llenaba de una alegría secreta de la que no se cansaba.

Desde que fuera proclamada la muerte de Anatotep, los bandidos habían trabajado a marchas forzadas para que el equipo estuviera finalmente listo. No obstante, Anuna tenía siempre dificultades con los pigmeos que se negaban a obedecerla. Aunque pequeños de estatura, se negaban en rotundo a someterse a las órdenes de una mujer. A Netub y a Butaka les costaba muchísimo hacerles entender que el talento secreto de esta hembra les salvaría la vida una vez que estuvieran todos encerrados en la tumba del nomarca. Anuna sospechaba que Uti predisponía en secreto a los enanos en su contra. Desde la muerte de Dakomon, el criado no le dirigía ya la palabra. Parecía haberse convertido en el compañero de estera de Butaka, el lugarteniente de Netub, que trataba de hacer de él un bandido. Sin gran éxito, aparentemente.

Tras haber echado a perder mucha arcilla, los alfareros consiguieron por fin cocer unas estatuas huecas ni demasiado pesadas ni demasiado frágiles. Una vez listas las bandas, Anuna les enseñó a los bandidos el modo cómo convenía envolver los monigotes de barro rojo. En el interior de las estatuas había sido colocado todo el material necesario: cuerdas, picos, herramientas, candiles, reservas de aceite, así como agua y comida. Todo ello envuelto en estopa y atado de manera que no produjera el menor ruido cuando los sacerdotes manipularan los sarcófagos.

Se esperaba el día de la ceremonia para acercarse a la caravana funeraria y colocar en ella los falsos féretros entre el bagaje del faraón.

–Habrá que actuar muy deprisa –repetía Netub–. Si los centinelas sospechan algo, estamos perdidos.

Habían previsto mezclarse con el grupo de las plañideras, con el rostro embadurnado de limo, las ropas rasgadas en señal de duelo. El concierto de las lamentaciones creaba siempre un formidable caos que a los soldados les costaba mucho contener.

Las cosas eran ahora inminentes.

–En dos días, los sacerdotes cargarán el sarcófago de Anatotep en la barca funeraria y descenderán el Nilo hasta la altura de la pirámide –anunció una noche–. Será allí donde les esperaremos.

VEINTIUNO

Mene-Ptah, el sumo sacerdote de Amón, no se había sentido tan incómodo en toda su vida. Era la primera vez que enterraba a alguien vivo, y la cosa le producía una gran turbación.

La misma mañana, a la salida del sol, había procedido en gran secreto al fajamiento de Anatotep a fin de que nadie pudiera sospechar que iba a realizar una sustitución de cadáver. El anciano, que vivía escondido en el recinto del templo desde hacía dos meses, se había tumbado sobre la mesa de pureza, el *uabet*, y había puesto su cuerpo enjuto en las manos expertas de los fajadores. Su convencimiento no había cambiado, seguía empeñado en creerse muerto, listo ya para el viaje hacia el Occidente. La perspectiva de ser enterrado vivo no le aterraba. Tenía prisa por regresar a su morada y daba muestras de una impaciencia fuertemente teñida de irritación.

Mene-Ptah estaba más convencido que nunca de tener que vérselas con el verdadero Anatotep. Si le hubiera quedado alguna duda, las diez semanas pasadas en compañía del anciano habrían bastado para disiparla. Sin embargo, estaba mucho menos convencido de la condición de difunto del nomarca amnésico, pero como no podía razonablemente oponerse a la voluntad de Anatotep, se había decidido a obedecerle, de mala gana, convencido de condenar al anciano a un fin atroz.

Fue, así pues, con verdadero espanto, cómo ayudó a la momia viviente a tumbarse en el fondo de su sarcófago. Las bandas de lino no dejaban libres más que los ojos. Al contrario de como se hacía de ordinario, los féretros encajados, el cartonaje, habían sido dejados sin decoración. Anatotep había dictado estas exigencias «en vida», arguyendo que le resultaba insoportable el olor de los pigmentos utilizados por los escribas de los lados del sarcófaco, es decir, por los pintores. Esta desnudez, esta blancura espantaban a Mene-Ptah. Las paredes de la tumba estaban igualmente vacías, en ninguna se relataban los altos hechos de Anatotep o se enumeraban sus cualidades. Un despojamiento semejante rayaba en lo herético. En cuanto a las estatuas de los dioses tutelares, el nomarca había querido que fueran sin colores, de tosca piedra.

–Se podrían esculpir las paredes en bulto redondo –había objetado el sumo sacerdote–. De este modo, señor, no te sentirías incomodado por el olor a pintura, y toda la historia de tu reinado estaría consignada en la piedra.

Anatotep no había querido saber nada de ello. Ni pinturas, ni esculturas, nada. Se había empeñado en querer ser enterrado en un panteón sin ningún ornamento, como si su pasado de hombre no tuviera para él la menor importancia.

Mene-Ptah no estaba lejos de sentir miedo. Le volvían de repente a la memoria unos rumores escuchados por casualidad en los corredores de palacio. Se acordaba de todo cuanto se contaba en otro tiempo respecto del nomarca, ese loco decidido a hacer la guerra a los mismos dioses y que, para conquistar los campos de Ialu, se llevaba con él a un ejército de jóvenes soldados recién momificados. La historia de Egipto contaba con otros faraones heréticos –Ajnatón, notoriamente, ¡ese pobre retrasado que había tenido la audacia de inventar un nuevo dios!– pero ningún sacerdote podía alegrarse de haber colaborado en semejantes infamias, y Mene-Path comenzaba a inquietarse por la eventual cólera de los dioses, a cuyo servicio estaba desde hacía tantos años, si Anatotep, recién desembarcado en el Más Allá, sembraba el desorden en la morada de las sombras.

¿No se corría el peligro de que todo aquello se volviera contra él? Si Anatotep se iba, indiferente a la idea que los hombres pudieran hacerse de su persona, ¿no era porque estaba totalmente decidido a volver a comenzar su vida en el Más Allá y a reinstalar allí arriba el reino de tiranía que la muerte había interrumpido en este mundo?

–Que comience rápidamente el desarrollo de la ceremonia –rezongó el anciano desde el fondo de su sarcófago–, ya he pasado por todo eso dado que estoy muerto. Los jueces del tribunal del Amenti me esperan. Mucho me temo que comiencen a impacientarse.

Mene-Ptah hizo una inclinación. Desde hacía dos meses, soportaba dócilmente los caprichos del anciano sin dejar traslucir en absoluto su exasperación. Mientras los restos de Tomak continuaban su maceración purificadora en el tradicional baño de natrón, Anatotep se había instalado en una habitación desprovista de ventana. Allí había exigido dormir desnudo en un receptáculo de basalto, réplica aproximada de aquél donde sería encajado su sarcófago. Un sacerdote tenía entonces que arrodillarse a sus pies y recitar la lista completa de objetos, joyas, animales y servidores que constituían el bagaje funerario del faraón. Había que repetir esta enumeración varias veces por día, pues el nomarca, cuya memoria y facultades mentales se habían perdido durante el coma, olvidaba todo cuanto se le decía al cabo de breves instantes.

Había permanecido así, en la oscuridad, durante todo el tiempo que duró la preparación de los restos mortales de Tomak, sin aceptar por comida más que un poco de pan y agua clara. Para él, las cosas no tenían ya gusto ni olor. Estas deficiencias iban acompañadas de una ligera sordera que obligaba a sus interlocutores a repetirse o a gritar.

–Eso es porque ya estoy al otro lado del río de eternidad –afirmaba–. Vuestra voz me llega de muy lejos. De demasiado lejos.

Sin embargo, a pesar de la antipatía que sentía ahora por Anatotep, a Mene-Ptath le causaba repugnancia enterrarle vivo. Por desgracia, era demasiado tarde para detener el curso de las cosas. Un escándalo no arreglaría nada. Mene-Path estaba, pues, decidido a cerrar la tapa del sarcófago pronunciando las palabras rituales.

–Oh Nut, diosa de la noche. Tú que te has abierto para dejar venir a Osiris, mi Padre Divino. Tú que le has dado a Horus por sucesor. Horus, cuyas alas son potentes como las de un halcón real. Horus que se mantiene inclinado sobre mi lecho de muerte para acechar mi último suspiro. Mira, he aquí que vuela hacia ti para traerte mi alma...

Y los asistentes respondieron:

–En verdad soy puro. Puros son los cantos que salen de mi boca. En verdad mis virtudes y mis perfecciones son más numerosas que las olas del mar.

Todo estaba preparado. Fuera, en la explanada del templo, la multitud aguardaba, hacinada y silenciosa. Mene-Ptah dudaba de que hubiera, entre la población, gente sinceramente afligida por la muerte del nomarca. Panatemeb lo había previsto y había ordenado que no se ahorrara en gastos en lo referente al número de plañideras, de forma que acompañase al cortejo un tumulto de lamentaciones. Detrás del sarcófago vendría la legión de servidores cargados con los bagajes funerarios de Anatotep: sus caballos momificados, sus carros, su mobiliario con incrustaciones de oro y gemas. Seguirían los *ushabtis*, que el nomarca había querido que fueran reales esta vez. El sumo sacerdote de Amón estaba inquieto por las reacciones del populacho cuando viera pasar a esos esclavos y soldados del Más Allá que no eran sino hombres y mujeres raptados y momificados por orden del faraón. Cabía temer cualquier cosa. Un arrebato de cólera, un asalto general a los restos mortales, un saqueo de los tesoros. El desfile de aquellas riquezas, que iban a ser enterradas en las entrañas de una pirámide mientras que el nomo entero se moría de hambre, podía calentar peligrosamente los ánimos.

Hizo una señal a los sirvientes de que colocaran el sarcófago sobre una litera y se dirigieran hacia la escalera de honor. Los funerales de Anatotep daban comienzo.

Anuna se encontraba encerrada en el interior del monigote de arcilla desde la aurora. Cegada y sorda, no oía más que difusos ecos procedentes del mundo de los vivos. En el momento en que habían cerrado sobre ella la parte frontal de la estatua, la joven se había sentido dominada por la opresión y todo su valor de las últimas semanas la había abandonado. Había estado a punto de empujar la tapa con las palmas de sus manos para reencontrar la luz, y se había contenido a duras penas. No convenía perder los nervios, era de capital importancia, pues el aire no le llegaba por otro canal que algunos agujeros de aireación abiertos en el sarcófago de barro cocido. Trató, así pues, de calmarse mientras que los fajadores recubrían de lino al difunto de greda.

En el curso del período de entrenamiento, Anuna había comprendido claramente que el principal problema, una vez encerrada dentro del caparazón, sería el de una posible asfixia. Netub había hecho lo indecible para que los féretros estuvieran aireados lo más posible, pero no se podían multiplicar los orificios sin correrse el peligro de levantar sospechas, por lo que la ventilación del sarcófago seguía siendo precaria.

Anuna había sentido, además, un breve momento de pánico cuando dejaron caer sobre ella la tapa de la momia de arcilla, ya que, impotente, acostada en el fondo de su concha, había visto a Uti acercarse a los caballetes sobre los que se encontraba colocado el falso cadáver que se disponían a fajar con lino. ¿Qué venía a hacer allí el antiguo criado de Dakomon? ¡Seguro que no se acercaba para desearle buena suerte! A punto había estado de pedir ayuda, de gritar a Netub que mantuviera apartado al servidor, pues conservaba un angustioso recuerdo del atentado del que fuera víctima. Si Uti reincidía soplando polvo de pimienta por uno de los orificios de la estatua, perdería toda sensibilidad olfativa y se vería incapacitada para seguir la pista del perfume secreto una vez encerrada en la pirámide. Cuando Uti le había arrojado la pimienta al rostro, ella tardó varios días en recuperar el olfato, y en esta ocasión no díspondría de semejante plazo, pues una prolongada espera en el corazón de la tumba les haría morir de sed, si no de asfixia...

Felizmente, el criado no había intentado nada, y Anuna vio las bandas entrecruzarse sobre los orificios de aireación con paradójico alivio.

La última mirada de Anuna había sido para Netub. Le habría gustado que la hubiese besado o acariciado el rostro, pero era inútil esperar un comportamiento semejante del príncipe de los bandidos, sobre todo cuando se movía en medio de sus hombres. En el curso de la vela de armas, se habían abstenido de hacer el amor, pues el joven temía la pérdida de energías que tal actividad entrañaba. «Nunca hay que gozar la víspera de un combate –había murmurado–, pues es la mejor forma de que al día siguiente te den muerte.» Los dos amantes habían pasado, así pues, la noche cada uno en su tienda respectiva. Anuna sola en el refugio principesco de Dakomon. Había tardado mucho rato en dormirse escuchando cómo el viento del desierto hacía chasquear la tela de lona.

Desde hacía varias horas, Anuna esperaba, pues, tumbada dentro del vientre oscuro de la momia artificial, el cuerpo cubierto de un sudor cada vez más copioso, la garganta seca por la sed. Es cierto que tenía un odre lleno de agua, pero no se atrevía a beber de ella, por temor a sentirse dominada por unas irreprimibles ganas de orinar. Trataba de tomarse su mal con paciencia, estremeciéndose cada vez que el féretro era levantado del suelo y manipulado por los hombres de Netub. Aislada del exterior, tenía que aceptar esta pasividad, esta ignorancia del desarrollo de las cosas. A cada nuevo choque, esperaba que el engaño fuera descubierto y la tapa del féretro violentamente arrancada. Con el oído aguzado, se agotaba intentando captar los ecos de afuera, sin gran éxito. Únicamente llegaban hasta ella ruidos de voces incomprensibles. Por encima de todo, temía que, en el momento en que se enderezase la falsa momia, perdiera el equilibrio y vacilara hacia delante entre los brazos del sacerdote. Instintivamente, se agarraba a las asperezas interiores del monigote de greda, como si esos pobres puntos de apoyo fueran a salvarla de la caída. El ruido de su respiración le parecía enorme, al amplificarlo la concha de arcilla, pero tenía ya tan poco aire que le resultaba prácticamente imposible permanecer en apnea sin correr el riesgo de sufrir un síncope.

Cuando el sarcófago estaba depositado en la sombra, sufría menos; desgraciadamente, cuando se dejaba expuesto al sol, el calor en el interior de la momia de barro cocido se volvía insoportable, y Anuna tenía de repente la impresión horrible de que su corazón iba a pararse.

A veces se movía, otras se quedaba inmóvil. La joven trataba de reconstituir mentalmente el trayecto de los féretros. Netub le había explicado que la banda iba, etapa tras etapa, a acercarse al convoy funerario hasta el momento en que pudieran intercambiarse los sarcófagos de los verdaderos servidores del nomarca por los artificiales. Habría que hacerlo muy deprisa, con la ayuda y la complididad de un servidor de palacio que se había hecho pagar con largueza, y que creía que los arcones estaban llenos de amuletos maléficos que tenían por función comprometer la supervivencia de Anatotep en el otro mundo. Apaleado más de lo habitual por orden del nomarca, se deleitaba con esta pequeña venganza de ultratumba.

Tras un largo rato a la sombra, el féretro fue de pronto manipulado con una gran violencia, como con la intención de apresurarse, y la joven supo que los bandidos estaban realizando el tan esperado intercambio. Ella se agarró a las paredes de la estatua, rezando para que los golpes no hicieran estallar la concha de arcilla. Hubiera bastado con una simple fisura para que el monigote de tierra roja comenzara a desmenuzarse. Si la frágil envoltura se fragmentaba, las bandas de lino no bastarían para mantener la cohesión de los distintos trozos y la momia se desharía tan pronto como los sacerdotes la cogieran para levantarla.

Durante un largo rato, el universo de Anuna no fue más que un caos. La sacudían con tanto frenesí que tenía la impresión de que se disponían a arrojarla al vacío desde lo alto de un acantilado.

En el exterior, la multitud permanecía extrañamente silenciosa, sólo los fingidos lamentos de las plañideras llenaban el aire de gemidos que quedaban sin eco. A Anuna la dominó un brusco pavor. ¿Qué pasaría si el populacho se rebelaba de pronto? ¿Si los ciudadanos que se apretujaban a ambos lados del cortejo fúnebre decidían que ese enterramiento regio era un insulto a su miseria?

«Podrían forzar el cordón de los centinelas –pensaba ella–, apoderarse de los bagajes de Anatotep y arrojarlos al río...»

Pues se acercaban al Nilo, cosa que ella sabía por el indecible olor a limo que llegaba hasta su nariz. Si los encolerizados felás se apoderaban de su féretro para lanzarlo a las aguas limosas, se ahogaría. El peso de la estatua la arrastraría inmediatamente hacia el fondo y, antes de que hubiera conseguido cortar las bandas que mantenían sujetas ambas mitades de la concha, el agua habría llenado sus pulmones.

El temor la hizo jadear más aún si cabe. Todo era posible, puesto que el odio inspirado por Ananotep a sus súbditos estaba vivo. Ahora que él había muerto y que el miedo a los castigos se atenuaba, unos deseos de blasfemia se apoderaban de todos. La gente querría profanarle, impedirle que accediera al Más Allá, condenarle a andar errante por ese universo de limbos, desesperante, donde se lamentaban los difuntos privados de sepultura o aquellos cuya momia había sido mutilada.

El olor a agua se volvía más fuerte. Anuna tuvo la ilusión de oír que chapoteaban en ella. Estaban cargando el tesoro del nomarca en las barcas funerarias que iban a descender el Nilo hasta el desembarcadero de la rampa de acceso que conducía a la pirámide. Impresión que le fue confirmada por un brusco balanceo. El féretro, mal estibado, se deslizó por cubierta. Anuna se mordió los labios para contener un grito mientras sus uñas arañaban la endurecida greda de la concha. ¿Dejarían que saltara por encima de la borda? ¿No habría nadie que se diera cuenta de que ella estaba a punto de precipitarse al vacío?

Como siempre, las barcas funerarias estaban sobrecargadas y los oficiantes se las veían negras para asegurar convenientemente los bagajes del difunto. No era raro que se perdieran algunos muebles, cofres o momias de animales familiares durante el transporte, pues las barcas seguían siendo poco manejables, al no haber sido los egipcios nunca muy expertos en materia de navegación.

El sarcófago de Anuna fue finalmente atrapado al borde del vacío, y apretado contra los demás. A los sordos choques que sacudían el féretro, la joven supuso que estaban amontonando las momias unas encima de otras. El aire se enrareció en el seno de la concha, y ella tuvo que ponerse a respirar con la boca completamente abierta para combatir la opresión que le comprimía el pecho. Chorreaba de sudor y los latidos de su corazón le martilleaban las sienes.

«Voy a morir –pensó con terror–. Voy a asfixiarme antes de haber alcanzado la rampa de acceso...»

Las barcas se alejaron del muelle para ganar la parte central del río. Se alzaron unos cantos, salmodiados por los sacerdotes, pero que la multitud concentrada en las orillas no los repitió. La lenta navegación de las barcas sagradas simbolizaba el viaje del muerto hacia el Occidente en la barca de Osiris. Una vez que las naves alcanzaran el desembarcadero, comenzaría la descarga. La momia del nomarca, en primer lugar, que sería descendida en medio de una gran pompa al interior de la pirámide, luego los diversos elementos de la casa del difunto: muebles, ropas, comida, joyas, pero también servidores y soldados.

Este interminable desfile de compañeros de ultratumba impresionaba desagradablemente a los curiosos. Allí donde era normal ver amontonarse los *ushabatis*, esas estatuillas simbólicas encargadas de servir al amo en su nueva morada y descargarle de las tareas ingratas, se veían ahora amontonarse sarcófagos ocupados por verdaderas momias. Era cuanto menos desacostumbrado. Por más que los sacerdotes habían repetido que se trataba de servidores fieles, de soldados escogidos o de amantes queridas que se habían inmolado voluntariamente para seguir al nomarca al Más Allá, la gente no se lo creía... Verdad es que tales suicidios existían, pero no dejaban de ser raros, y en el caso de Anatotep, se volvían de todo punto inverosímiles. ¡No se comprendía quién hubiera podido venerar a ese malvado anciano hasta el punto de poner fin a sus días por propia voluntad para seguirle a los campos de Ialu! No, la gente sospechaba algún horrible capricho satisfecho en secreto con la complicidad de los sacerdotes, y se recordaba la epidemia de desapariciones inexplicables que habían causado estragos en el curso de los últimos meses en toda la provincia.

Anuna se ahogaba. Aunque muy delgado y casi desnudo, su cuerpo le parecía que arrojaba litros de sudor. Respirar le hacía daño, sus pulmones parecían a punto de desgarrarse cada vez que inspiraba una nueva bocanada del aire húmedo y caliente que llenaba ahora la caja.

–Ahora te restituyo tu carne y recompongo tus huesos –cantaban los sacerdotes–. Con gran cuidado he recogido tus brazos, tus piernas esparcidos en la tierra a los cuatro vientos. Los miembros de tu Cuerpo Divino están reagrupados, y establezco una estrecha vigilancia sobre ellos.

Cuando llegaban por fin al desembarcadero, Anuna percibió un hormigueo sospechoso a la altura de su muslo derecho. Era como... un hormigueo de patas, el avance vacilante de un animal que explora un territorio. Ella se puso rígida, dominada por el convencimiento de que un bicho cualquiera se encontraba encerrado con ella dentro de la estatua hueca. Una araña... o un escorpión.

A punto estuvo de gritar. ¡Por los dioses, era exactamente eso! Un escorpión... Uno de esos pequeños escorpiones del desierto que Uti había subrepticiamente arrojado en el interior de la falsa momia en el momento en que la cerraban.

«No me faltaba razón para desconfiar de él –pensó Anuna–. Sabía que no renunciaría a su venganza. Esperaba el momento propicio, eso es todo.»

Se obligó a permanecer inmóvil a pesar del horror que despertaba en su carne el trotecillo del venenoso arágnido explorando su nuevo territorio. Ella no debía moverse a ningún precio. Existía una numerosa variedad de escorpiones, su picadura podía ya provocarle a uno fiebre, ya matarle en unas pocas horas. Mientras no supiera a qué especie pertenecía, no debía intentar aplastarlo.

El horrible bicho iba y venía, trepando y luego volviendo sobre sus pasos. Las sacudidas dadas a la caja le hacían inmovilizarse, con el aguijón probablemente alzado, sin saber a quién picar pero buscando una presa. Sus patas corrían en diagonal por el vientre y pechos de Anuna en un cosquilleo insoportable que le daban ganas de agitarse.

La joven no prestaba atención más que a la marcha de los porteadores que ya se interrumpían, ya reanudaban su andar. El escorpión subió por su brazo izquierdo, escaló su hombro y luego se instaló en el hueco de una de sus clavículas para beber su sudor. No le hacía ningún daño, estaba ahí, eso era todo. Cerró los ojos y la boca, pues no tardaría ya en trepar sobre su rostro. Lo más peligroso sería el pelo. Si los cabellos crespos lo aprisionaban se corría el peligro de que perdiera la paciencia, enloqueciera y picara, al azar, inyectando directamente su veneno en la sien de su víctima.

Anuna se preguntó cuánto tiempo sería capaz de resistir antes de enloquecer. Con la boca cerrada, tenía más dificultades aún de respirar que antes.

Su mano derecha exploró suavemente la concha, en busca de las hilas que habían colocado allí para absorber la orina por si no podía contenerse. ¿Sería lo bastante rápida para aprisionar al escorpión en el manojo de tela antes de que el bicho tuviera tiempo de reaccionar?

Cuando estaba apretando los dedos sobre la muñequilla de trapos, el sarcófago fue levantado de la cubierta de la barca y llevado a la rampa de acceso. Las oscilaciones del féretro bastaron para descolgar a la bestia que estaba precisamente ocupada en escalar su barbilla. La joven sintió que el escorpión caía rodando por su viente y piernas para ir a parar sobre su pie derecho. Una vez allí, furioso por la caída que acababa de sufrir, dejó caer su aguijón y le picó a la altura del tobillo.

«Se acabó –pensó Anuna arqueándose a causa del dolor–. Uti se ha salido con la suya.»

El sumo sacerdote de Amón, Mene-Ptah, estaba en lo alto de la rampa de acceso, cerca de los hoyos simbólicos donde serían colocadas dentro de un rato las barcas de madera de sándalo que permitirían al difunto emprender su viaje hacia sus nuevos territorios. Se había rasurado para la circunstancia todo el cuerpo y calzaba unas sandalias de cuero blanco. Llevaba echada sobre un hombro una piel de leopardo, y en una mano sostenía el gran bordón de Ra. Era con verdadera aprensión cómo veía avanzar hacia él el sarcófago de Anatotep cargado por seis sacerdotes ataviados con faldellines blancos. La reverberación del sol sobre la calzada de caliza le hacía daño en los ojos. Detrás de él, la pirámide blanca brillaba como si hubiera decidido cegar a todos los asistentes al funeral del nomarca. Este resplandor resultaba insoportable, inquietante. En lo alto del edificio, el piramidión, ese cono recubierto de oro que remataba la tumba, refulgía hasta el punto de que parecía que fuera a reblandecerse, víctima de una fusión espontánea, y a correr en doradas lágrimas sobre el paramento de las cuatro caras. Mene-Ptah comenzaba a sospechar que se trataba de una manifestación de la cólera de Ra. ¿Se sentía acaso furioso el dios supremo por aquellos funerales heréticos en los que enterraban a un vivo que se creía muerto y a un muerto cuya identidad seguía siendo problemática?

Levantó los ojos hacia el cielo, escrutando el sol.

«Todos arderemos vivos –pensó–. Ra nos convertirá en cenizas antes incluso de que el cortejo haya alcanzado la entrada de la tumba...»

Titubeó, aterrado por la imagen de esas cenizas humanas levantadas por el viento y arrojadas en dirección al desierto donde las tormentas las mezclarían con la arena. El olor a incienso le dio naúseas. Se aferró a su bastón de gala para no caer, pues sus rodillas no le sostenían ya.

–*En verdad, eres Horus, hijo de los dioses* –salmodiaban los sacerdotes–. *Osiris te engendró, Ptah te formó y saliste del vientre de Nut. Tú, el ser de luz semejante a Ra cuando fulgura en el horizonte.*

Los sirvientes depositaron el sarcófago de Anatotep en el suelo, quitaron la tapa y le enderezaron lentamente para que recobrara la posición vertical que es la de la vida. Era el momento del ritual de apertura de la boca. Mene-Ptah cogió la azuela de oro que le ofrecieron sobre un cojín. Esta réplica de la modesta herramienta que los felás utilizaban para labrar la tierra iba, por su simple contacto, a permitirle al difunto recuperar la posesión de sus cinco sentidos en el Más Allá. Mene-Ptah se dijo que tal vez el ritual curaría al nomarca de los achaques de los que no había dejado de quejarse a lo largo de su reclusión en el templo, a saber, desde la pérdida del gusto y del olfato.

–*¡Mira!* –ordenó el sumo sacerdote levantando la azuela hacia el rostro del nomarca recubierto de una máscara de oro puro–. *Es el ojo de Horus que se abre delante de ti. Ve en él una ofrenda. Te alimentará, te sostendrá. Oh vosotros, pobres labriegos de los campos de Ialu, aumentad vuestro valor. Purificaz vuestros cuerpos celestes, tomad el ojo de Horus...*

La plegaria era muy larga y Mene-Ptah, por primera vez desde que ejercía su cargo, sintió que se le secaba la boca. Recitó mecánicamente, sin saber ya lo que decía. Se temía un acto de locura, un capricho repentino e incomprensible de Anatotep. ¿Y si al nomarca le daban ganas de arrancarse de repente la máscara y salir del sarcófago? ¿Y si se ponía a moverse, juzgando el ritual excesivamente tedioso?

Mene-Ptah temblaba sólo de pensar en una aberración que hubiera arruinado su crédito. Cuanto más escrutaba la «momia» del nomarca, más evidente le parecía que se agitaba. Todo el mundo debía de estar viéndole... Los soldados, la multitud... De un momento a otro la gente se pondría a lanzar gritos de estupor.

El sumo sacerdote desgranaba los versículos del poema fúnebre, apremiado por llegar al término de la letanía. Se dio cuenta de que hablaba atropelladamente y que los sirvientes le lanzaban miradas de sorpresa. Confió en que consideraran su curioso comportamiento como resultado de la emoción. Hacía tanto calor que esperaba ver a Anatotep doblar las rodillas y caer sin conocimiento a sus pies... o bien pedir agua con una voz gimoteante que oirían desde el otro extremo de la rampa de acceso.

Por fin bajaron el sarcófago al que se volvió a colocar la tapa.

Pero Mene-Ptah había tenido los nervios tan de punta que, a continuación, al efectuar el mismo ritual en las demás momias que le presentaban, tuvo la ilusión de oírlas respirar, gemir e incluso agitarse bajo las bandas. Varias de ellas le parecieron tan vivas que a punto estuvo de salir huyendo, creyéndose dominado por la locura. Decidió permanecer imperturbable y desdeñar las alucinaciones que le asaltaban.

No recobró el sentido más que una vez dentro de la pirámide, cuando tuvo que ponerse a la cabeza del cortejo fúnebre a fin de seguir la larga cinta roja desenrollada en el suelo, y que señalaba el itinerario a seguir. Anatotep le había advertido de ello: se trataba de no apartarse más de tres pasos de este trayecto si no se querían desencadenar las trampas de que el laberinto estaba sembrado. La procesión se adentró en el corazón de la tumba, serpenteando a través de los tortuosos pasillos para alcanzar finalmente la cámara mortuoria donde aguardaba el receptáculo de basalto en la que sería encajado el sarcófago de Anatotep.

El temor a las trampas hacía estar nerviosos a los allí presentes. Éstos avanzaban poniendo atención en posar los pies en la cinta roja, como unos funámbulos en la cuerda floja suspendidos por encima del vacío. Todos sentían el más vivo deseo de escapar de este lugar siniestro donde la muerte le acechaba a uno a cada paso. Pero la procesión era interminable, pues había que entrar el bagaje funerario del difunto. Los muebles y las momias de los servidores fueron amontonados al azar, las más de las veces en desorden. Cuando más tiempo pasaba, más aumentaba el miedo de los oficiantes. Sus gestos se volvían bruscos, erráticos. Una sola cosa les obsesionaba: la línea roja, la cinta de la que no había que desviarse so riesgo de muerte.

Hubiera bastado una simple tontería para desencadenar la estampida, el pánico: un chasquido seco, un sordo ruido. Todo el mundo se habría precipitado entonces hacia la salida en el mayor de los desórdenes, sin dudar en pisotear a quienes hubieran tenido la desgracia de caer. Mene-Ptah lo percibía. El laberinto se le antojaba una fortaleza de granito donde la muerte estaba agazapada debajo de cada losa, presta a atraparle a uno del tobillo. Nadie sabía exactamente en que consistían las trampas instaladas por Anatotep, pues el secreto había sido celosamente guardado. Únicamente estaban seguros de una cosa: que sólo la cámara mortuoria estaba desprovista de ellas a fin de permitir el amontonamiento de los objetos personales del difunto. Ésta se llenaba a ojos vista de una inverosímil aglomeración de sarcófagos. No sabían ya dónde meter todos los guerreros, los esclavos y los caballos momificados que el nomarca había exigido llevarse consigo. Este ejército de ultratumba amenazaba con sumergir al mismo féretro del dueño y señor de la pirámide. Ahora, los porteadores se atropellaban, tratando cada uno de deshacerse lo más pronto posible del fardo para volver a salir a la luz del sol. Unas arquetas llenas de piedras preciosas se volcaron por el suelo, unas tinajas llenas de lingotes de oro se quebraron. Las gemas se esparcieron en medio de una lluvia de destellos por las losas de granito y las sandalias de los porteadores las pisotearon como si se hubiera tratado de simples guijarros. La gente no deseaba más que una cosa: escapar para que los rastrillos de piedra se abatieran por fin, sellando definitivamente el acceso a la tumba.

Mene-Ptah dio la señal de retirada. Él salió el último enrollando alrededor de su bastón de ceremonia la interminable cinta roja que señalaba tan curioso trazado. Ahora no subsistía ya ninguna indicación que permitiera orientarse en el dédalo defensivo de que el nomarca se había rodeado.

El ardor del sol fue para él un gran alivio, y con voz agotada dijo:

–Dejad caer los rastrillos.

Entonces los trabajadores hicieron bascular los puntales que retenían los últimos bloques destinados a obturar el pasillo. Se oyó un sordo estruendo de piedra rascando la piedra, una especie de avalancha subterránea, como si una montaña se derrumbase desde su interior. El choque levantó una nube de polvo que golpeó a los asistentes en el rostro. Cuando se hizo de nuevo el silencio, la pirámide estaba sellada.

Los sacerdotes se pusieron a cantar:

–*He aquí que Horus se ha instalado en su trono. Concédeme, oh Ra, que todos los días de mi vida me conduzcan, sereno, por el interminable camino de las bienaventuranzas...*

Pero sus voces, ahogadas por el viento arenoso, no lograban elevarse hacia el sol.

VEINTIDÓS

Anuna tenía fiebre. Desde que el veneno del escorpión corría por sus venas, todo su cuerpo era una pura brasa. Recordaba confusamente haber aplastado el arácnido de un talonazo, en un movimiento reflejo, y a continuación... A continuación no había dejado de hundirse en una nebulosa mental cada vez más densa. Había soñado que pedía socorro, que golpeaba con ambos puños en la tapa de la concha. ¿Lo había hecho realmente? No lo sabía. Sin duda no, puesto que nadie había depositado el féretro en el suelo para abrirlo... ¿O bien había actuado de ese modo demasiado tarde (¡felizmente!), una vez que los sacerdotes habían salido de la pirámide?

Tenía calor, toda energía la había abandonado. ¿Iba a morir? ¿A qué raza pertenecía el escorpión que le había picado?

Aguzó el oído, tratando de captar, por encima del bombeo de la sangre hinchándole las sienes, los ruidos de afuera. Le pareció que un silencio como no había conocido otro jamás planeaba en torno suyo.

«Estoy en la cámara mortuoria –pensó–. Estoy emparedada viva en la pirámide de Anatotep».

Tanteó, en busca del estilete que tenía que utilizar para desgarrar las bandas que mantenían apretadas ambas mitades de la estatua de arcilla. A partir de ahora, ella tenía que arreglárselas como si fuera ciega, hasta que no contara con medios para encender el pequeño candil que se encontraba en alguna parte a sus pies.

Tenía sed, le faltaba aire. Tratando de no cortarse los dedos con la hoja del cuchillo, comenzó a seccionar las bandas que rodeaban las dos mitades de la estatua de terracota. El movimiento de vaivén hacía chirriar el metal con una nota estridente. El intersticio no era ancho; las asperezas de la arcilla endurecida volvían difícil el trabajo. Anuna temía por encima de todo que la hoja se rompiera o torciera. Las bandas de lino le oponían su blanda resistencia. Por momentos, se juntaban en una masa elástica sobre la que el cortante filo no tenía mucho donde agarrarse. Estos esfuerzos agotaron rápidamente a la joven. La fiebre le producía náuseas. Por fin consiguió hacer girar la parte frontal de la momia artificial. Ya no le quedaba más que empujar la tapa del sarcófago para recuperar su libertad. Las tinieblas, de una rara intensidad, la hacían ahogarse. Levantó las palmas para ejercer presión sobre la tapa del féretro, pero ésta se negó a moverse. Algo muy pesado descansaba encima, bloqueándola. Sin duda otro sarcófago...

Anuna adivinó que los sacerdotes, impacientes por abandonar la pirámide sembrada de trampas, habían amontonado los féretros unos encima de otros, a falta de espacio, en vez de alinearlos de pie contra las paredes tal como se hacía de ordinario. Debido a ello, se encontraba prisionera de un amontonamiento de cajas funerarias que no tendría jamás fuerzas para mover.

El pánico acrecentado por la fiebre le hizo lanzar un grito estrangulado. ¿Dónde se encontraban los enanos? Los pigmeos... ¿También ellos estaban hundidos bajo otro amontonamiento de féretros? En ese caso estaban todos perdidos. Ni uno de ellos conseguiría liberarse. Netub no había previsto esto. Las prisas de los porteadores... La ceremonia despachada deprisa y corriendo... ¡Qué ironía! ¡Los violadores de tumbas víctimas de su propia estratagema! No les faltaban a los dioses motivos para llorar de risa. Anuna dio puñetazos y patadas contra la tapa, sin obtener el menor resultado. El sordo sonido que producía no hacía sino confirmar su hipótesis: su féretro se encontraba debajo del todo de una pila de sarcófagos. Los pigmeos –admitiendo que algunos de ellos hubieran conseguido escapar a la trampa– no tendrían nunca fuerzas para desplazar las cajas que se elevaban tal vez hasta el techo de la cripta.

Sin aliento, con los puños doloridos, dejó de golpear y aguzó el oído. Percibió ruidos procedentes del exterior. Ruido de rascaduras, voces. Algunos enanos habían conseguido a pesar de todo salir de las siniestras cajas, iban a poder ayudarla...

Les llamó, golpeó con la palma de la mano para señalar su presencia, pero no percibió más que risas ahogadas. Esos condenados hombrecillos habían comprendido perfectamente que ella estaba prisionera, pero ninguno de ellos se daba prisa por venir en su ayuda. Siempre la habían detestado, sin aceptar jamás su autoridad, porque ella era una mujer y ellos provenían de una tribu en la que las hembras tenían menos valor que una cabra. Sin duda se imaginaban que conseguirían orientarse en el laberinto sin su ayuda. ¡Los muy imbéciles! Con su comportamiento irresponsable iban a provocar la puesta en funcionamiento de las paredes móviles; y a partir de aquel momento el dédalo no pararía ya de cambiar de forma.

Dio un alarido, les insultó, les ordenó que vinieran en su ayuda, pero ellos siguieron riendo, intercambiando bromas en su lengua. Ella les importaba un comino.

Anuna jadeaba. La fiebre del veneno le hacía castañetear los dientes. Esperó a que su corazón se pusiera nuevamente a latir con un ritmo menos rápido y cambió de estrategia. Aunque le resultase imposible levantar la tapa, ¿no conseguiría tal vez desclavar uno de los laterales del sarcófago? Éste era de madera bastante delgada. Unas buenas patadas seguramente acabarían por reventar uno de los lados... Rodó sobre la cadera, pasó una pierna por encima de la semiestatua de arcilla dentro de la que ella seguía descansando, y soltó un violento patadón directamente delante de ella. Sintió que la madera crujía al impacto. Prosiguió con sus golpes, produciendo una abertura por la que iba, tal vez, a poder deslizarse afuera. Unas astillas se clavaron en su pantorrilla, pero no le dio ninguna importancia. Un resplandor amarillo y trémulo le llegó de «afuera». Los pigmeos había encendido un candil. Un olor a grasa fundida suplantaba a todos los demás. Habría que hacerles apagar esa mecha apestosa a grasa antes de que la peste llenara de humo la totalidad de la tumba, haciendo imposible toda referencia olfativa. Anuna se deslizó por la abertura que acababa de practicar. Las asperezas de las maderas rotas le laceraron los costados. Tan pronto como estuvo afuera, comprobó que su interpretación había sido acertada, su sarcófago se encontraba aprisionado bajo una montaña de otros féretros. El peso de las cajas era tal que habría podido perecer incluso aplastada si la tapa de la caja en la que se encontraba aún oculta hacía apenas unos instantes hubiera acabado por ceder bajo la presión.

Se arrastró sobre las losas de granito cuyo frescor le sentó bien. La cabeza le daba vueltas. Las palmas de sus manos sudadas dejaban marcas oscuras en la piedra seca. El pequeño candil de grasa de cordero no era lo bastante potente como para iluminar la cámara mortuoria, y Anuna no distinguió en un principio más que un batiburrillo de objetos, de muebles arrojados en desorden en medio de los cuales los enanos trataban de trepar. Se limitaron a dirigirle una mirada burlona y se pusieron de nuevo manos a la obra, introduciendo en los talegos de yute todas las joyas con que podían arramblar. Algunos, con la ayuda de un puñal, extirpaban a las estatuas sus ojos de piedras preciosas, otros levantaban con sumo cuidado el enchapado de oro puro que revestía las superficies de los cofres o de los carros. Este trabajo levantaba en el aire ya cargado de la tumba un polvo dorado que se depositaba sobre la piel húmeda de los ladrones, haciendo centellear sus cuerpos deformes en la penumbra. Anuna reclamó un poco de agua, pero ellos hicieron como si no existiera. Tiritaba de frío mientras que sus venas eran recorridas por fuego. Habría querido aovillarse y no ocuparse ya de nada. Se pegó contra la pared. La tumba estaba desprovista de pinturas murales. Algunos jeroglíficos, algunas raras figuras indispensables para el ritual del pesaje habían sido grabadas en bulto redondo pero dejadas sin colores. Las estatuas de los propios dioses parecían curiosamente blancas en la noche de la tumba. Anuna se acordó de que Anatotep sentía horror por los pigmentos, a causa de los olores naturales que se desprendían de ellos y que decía no poder soportar.

«¿Dónde está el perfume? –se preguntó–. El famoso perfume inodoro... ¿Lo hueles?»

Crispó las mandíbulas para impedir que le castañetearan los dientes. Un miedo atroz la mantenía clavada contra la pared de granito. Allí, en el desierto, las cosas habían parecido relativamente fáciles. Se había creído lo bastante fuerte como para recomponer el misterioso perfume a partir de un simple poema, pero ahora...

Ahora se encontraba invadida por una profusión de olores dispares entre los que dominaba el del granito, seco, áspero; un olor que daba sed. Un olor a muralla impregnada de sol, aun cuando pareciera paradójico precisamente allí, en el corazón de las tinieblas. Cerró los ojos y echó la cabeza hacia atrás para detectar el perfume creado por Dakomon. Gracias a las diferentes mezclas efectuadas tras la muerte del arquitecto, confiaba aún en poder aislarlo en medio de las restantes emanaciones. Todo consistía en lograr hacer abstracción de las fragancias demasiado fuertes. El olor de los pigmeos, por ejemplo, a los que Netub no había conseguido convencer de que se lavaran a pesar de los repetidos ruegos de Anuna. La joven siempre había sabido que el mar olor a mugre que despendían los volatineros enanos la molestaría una vez sobre el terreno. Ahora comprobaba cuánta razón tenía de alimentar un temor semejante. Y luego estaban todos los demás efluvios: el oro, el bitumen, el natrón, el cedro, el cobre... mil agresiones olfativas que una nariz normal y corriente nunca habría percibido. Le saltaban al rostro, como un avispero al que se da una patada por inadvertencia. Todo estaba allí, zumbando, vibrando en la noche de la tumba, insectos invisibles que distorsionaban su olfato. Hizo un gesto absurdo para ahuyentarlos, igual que se espanta a las moscas importunas. Comprendió que la fiebre le hacía perder la cabeza. Pero ¿dónde se escondía el olor? El único que le importaba aislar lo más rápidamente posible. ¿Dónde? Respiraba a base de pequeñas aspiraciones, sin percibir nada más que el mal olor de la grasa hirviente que subía del candil... o la transpiración de los pigmeos que se atareaban en medio de las riquezas esparcidas.

«Tal vez Uti tenía razón –pensó de repente–. No tengo el talento de Dakomon. He sido una loca al creerlo. Mi nariz no es lo bastante sensible... El perfume secreto es demasiado tenue para que yo pueda detectarlo. Por más que husmee como una perra durante horas, seguirá siendo para mí totalmente imperceptible.»

Los olores groseros... Sí, se quedaría prisionera de los olores groseros, y conduciría a todo el mundo a la muerte. Éste sería su castigo por haberse creído más fuerte de lo que en realidad era. Giraría en redondo por el laberinto mientras las paredes móviles empezaban su danza de muerte, reorganizándose hasta el infinito.

«No pierdas la cabeza –se repetía–. No cedas ni al pánico ni a la fiebre. El perfume inodoro está allí, en alguna parte en medio del tumulto de los olores. Tómate el tiempo necesario para hacer la selección.»

De repente tomó conciencia de que los pigmeos no estaban todos presentes alrededor de ella. Contó seis, por tanto faltaban dos. Unos golpes que procedían de un sarcófago le hicieron comprender que dos de los volatineros enanos se encontraban prisioneros aún de un féretro metido bajo una pila de cajas funerarias amontonadas a toda prisa. Era evidente que sus compañeros no habían intentado siquiera liberarles. Anuna se acercó a los gnomos para tratar de llamar su atención sobre el problema; la apartaron con impaciencia, ocupados como estaban en llenar los talegos de perlas y de amatistas. Uno de ellos llegó incluso a amanazarla con la punta de su arma. «¡Qué hombrecillos más horrorosos!», pensó la joven apartándose. Titubeando, avanzó hasta el umbral de la cámara mortuoria, allí donde comenzaba el laberinto. La falta de luz convertía los pasillos en un inmenso agujero oscuro, de una oscuridad tan densa que Anuna tenía la ilusión de mantenerse a menos de un codo de un muro pintado de negro. Le parecía que le hubiera bastado con adelantar la mano para tocar con la punta de los dedos esa superficie fría, dura. La muerte habitaba allí, en el recorrido sinuoso de los pasillos. Les estaba esperando, agazapada bajo las losas con resorte, que bastaría con rozar con la planta de un pie para desencadenar la danza de las paredes móviles. Un chirrido hizo sobresaltarse a la joven perfumista. Volviéndose, vio a los pigmeos, haciendo fuerza contra el receptáculo de basalto del faraón para hacer caer la tapa de piedra que lo cerraba. No pudo dejar de estremecerse. A pesar de estar familiarizada con la presencia de los muertos, era la primera vez que asistía a una violación de una tumba real. Hizo un ademán involuntario de retroceder que a punto estuvo de arrojarla en el pasillo. Se agarró por los pelos a los lados de la puerta granítica. Mientras fuera incapaz de aislar el perfume misterioso, debería evitar poner el pie en el pasillo so pena de desencadenar las peores catástrofes.

Los enanos consiguieron hacer caer la losa, que golpeó contra el suelo con un sordo ruido cuyo eco corrió a través de todo el laberinto. Anuna se mordió el labio pensando que tal vez se había oído ese estruendo en el exterior, en ese mundo de los vivos que le parecía de repente tan imposible de alcanzar como el vientre de Nut, o dicho de otro modo, la bóveda de los cielos. Los pigmeos se encaramaron al borde del receptáculo para levantar la tapa del sarcófago. La joven sabía lo que ellos querían: la máscara de oro que recubría el rostro de la momia, el pectoral, así como todos los amuletos introducidos entre las bandas de lino. Esas joyas, vaciadas en el oro más puro, tenían un valor considerable. Eran todas tan gruesas como la palma de la mano de un campesino del valle del Nilo. Caían en el fondo de los talegos con el ruido sordo de una piedra lanzada dentro de una tinaja de trigo.

En el momento en que los pigmeos levantaban la gran máscara funeraria incrustada de lapislázuli, la momia de Anatotep se enderezó...

Los enanos lanzaron un chillido de terror y salieron pitando, abandonando su botín. Anuna les vio saltar sobre el suelo y desaparecer en medio del batiburrillo de los objetos funerarios igual que ratas que huyen de la luz. También ella se había echado hacia atrás con tanta fuerza que sus omóplatos se lastimaron al golpear contra la pared. Allí, a la trémula luz del candil abandonado en el suelo, la momia se había sentado en medio de su sarcófago, con sus manos vendadas –con todos los dedos rematados en un cono de oro– agarrándose a los rebordes del receptáculo de basalto.

«Estoy delirando –pensó al principio la joven–. Esto es debido a la fiebre, es el veneno del escorpión. No tengo por qué tener miedo, pues no es más que una alucinación.»

Allí, la momia jadeaba, con el busto inclinado hacia delante. La máscara de oro, caída de su rostro, reposaba sobre sus flacos muslos. De repente pronunció dos palabras que, aunque articuladas con extrema debilidad, resonaron extrañamente en el silencio de la tumba:

–Tengo sed...

El sonido de esta voz de ultratumba hizo acurrucarse un poco más aún si cabe a los enanos en medio del batiburrillo de los bagajes funerarios. Anuna, cediendo a un impulso, cogió el odre de piel de cabra que pendía de su costado y se acercó al sarcófago. Cuando se encontró a nada más que seis pasos del muerto, vio relucir los ojos de la momia entre el entrecruzamiento de las bandas. Había visto demasiado cadáveres en el Per-Nefer de Setep-Abu como para seguir creyendo que se encontraba en presencia de un difunto resucitado. Por más que fuera incapaz de entender lo que ese hombre hacía allí, tuvo la certeza de que estaba vivo de verdad. No era posible que los sacerdotes le hubieran enterrado por error, pues la preparación anatómica de los restos mortales no permitía semejante inadvertencia. No quedaban, pues, más que dos soluciones: o bien ese «muerto» había sido condenado a ser enterrado vivo, o bien había elegido sufrir esa suerte atroz, por propia voluntad, y por una razón que la joven se confesaba incapaz de adivinar.

–Tengo sed –balbuceó de nuevo la momia con una voz de alguien muy longevo al límite de sus fuerzas.

Anuna se adelantó. Fuera quien fuese, le recordaba a los ancianos que en otro tiempo había tenido por amos. Los camelleros cuyo yugo había soportado al principio, pero a los que había terminado por cuidar como si fueran niños viejos. Levantó el odre para rociar las bandas de lino en el lugar de la boca. El desconocido lanzó un gemido de placer. Anuna, mediante su estilete, se puso entonces a cortar las bandas que le envolvían la cabeza. Eran unas bandas tejidas a partir de fibras extremadamente resistentes, hechas para desafiar el tiempo. Se acordó de que, con ocasión de sus visitas al Per-Nefer, el nomarca acostumbraba a exigir vendajes «lo bastantes sólidos como para soportar el peso de un elefante» y que llamaba a esta envoltura su «armadura de eternidad».

La figura de Anatotep emergió por fin de entre el revoltijo de lino. La joven perfumista se lo quedó mirando fijamente. No comprendía nada de lo se pasaba. De haber sido ella de pura cepa egipcia, tal vez habría interpretado esta resurrección como un milagro osiríaco, pero no era éste el caso, y optó por ver en aquel anciano que emergía de la tumba a un ser vivo enterrado por error o malignidad. Era efectivamente Anatotep, no le cabía la menor duda, pues los rasgos del resucitado correspondían a los del nomarca que ella había tenido varias veces ocasión de entrever en la casa de embalsamamiento, cuando venía a probar su sarcófago.

–No estoy muerto –balbuceó el anciano mirándola–. Si lo estuviera, no tendría sed, ¿verdad?

Parecía más débil que un niño y ella se sintió curiosamente conmovida por ello. No era ya el potentado cruel que otrora reinara en Setep-Abu, sino un ancianito de flacos miembros que se aferraba a los rebordes del receptáculo como si tratara desesperadamente de retardar el momento en que tendría que pasar a mejor vida.

–Me equivoqué –repitió Anatotep–, me creía muerto... No dejé de repetírselo a los sacerdotes. ¡Qué estúpido fui!

Temblaba de la cabeza a los pies. La fajadura de lino, subrayando la delgadez de su cuerpo y la curvatura de su espalda, le volvía desarmante.

–Ayúdame a salir –gimió buscando la mirada de Anuna–. Hay que abandonar la pirámide antes de que los sacerdotes sellen la tumba.

–Es demasiado tarde –respondió la joven–. El pasadizo está cerrado.

–Pero ¿qué haces tú aquí? –se asombró el anciano–. ¿Has aceptado enterrarte viva? ¿Eres una de mis mujeres? ¿Me amabas lo bastante como para elegir morir conmigo?

–No –dijo Anuna–. Nosotros somos ladrones de tumbas.

Anatotep abrió unos ojos como platos, como si buscara el significado de esta palabra. Tenía un aire ausente.

–Pero tú –soltó Anuna haciendo de tripas corazón–. ¿Qué haces tú aquí si no estás muerto? Los heraldos proclamaron tu fallecimiento en todo el nomo. ¿A qué viene esta comedia?

No sabía ya lo que se decía. Le parecía estar viviendo un sueño, un sueño en el curso del cual ella, la humilde perfumista, hablaba de igual a igual con el nomarca de Setep-Abu.

El anciano sacudió la cabeza.

–Quisieron envenenarme –murmuró–. Cuando me desperté no sabía ya quién era, pero otro yo mismo estaba muerto. Le vi con mis propios ojos. Mi doble. Un hombre malvado.

«Ha perdido la cabeza –decidió Anuna–. El veneno que le hicieron beber le ha nublado el entendimiento, pero ¿por qué le han sepultado vivo los sacerdotes?»

Este enigma la sobrepasaba.

Dado que el anciano se agitaba, ella le ayudó a salir del receptáculo y a poner pie en el suelo de granito. A punto estuvo de perder el equilibrio y se agarró a ella. No pesaba nada. Nada en absoluto. Habría podido ser un fantasma... o una momia vaciada de sus entrañas. Daba la impresión de que únicamente la rigidez del caparazón de bandas le mantenía en posición vertical.

Dado que le temblaban las piernas, Anuna le hizo sentarse con la espalda apoyada contra la pared.

–No soy Anatotep –murmuró el nomarca, presa de una idea fija–. Soy Tomak, su doble, su sustituto secreto... No tenéis ningún motivo para temerme. Yo no soy un malvado. El verdadero Anatotep está muerto... Era demasiado débil, no pudo resistir el veneno. Yo soy un antiguo pescador del Nilo, soy vigoroso. Siempre gocé de mejor salud que él, y por eso él me odiaba, me daba perfecta cuenta de ello.

La joven se arrodilló a su lado, tratando de descifrar las palabras aparentemente desprovistas de sentido del anciano. La mano ganchuda del nomarca buscó la suya, revelando una necesidad de consuelo que la conmovió.

–Me crees loco, ¿no es cierto? –dijo el anciano–. No puedes entenderlo. Era un secreto de Estado. Había dos nomarcas. Uno verdadero y otro falso. Era una astucia imaginada por Anatotep, un medio de protegerse de los atentados.

Y se puso a explicarle a la joven el porqué de la existencia del doble, y la manera cómo había acabado el intento de envenenamiento.

–Anatotep cayó fulminado –concluyó–, pero Tomak sobrevivió, porque tenía mejor salud que su amo y señor. Es por eso por lo que tengo la certeza de ser Tomak. Los sacerdotes han intentado confundirme, pero yo he recuperado mi lucidez. Si yo fuera Anatotep, como ellos dicen, no habría podido sobrevivir al veneno. Anatotep estaba enfermo, próximo a la agonía. Su organismo era incapaz de soportar los efectos del vino envenenado.

Anuna le escuchaba, turbada. Comenzaba a creer lo que le decía el anciano. Una vez más, Netub había sido mal informado. Nunca había sospechado la existencia de un doble clandestino, de un bufón al que sacaban de su escondite con ocasión de cada ceremonia pública.

–Soy Tomak –murmuraba el anciano buen hombre con una cabezonería de niño gruñón–. No soy malvado, nunca he hecho mal a nadie. Me contentaba con pasearme en medio de la multitud ataviado como un faraón, una barba postiza pegada al mentón. Repetía las palabras que me hacían aprender, hacía los gestos que los sacerdotes me habían enseñado. Era un títere, mi papel se limitaba a encajar las cuchilladas en vez del nomarca cuando se producían intentos de asesinato. Eso es todo. Quisiera salir de aquí, regresar a mi pueblo, a riberas del Nilo, para morir allí en paz.

–¿Te acuerdas del nombre de ese pueblo? –interrogó Anuna.

–No –confesó el anciano–. No tengo ya ningún recuerdo. Todo se ha extinguido en mí, el cuerpo, los sentidos. Nada tiene ya gusto ni olor. Es por esa razón por lo que me he creído durante un tiempo muerto.

Explicó con voz casi inaudible cómo había exigido ser enterrado lo más deprisa posible a fin de poder regresar a los campos de Ialu.

–Los sacerdotes no han osado contrariarme –susurró–, pues me tomaban por Anatotep. Era gracioso verles obedecer temblando... Quería que me dejaran en paz. Yo estaba convencido de estar muerto. Hace un rato comprendí mi error, cuando la sed comenzó a torturarme. Creo que mi cuerpo y mi espíritu estan despertándose del entumecimiento del veneno.

–¿Tienes hambre? –inquirió Anuna.

–No –murmuró el anciano–. Únicamente sed... Pon un poco más de agua en mi boca, querida, mis brazos no son ya lo bastante vigorosos para levantar el odre.

La joven así lo hizo. El anciano bebió con una extraña avidez, como si el sentimiento de la vida retornara a él con ese agua tibia que sin embargo había cogido el regusto del cuero de cabra.

Anuna se sentó a su lado. También ella se sentía al borde de la extenuación. La sangre latía en sus sienes y todo su cerebro le parecía a punto de estallar. No tenía fuerzas para reflexionar acerca de las revelaciones de aquel curioso buen hombre de endebles miembros. ¿Anatotep? ¿Tomak? Era demasiado complicado.

Los enanos, viendo que la «momia» no parecía tener intención de querer perseguirles con su ira, fueron saliendo lentamente de su escondite. Se acercaron a Anuna para hacerle preguntas en tono autoritario y arisco, pero la joven, sin comprender nada de su jerigonza, les hizo señal de que la dejaran en paz. Ellos se irritaron y la cogieron violentamente por la muñeca para señalarle la danzarina llama de la mecha del candil.

–Ya sé... –suspiró Anuna con fastidio.

Los pigmeos no andaban errados, ella hacía retrasarse a todo el mundo y comprometía el éxito de la operación abandonándose al marasmo de la fiebre. La reserva de aceite era limitada, cuando la última gota hubiera ardido, los candiles se apagarían, y las tinieblas volverían a reinar en la tumba, para toda la eternidad. En la noche cerrada que reinaría entonces a lo largo de los pasillos, se volvería absolutamente imposible de localizar el conducto de aireación por donde el grupo tenía que escaparse. «Un agujero en el techo», había dicho Netub. Un agujero cuadrado, cuya sección no excedía de un codo, es decir, la distancia que separaba la punta del índice del extremo del codo en un hombre de talla mediana. Nadie, entre los ladrones, sabía con precisión donde se encontraba dicho agujero. Habría que buscarlo recorriendo los pasillos, nariz en alto y con el candil alzado en el extremo del brazo.

Anuna sacudió la cabeza, la mirada fija en la llama que chisporroteaba en el pequeño candil de barro cocido. El enano tenía razón, había que ponerse en marcha, dominar la inmensa fatiga que la tenía clavada en las losas y guiar a sus compañeros a través del dédalo de los pasillos sembrados de trampas.

Los enanos insistían, señalando los talegos llenos de lingotes de oro, de piedras preciosas, de joyas, que habían anudado de dos en dos a fin de poder llevarlos colgados del cuello. Cierto que habrían podido llevarse muchas más riquezas, pero había que contentarse con lo que los acróbatas eran capaces de arrastrar. Un exceso de peso habría podido hacer imposible la huida.

El anciano observaba aquel saqueo con mirada indiferente, como si aquella violación de la tumba no le concerniera. No opuso ninguna resistencia a desembarazarse de los amuletos de oro macizo introducidos entre sus bandas y a entregárselos al jefe de los volatineros enanos.

–¿Dónde se encuentra la momia de Anatotep? –preguntó Anuna paseando su mirada por el amontonamiento de sarcófagos que se comían todo el espacio.

Los féretros tenían el aspecto de haber ido a parar a la cámara mortuoria al término de una interminable avalancha que los hubiera imbricado en las posiciones más curiosas.

–En alguna parte de aquí dentro –dijo Tomak–. Con las momias de los servidores y de los soldados.

Anuna pensó que tal vez ese sería el castigo del nomarca, tan celoso en vida de su poder. La muerte le había privado de los honores debidos a su rango. Enterrado como un criado anónimo, ¿qué oportunidades tendría de reinar en el otro mundo?

Los pigmeos reunían todo el material de escalada, las cuerdas y los ganchos que enrollaban metódicamente en torno a su vientre. No olvidaron el aceite, los candiles de recambio y la reserva de agua. Anuna respiraba cada vez con más dificultad, sin poder determinar no obstante si su malestar era debido a la fiebre o al enrarecimiento del aire.

Había que ponerse en marcha, emprender la lenta remontada a través de los mil rodeos del laberinto. Hasta ahora, en comparación, todo no había sido más que un juego de niños. El verdadero peligro les esperaba ahora, en el umbral de la cámara mortuoria. Anuna se enderezó, con aliento escaso, y tendió la mano a Tomak para permitirle imitarla.

El jefe de los enanos esperaba ya en la salida de la cripta funeraria, candil en alto, tratando de iluminar la perspectiva del pasillo. La joven se acercó. El corredor que se extendía delante de ella medía alrededor de veinte codos; al final de este breve trayecto, se bifurcaba en ángulo recto a la izquierda. El techo de granito era bajo, opresivo. La llama del candil era muy escasa para iluminar de forma conveniente aquella perspectiva sin embargo reducida. Las paredes distaban entre sí unos cuatro codos, lo que correspondía a la anchura de dos losas del suelo. Para avanzar, era preciso obligatoriamente posar el pie en una u otra... en la de la derecha o la de la izquierda. Y así sucesivamente hasta que se descubriera finalmente el orificio de salida abierto en el techo.

Anuna inspiró hondo, con los ojos cerrados. No percibió nada más que el olor de su propio sudor, el tufo a anciano que despendía el cuerpo de Tomak, el hedor de los enanos, los aromas de que estaban impregnadas las bandas de lino.

–¿Hueles algo? –le preguntó al anciano.

–No –confesó éste–. Pero he perdido también el gusto... El agua que me has dado hace un momento era fresca, pero no tenía ningún sabor. ¿Qué debería oler? ¿Es importante?

Ella no tenía tiempo de explicárselo. Inclinándose, aspiró el olor de las losas. Se desprendía de ellas la misma fragancia a piedra seca que salía de las paredes y del techo. Un olor a montaña entreabierta.

«Tengo que decidirme –pensó–. De lo contrario, no tendremos suficiente aceite para llegar hasta el final del laberinto.»

La amenaza de la noche la aterraba. Una vez perdidos en la oscuridad, los enanos se verían obligados a formar una pirámide humana y avanzar a ciegas, mientras que el que se mantuviera en lo alto de esa escalera viviente palparía el techo con las manos... No, eso no podía funcionar jamás. No con las losas sembradas de trampas. Más pronto o más tarde, el pigmeo que formara la base de la columna viviente daría un paso hacia un lado para asegurar el equilibrio de sus compañeros. Un paso en falso, que desencadenaría un resorte oculto... No, las tinieblas serían la muerte para todos ellos. Tenía que avanzar, vencer el miedo que la tenía paralizada en la entrada del pasillo.

Conteniendo el aliento, avanzó. Su pie desnudo tocó la losa de la izquierda, rozándola apenas, luego descargó todo su peso sobre el tobillo. Ahora la suerte estaba echada. No pasó nada. Continuó, con las aletas de la nariz dilatadas, tal como esas adivinas a las que se ahumaba mediante vapores de loto para sumirlas en los trances adivinatorios. Recorrió así toda la extensión del primer pasillo sin provocar ninguna catástrofe. ¿Había tenido suerte? ¿Le había hecho poner el azar el pie en las buenas losas sin que ella supiera nada? Detrás de ella, los gnomos se impacientaban. Si tan fácil era, ¿por qué remoloneaba tanto? ¿No comprendía esa estúpida hembra que la reserva de aceite se agotaba deprisa?

Anuna hizo un esfuerzo para no pensar ya en los hombrecillos. Decidió actuar como si estuviera sola en el interior de la tumba. Para no verse incomodada por la pestilencia del aceite quemado, hizo una señal al jefe de los pigmeos para que retrocediera lo más lejos posible. El enano esbozó un mohín de cólera, tomándose esta orden por una ofensa. Él era el jefe allí, era a él a quien correspondía abrir camino. Se puso a jurar en su lengua, con una voz que el odio volvía sibilante. Anuna le ignoró, haciendo que su despecho aumentara. La perspectiva de los pasillos se modificaba. Unas puertas se abrían en las paredes, de una parte y de otra del tramo, desembocando en otros pasillos en los que asimismo se abrían nuevas puertas. Tenía que elegir su itinerario, aceptar el afrontar la proliferación...

«Por los dioses –pensó Anuna–, si no tenemos suerte, tendremos que recorrer todos los pasillos uno tras otro para localizar ese dichoso agujero. Corremos el riesgo de dar vueltas eternamente... y los candiles acabarán por apagarse.»

Examinó la porción de trayecto que acababa de recorrer y, con la ayuda de un trozo de tiza, trazó una flecha en las losas para marcar su paso. Pero no tenía gran confianza en este sistema para orientarse, pues Dakomon le había repetido mil veces que tenía que desconfiar de las losas sembradas de trampas que no basculaban más que a la vuelta, cuando el peso del caminante las tomaba en sentido contrario. Bastaba con un simple saliente y un pivote cuidadosamente equilibrado para hacer la trampa indetectable al pasar por allí por primera vez. Nada era seguro, ni siquiera el camino ya recorrido.

La joven continuó a pesar de todo marcando el suelo, por simple superstición. Las escenas grabadas en la piedra de las paredes no permitían tener ninguna referencia, puesto que eran por todas partes las mismas. Un bulto redondo desnudo, desprovisto de pintura, que confería a la tumba un aspecto de inacabamiento desacostumbrado.

Abordaba el segundo pasillo cuando el olor la soprendió. Anuna creía ya que no lo olería jamás, y sin embargo allí estaba de repente... asaltando su olfato, apenas discernible pero curiosamente diferente de los demás. En toda su vida no había olido jamás nada semejante. Era algo que no pertenecía al mundo real. Un fantasma de olor, la exhalación dejada por un dios al atravesar una muralla. Un pedazo de estrella caído del cielo debía de tener aquel mismo olor. Era a la vez carnal y divino, tan ínfimo que se tenía la ilusión de estar respirando el olor íntimo de un sueño esfumándose en la luz.

–¡Ahí está! –balbuceó quedándose inmóvil–. ¿Lo oléis?

Había hablado sin reflexionar, incapaz de dominarse. Los enanos la miraron sin comprender, y aspiraron haciendo muecas como queriendo decirle que estaba perdiendo la razón. El jefe echó mano a una palanca que llevaba en bandolera y, con una señal, indicó que bastaba con golpear las losas para saber si éstas escondían o no una trampa. Anuna se dio cuenta de que Netub no había conseguido explicar a los pigmeos que el laberinto de Anatotep funcionaba de una forma más compleja que los de las tumbas ordinarias. Los enanos creían que el peligro provenía nada más que de esos pozos escondidos que los arquitectos funerarios tenían por costumbre abrir en el suelo. Lo ignoraban todo acerca del laberinto de paredes móviles inventado por Dakomon.

No comprendían nada de los titubeos de Anuna, de su avance demasiado prudente. No veían en ello más que una falta de coraje típicamente femenina.

La joven trató de explicarles mediante gestos que no había trampas sino resortes que podían ponerse inmediatamente en funcionamiento si se ponían a golpear las losas con una barra de hierro para comprobar su solidez. Ellos no le prestaron ninguna atención y quisieron adelantarla para encabezar la columna. Anuna tuvo que sacar su estilete y amenazar a su jefe para obligarles a permanecer atrás.

–No es tan sencillo como ellos creen –espetó dirigiéndose al anciano–. Las losas sembradas de trampas están marcadas por medio de un perfume que un olfato normal no es capaz de percibir. Hay que esquivarlas.

Tomak sacudió la cabeza pero su expresión extraviada demostraba que no comprendía en absoluto a qué se refería Anuna.

La joven tuvo que luchar contra un brusco vértigo. La tensión nerviosa y la fiebre desgastaban sus fuerzas más deprisa de lo que ella hubiera deseado.

Cuando volvió a dirigir su atención hacia el recorrido que había que realizar, se dio cuenta de que ya no percibía el perfume misterioso. El nerviosismo había podido más que su sensibilidad olfativa.

A punto estuvo de ceder al desánimo.

«Dakomon tenía razón –pensó–. No tengo su talento, no lo he tenido jamás. Puedo aprovechar cortos momentos de gracia durante los cuales adivino el fruto de su trabajo... pero no más.»

Se arrodilló en el suelo de granito. Una de las losas que se extendían delante de ella provocaría una primera alteración del laberinto si se la pisaba, pero ¿cuál? Lentamente, el perfume se puso a flotar cerca de su nariz. Agachó la cabeza para acercar su rostro al suelo a fin de determinar cuál de las dos losas había sido rociada por Anatotep. Detrás de ella, los enanos rieron burlonamente.

–La de la izquierda –susurró ella–. El olor viene de la izquierda. Hay que seguir por la derecha. No piséis más que en la piedra de la derecha. ¿Entendido?

Una vez franqueado el obstáculo, pudieron avanzar dos trechos de pasillo, luego el perfume se manifestó de nuevo, y hubo que volver a comenzar el proceso de identificación, para gran cólera de los pigmeos que señalaron ostensiblemente el candil cuya mecha comenzaba a carbonizarse. Anuna se sabía al borde del desvanecimiento. Sólo el terror a desplomarse sobre una losa con trampa le impedía abandonarse a la pérdida de conciencia. La complejidad de la tarea la aterraba. No había imaginado que el perfume fuera tan tenue, tan... caprichoso. Que exigiera de algún modo una concentración de toda su sensibilidad, de todo su ser. Tan pronto como se distraía, aquél se desvanecía, y las losas volvían a ser simples cubos de granito indiferenciables. Se mantuvo firme para contener los sollozos que hinchaban su garganta. Consiguió evitar tres trampas. El sudor le chorreaba por el rostro y el cuerpo, sus manos temblaban y sus piernas apenas la sostenían. Fue preciso hacer un alto para permitir a los enanos rellenar de aceite el depósito del candil. Avanzaban en una semioscuridad que complicaba espantosamente las cosas, y a menudo era difícil distinguir el trazado exacto de las losas de tan perfecto como se revelaba su ajuste. Anuna tenía que arrodillarse con mil precauciones y explorar sus contornos con la punta de los dedos, en una imperceptible caricia, tal como se roza el hocico de un león dormido. Sus manos húmedas imprimían unas manchas oscuras en la piedra. Temía equivocarse, no haber estado lo bastante atenta... ¿No había realmente ningún olor, o bien no había sabido detectarlo?

Determinados pasillos se revelaban desprovistos de trampas, otros por el contrario incluían una losa «marcada» de cada dos, de modo que era preciso zigzaguear a marcha lenta, tratando de no dejarse embriagar por los olores hasta el punto de no distinguir la que estaba perfumada de la que no.

Todo eso llevaba mucho tiempo y el chisporroteo de la mecha aceitosa en el silencio de la tumba era para Anuna un reproche continuo.

La catástrofe se produjo cuando ella estaba tomándose un momento de descanso, con los ojos cerrados, apoyada contra la pared blanca de un pasillo. De repente, el jefe de los enanos la empujó violentamente para tomar la cabeza de la columna y se puso a golpear el suelo con la palanca de bronce que había ya exhibido. Golpeaba con todas sus fuerzas para comprobar la solidez de las losas, convencido de que se trataba de determinar el emplazamiento de eventuales trampas. Anuna, petrificada, percibió el clic del resorte en el interior del suelo, sintió que le recorría los tobillos y resonaba en su vientre. Instintivamente, se alejó del muro para no ser aplastado por éste cuando pivotase.

Pero la pared permaneció inmovil mientras un ruido sedoso llenaba el pasillo. Al principio, Anuna no comprendió lo que sucedía, luego levantó los ojos y vio que un orificio hasta aquel momento oculto se había abierto en el techo... Caía arena por aquel agujero, una avalancha de arena ininterrumpida que llenaba el pasillo a una rapidez espantosa, levantando una nube de polvo amarillo que volvía la atmósfera irrespirable. La corriente de aire apagó la llama del candil, y la joven se vio sumida en las tinieblas mientras la arena continuaba derramándose de manera inagotable. Anuna hizo un amago de huida, pero la alfombra crujiente le aprisionaba ya las piernas hasta las rodillas, y tuvo grandes problemas para extraer sus pies de la ganga arenosa en constante expansión. Se ahogaba, tosía, cegada por el polvo de silicio que se metía en sus ojos, boca y pulmones. Era como si una tempestad acabara de estallar en el interior del laberinto, recubriéndolo todo, sepultando a hombres y objetos. Anuna se protegió el rostro lo mejor que pudo. La capa compacta no dejaba de espesarse, había que moverse, trepar a ciegas para no dejarse enterrar. ¿Qué se había hecho de los enanos? Su pequeña estatura hacía de ellos víctimas soñadas para este tipo de trampa. Anuna tosía hasta destrozarse el pecho. No sabía ya dónde se encontraba, no oía más que el murmurio sedoso de la arena derramándose del techo, en una columna tan densa que hubiérase dicho sólida.

«Dakomon se equivocaba –pensó– tratando de llegar al final del pasillo. Anatotep no ha respetado sus planes, no se ha servido del laberinto móvil, ha reemplazado los tabiques montados sobre pivotes por depósitos instalados en el techo. Cada vez que se pisa un resorte, se desencadena una avalancha. Si uno se encuentra justo debajo de la trampa, tiene todas las probabilidades de perecer o bien de ser aplastado por el peso de la arena cayendo desde lo alto de la bóveda...»

Era una estratagema de la que Anuna no había oído hablar nunca. Una trampa inédita que transformaba la pirámide en un inmenso arenal de paredes de granito, un arenal cuyos depósitos múltiples se vaciarían al menor estímulo.

«¡Por los dioses! –pensó la joven–. ¡Qué cantidad de polvo hay almacenado por encima de nuestras cabezas?»

Motivos había para creer que habían paleado la mitad del desierto al interior de la pirámide. La trampa, fluida, imprevisible, parecía perfectamente calculada para llenar todos los pasillos uno tras otro.

«Es justamente lo que nos sucederá si nos volvemos a equivocar –pensó Anuna–. Seremos enterrados vivos, aplastados, ahogados...»

Se debatía, luchando contra la blanda y seca masa que se cerraba sobre ella, atrapándola a medida que trataba de alejarse.

La avalancha cesó finalmente, pero el polvo siguió cayendo largo rato aún. Anuna permaneció tumbada sobre la superficie de la arena, con la cabeza entre las manos, protegiéndose los ojos, la nariz. Se puso a estornudar. La noche la envolvía. Se preguntó donde se encontrarían los candiles. ¿Cómo encontrarlos entre la masa arenosa que obstruía el pasillo? ¿Y dónde estaban los otros? ¿Tomak, los enanos? ¿Habían sido enterrados, aplastados por el peso de la columna de polvo?

Llamó, aterrorizada ante la idea de no obtener ninguna respuesta. ¿Y si ella era la única superviviente?

Unos gemidos le respondieron. Al oír crujidos en la alfombra de sílice, comprendió que alguien trepaba hacia ella. Unos flacos dedos palparon sus tobillos. Eran los del anciano. Ella se maldijo por haber olvidado su candil y todos sus pertrechos en el fondo de su sarcófago, pero había sido por culpa del escorpión y de la fiebre que le había turbado la mente. Este error podía costarle la vida. Llamó a los enanos, echando mano de las pocas palabras de dialecto que le había enseñado Netub. Resonó un gruñido, lejano, seguido de un ataque de tos. Transcurrió un largo rato, poblado de ruidos como de excavación, luego unos destellos surgieron en medio de las tinieblas, extrañamente deslumbrantes. Anuna pensó que lo normal habría sido que percibiera el olor de los sílex entrechocados. El polvo había insensibilizado su nariz, era un mal augurio para continuar el recorrido. Tembló de alegría al ver resplandecer la minúscula llama al borde de la mecha aceitosa. El pigmeo que había conseguido que tuvieran luz de nuevo se encontraba también con tres cuartas partes de su cuerpo metido en la arena. Sólo sus brazos, su cabeza, emergían de la crujiente alfombra. Anuna reptó hacia él para ayudarle a liberarse. Había que evitar hacer grandes aspavientos, pues la arena, muy seca, se trocaba fácilmente en una nube de polvo.

–¿Dónde están los demás? –inquirió Anuna cuando el acróbata enano estuvo casi liberado.

Con una indicación, vino a decirle que sus compañeros se encontraban en alguna parte debajo de la superficie, prisioneros del polvo mortal caído del techo. Anuna se puso a excavar nuevamente. El pasillo estaba colmado hasta la mitad de su altura. Si la joven no hubiera tenido el reflejo de echarse a correr, habría sido tragada también por la avalancha. Cuando estuvo debajo de la trampa, levantó los ojos para tratar de calibrar la altura del depósito, pero era demasiado grande para que pudiera distinguir sus límites. ¿Cuántos había en toda la extensión del techo? Construidos en lo alto, contenían probablemente enormes cantidades de arena, que no esperaban más que un disparador para derramarse sobre la cabeza de los intrusos extraviados en el corazón de la tumba.

A fuerza de excavar, terminó por tocar un brazo, un rostro. Consiguió liberar así a otros dos pigmeos casi inconscientes. Un cuarto apareció en la superficie por sus propios medios. Necesitó mucho más tiempo para localizar al jefe del grupo, el que había desencadenado la catástrofe golpeando las losas con la palanca. Estaba muerto, desnucado por el peso de la arena que había sido mezclada con piedras. Anuna se quedó inmóvil, con las manos ensangrentadas. Alrededor de ella, los enanos excavaban con frenesí. Comprendió que buscaban los talegos de oro y de joyas que la avalancha había sepultado.

–Los candiles y el agua... –les gritó con voz quebrada por el polvo–. No olvidéis los odres de agua.

Se desengañaron bien pronto. Aunque los talegos con la pedrería y los lingotes de oro fueron liberados sin mayores problemas, no ocurrió lo mismo con los odres de piel de cabra, algunos de los cuales, bombardeados por las piedras que caían de la bóveda, habían estallado, derramando su precioso contenido en la arena. A pesar de una búsqueda exhaustiva no fue posible encontrar toda la reserva de aceite. Además, estos trabajos de excavación, efectuados en una atmósfera enrarecida, dejaban agotado a todo el mundo.

Anuna y los supervivientes se replegaron al extremo del pasillo, en la linde de una nueva antesala, y se concedieron un descanso para mordisquear algunas galletas y un puñado de dátiles.

–Es preciso esperar –murmuró Anuna dirigiéndose a los enanos–. Por el momento, he perdido el olfato. El polvo ha matado todos los olores. Si continuamos a ciegas, corremos el peligro de provocar una segunda avalancha.

Acompañaba sus palabras con gestos evocadores, confiando hacerse comprender por los pigmeos. Ellos sacudieron la cabeza. La catástrofe y la pérdida de su jefe habían quebrantado un poco su soberbia.

–¿Qué va a pasar ahora? –se preguntó Tomak–. ¿Nos moriremos aquí?

Había pronunciado estas palabras con un tono curiosamente desengañado, como alguien que no tiene ya gran cosa que perder.

–Espero que no –suspiró la joven–, pero no puedo prometerte nada. No tenemos ya mucha agua, ni tampoco demasiado aceite, e ignoramos dónde se encuentra el conducto de aireación que debe permitirnos salir de la pirámide.

–No es un conducto de aireación –corrigió el anciano con un tono de voz docto–, sino el camino por el cual el ba y el ka pueden ir y venir. Todas las pirámides cuentan con uno. Normalmente, una efigie de Upuaut, el dios abridor de los caminos, señala el emplazamiento de esta rampa por la cual el alma y el doble entran y salen a su antojo de la tumba para volver a visitar a los vivos.

–Estás hecho todo un sabio –observó Anuna–. Hace un rato no te acordabas de nada.

–Es cierto –confesó el anciano–. Me he acordado de ello de repente.

–¿Estás seguro de lo que dices respecto a la efigie de Upuaut? –insistió la joven–. Es muy importante. Si pudieramos ver esa estatua de lejos, sabríamos al punto en qué dirección ir.

Tomak encogió sus flacos hombros.

–Mi pobre pequeña –gimió–, ¿cómo vas a ver la menor estatua con un candil que no ilumina ya a cinco pasos? Haría falta más luz. De este modo, al menos, abarcarías toda la perspectiva de los pasillos.

–Tienes razón –rezongó Anuna–, pero si encendemos todos los candiles a la vez, acortaremos mucho nuestro tiempo de iluminación.

El viejo hizo un gesto de cansancio.

–Es una opción –soltó–. De todos modos, pienso que no tendremos bastante aceite para recorrer la totalidad del laberinto, pues te desplazas con excesiva lentitud.

–¿Has visto lo que sucede cuando se va deprisa? –le espetó Anuna picada por la crítica–. Piensa que hay sin duda bastante arena por encima de nuestras cabezas como para levantar una colina de considerables proporciones. La pirámide está probablemente hueca en un tercio de su volumen, y ese tercio no espera más que un error por nuestra parte para abatirse sobre nuestros hombros. Al próximo fallo, nos encontraremos quizá ante una galería tan obstruida que no podremos ya avanzar ni retroceder.

–Haz como te parezca –murmuró Tomak–. Soy demasiado viejo para pretender mandaros.

No dijeron nada más y se contentaron con mirar fijamente la pequeña llama que chisporroteaba en la punta del pico de terracota del candil. Anuna estaba turbada. Después de todo, el anciano tal vez tenía razón. A fuerza de mostrarse demasiado prudente, disminuía sus posibilidades de supervivencia. Dudaba, sin embargo, de arriesgarlo todo en una corazonada. ¿Encender todos los candiles? Sí, era una idea seductora, pero ¿existía esa estatua de Upuaut? ¿Había hecho mención Anatotep a ella delante de su doble? ¿Se trataba de una vaga fantasía carente de base real?

Se enderezó. El chaparrón de arena le había puesto los hombros en carne viva. Los pigmeos sangraban también. Uno de ellos, que tenía una oreja malherida por una piedra, se había anudado una banda alrededor de la cabeza. No se quejaba, a pesar de la sangre que goteaba del vendaje.

Había que volver a ponerse en camino, a causa del aceite, a causa de la luz, a causa de las tinieblas.

Los enanos, sobrecargados por los talegos de oro, caminaban curvados, poniendo escrupulosamente el pie donde lo acababa de poner la perfumista.

Anuna olfateó la penumbra, tratando de reencontrar la presencia del perfume mágico bajo el olor a polvo seco que había esterilizado los pasillos.

Hubo por desgracia dos nuevas avalanchas. Dos veces el techo se entreabrió para permitir al desierto precipitarse en las profundidades de la pirámide. Cada vez, la lluvia de arena levantó la misma tempestad, colmando la sección de pasillo en un tiempo asombrosamente corto. Por mucho que Anuna y sus compañeros trataban de ponerse fuera de su alcance, siempre la marea de fluida y crujiente arena les atrapaba, cubriéndoles los pies, las rodillas. Cuando estaban hundidos hasta medio muslo, se encontraban en la mismo posición que una estatua clavada en su pedestal: no podían ya moverse... Entonces no cabía hacer otra cosa que esperar, rezando para que la avalancha acabara pronto y no les enterrara enteramente. Otro enano murió ahogado; cuando le liberaron, tenía la boca llena de arena. Los pigmeos excavaban obstinadamente, totalmente decididos a no abandonar ninguno de los talegos que contenían el tesoro robado en la cámara mortuoria. Dado que su número disminuía, cada uno de los supervivientes tenía en adelante que llevar más alforjas. Aunque dotados de una gran fuerza física, comenzaban a experimentar alguna dificultad en avanzar.

Anuna había perdido la noción del tiempo. Cada tempestad de polvo la obligaba a esperar largo rato el retorno del perfume... Estaba agotada y temía multiplicar los errores. Alzando el candil, escrutaba las tinieblas del laberinto para intentar descubrir la silueta de Upuaut, el dios perro, el guía, el abridor de los caminos mencionado por Tomak. Pero el anciano buen hombre lo había previsto con acierto, habría hecho falta mucha más luz. Lamentó no haberse traído unas antorchas, pero luego cambió de parecer al caer en la cuenta de que una iniciativa semejante no habría dejado de ser una estupidez, pues las antorchas hubieran consumido todo el aire contenido en los pasillos en un lapso de tiempo extremadamente reducido, lo que habría obligado a los ladrones a desplazarse a paso ligero.

Dudó, pues la oscuridad le hacía creer que el dédalo era más grande de lo que en realidad era. Dado que no sabía qué dirección tomar, se veía obligada a explorar sistemáticamente cada pasillo para escrutar el techo. A ese ritmo, el sol se habría levantado haría horas cuando a ella le quedara aún la mitad del laberinto por recorrer. Habría que tomar una decisión, jugarse el todo por el todo. Volviéndose hacia los enanos, dijo:

–Vamos a cambiar de táctica. Encenderéis todos los candiles. Cada uno de nosotros llevará uno alzándolo lo más posible. Es preciso encontrar la estatua de Upuaut... escrutad las galerías, tratad de localizar la efigie del dios perro. Cuando la hayamos encontrado, dejaremos finalmente de avanzar al azar.

Le costó mucho hacerse comprender. Los pigmeos comenzaron por negarse a encender los candiles. Repetían todos al unísono la palabra «noche», para indicar que temían la aparición irremediable de las tinieblas tan pronto como ardiera la última gota de aceite.

–De todas maneras, estamos perdidos –se enfureció la joven–. El polvo tarda demasiado tiempo en posarse en el suelo, y yo no puedo oler nada mientras no lo haya hecho. Si sufrimos una nueva avalancha, habrá que volver a esperar, y esperar... Pronto amanecerá, lo que hará nuestra salida imposible. No podréis abrir el paramento de caliza mientras haya gente merodeando por los alrededores de la pirámide. Sin duda no faltará quien vaya a señalar esta anomalía a los soldados del acantonamiento más próximo. Ello quiere decir que si queremos huir sin que nos vean, estaremos condenados a esperar que se haga de nuevo de noche. Ahora bien, pronto no habrá aire suficiente en el subterráneo. Es evidente, ¿no notáis cómo se carga la atmósfera? Hay que salir ahora, antes de que despunte el día. Después será demasiado tarde. Moriremos asfixiados.

Argumentó largamente. Los pigmeos se pusieron de acuerdo en su lengua, aplicándose sin duda a reconstituir lo que ella había tratado de explicarles. Terminaron por capitular y sacaron de los talegos los otros candiles cuyos depósitos llenaron. Encendieron las mechas una tras otra, y cada uno de ellos se hizo con una lamparilla que levantó lo más alto posible. La suma de llamas mejoraba considerablemente el campo de visión hasta aquel momento terriblemente reducido. El olor de la grasa de cordero indisponía a Anuna tanto como al inicio de la deambulación, pero no veía ningún otro medio de escapar de la trampa urdida por Anatotep. Con los candiles levantados, recorrieron un nuevo pasillo, iluminando la perspectiva del laberinto por cada una de las puertas que en él se abrían.

–¡Allí! –chilló de repente Tomak, con su flaco dedo apuntado hacia una silueta alzada en medio de un pasillo–. Es él...

Anuna frunció el entrecejo. ¿Era Upuaut o Anubis? A esa distancia podían confundirse ambas representaciones. El dios perro y el dios chacal –El-que-está-acostado-sobre-su-vientre– se asemejaban extrañamente.

«La suerte está echada –pensó ella–. Hay que ir hasta allí, pues de todos modos no tenemos ningún otro punto de referencia.»

–Mirad bien la dirección que hay que tomar –soltó ella–. No hay que desviarse. Ahora apagad los candiles sobrantes, no los vamos a necesitar ya, y su olor me molesta demasiado.

Entonces volvió a comenzar el lento avance en medio de las losas. Anuna iba en cabeza, acechando la reaparición del perfume creado por Dakomon. No sabía ya si era capaz aún de percibirlo, pues el polvo de arena había insensibilizado en gran medida sus fosas nasales. Había que acabar con aquello de una vez por todas, caminar directamente hacia la estatua y no pensar ya en nada más...

Localizó tres losas con trampa. Las inmediaciones de la estatua de caliza parecían «protegidas» por una red de resortes, y ello la tranquilizó, puesto que significaba que Tomak no se había equivocado. Upuaut señalaba el camino a seguir. Había sido plantado allí para ayudar al ba y al ka en sus incesantes deambulaciones entre el mundo de los vivos y el de los muertos. Quedaban una veintena de codos por recorrer, lo que representaba igualmente una veintena de losas de granito, ya que cada pasillo medía cuatro codos –dos losas– de ancho. Era a la vez muy corto y muy largo, pues mucho se temía que Anatotep hubiera intensificado las trampas alrededor del tunel de aireación. Había que demostrar más que nunca una extrema prudencia. Aisló cinco losas «perfumadas», tan próximas las unas de las otras que resultaban difíciles de localizar. Este obstáculo la hizo quedarse inmóvil un largo rato y agotó toda la energía que aún le quedaba. Cuando pudo por fin posar la mano en el pecho de la estatua, apenas si se mantenía en pie.

–¡Es ahí! –soltó Tomak apuntando su flaca mano hacia el techo. ¡Mirad!

Un orificio cuadrado se recortaba en el granito de la bóveda, pero demasiado alto para que pudiera alcanzarse levantando los brazos.

–¡Por los dioses! –dijo en un hipido la joven–. ¡Pero si es un agujero minúsculo!

Estaba horriblemente decepcionada, aterrada incluso... Netub había hablado de un conducto del ancho de un codo... ¡Se había equivocado! El orificio que Anuna contemplaba era apenas lo bastante ancho como para que un niño pudiera meter los hombros por él. Los pigmeos podrían introducirse por dicho orificio sin problemas, pero... ¿y ella?

Una espantosa duda la asaltó. ¿Y si Netub le hubiera mentido desde un buen principio? ¿Si la hubiera hecho descender en la tumba a sabiendas de que no iba a poder volver a salir nunca jamás? El miedo y el asco le hicieron sentir ganas de gritar. ¿Y si la hubiera utilizado como utilizaba a todo el mundo? ¿No era un bandido, al fin y al cabo? ¿Un canalla? Ella había creído que un lazo indefinible había terminado por tejerse entre ellos; pero tal vez estuviera equivocada...

Los pigmeos se habían puesto a preparar el material de escalada. Desenrollaban las cuerdas que cubrían sus caderas y ataban los talegos de oro a ellas. Mediante gestos, le indicaron a Anuna que treparían ellos primero a fin de preparar el camino y agujerear el delgado paramento de caliza que obturaba el extremo superior del conducto simbólicamente abierto para permitirle al ka salir de la tumba. Cuando todo estuviera listo, lanzarían una cuerda para que ella se reuniera con ellos. Tras dar estas explicaciones, se desnudaron, se frotaron con grasa y luego le alargaron el pote a la joven haciéndole una señal para que les imitara. Como dudaba, uno de ellos hizo ademán de arrancarle las ropas. Anuna sacudió la cabeza para indicar que había entendido. Si tenía la menor posibilidad de pasar por el angosto conducto que se abría encima de su cabeza era, efectivamente, a condición de estar desnuda y untada en aceite.

Los enanos formaron entonces una de esas pirámides humanas que levantaban maravillosamente bien en un periquete. El que se encontraba en lo alto de la columna desapareció al punto por aquel orificio que los sacerdotes llamaban «el camino de las almas».

Con las piernas separadas, se encajó dentro de él y se puso inmediatamente a hacer muescas en la piedra, con el fin de poder asegurar sus asideros. Una vez más, Anuna se quedó maravillada de la vitalidad y potencia de aquellos hombrecillos. Comprendía por qué los faraones trataban de procurárselos por todos los medios posibles. Cayó de repente en la cuenta de que había sido siempre incapaz de diferenciarlos, y que ignoraba sus nombres. El enano rampante trabajaba deprisa. Caía polvo de caliza a modo de fina lluvia sobre los hombros del dios guía. El conducto, de una inclinación de unos cuarenta y cinco grados, amplificaba el ruido de las herramientas. Pronto el enano estuvo fuera del campo de visión. Avanzaba en la oscuridad del conducto, haciendo muescas a derecha e izquierda, plantando ganchos de bronce a los que podrían sujetarse los que treparan tras él a medida que se elevaran por el conducto. Anuna se había sentado en el suelo, con la espalda contra la pared, para tratar de recuperar fuerzas. No había nada más que hacer salvo esperar a que el día no estuviera ya naciendo. La tensión y el terror le habían hecho perder la noción del tiempo. La noche que acababa de transcurrir le parecía ahora al mismo tiempo muy corta e interminable, tal como sucede muy a menudo en los momentos de crisis.

Una cuerda cayó por el conducto. Los pigmeos que quedaban abajo se apresuraron a atar a ella un talego lleno de oro. El tesoro tenía por supuesto prioridad. No se ocuparían de Anuna y del viejo más que una vez las riquezas hubieran sido izadas a lo alto del pozo.

La joven se sentía más nerviosa que nunca. Se sabía vulnerable, atada de pies y manos a la voluntad de los gnomos acróbatas. ¿Qué intenciones tenían? ¿Qué les había ordenado Netub Ashra? Pensó en el joven, en el placer que había sentido entre sus brazos, en la avidez sensual con que ella se había echado tantas veces sobre él. Se había repetido mil veces: «No estoy enamorada de él, no le amo. No es más que un juguete maravilloso...». Pero el sufrimiento que ella sentía en aquel mismo instante ante la idea de que hubiera podido traicionarla la hacía dudar de aquel bendito desapego.

Los talegos de oro desaparecieron por el conducto, uno tras uno. Rozaban contra las paredes, subiendo a estirones. Anuna supuso que el enano los estibaba cada uno a un gancho y luego reanudaba su ascensión. Se preguntó cómo conservaba el pigmeo la suficiente energía para llevar aún a cabo esa tarea agotadora. Unas vez izados los talegos, resonó una llamada dentro del conducto. Los últimos enanos se agarraron a la cuerda y se elevaron por los aires con pasmosa agilidad. Antes de desaparecer, el último de ellos hizo comprender a Anuna que debería esperar su señal para trepar a su vez, pues el conducto era tan estrecho que se corría el riesgo de que faltara el aire si se amontonaban allí con precipitación.

«Por lo menos no retiran la cuerda», constató la joven observando la cuerda que caída del techo.

Estaba sola con Tomak, sentada sobre las losas de granito, rodeada por la tinieblas de la tumba.

«No les soy ya de ninguna utilidad –se repetía en silencio–. ¿Por qué habrían de tomarse la molestia de izarme después de ellos... y, por otra parte, ¿soy lo bastante delgada como para poder pasar por el conducto?»

–Van a reunirse con Netub Ashra, ¿verdad? –murmuró bruscamente el anciano que no había vuelto a abrir la boca desde hacía dos horas.

Anuna se estremeció. Ella no había pronunciado en ningún momento el nombre del jefe de los bandidos. ¿Cómo es que el anciano tenía esa información?

–¿Cómo lo sabes? –le preguntó ella.

El viejo se encogió de hombros.

–Oh –suspiró–, sé muchas más cosas de las que tú te imaginas, pues he sido yo quien ha organizado este robo.

«Delira –pensó la joven–. No pierdas el tiempo en llevarle la contraria.»

–Sí –prosigió Tomak– Fui yo quien tuvo la idea de este pillaje, acabo de acordarme ahora mismo. El plan germinó en mi cerebro cuando comprendí que Anatotep había dado orden a sus asesinos de suprimirme tan pronto como él hubiera entregado su alma. No quería que yo le sobreviviera, no soportaba esta eventualidad. Era algo odioso para él... ¿Te lo imaginas? ¿Un humilde pescador del alto Nilo que llega a más viejo que el faraón del que no ha sido más que el pobre doble? No era posible. Era preciso que el hilo de mi vida fuera cortado de golpe en el mismo momento en que el de Anatotep se rompiera...

Anuna se acercó al anciano. De repente, no estaba ya completamente segura de estar escuchando un simple desatino senil. ¡Por los dioses! Era evidente que Tomak recobraba la memoria. El traumatismo del envenenamiento se borraba, permitiéndole recuperar sus recuerdos por un momento perdidos. ¿Así que era él quien había manejado los hilos de todo? ¿Desde un principio? Le acosó a preguntas, y su voz jadeante se puso a resonar dentro de la tumba, despertando lejanos ecos al fondo de los pasillos.

–Me temía desde hace tiempo que estuviera condenado –prosiguió el anciano–, pues me había pasado tantos años escuchando los monólogos de Anatotep que poco menos que sabía leer en sus pensamientos. Él se creía malicioso, astuto, retorcido, cuando lo cierto es que era terriblemente previsible... He jugado a hacerme el memo durante todo este tiempo, a fin de no despertar su desconfianza, pues un imbécil no infunde miedo. Me he esforzado en aparentar que carecía de finura, que era glotón, borracho, únicamente preocupado por los placeres del harén y de la mesa. Él venía a verme a diario, ya entrada la noche, porque en definitiva era un hombre que estaba solo, que era detestado por todos y que no tenía a nadie con quien hablar. Se sentaba, bebía, y monologaba, igual que uno se dirige a un perro o a un mono amaestrado.

Se interrumpió, pues tenía la boca seca. Pidió agua, y Anuna le dio la poca que quedaba en el odre. Debido al polvo de arena, habían bebido todos mucho en el curso de las últimas horas. Era vital que se les hiciera salir de la pirámide antes de que pasara mucho tiempo si no querían morir de sed en breve.

Tomak sacudía la cabeza, tratando de orientarse en el laberinto de sus recuerdos distorsionados. La llama del candil hacía más profundos sus rasgos descarnados, y tenía más que nunca la apariencia de una momia evadida de su sarcófago.

–Desde que tuve el convencimiento de que me iba a hacer asesinar, tomé mis precauciones –murmuró–. Gozaba de mejor salud que él, sabía que podía sobrevivirle muchos años aún... Pero la riqueza me había echado a perder, no podía pasarme ya sin esa vida principesca que llevaba desde hacía treinta años. Sabía que no podría conformarme con una vida humilde... No era cuestión de escapar con las manos vacías...

–¿Habrías podido hacerlo? –preguntó Anuna.

–Sí –respondió el anciano–. Resultaba fácil, pues nadie me vigilaba. Habría podido hacerme pasar por Anatotep y ordenar a los porteadores que me condujeran fuera de palacio, y una vez allí, darles esquinazo, perderme entre la multitud. Pero ¿qué habría podido llevarme conmigo? Poca cosa en verdad. Dos o tres lingotes de oro, un puñado de piedras preciosas. Nadie hubiera entendido que saliera de palacio con un bagaje importante. Inmediatamente los soldados de la guardia habrían querido acompañarme... El peligro habría sido el mismo de haberme disfrazado de jardinero. Desnudo, vestido con un simple faldellín y un bastón, me habrían dejado pasar sin hacerme la menor pregunta, pero de haber llevado una alforja en bandolera los centinelas me habrían registrado al punto... Y además, no era mi deseo contentarme con una miseria, con unas simples migajas de tesoro... ¿Cuánto duran tres lingotes de oro si se quiere llevar un buen tren de vida? Necesitaba arramblar con todo. Despojar a esa vieja carroña de nomarca.

–¿Cuándo comprendiste que ello era realizable?

–Cuando Anatotep cometió el error de mutilar a Dakomon. Ese muchacho estaba totalmente consagrado a él, pero el nomarca se sentía demasiado torturado por la desconfianza para darse cuenta de ello. Destrozando su belleza, se ganó un enemigo encarnizado. Sentí que con él tenía la clave del problema. Me vi con Dakomon en secreto, mientras se recuperaba de sus heridas... y me puse de acuerdo con él. Le incité a que se aliara con Netub Ashra, porque ni él ni yo estábamos en condiciones de asumir la parte física de la operación... Pero fui yo quien lo imaginó todo: las falsas momias, los enanos... Dakomon y Ashra no han sido más que los ejecutores.

Anuna se llevó el odre a los labios para recoger algunas gotas de agua. También ella se moría de sed.

–No comprendo cómo has podido acabar dentro de esta tumba, tú que tan astuto eres –soltó ella–. ¿Era algo intencionado? ¿Acaso querías vigilar el desarrollo de la operación?

El anciano levantó las manos en señal de impotencia.

–No –suspiró–. Las cosas tomaron un cariz imprevisto, eso es todo... En el envenenamiento es donde algo no salió bien... pero no recuerdo ya muy bien el qué... Tenía que beber al mismo tiempo que Anatotep el vino envenenado, era algo ineludible, pues él era terriblemente desconfiado. Era incluso preciso que vaciara mi copa de un trago antes de que él tocara la suya... Sólo con esta condición hubiera aceptado él beber a su vez, yo lo sabía... Me parece que tomé precauciones para no sucumbir al veneno... pero ya no sé en qué consistía dicho subterfugio... A partir de ahí mis recuerdos se vuelven borrosos.

–¡Ya sé! –dijo la joven–. Pues fui yo quien les llevó el veneno a los dos niños encargados de ponerlo en el vino del nomarca. Hiciste como ellos: bebiste resina para que el veneno no entrara en contacto con tu estómago. El barniz vegetal te habría protegido el tiempo que Anatotep tardara en desplomarse, y acto seguido no habrías tenido más que provocarte el vómito para desembarazarte del líquido tóxico. Era muy ingenioso... pero tienes razón, algo imprevisto pasó, y creo saber el qué. Netub les había insistido mucho a los dos chiquillos en que no empleasen más que una pequeñísima dosis de veneno, pero en su deseo de ver morir al nomarca, ellos desobedecieron, y fue el contenido entero del frasco el que vertieron dentro del vino. He aquí por qué caíste fulminado, tú también. El veneno era demasiado concentrado, el barniz vegetal no pudo protegerte del todo... Sin la resina, habrías muerto, como Anatotep. Gracias a ella sobreviviste el tiempo suficiente para que los médicos se ocuparan de ti y te hicieran devolver.

–Sí –aprobó Tomak–, debe de ser eso... Pero fue entonces cuando perdí la razón. Pasé un cierto tiempo en un estado de extravío... No sabía ya quién era. Todo se confundía en mi cabeza. Estaba loco, me creía muerto... No he recobrado la conciencia más que al salir del sarcófago, hace apenas unas horas. Ha sido en ese momento cuando el velo ha ido cayendo progresivamente.

–¿Qué debías hacer tras la muerte de Anatotep?

–Escapar de palacio, reunirme con Netub Ashra y esperar los funerales.

–Netub no me ha hablado jamás de ti...

–Por supuesto, pues todo esto debía permanecer en secreto. Tú no eras más que una ejecutante, y no era cosa de ponerte al corriente de nuestros planes.

Anuna apretó los dientes. ¡Qué idiota había sido! Se había creído próxima a Netub cuando éste la colmaba de falsas confidencias, cultivando una complicidad ficticia destinada tan sólo a tranquilizarla.

–¿Y ahora? –soltó ella cogiendo al anciano por los hombros–. ¿Qué va a pasar?

–Van a abandonarte aquí –murmuró Tomak–. Ha estado siempre previsto así... A la hora que es, los enanos ya han salido de la pirámide con el tesoro, galopan por la llanura, estamos completamente solos, tú y yo. Y nadie vendrá a buscarnos.

Anuna se incorporó bruscamente.

–¿No hubieras podido decirlo antes? –vociferó ella con una voz que resonó a través de toda la extensión del laberinto.

El anciano se encogió en el suelo como un niño al que se riñe.

–Ya no me acordaba –balbuceó–. Y además soy demasiado viejo... ¿Qué habríamos podido intentar contra esos horribles enanos? Me he castigado a mí mismo... He caído en mi propia trampa. Sin duda ésa es la voluntad de los dioses. Han querido castigarme por mis blasfemias. Cálmate, hay que prepararse para morir. No queda más remedio. Fui yo quien le ordené a Netub que te dejara en el fondo de la tumba, para aumentar así la parte del tesoro de cada uno de nosotros. Los pigmeos debían preocuparse tan sólo de sacar el botín. De todos modos, bien puedes ver que el conducto es demasiado estrecho para nosotros...

–¡Han dejado una cuerda! –espetó la joven–. Nada está perdido.

–Es un simple señuelo para tranquilizarte –gimió Tomak–. Está medio cortada, si tratas de colgarte de ella, se romperá. Inténtalo, ya lo verás. Te lo repito, todo ha sido previsto. He organizado nuestra propia agonía. Todo es culpa mía. Hay que resignarse, implorar la clemencia de los dioses. Regresemos a la cámara mortuoria, localizaremos la momia de Anatotep y la instalaremos en el receptáculo de basalto, como hay que hacer... ¿No nos estará acaso agradecido el tribunal del Amenti por esta reparación? No quiero que mi corazón sea arrojado a la perra de los Infiernos...

Se agarraba a las piernas de Anuna que le rechazó sin ningún miramiento.

–¡Basta! –exclamó–. Me importa un comino Anatotep, yo lo que quiero es salir de aquí, quiero mi parte del tesoro, que me he ganado sobradamente. No dejaré que Netub Ashra me dé gato por liebre. Y tú saldrás conmigo.

–Eso es imposible –lloriqueó Tomak–, no me veo con fuerzas...

Sin ocuparse ya de él, Anuna asió la cuerda y se colgó de ella. Cedió casi al instante, tal como había previsto el anciano. Cuando la joven examinó la cuerda rota, vio que efectivamente estaba medio cortada con un cuchillo.

–¡Tú misma puedes verlo! –dijo en tono triunfante Tomak–. No hay nada que hacer. Regresemos a la cámara mortuoria y reparemos nuestros errores... La clemencia de los dioses tal vez nos ahorre los tormentos del infierno.

Anuna no le escuchaba. Con la cabeza levantada, se esforzaba por detectar eventuales ruidos en el interior del conducto. Todo estaba silencioso; dedujo de ello que los enanos habían horadado el paramento de caliza adherido a la superficie de la pirámide, y que habían abandonado la tumba deslizándose hasta el suelo. Era preciso tomar el mismo camino, sin esperar a que los candiles se apagasen o a que el agua se acabara del todo.

Volviéndose hacia el anciano, se puso a deshacer las bandas con que él estaba todavía envuelto.

–Las trenzaremos para hacer con ellas una cuerda –explicó–. Yo iré por delante y tiraré de ti. No eres gordo; una vez untado con grasa de cordero, no deberías tener ningún problema.

–Pero ¿cómo alcanzar el agujero? –gimoteó Tomak señalando el orificio que se recortaba en el techo–. Ni siquiera saltando, podrías llegar a él.

–Voy a encaramarme sobre la estatua de Upuaut –dijo Anuna–. Si no se vuelca, tal vez consiga cogerme a una de las muescas que los enanos han hecho en el interior del conducto.

–Es piedra caliza desmenuzable –observó el anciano rozando con sus dedos la efigie del dios perro–. Si se cae, se romperá en mil pedazos.

–Tú la sostendrás –rezongó la joven–. Aferrándola con tus brazos, como si fuera una de las mujeres de tu harén. Ello impedirá que se mueva. Vamos, desnúdate, hay que frotarse con grasa. Está a punto de amanecer. Si no salimos ahora, moriremos de sed antes de que termine el día. Tengo la impresión de haber masticado natrón de lo seca que tengo la lengua.

Ella se desnudó y se friccionó de la cabeza a los pies, insistiendo muy especialmente en los hombros que temía que fueran demasiado anchos. Luego se limpió las manos con un puñado de arena para volverlas menos resbaladizas. Con un trozo de tela, confeccionó una alforja que llenó de polvo y que se colgó al cuello. Utilizaría este polvo de sílice para secarse las palmas de las manos en el curso de la ascensión. Cuando consideró que estaba lista, trenzó burdamente las bandas de lino para confeccionar una especie de arnés que anudó bajo las axilas del anciano. Metió toda la grasa de que disponía en otra alforja y la ató en torno a la cintura de Tomak.

Quería actuar sin pensar demasiado en lo que la aguardaba en lo alto. Su gran terror era quedar atascada dentro del conducto, y no poder ya ni avanzar ni retroceder. Si eso sucedía, se vería condenada a morir a unos pocos metros de la libertad, mirando fijamente la luz del día que le llegaría por el agujero abierto en el paramento.

–Vamos allá –dijo jadeando–. Voy a subir sobre la estatua. Apriétala con todas tus fuerzas para impedir que se mueva.

Con las manos y los pies frotados con polvo, escaló la efigie de Upuaut. La estatua no era muy grande, pero le permitía ganar tres codos, lo suficiente para tocar con los dedos los contornos del orificio. Cuando se subió sobre los hombros del dios perro, lo sintió oscilar bajo su peso.

–¡Aprieta! –le vociferó a Tomak–. ¡Aprieta más fuerte!

El anciano hacía todo cuanto podía, a pesar de que sus enflaquecidos brazos no estaban en absoluto en condiciones de desplegar una potencia apreciable.

Anuna se mantenía erguida de puntillas, con los dedos explorando el interior del conducto a la búsqueda de una muesca. Estaba demasiado bajo aún, sería preciso que saltara... a riesgo de perder el equilibrio en el momento que volviera a caer. Y sin embargo había unas muescas, estaba segura, había visto al enano hacerlas... Dudó, pues no tenía gran confianza en la fuerza de sus brazos. Ella era perfumista, no peón albañil. Nunca había tenido que contar con sus músculos para ganarse la vida. Ahora lo lamentaba. Era preciso saltar...

Dobló las rodillas, y, de un impulso de sus pantorrilas, brincó hacia el techo, con los brazos extendidos, las uñas arañando la cara interna del conducto. Sus dedos tocaron una falla, se colgó de ella, y, mediante un movimiento de tracción, empezó a izarse dentro del conducto. Sin la ayuda de las largas muescas abiertas por quienes la habían precedido, no lo habría logrado jamás. Afortunadamente, los golpes de piqueta habían hecho profundas entalladuras en la piedra caliza desmenuzable, abriendo en ella unos escalones regulares. Pasó por un momento de pánico cuando el peso de su cuerpo pareció que fuera a arrancarle los tendones, luego su vientre se introdujo a su vez en el orificio, y entonces supo que lo había conseguido. Apenas si tenía espacio para respirar, y sin la grasa de que estaba cubierta le habría costado lo indecible progresar. No podía avanzar más que con los brazos levantados por encima de la cabeza, y le resultaba poco menos que imposible doblar las rodillas.

«Si el paso se estrecha más aún –pensó–, estoy perdida.»

No veía nada y debía contentarse con andar a ciegas. Trepó una distancia de diez codos, localizó finalmente un gancho de bronce y lo utilizó para atar la cuerda de bandas trenzadas cuyo extremo llevaba terciado. Utilizaría el agarradero a modo de polea para izar a Tomak. Retrocediendo para ganar espacio, comenzó a tirar de la «cuerda».

–¡Trepa! –vociferó sin saber si su voz llegaba hasta donde estaba el anciano–. Trepa sobre la estatua, pues voy a tirar.

Ella se dejó caer hacia atrás para hacer de contrapeso, e izar progresivamente a Tomak hasta el conducto. Le resultaba imposible mirar por entre sus piernas para ver lo que pasaba por debajo de ella de tan estrecho como era el conducto. Durante un largo momento la cuerda se vio agitada por desordenados estirones, y luego retornó la calma y cesó la tracción.

«O está detrás de mí, o se ha caído...», fue lo que pensó Anuna.

Una mano temblorosa tocó su tobillo izquierdo y lo aferró. El viejo había conseguido izarse al interior del conducto.

–Pon tus pies en las muescas –le gritó ella–. Hay una cada codo, lo cual impedirá que te deslices hacia atrás. Aunque la galería no es vertical, si dejamos de agarrarnos, nos vendremos abajo rápidamente, sobre todo untados de grasa como vamos.

Tomak le respondió de manera ininteligible. Ella decidió empezar la escalada sin esperar. La ascensión de los pigmeos había embadurnado las paredes del conducto de una fina capa de grasa, lo que facilitaba el avance pero volvía al mismo tiempo los asideros mucho menos seguros.

Cada vez que tenía que pasar por encima de uno de los agarraderos clavados en la caliza, Anuna sufría un verdadero martirio, pues el saliente de bronce le laceraba entonces los pechos y el vientre, cuando no la espalda y los riñones.

Apretaba los dientes, pero la sangre goteaba en un cálido hilillo a lo largo del rasguño, mezclándose con la grasa y el polvo de creta. Anuna trepaba, con las manos rígidas por el sufrimiento, los dedos desollados por los bordes rugosos de las muescas. Miraba recto delante de ella, hacia ese agujero que los gnomos habían practicado al final del recorrido, y por el que pronto iba a entrar la luz del naciente día. Si el sol se alzaba antes de que hubieran alcanzado la salida, habría de permanecer allí hasta la caída de la noche, sosteniéndose sobre el vacío, a merced de un calambre que la haría soltarse y caer de nuevo directamente dentro del vientre de la pirámide. No, eso no debía suceder... Sería incapaz de esperar un día entero. El sol del desierto, al dar en el paramento de caliza blanca, calentaría la pared como un fragmento de metal arrojado en una forja. El conducto se llenaría muy deprisa de ese calor para convertirse en un horno.

«Sin agua no aguanteremos –pensó–. Será como estar atados sobre una roca en medio del desierto.»

Además, no se podía descartar que algún curioso advirtiera el agujero que afeaba la cara lisa de la pirámide. En los días subsiguientes a los funerales de un alto dignatario, era mucha la gente que iba a merodear alrededor de su tumba, por simple curiosidad o por devoción. Seguro que habría alguno que señalara con el dedo hacia el orificio de salida y que avisara a los demás.

Por el momento, era de noche aún y nada estaba perdido. Anuna trataba de contar las muescas abiertas por los enanos a fin de determinar qué distancia le quedaba todavía por recorrer. Le dolía todo el cuerpo, las paredes del conducto le presionaban los costados como si quisieran ahogarla. La joven sabía que este fantasma no era debido más que al miedo y luchaba para no ceder, pero respiraba cada vez peor y sus músculos se contraían. Detrás de ella Tomak progresaba más cómodamente, porque era flaco y porque ella le remolcaba, ayudándole considerablemente en su esfuerzo.

«No te quedes atrancada –se repetía–. Sobre todo no te quedes atrancada.»

Sabía que estaba en el límite de la obstrucción. Su respiración jadeante hinchaba su caja torácica, aumentando aún más la impresión de angostura.

Supo que estaba próxima al orificio de salida cuando el aire fresco de la noche vino a acariciar su rostro. Tomó conciencia de que percibía los olores del exterior. El perfume de las palmeras, el de los dátiles, el olor del Nilo...

–¡Ya está! –suspiró–, lo hemos logrado! Tomak, ¿me escuchas?

Si le respondió, ella no le oyó. Con brazos temblorosos, aseguró sus últimos asideros. ¡No era aquel momento para perder el equilibrio y venirse abajo en sentido contrario!

«Si eso se produjera, los agarraderos tal vez te detendrían –se dijo–, pero al mismo tiempo te reventarían.»

Finalmente vio las estrellas, la luna... La abertura no era muy ancha, y los enanos no se habían tomado la molestia de allanar las asperezas. Unos ganchos y unas anillas habían sido plantados al borde del vacío para poder bajar los talegos que contenían el botín, pero todas las cuerdas habían desaparecido.

Anuna asomó la cabeza al exterior para llenar sus pulmones de aire fresco y calibrar la distancia que la separaba del suelo. A la sola luz de la luna, estimó que el orificio de salida se encontraba a una altura de ciento cincuenta codos. Era mucho, aún teniendo en cuenta la pendiente de la pirámide. No podía andarse sobre una pared con semejante inclinación, ni tan siquiera arrastrarse. Sin una cuerda a la que agarrarse, uno sería inmediatamente aspirado por el vacío, y se pondría a deslizarse dando tumbos sobre el paramento de caliza, igual que una roca rodando por la pendiente de una montaña.

«Por más lisa que sea –pensó–, me despellejaría completamente antes de llegar al suelo.»

Sin duda no se mataría, pero acabaría pareciendo una desollada viva.

Por lo que pudo ver, no había nadie abajo. Pero, por otra parte, ¿por qué habría de haber nadie? La ceremonia había concluido y la vida seguía su curso. Anatotep, el nomarca cruel, pertenecía ya al pasado.

Volviendo a meter la cabeza dentro del conducto, tiró de la cuerda para llamar la atención de Tomak.

–Vamos a utilizar las bandas para descender -dijo, separando las palabras–. Espero que resistan la tracción. La cuerda no será sin duda lo bastante larga para alcanzar el suelo; al llegar al final, habrá que soltarse y dejarse caer. Nos untaremos de grasa para disminuir el rozamiento, pero es probable que nos dejemos gran parte de la piel en la aventura... ¿Lo has entendido? Desata tu arnés, pues tengo que desdoblarlo para ganar en longitud. No podré serte de ninguna ayuda. Una vez que haya salido, deberás arreglártelas tú sólo.

Esperó un poco, y a continuación tiró de la cuerda. Sabía que los embalsamadores utilizaban casi unos ciento cincuenta codos de lino de una sola pieza para envolver una momia real. Ciento cincuenta codos... la distancia aproximada que la separaba del suelo, a condición no obstante de utilizar toda la banda cuan larga era, lo que no dejaba de ser enormemente arriesgado. Si ponía la banda doblada, reduciría su largura a la mitad, pero aumentaría su solidez. Contaba con el hecho de que Anatotep había exigido lino de primera calidad, de una extrema resistencia, a fin de atravesar los siglos sin que su atuendo funerario sufriera los efectos del desgaste. Había que tomar una decisión rápidamente, pues la noche comenzaba a palidecer.

A medida que ella recuperaba la banda de lino, la iba arrojando por la abertura. El viento de la noche jugaba con aquella interminable y delgada tela, haciéndola revolotear contra la blanca pared de la pirámide.

Anuna decidió utilizar el vendaje doblado. Con el torso medio fuera del conducto, trabajaba lo más rápidamente posible, inclinada sobre el vacío, manipulando la inmensa cinta de tela que chasqueaba en medio de la ventolera. Cuando consideró que casi la había dividido en dos partes iguales, la anudó a las anillas clavadas por los enanos al borde del orificio. Luego se untó de grasa lo mejor que pudo, y empezó a hacer esfuerzos para salir de aquella especie de tripa, con las manos anudadas a la cuerda, cabeza abajo. Lo exiguo del conducto –que le impedía volverse– no permitía otra postura. Las asperezas le laceraban las caderas, luego, de repente, cayó al vacío, y se encontró colgada a lo largo de la pared, en la punta de la cinta de lino que su peso atirantaba.

«¡Desciende! –le gritaba una voz desde el fondo de su cabeza–. Desciende mientras tus brazos tengan fuerzas aún para sostenerte.»

Gimió de terror, los pechos y el vientre pegados contra la piedra caliza del paramento inmaculado. Sus manos crispadas se negaban a desasirse. La cabeza de Tomak apareció por encima de ella, en el boquete abierto. Anuna comenzó a descender, tratando de reducir al mínimo los tirones. El lino aguantaba bien. Bajo su vientre, la pendiente era pronunciada, con una inclinación de casi cincuenta grados, Trató de arrodillarse, pero no consiguió más que desollarse y pegarse contra la pared con una violencia que a punto estuvo de hacer que se soltase. La caliza era muy lisa, pulimentada a mano por legiones de obreros. Si se deslizaba, sufriría a causa del rozamiento, no por el daño que pudieran hacerle las asperezas. Continuó su descenso. El viento de la noche azotaba su cuerpo sudoroso, le parecía helado y le hacía castañetear los dientes. Llegó sin problemas al extremo de la banda de lino, y de repente se encontró sin ningún apoyo sobre el vacío. Setenta y cinco codos la separaban aún del suelo. Encogiéndose como una bola, tenía la posibilidad de rodar a lo largo de la pendiente sin desollarse demasiado. Abajo, la arena del desierto amortiguaría su caída. No existía ningún otro medio de salir de aquella situación. De niña, había rodado a menudo sobre las faldas de las dunas, en la linde del desierto, pero la pendiente era entonces de muelle arena, no de piedra... Acurrucándose en posición fetal, se soltó e intentó recuperar los reflejos de su infancia. Rebotó duramente dos o tres veces, y acto seguido se puso a rodar cada vez más deprisa como un fardo de ropa lanzado desde lo alto de una colina. Fue rápidamente presa del vértigo, pero topó contra el suelo más pronto de lo que se hubiera imaginado. El choque la dejó medio anonadada, de modo que no pudo presenciar el descenso de Tomak. Cuando recuperó el conocimiento, el anciano yacía tumbado de espaldas, en la arena, gimiendo y todo él desollado. Le ayudó a incorporarse. Se había dislocado un hombro y daba vagidos como un niño.

–Lo hemos conseguido –soltó sin creérselo demasiado–. ¡Estamos vivos! ¡Vamos, hay que ponerse al abrigo!

Sostuvo a Tomak mientras él renqueaba en dirección a unas casas de adobe construidas a orillas del río.

Y fue desnudos, magullados, sangrando, como dieron la espalda al reino de los muertos. La noche iba tomando una coloración violácea, coloración que en poco rato se volvería rosada. En menos de una hora, cuando el sol del desierto cayera sobre la pirámide, nadie, a la vista de las bandas desenrolladas que flotaban al viento, ignoraría ya que Anatotep, el aborrecido, había salido de su tumba para volver a hostigar a los vivos, y todos se cubrirían el rostro de limo implorando la clemencia de Osiris.

VEINTITRÉS

Eran unas humildes casas destartaladas de adobe, construidas con una mezcla de arcilla y de paja desmenuzada. Anuna esperaba poder robar allí algunas ropas, no porque se sintiera incómoda estando desnuda –en Egipto, los obreros y campesinos trabajaban las más de las veces así, con el sexo protegido por un simple estuche peneal de bambú o de cuero -, sino porque quería disimular los rasguños sangrientos de que estaba cubierto su cuerpo, y que habrían podido llamar la atención. Se moría de hambre y de sed. Por desgracia, no había ningún árbol frutal a la vista, pues allí comenzaba el desierto, y únicamente las riberas del río estaban flanqueadas de matas de papiros.

Sostuvo a Tomak hasta un murete de pedruscos, y de un movimiento brusco, que arrancó un grito de sufrimiento al anciano, le puso el hombro en su sitio.

Los alrededores estaban desiertos, por ninguna parte había rastro de Netub y de los pigmeos. ¿Qué dirección habían tomado? ¿Habían vuelto al campamento base, en medio de las ruinas de la antigua ciudadela?

–Han tomado por el río –murmuró Tomak como si adivinara sus pensamientos–. Mira, aún se ven los rastros de los talegos... Los han arrastrado hacia la orilla, donde debía esperarles una barcaza. Van a huir de la provincia, descender hacia el mar. Una vez en el delta, abandonarán Egipto.

–¿Es lo que tú habías decidido con ellos? –preguntó la mujer en tono amargo.

–No... en fin, ya no lo sé... En cualquier caso, es lo que yo haría en su lugar. Tienen mucho interés en abandonar el nomo lo antes posible. Si los interceptaran unos soldados, un registro de los talegos no tardaría en revelar que el botín proviene de un tesoro funerario. Todas las joyas llevan el cartucho de Anatotep.

–Hay que darles caza –se emperró Anuna–. No quiero verme desposeída de mi parte... He asumido todos los riesgos. El robo era imposible sin mí.

–Mi pobre pequeña –gimió Tomak–. ¿Qué puedes hacer tú contra esos canallas?

–No lo sé –confesó la joven–, pero no me contentaré con aguardar aquí.

Se levantó para deslizarse dentro del patio de una casa de muros agrietados. Había ropa puesta a secar, colgada de unos palos; robó dos paños de burda tela con los que Tomak y ella podrían envolverse para protegerse del sol. A continuación fue en busca del anciano y le ayudó a tomar el camino del río. Contaba con coger una de esas barcas hechas a base de haces de papiros que utilizaban los pescadores a falta de madera. Estaba demasiado cansada para remar, pero la corriente tendría la ventaja de arrastrarles en la buena dirección. Antes de embarcar, arrancó del limo algunos tallos de papiro que peló al instante para devorar su pulpa. Es verdad que era un alimento de pobres, pero al menos llenaba momentáneamente los estómagos hambrientos.

Cuando Tomak estuvo sentado en la embarcación, ella se apoyó en el limo para meter el bote en el agua y se subió a él de un brinco. Algunos golpes de pagaya bastaron para situar la barca en medio de la corriente, y a continuación no tuvieron ya sino que dejarse llevar por las aguas.

Tomak se había acurrucado al fondo para descabezar un sueño. Anuna sintió que la fatiga se apoderaba también de ella. Ahora que la tensión nerviosa no la atenazaba ya, le costaba horrores mantener los párpados alzados.

«Tengo que dormir...», constató.

Tras haberse protegido del sol con el trozo de lino robado, se arrellanó en la popa de la embarcación y cerró los ojos. Se sumió en el sueño casi al instante.

Un terrible choque la despertó de sobresalto. En un principio creyó que la barca había topado contra una roca, luego vio que esa roca se movía. Era el lomo de un hipopótamo. Tomak lanzó un grito de anciana aterrada. Los egipcios detestaban a estos animales, enemigos de los cocodrilos, y que atacaban a menudo las barcas de los pescadores cuando éstas se cruzaban con un rebaño sumergido.

«¡Vamos a zozobrar!», pensó Anuna en el mismo instante en que la canoa volcaba. Se sumergió en el agua, enturbiada por el patear de los hipopótamos. La dominó el miedo cuando se vio atrapada entre dos masas oscuras. Si las bestias la atenazaban, triturarían su cuerpo sin tener siquiera conciencia de ello. Luchó contra la corriente, tratando de liberarse cuanto antes, pues los costados de los animales se acercaban. El limo en suspensión volvía toda orientación difícil; la joven agitó las piernas, golpeó la compacta y viviente muralla de un hipopótamo nervioso. Salió a la superficie. Mientras nadaba hacia la orilla, oyó estallar en pedazos la barca bajo la presión de los animales reunidos en torno a ella.

¿Dónde estaba Tomak? ¿Sabía nadar? Sin duda, puesto que había sido pescador en otra vida...

Le buscó, hasta que vio finalmente que se debatía torpemente en medio de las cenagosas aguas.

–¡Aquí! –le gritó ella–. ¡Por aquí!

Él no la oía. Tuvo que nadar hacia él, ir en su busca. Cuando le agarró, tuvo la impresión de atrapar a un gato flacucho al que hubieran tratado de ahogar. Tiró de él hacia fuera del agua.

Se arrastraron por el limo de la orilla, enredándose con los tallos de papiro.

«Donde hay hipopótamos, no hay cocodrilos», se repetía Anuna para tranquilizarse. Pero ello era falso, y lo sabía, puesto que los cocodrilos se escondían a menudo cerca de donde estaban los hipopótamos con la esperanza de apoderarse de sus crías. Sosteniendo a

Tomak, se abrió un camino entre las hierbas acuáticas, temblando de toparse de repente cara a cara con un saurio emboscado.

Había que salir de la ciénaga lo más rápidamente posible, plantarse en tierra firme. Anuna jadeaba, acrecentando la fatiga su enloquecimiento. Ahora que no tenían ya la barca, todo estaba perdido, no encontrarían jamás la pista de Netub.

Cada vez que ella pronunciaba mentalmente el nombre del jefe de los saqueadores, sentía un impacto doloroso en el hueco del estómago. Se repetía que era un efecto del odio. Sólo del odio...

Emergieron, finalmente, de entre los cañaverales para dejarse caer sobre la arena. Delante de ellos se extendía la llanura desértica que cubría los dos tercios de la provincia rio abajo de Setep-Abu. Anuna no reconocía el paisaje, probablemente no había estado nunca antes allí.

«Me he dormido –pensó–. La barca ha andado a la deriva durante un día entero. El sol está ya bajo en el horizonte, va a caer la noche. Estamos muy lejos de Setep-Abu...»

Comprendió que se encontraban en realidad en las puertas del desierto, lejos de todo habitáculo humano. Por más que su mirada escudriñaba los alrededores, no encontraba ni rastro de la menor presencia humana.

«Estamos perdidos –constató–, la oscuridad no tardará en caer... y con ella las hienas, los chacales. Y los leones.»

Los depredadores, al percibir el olor de las presas humanas desde muy lejos, convergían al punto en dirección hacia ellos para despedazarles. Una vez que las tinieblas invadieran el llano, la temperatura se volvería glacial. Sería preciso encender un fuego... pero ¿cómo? Anuna ayudó a Tomak a ponerse en pie y le arrastró hacia la colina que se alzaba delante de ellos. ¿Conseguirían tal vez encontrar un agujero donde guarecerse en espera del amanecer?

«Poniendo unas piedras delante de la entrada –se dijo– podré impedir el acceso a los leones.»

La eminencia rocosa estaba situaba por desgracia mucho más lejos de lo que ella creía, y caía ya el crepúsculo cuando llegaron al pie de la colina. Anuna tenía miedo de la noche terrible de las extensiones desérticas, esa densa negrura que, cuando ni la luna ni las estrellas se dignaban aparecer, le daba a uno la impresión de haberse vuelto ciego. Tomak tiritaba, ella le friccionó como a un viejo niño. Estaba demasiado acostumbrada a los ancianos para que le repeliera esa carne arrugada, colgante, presta a desprenderse del esqueleto, pero aquel contacto reavivó en su espíritu el recuerdo del cuerpo perfecto de Netub Ashra, de su torso tan duro que hubiérase dicho tallado en madera de olivo. Maldijo entre dientes, furiosa de descubrirse tan vulnerable.

No encontraron ningún lugar donde cobijarse. Acurrucados detrás de una peña, trataron de protegerse del gélido viento. Anuna atrajo a Tomak contra ella para comunicarle su calor, recobrando los reflejos que habían sido los suyos muchos años atrás, cuando compartía su cama con caravaneros de barba cana.

Estaba asombrada de no oír aullar a los chacales cuando adivinó, en la lejanía, el rugido de un león. El gran depredador había hecho huir a los pequeños.

«Sabe que estamos aquí –pensó–. Acaba de echar a andar... Viene a por nosotros.»

Se sintió invadida de una mezcla de terror y de rabia. ¡Haber escapado a una muerte lenta dentro de una pirámide para perecer allí, bajo las garras de un león, era demasiado injusto! ¡Tantos esfuerzos para nada!

Los dedos delgaduchos de Tomak apretaron uno de sus hombros.

–Estamos perdidos –murmuró el anciano–. El león... ¿Lo has oído? El viento le ha llevado nuestro olor. Sería preciso encender fuego.

–Es imposible –dijo la joven–. No hay madera, ni hierba seca, ni pedernal. Nada. Esta colina no es más que un montón de polvo y piedras.

–Entonces hay que volver a bajar –balbuceó Tomak–, cavar un hoyo y enterrarse en la arena, es una astucia de cazador... Con un poco de suerte, el león no percibirá nuestro olor.

–No lo creo –rezongó Anuna–. Nos ahogaremos en la arena, y el león no tendrá ningún problema en excavar. Le bastará con rascar un poco con su pata para descubrirnos.

–Haz algo... –tartamudeó Tomak con un estremecimiento de miedo en la voz que tenía algo de infantil.

El rugido resonó de nuevo, más cerca. Mucho más cerca. Anuna se representó a la fiera, galopando a largas zancadas a través de las arenas. ¿No habría comido acaso desde hacía varios días? Ello no la haría sino más peligrosa. Entonces se imaginó unos medios absurdos para mantenerlo a distancia: lanzarle piedras, provocar una avalancha... ¿arrojarle a Tomak en pasto para sobrevivir? El miedo a morir la volvía innoble, era consciente de ello, pero su cuerpo se rebelaba ante la idea de verse despedazado. Cuando un león estaba muerto de hambre, no se tomaba siquiera la molestia de acabar con su víctima y la devoraba viva, arrancándole a grandes pedazos la carne sin importarle sus alaridos.

«Cuando comience a trepar por la ladera de la colina –le sugirió la voz de esa parte de sí misma que quería sobrevivir–, empuja a Tomak pendiente abajo... Caerá rodando hasta las mismas patas del león. Ello será suficiente. Las grandes fieras no cazan jamás una segunda presa cuando tienen algo qué comer, aunque aquélla se pasee por delante de sus narices. Si te alejas enseguida, se pondrá a comer sin ocuparse ya ti. Hazlo... Sabes perfectamente que no tienes ningún otro medio de sobrevivir. Tomak no es más que un viejo. Pagará por todas los camelleros de pelo blanco que te cabalgaron en otro tiempo, cuando apenas tenías diez años. No caigas en la trampa de la piedad, no puedes permitírtelo. Empújale... No se defenderá, está demasiado débil. Empújale. Es la única solución.»

El rugido resonó una vez más. Muy cerca. El depredador no estaba ya más que a un centenar de codos de la colina. Ahora disminuiría su marcha, avanzaría paso a paso, con el vientre pegado al suelo, las patas encogidas, preparándose ya para dar el salto.

«¡Es el momento! –silbó el atroz murmullo dentro de la cabeza de Anuna–. ¡Empuja al viejo! Hazle rodar pendiente abajo y apresúrate a correr hacia la cima. El león no te perseguirá. Un león se contenta siempre con una sola presa. Dale lo que ha venido a buscar, es el precio que hay que pagar por salvar la vida. Tomak es viejo... No tardará en morir, ha llevado una vida de rico, ha sido el cómplice de Anatotep. Tú no tienes más que dieciséis años, nunca has tenido suerte en la vida, no mereces acabar en las fauces de un león.»

Puso las manos sobre los homóplatos del anciano mientras su mirada trataba en vano de escrutar la noche. No había luna, ni tampoco estrellas. Nut, la diosa de la bóveda celeste, permanecía invisible, con el vientre oculto por las nubes. Anuna se apartó precipitadamente de Tomak para no ceder a la tentación. Se maldijo en secreto, luego, de golpe, la invadió el miedo, pues sintió el olor del león, ese hedor a sudor, a excremento y a carne podrida que salía de sus fauces entreabiertas. Se acercaba.

Presa del pánico, se puso a trepar por el polvo en dirección a la cima, lastimándose con las piedras del suelo. No sabía ya lo que hacía. El aroma de su sangre se difundió en la noche de las heridas de sus brazos y rodillas, avivando el hambre del depredador.

Tomak lanzó un grito estrangulado. Anuna se volvió, creyendo que había sido atrapado de un bocado por la fiera. Ella recogió unas piedras a ciegas para lanzarlas al azar, con la esperanza de disuadir al león de subir más arriba.

–¡Allí! ¡Allí! –gritaba el viejo.

Ella pensó que él trataba de indicarle la posición de la fiera, pero luego distinguió unas manchas luminosas en la parte baja de la colina. Unas antorchas. Unas antorchas, blandidas por unos hombres, que crepitaban en medio del viento de arena. El león rugió, contrariado. El fuego le atemorizaba. Silbó una flecha; Anuna comprendió que los beduinos trataban de cazar a la fiera. Con un bufido de rabia mezclada de dolor, el león escapó. Anuna no le vio perderse en las tinieblas, pero percibió su olor alejarse a medida que corría por la llanura.

–¡Aquí! –gritó ella sin saber si no se estaría arrojando en la boca del lobo.

La procesión de antorchas ascendió a lo largo de la pendiente. Eran efectivamente beduinos, una media docena, vestidos con andrajos descoloridos por el sol. Llevaban armas de cobre al cinto, armas como se acostumbraba a ver en manos de los soldados del faraón. Bruscamente, los recién llegados adoptaron un curioso comportamiento.

Cuando estuvieron a la altura de Tomak, se dejaron caer de rodillas y se prosternaron, con la frente en el polvo.

–Señor –balbuceó el mayor de ellos–. Son los dioses quienes me han guiado hacia ti. ¿No me reconoces? Soy Mosé, el guardián de los sepulcros reales... Ando errante desde hace tres meses por el desierto con algunos soldados. Estuvimos a punto de ser sepultados por una tempestad de arena, pero tú, hijo de Horus, ¿qué haces aquí en plena noche?

Anuna se acercó. Los hombres despedían una peste insoportable que Tomak no parecía percibir. Comprendió que se trataba de guerreros escogidos, próximos al faraón, y temió que el anciano no fuera capaz de engañarles como habría sido conveniente.

–Salud a ti, soy Anuna –dijo con una voz llena de altanería–, la primera mujer del harén, la favorita de Anatotep, Toro poderoso. El faraón ha sido víctima de una vil conspiración. Unos conjurados han tratado de envenenarle y de sepultarle vivo en el castillo de eternidad.

–Es cierto –balbuceó Tomak, reaccionado al fin–. Ha sido ella quien me ha salvado, pues de no haber exigido ser enterrada viva a mi lado nunca habría podido escapar de la tumba.

–Gracias te sean dadas –gritó Mosé–, gracias sean dadas a los dioses que te han permitido triunfar sobre la astucia de los malvados. ¡Sólo tienes que pronunciar sus nombres malditos y mis hombres y yo les perseguiremos hasta las orillas más tenebrosas del Amenti!

–Haced fuego –ordenó Anuna deseosa de abreviar las ceremoniosas fórmulas de las que hacían siempre un amplio uso las personas próximas al nomarca–. El faraón tiene frío.

–Tienes razón –dijo Mosé enderezándose–. No tenemos perdón, pero la sorpresa nos ha paralizado el espíritu.

Se alejó con sus hombres para ir en busca del resto de la impedimenta abandonada al pie de la colina.

–¿Quién es? –se apresuró a preguntar Anuna inclinándose hacia Tomak–. ¿Le conoces de verdad?

–Sí –dijo el anciano–, es Mosé, el general de las tumbas. Tenía por misión impedir que Netub Ashra profanara las momias reales. Había desaparecido en el desierto con la necrópolis que tenía a su cargo. Todo el mundo le daba por muerto... ¿Qué vamos a hacer? ¿Cómo explicar nuestra presencia aquí?

–Mantén la fábula de la conjura –susurró la joven–. Y si sus preguntas se vuelven demasiado incómodas, finge estar cansado. Tal vez tengamos una oportunidad de volver a dar con el paradero de Netub ahora. No estamos ya solos, tenemos soldados. Tus soldados. El alma de la conjura es Netub... ¿Comprendes? Hay que utilizar a estos hombres para recuperar el tesoro.

Ella guardó silencio, pues Mosé regresaba, llevando la impedimenta que sus hombres y él habían arrastrado a través del desierto. Llevaban entre sus trastos boñigas secas y se sirvieron de ellas para encender fuego. Mientras Tomak extendía sus flacos brazos hacia las llamas, el general contó cómo había querido dejarse enterrar por la gran tempestad de arena para escapar a Netub Ashra.

–Estábamos dispuestos al postrer sacrificio –dijo lentamente, sin la menor fanfarronería–. Pero los dioses de Abajo no quisieron saber nada de mí, ni tampoco de los hombres que están aquí esta noche. La tempestad nos envolvió en sus torbellinos, arrastrándonos lejos de nuestros compañeros, y, cuando recobramos la conciencia, no sabíamos ya ni siquiera donde se encontraba la caravana. La arena la había tragado. Ni siquiera Netub ha sido capaz de localizarla... Entonces nos pusimos en marcha, con la esperanza de llegar a Setep-Abu. Hemos estado cien veces a punto de extraviarnos. Nos batimos con unos beduinos, a quienes despojamos de sus camellos, pero las bestias se nos han ido muriendo una tras otra.

Una vez acabado su relato, no cesó de hacer preguntas sobre la conjura de la que se suponía que Anatotep había sido víctima. Anuna sustituía las más de las veces a Tomak en las respuestas. Se daba perfecta cuenta de que su relato cojeaba, que era poco convincente, pero la presencia del pretendido Anatotep legitimaba sus fantasías. Y, después de todo, ella no era más que una mujer, ¿no? Ya se sabe que las mujeres no tienen ningún sentido político... Por tanto, era absolutamente normal que sus explicaciones fueran un tanto embrolladas. Dio por sentado que no conocía de la conjura más que los detalles que se habían filtrado en el mundo cerrado del harén. El gran visir Panatemeb lo había organizado todo para derrocar a Anatotep y poner en su lugar a un niño tomado al azar entre todos aquellos que había engendrado el faraón. En realidad, era él quien reinaba ahora en la provincia. Netub Ashra había sido el instrumento de la maquinación, estaba convencida de ello. Había conspirado para envenenar al faraón y hacerle enterrar vivo, luego había penetrado en la tumba para robar el tesoro real y las insignias del poder. Era preciso recuperar ese bagaje funerario lo antes posible, pues en caso contrario el nomarca permanecería privado de su poder, y la cólera de Horus se abatiría sobre él.

–Ahora que un usurpador está en el trono –concluyó–, nuestro señor tendrá necesidad de dinero para reclutar un ejército. Un ejército cuyo general serás tú.

Ella entremezclaba súplicas, invocaciones y amenazas, dándose aires de loca mística. Los hombres no se atrevían a mirarla a la cara. Sabía que su historia no resistiría un análisis en profundidad, pero contaba con el terror sagrado que inspiraba Anatotep a sus allegados para ganarse la adhesión de los soldados.

–¿Qué dirección han tomado? –se preguntó Mosé.

–Han seguido el río hasta la primera ciudad visitada por las embarcaciones extranjeras que remontan el delta –respondió ella.

–Entonces no puede tratarse más que de Kefer-Aris –declaró Mosé–. Allí se encuentran naves griegas que traen vino, miel, telas teñidas con tinte de múrices rojos.

–¿Está lejos?

–A tres días de camino. Menos si se puede hacer una balsa con unos haces de papiros. Odio a Netub Ashra, daría mi vida por poder cortarle el cuello. Si construimos esa balsa esta noche, la botaremos tan pronto como apunten los primeros rayos de sol, cuando Ra emerja de su carrera subterránea.

–Bien –dijo Anuna–. Entonces es lo que hay que hacer. Regresemos a la orilla del río. Que tus hombres lleven al faraón, pues está muy fatigado.

Descendieron la ladera de la colina en una columna sinuosa que levantaba mucho polvo.

Cuando hubieron alcanzado la orilla del río, los soldados sacaron sus espadas de bronce y comenzaron a segar en las riberas de la ciénaga, cortando gruesos haces de cañas y de papiros, atándolos de manera que formaran unos rollizos fibrosos que a continuación yuxtapondrían. A falta de madera, la mayor parte de los egipcios utilizaban esta técnica para fabricar embarcaciones ligeras. Anuna se sentó cerca de Tomak, algo apartado, preguntándose cuánto tiempo emplearía Mosé para comprender que lo que le habían contado era una pura patraña.

La balsa estuvo lista en el momento en que los primeros resplandores del sol enrojecían el horizonte. Ra emergía del imperio subterráneo, había salido triunfante una vez más de los ataques de la serpiente Apofis; la tierra de Egipto recibiría su luz vivificadora durante un día entero.

VEINTICUATRO

Cuando llegaron a la ciudad, Anuna comprendió que todo estaba perdido. A diferencia de Setep-Abu, Kefer-Aris era un gran emporio, el punto de reunión donde tenían lugar todos los intercambios, donde se hacía el trueque de todas las mercaderías traídas a lomos de camello o en la bodega de las galeras llegadas de Grecia. Era un laberinto de callejuelas atestadas, hormigueantes, donde la población se empujaba y se insultaba. Se codeaban allí los animales con los humanos, luchando por abrirse paso en medio del dédalo de callejones y de zocos. El olor de esta cloaca golpeó a Anuna cuando el grupo estaba aún a dos mil codos del recinto amurallado. La joven fue abofeteada por esta oleada de pestilencia como por un viento de arena nauseabunda. Se ahogaba cuando sus compañeros seguían avanzando sin dar muestras de sufrir por esta agresión olfativa. Tras la sequedad del desierto y los relentes cenagosos del río, la pordiosería humana adquiría más relieve aún si cabe. Anuna creyó que sería incapaz de dar un paso más.

Conforme se acercaban a la gran puerta, mezclándose con la multitud de los mercaderes, tomaba conciencia de que Netub Ashra y sus hombres no tendrían ningún problema en confundirse entre aquel abigarrado populacho. Había demasiada gente, demasiados viajeros, demasiados extranjeros anunciando oropeles extraños para vender... Si Netub se había deslizado dentro de ese hormiguero, podía considerarse ya fuera de peligro.

Un gran cansancio se apoderó de la joven. La persecución iba a pararse allí, no cabía ninguna duda. Nunca había visto ella una aglomeración humana semejante en un lugar tan angosto. Todo era bullicio, barullo, desbordamiento.

Las calles exhalaban un olor a pringue con el que se mezclaba el penetrante de las especias. Anuna se veló la parte inferior del rostro para aislarse de los olores. Habría dado cualquier cosa por poder respirar un puñado de incienso.

–Señor –murmuró precipitadamente Mosé dirigiéndose a Anatotep–, permíteme que te recuerde que no estamos aquí en tus tierras. Sería prudente silenciar tu nombre. Si se nos pregunta, diré que eres mi padre... Ya sé que es una terrible insolencia, pero no obedece a otra razón que protegerte.

Tomak sacudió la cabeza sin responder. El calor le había dejado agotado y era evidente que le costaba horrores mantenerse en pie. En varias ocasiones en el curso de los últimos días, Anuna, viéndole adormecerse con la espalda apoyada contra una roca, se había sentido dominada por el convencimiento de que no volvería a despertarse. No obstante, contrariamente a lo que preveía, Tomak resucitaba después de cada siesta, escapando por los pelos de las garras de Anubis. Era un largo periplo para un tan endeble anciano, y los esfuerzos realizados para llegar hasta Kefer-Aris no habían contribuido precisamente a mejorar su estado.

Mosé se acercó a Anuna para decirle al oído sus últimas recomendaciones:

–Vela por él, no olvides que nosotros aquí no tenemos ningún poder y que algunos podrían considerarnos incluso como unos forajidos. Estamos muy lejos de Setep-Abu, pero hay gente que podría considerar que nuestro señor se ha atribuido con excesiva facilidad el título de faraón cuando no era más que nomarca... Ello nos pondría en una situación embarazosa si fuéramos desenmascarados. ¿Entendido?

Anuna hizo una señal para indicar que había comprendido perfectamente lo que se esperaba de ella. Mosé se obstinaba en ver en la muchacha a una joven del harén, la favorita de los últimos días, la que había aceptado dejarse enterrar con su amado señor. Sin duda estaba impresionado por esta abnegación, él que era, precisamente, la abnegación personificada...

–Tengo aún un poco de oro –precisó el general mostrando las sortijas que adornaban sus dedos–. Entregaremos estas joyas a cambio de cobijo y comida. El mango de mi puñal contiene unas arandelas de cobre y de bronce, que trocaremos también, pero esto no nos permitirá quedarnos aquí por mucho tiempo, pues la vida es muy cara en estos lugares de intenso comercio.

Les costó mucho abrirse paso por entre la multitud. Los soldados de Mosé formaban una barrera protectora alrededor de Tomak para protegerle de los empujones, pues a nadie le importaba este frágil anciano vestido con unos harapos. El general se acercó a una fuente y llenó un cubilete de madera que ofreció respetuosamente a Tomak. El viejo tomó el vaso entre sus manos descarnadas y se lo llevó a la boca temblando.

Anuna luchaba contra el descorazonamiento. La multitud de rostros que danzaban en torno a ella le producía vértigo. ¿Cómo encontrar a Netub en medio de todos aquellos desconocidos? Habrían tenido que verse favorecidos por una extraordinaria coincidencia, un verdadero milagro... Ello habría sido aún posible en Setep-Abu, donde ella conocía a mucha gente, pero allí... Allí, mercaderes y compradores no cesaban de entrar y salir de la ciudad en un flujo constante. Netub y sus hombres podían esconderse en cualquier parte. Había gran cantidad de casas. Las destartaladas viviendas se apilaban cual cubos de creta, todas ellas semejantes, todas con las mismas ventanas minúsculas. Kefer-Aris era un verdadero termitero, y Netub había elegido en aquel lugar su domicilio, insecto perdido entre millones de otros. No quedaba más que renunciar... Todo estaba perdido.

Mosé tenía todo el aspecto de compartir los mismos sentimientos, Anuna lo intuía por la espantosa lasitud que envejecía sus rasgos. También él se preguntaba cómo encontrar a su presa cuando no disfrutaba de ningún poder policial. No se trataba, en Kefer-Aris, de echar puertas abajo, de forzar a la gente a hablar aplicándoles una hoja de bronce en el gaznate. No era nadie, no era más que un viajero entre tantos otros. Si hacía preguntas con demasiada insistencia, se le reprendería severamente.

–Han pasado por aquí –murmuró de repente Tomak apuntando su flaco índice en dirección a una callejuela por encima de la cual habían puesto a secar unas madejas de lana teñida.

–¿Cómo lo sabes, señor? –inquirió Mosé inclinándose brevemente.

–El olor... –susurró Tomak–. El olor del oro. Lo percibo, flota aún en el aire. Casi lo estoy viendo... como un trazo amarillo que hubieran dibujado por encima de nuestras cabezas.

Anuna disimuló su sorpresa. Su primer pensamiento fue que Tomak se ponía a hacer el papel de Anatotep imitando las manías del nomarca. Le miró con enojo. ¿Acaso era aquél momento para propasarse? ¿De qué serviría, pues, enviar a los soldados tras una pista falsa? Pues no se podía tratar más que de una pista falsa, ¿o no?

–El oro –dijo de nuevo Tomak–. Y las piedras preciosas arrancadas de los sarcófagos... Han conservado el olor de los ungüentos, de los bálsamos de que estaban impregnadas las momias. Las percibo, también... Dibujan unos trazos más finos: azules, verdes, rojos. Vibran aún en el aire.

–¿Podrías guiarnos, señor? –interrogó Mosé–. Sólo tú disfrutas de la facultad de poder llevarnos hasta donde están los ladrones. Con un poco de suerte, podrás indicarnos la casa donde se hallan escondidos.

–Sí –murmuró el anciano–. Es fácil... No hay más que seguir los perfumes. ¿No los oléis? Y sin embargo son tan fuertes... sobre todo el del oro.

Desde hacía un rato Anuna trataba de atraer la atención de Tomak para decirle que representaba la comedia inútilmente y que sus mentiras no servirían de nada, pero él parecía no verla. ¿Qué trataba de hacer? ¿Había percibido el descorazonamiento de Mosé, había comprendido que el general estaba a punto de renunciar a perseguir a los ladrones?

O bien...

¿O bien olía verdaderamente lo que afirmaba oler?

«En ese caso –pensó Anuna mordiéndose los labios–, no es a Tomak a quien he sacado de la tumba, es... a Anatotep.»

¿Quién, en efecto, aparte de Anatotep, habría sido capaz de aislar un olor tan inaprensible como el del oro? ¿Qué «nariz»? Dakomon, por supuesto... Pero Dakomon estaba muerto.

«Ni siquiera yo huelo nada –se confesó la joven–. Si no se trata de una bufonada ni de una alucinación, estamos en presencia del faraón... Yo creí salvar a Tomak cuando era Anatotep.»

Sus piernas temblaban. Tomak le había parecido simpático, extraviado, inofensivo, pero Anatotep le daba miedo. Comprendía de repente por qué la llegada de los soldados le había desconcertado tan poco.

–Por ahí –dijo el anciano señalando una línea invisible que no existía más que para él–. La estela amarilla... Huele a savia... Es ácida, da dentera como un vino agrete. ¿No lo oléis vosotros?

–No, señor –susurró Mosé–, pero indícanos el camino, y te seguiremos. Llévanos hasta esos canallas, y nosotros haremos el resto.

El general ordenó a sus hombres que se taparan el rostro. Él mismo le cubrió a Anatotep la cabeza con el capuchón del albornoz para disimular lo más posible los rasgos del faraón. El grupo se puso en marcha, abriéndose paso con rudeza por entre el tropel de gente. Los soldados avanzaban a codazo limpio, obligando a los curiosos a dejar sitio. Sus caras de pocos amigos disuadían a los descontentos a exigir excusas. Anuna cerraba la marcha, sin saber ya si lo que debía hacer era continuar o escapar. Subieron hasta el barrio más alto. Anatotep avanzaba, con las ventanillas de la nariz palpitantes, en un estado casi de trance. Declaró, por fin, que el olor había alcanzado su punto culminante y que salía de una casa muy concreta delante de la cual Mosé pasó sin detenerse. Anuna echó una mirada de refilón en dirección a aquella morada. Era una especie de gran mansión perdida detrás de un largo muro blanco. Unas palmeras indicaban la presencia de un jardín interior. La casa debía de haber conocido días mejores.

Mosé encontró, por fin, lo que buscaba: una casa modesta que se asomaba a un pequeño patio. Había una familia trabajando allí, fabricando una mala cerveza hecha a base de hogazas de pan, agua, cebada y dátiles que fermentaban en unos recipientes de piedra. Las mujeres y los niños espumaban el líquido con unas largas espátulas. Mosé cogió al más pequeño por su trenza y le puso una daga de cobre en la garganta.

–No quiero oír ningún grito ni palabra –rugió–, o me cargo a este chiquillo ahora mismo. Tú, viejo, haz que se callen tus mujeres. Si una sola se pone a gritar, le arranco un ojo.

Los soldados le habían imitado enseguida, sacando sus armas de debajo de sus harapos, se habían apoderado de los otros niños, amordazándoles con una mano y amenazándoles con la otra. El dueño de la casa se puso en pie, temblando, y mandó a las aterradas mujeres al fondo del patio.

–Si nos ayudas, todo irá bien –soltó Mosé con dura voz–, e incluso te recompensaremos. Pero si se te ocurre llamar a la guardia, os cortaremos a todos el cuello.

El hombre cayó de rodillas, con las manos alzadas en señal de súplica. Farfullaba de tal suerte que no se comprendía ni una palabra de lo que trataba de decir.

–Lo que queremos precisamente es quedarnos aquí hasta la noche –explicó Mosé–. Nadie debe saber que estamos escondidos en tu casa. ¿Entendido? De lo contrario los niños no lo contarán.

–No diremos nada... –mascculló el viejo–. Haremos lo que quieras. No soy más que un comerciante de cerveza... No soy rico, pero tomad lo que queráis... No les hagáis daño a mis hijos.

–Me traen sin cuidado tus riquezas –rezongó Mosé–. Lo único que quiero es tu silencio. Dime quién habita ahí enfrente, en el caserón que tiene un jardín interior. La casa de las palmeras.

–Es la casa de Cotilides, el mercader de aceitunas –explicó el cervecero–. Vivía allí cuando era rico... ahora está acabado, lo ha perdido todo... La alquila para banquetes... orgías.

–¿Se encuentra alguien ahora allí?

–Sí, unos nómadas del desierto. Unas gentes muy inquietantes, a decir verdad... Desde esta mañana no paran de entrar provisiones para un gran festín. Han contratado a mi sobrino como cocinero. Han solicitado los servicios de las chicas del burdel vecino. No han querido mi cerveza... pues dicen que es demasiado clara para ellos.

Mosé buscó la mirada de Anatotep. El nomarca sacudió la cabeza sin que fuera posible saber qué significaba aquella mímica.

–Nos quedaremos aquí –repitió Mosé–, en tus habitaciones. Retendremos a los niños con nosotros. Al menor signo de traición, les cortaremos el cuello. ¿Entendido?

El cervecero afirmó que estaba dispuesto a hacer todo lo que ellos quisieran. Mosé cercó la casa y apostó a sus hombres en la terraza para vigilar los jardines de la casa frontera.

–Esta noche –dijo–, cuando estén todos ebrios, cruzaremos la calle para ir a cortarles el cuello. Bastará con esperar a que se ponga el sol. Una vez sea de noche, empezarán a beber. Bastará con permanecer aquí, al acecho. Cuando la última canción de borracho se apague, entonces pasaremos a la acción.

–Está bien –aprobó Anatotep–. Pero no matéis a Netub Ashra. Quiero que le cortéis los brazos, las piernas, la lengua. Que le saquéis los ojos y que le dejéis así. Si sobrevive, podrá imaginar lo que es la angustia de un hombre prisionero de un sarcófago, y cuyo ka está perdido. A los otros, matadles como si fueran perros rabiosos.

–Se hará como deseas –dijo Mosé con una inclinación.

Volvió a hacerse el silencio. En el patio de la casa se oía sollozar a las mujeres, que el cervecero insultaba en voz baja.

Anatotep se había dejado caer en un asiento, en un rincón en sombra. Anuna se acercó a él.

–Tú no eres Tomak, ¿no es verdad? –cuchicheó escrutando el rostro del anciano–. Eres Anatotep. Sólo Anatotep es capaz de seguir la pista de un olor en medio de la vorágine de pestilencias de una gran ciudad. Yo misma no podría hacerlo.

–He recuperado mi olfato hace un rato al cruzar la gran puerta de Kefer-Aris –respondió el anciano–. Así, de golpe... De la misma manera que la memoria me fue devuelta al despertar, en la pirámide. No me hace sentir especialmente feliz. Cuando me creía Tomak, estaba liberado de esta tortura.

–Me has mentido –dijo Anuna, sin preocuparse de parecer insolente–. Llevas mintiéndome desde que saliste de tu sarcófago. ¿Por qué?

El anciano pareció, por fin, emerger de su entumecimiento. Esbozó una sonrisa astuta, cruel, que le hizo parecer más joven por un brevísimo instante.

–Pensé que ese buen anciano Tomak te resultaría más simpático que Anatotep –dijo dejando entrever sus dientes cariados–. De haber revelado mi verdadera identidad, ¿habrías desplegado tantos esfuerzos por sacarme de la tumba? No lo creo.

Anuna tuvo que confesar que era una apreciación acertada. Anatotep era un déspota sanguinario, nunca habría arriesgado su vida por venir en su ayuda, y habría sido incluso con un secreto contento cómo le habría visto desaparecer bajo las avalanchas de arena que caían de la bóveda.

–Pero... pero ¿cómo sabías tú lo que iba a suceder? –balbuceó ella–. Me dijiste que los enanos me abandonarían en la tumba, que dejarían a medio cortar la cuerda... ¿Cómo pudiste preverlo?

Anatotep se encogió de hombros.

–¡Qué tonta eres! –rió sarcásticamente–. ¡Era algo tan fácil de imaginar! Simplemente me limité a enunciar lo que habría hecho yo en su lugar. ¡Era evidente que te estaban engañando! Por los dioses, ¿cómo podías ser la única en no darte cuenta? Netub Ashra te ha vuelto idiota, mi pobre pequeña, te ha embrujado, como a todas las que ha abierto de piernas. Ha hecho de ti su hembra. Tan pronto como recobré la razón, adiviné lo que pasaría. Sabía quién era, pero no podía decirlo, por lo que me dediqué a hacer comedia. Adopté la personalidad de Tomak, el viejo pescador, la víctima, el inocente, para que te compadecieras de mí y me ayudaras a salir de la trampa en que había caído.

–¿Por qué no moriste cuando tomaste el vino envenenado? –espetó la joven–. Si eres Anatotep, no pudiste proteger tu boca y tu estómago con el barniz vegetal con que Netub había revestido la boca de los niños... ¡No lo comprendo!

El nomarca suspiró. Su delgaducha mano esbozó un gesto de lasitud. Hablar le fatigaba.

–Tomak murió porque era un borracho. No tenía, por supuesto, ningún lazo con Netub Ashra, no sabía nada de la conjura. Nunca había mantenido la menor relación con los saqueadores. Pobre viejo, ¿cómo habría podido, puesto que yo le mantenía encerrado permanentemente en palacio? Me inventé esa complicidad para aumentar tu cólera. Tomak era un imbécil glotón, siempre sediento. Cuando yo cogí sin saberlo la vasija de vino envenenado, esa noche, se abalanzó sobre ella y fue el primero en vaciar su copa. La concentración de veneno era tal que cayó fulminado. Y yo, viéndole convulsionarse, enseguida comprendí lo que pasaba, y como yo apenas había mojado mis labios en el líquido, me apresuré a escupir lo que tenía en la boca... pero era ya demasiado tarde. El veneno corría dentro de mí, había bastado con que tocara mi lengua para entrar en mi sangre. Si sobreviví, fue únicamente porque tuve la presencia de ánimo suficiente para no tragármelo, ni una gota siquiera. Lamentablemente, la sombra de la muerte me turbó la mente. Me había aproximado en exceso al reino de Anubis para regresar intacto de él. Cuando volví a abrir los ojos, no sabía ya quién era.

Se tomó su tiempo para recobrar el aliento y luego añadió:

–Oh, la resina... era una excelente idea. ¡Sí! Habría podido matarme de haber utilizado, como de costumbre, mis pequeños pajes a guisa de cubiletes vivientes para beber el vino de su linda boca. Comprendí la estratagema al recobrar la conciencia, al volver a pensar en ello. Y lo que tú me dijiste me trajo una cosa a la memoria: antes de aislarme con Tomak, esa noche, besé a mis cabritillos repropios... ese beso dejó en mis labios un regusto extraño, vegetal. En aquel momento, pensé que los dos niños habrían estado matando el tiempo de su soledad chupando algunos tallos de papiro. No fue hasta más tarde, gracias a tus confidencias, cuando caí en la cuenta de la importancia de este detalle inhabitual... Así pues, quisieron servirse de los niños para envenenarme. Se les protegió la boca con un barniz impermeable que impedía que el veneno penetrara en la mucosa... No era una mala ocurrencia. Estoy convencido de que esos pobres pequeños actuaron así bajo coacción, pues me querían con un amor candoroso y puro. ¡Cuánto debió de aterrorizarles Netub Ashra para llevarles a engañarme!

–También tú me has dado gato por liebre –espetó Anuna–. Qué idiota debo de haberte parecido...

–Lo que yo no sabía, tú me lo has hecho saber con tu parlanchinería –corrigió el nomarca–. He embastado mi historia a grandes puntadas, dándole un cariz que la hiciera seductora para ti. Te perdono por haber ayudado a mis enemigos a saquear mi tumba, puesto que, sin ti, habría muerto allí.

–Es cierto –hubo de reconocer la joven–. Te he salvado la vida...

–No comprendes lo que quiero decir –le interrumpió el nomarca con una punta de irritación–. No es mi vida lo que importa, es el hecho de que no me hayas dejado agonizando en una tumba vacía, privado de mi bagaje funerario... Despojado. Ridículo. Es eso lo que te agradezco no pidiéndole a Mosé que te corte la cabeza. Gracias a ti tengo aún una oportunidad de recuperar mi ajuar de ultratumba, mi tesoro, el oro sin el cual me vería reducido a llevar una existencia de pobre felá en los campos de Ialu. Me has permitido que no viera arruinado mi prestigio, y gracias a ti entregaré mi alma como un auténtico faraón. El tesoro quiero recuperarlo para morir en paz, no para pasar unos días felices a riberas del Nilo.

Pareció a punto de añadir algo, pero renunció, vencido por la fatiga. Su barbilla cayó sobre su pecho y se durmió, pasando sin transición de la vigilia al sueño, tal como sucede a menudo con las personas ancianas.

La interminable espera se reanudó.

Anuna se retiró a otra estancia para tumbarse en una estera y dormir un poco. Nadie decía nada. En el patio, las mujeres habían reanudado su trabajo bajo la vigilancia de dos soldados de plantón a uno y otro lado de la puerta de entrada.

Al principio, Anuna se había sentido satisfecha de ver que su venganza tomaba forma, Netub pronto sería castigado, era lo único que importaba. A lo largo de la interminable marcha hacia la ciudad, ella había imaginado mil castigos, mil sevicias para el jefe de los saqueadores. Ahora sus certezas se desmoronaban. ¿De veras tenía ganas de ver a Netub mutilado por los soldados del nomarca? Trató de representárselo, reducido al estado de disminuido, de hombre-tronco.

«Sería finalmente tuyo –le susurró la malvada vocecilla que resonaba a veces en los dédalos de su espíritu–. Podrías hacer con él todo cuanto quisieras...»

Le entró miedo. ¿La volvía loca el amor? ¿Podría seguir amando a Netub cuando éste hubiera salido de las manos del verdugo? Le habría gustado poder decir que no, sin vacilar lo más mínimo, pero lo peor es que no era capaz de hacerlo.

«¡No podría ya escapársete! –insinuó la voz–. Sería como un niño en tus manos, dependería únicamente de ti. Tú serías todo su universo... Tendría necesidad de ti para vivir, a cada instante. No podría ya pasar sin tus servicios. Tú serías el único lazo que tendría con el mundo.»

La invadían imágenes perturbadoras. Se veía viviendo con Netub en una casita a riberas del Nilo; él, acostado en una estera, calentándose al sol que no podía ver ya, ella refrescándole con una esponja, masajeándole con bálsamos perfumados. No podía hacer nada por sí mismo, ella le alimentaba deslizándole entre los labios pedazos de pescado hervido. Ella se ganaba la vida trabajando en un Per-Nefer cualquiera. Durante todo el día, perfumando momias, pensaba en ese hombre que la esperaba en casa. En ese hombre que le pertenecía. Era dichosa...

Ocultó su rostro entre las manos de tanta vergüenza como sentía. Estaba horrorizada de sí misma. Netub había emponzoñado su alma y su cuerpo. ¿Cuánto tiempo haría falta para que la acción de ese veneno se debilitase en ella?

Anatotep dormía. Mosé también. La noche llenaba la casa donde no se había encendido ningún velón. Anuna se levantó, movida por un impulso. Sabía lo que debía hacer: prevenir a Netub. Advertirle que los hombres del faraón estaban allí, a punto de pasar al ataque, y permitirle escapar antes del asalto.

«¡Pobre idiota! –susurró la voz en su cabeza–. ¿Acaso esperas que te lleve con él?»

«No –replicó ella mentalmente–. No soy tan cándida. Si me amara, no me habría abandonado en el vientre de la pirámide. Quiero que se escape para... ¡para desembarazarme de él!»

Sí, ésa era la única solución. Una vez que Netub se hubiera ido al fin del mundo, ella recobraría por fin la paz. Le olvidaría, estaría curada de él. Era preciso justamente que ella no tuviera nunca más su imagen ante los ojos, que no supiera cómo encontrarle. Entonces, sólo entonces, podría volver a vivir de nuevo.

Abandonó la habitación tras haber robado un velo rojo con el que se envolvió para cambiar de aspecto. Se deslizó en el patio tras haberse embozado el rostro con un faldón de la tela. Sabía que no desconfiarían de ella. ¿No era, a los ojos de los soldados, la favorita de Anatotep, la que había aceptado ser enterrada viva? No le impedirían salir.

Los dos soldados de guardia se irguieron al acercarse ella; tuvo que bajarse el velo para identificarse.

–Voy a buscar unos perfumes para el faraón –murmuró en un tono que no admitía réplica–. Los olores de esta pocilga le ponen enfermo.

Ellos se inclinaron, sin atreverse apenas a sostener su mirada. Ella abandonó la casa del cervecero pegada a las paredes con la intención de perderse entre la multitud que era todavía densa a pesar de lo tardío de la hora. Sin duda porque se encontraban en un barrio de placeres que atraía a los barqueros y a los caravaneros.

Al cabo de un momento volvió sobre sus pasos, con el rostro tapado por el velo, de manera que los soldados apostados en la terraza no pudieran reconocerla. Caminaba como se camina en un sueño poblado de sombras. Le parecía que habría podido pasar la mano a través del cuerpo de los campesinos ebrios que se tambaleaban en el umbral de las tabernas. Todo no era más que humo. Todo, salvo Netub Ashra. No existía nada más aparte de él. Se dio cuenta de que tenía hambre de su cuerpo, por más que la hubiera traicionado, por más que hubiera decidido sin la menor vacilación abandonarla en el fondo de la pirámide. Era algo más fuerte que ella, y se detestaba por eso. ¿Cómo se podía carecer de orgullo hasta tal punto? ¿Era eso lo que se llamaba amor? ¿Cómo podía tener tantas ganas de hundir sus dedos en los cabellos ensortijados de un hombre que había planeado fríamente dejarla morir en la oscuridad de una tumba? Maldijo esta servidumbre del cuerpo y del espíritu contra la cual permanecía indefensa.

Unos marinos trataron de cogerle las manos, pero ella se desasió. No insistieron, aterrados por la mirada fija de aquella muchacha que probablemente había fumado demasiado hachís.

Entró en el caserón de angostas ventanas. El olor a vino, acentuado por el calor, la golpeó, aturdiéndola, y, sin haber bebido ni gota, sintió todos los síntomas de la embriaguez. Titubeó, presa del mismo olor a sudor masculino, a carne asada y a borrachera que allí, en el desierto, con ocasión del festín caníbal que había seguido a la muerte de Dakomon.

Apoyándose en la pared para no desfallecer, recorrió un largo pasillo atestado de cestos y vasijas. Todo estaba arrojado allí en desorden: las aceitunas, las uvas pasas, las ánforas selladas con cera y llenas de vino espeso, negro, llegado de Grecia, que sería preciso diluir antes de bebérselo. La cerveza corría a mares, espumosa, a menudo viscosa, con un tufo a moho. Anuna desembocó en un jardín iluminado por unas antorchas cuyas llamas el viento hacía crepitar, salpicando de pavesas los cráneos y los hombros de los comensales ya demasiado embriagados para darse cuenta de ello. Los malhechores estaban allí, sentados o echados alrededor de una inmensa mesa de patas de bronce. La mayor parte estaban desnudos, con el torso y el vientre relucientes de grasa, de sudor y de salsas. Cuando sus dedos se volvían demasiado pringosos a fuerza de rebañar los platos, se los secaban en la barba o en los cabellos. Una algarabía tejida de risas, de insultos y de obscenidades creaba en el centro del jardín una atmósfera de campo de batalla. Para comer, los saqueadores utilizaban los útiles de que se servían de ordinario para matar: espadas, puñales, machetes. Cortaban los cochinillos con el mismo acero que les servía para cercenar las gargantas. Anuna dudó, ahogada por ese furor jubiloso, esos dientes carniceros que desgarraban las carnes, esas manos que se hundían en los platos para desmembrar las bestias asadas que los servidores depositaban a toda prisa temblando antes de escapar hacia la cocina.

Festejaban el éxito del pillaje, la violación de la pirámide que les convertía en hombres ricos. Los enanos permanecían allí, sobre la mesa, sentados en medio de las provisiones, titubeando entre las cráteras, cayendo a veces sobre los platos. Uno de ellos dormía, con la boca abierta y los brazos amorosamente cerrados sobre un antílope asado que parecía abrazar como a una ramera.

Anuna permaneció en la sombra, incapaz de hacer frente a los bramidos de los hombres ebrios. Era un enorme hacinamiento en medio del cual estallaba la necedad de los comensales, centuplicada por el vino y la cerveza. Para hacer alarde de su fuerza, los malhechores trataban de rivalizar con los leones triturando entre sus mandíbulas los huesos de los animales asados en su jugo. Se rompían los dientes en el intento sin siquiera advertirlo, tragaban a la vez la médula y las esquirlas de los dientes molares rotos que les llenaban la boca. Corrían al fondo de los jardines, allí donde los servidores habían levantado la cocina al aire libre, y recuperaban entre los desperdicios las pieles de las bestias desolladas, se ataviaban con ellas, se tocaban con una cabeza cortada, y se pavoneaban en torno a la mesa lanzando gritos de guerra. Algunos de ellos, que habían ingerido enormes cantidades de comida, gemían en el suelo, desplomados en medio de sus vomitonas. Y luego estaban las rameras, por supuesto... Una cuadrilla de feas hembras contratadas en una taberna de la vecindad. Había sido preciso pagarlas muy caro, pues las pupilas del burdel se habían quedado horrizadas por la estampa de aquellos nómadas del desierto con dientes de caníbales. Una de ellas se estaba debatiendo en aquel mismo momento, prisionera de una osamenta de buey en cuyo interior un bandido la había tumbado patas arriba. Era un espanto ver a aquella pareja fornicando en el vientre abierto de la bestia asada, y a ese hombre que mezclaba su semen con la salsa mientras que sus compañeros continuaban comiendo, cortándose largas tajadas en el improvisado «lecho nupcial».

Anuna permanecía pegada contra la pared de la casa. Habían arrojado cáñamo índico en los pebeteros, de manera que amplificara la ebriedad general, y la cabeza comenzaba a darle vueltas. Creyó que iba a desfallecer.

Ahora los bandidos rivalizaban en desafíos absurdos, tal como ocurría siempre en el transcurso de un festín. Afirmaban querer dar un poco de gusto a esos sosos manjares, realzarlos con una especie poco corriente. Esas baladronadas les hacían desorbitar los ojos. Entonces sacaron cada uno de la alforja que llevaban terciada unas perlas, piedras preciosas o polvo de oro. Anuna comprendió que Netub había procedido ya al reparto del botín, y que este banquete era en cierta medida la cena de despedida al término de la cual la banda se separaría. Por pura vanagloria, los saqueadores se pusieron a salpimentar las carnes con pajuelas de oro puro, o a introducir un diamante en una fruta; algunos trataban de disolver perlas en el vino, cuando no las colocaban en el interior de unas caracolas. Se tragaban estos tesoros con gañidos de placer, como si el polvo de oro intensificase el sabor de los alimentos. Algunos declararon golpeándose la panza que se sentían por fin ricos, que la fortuna iba a echar raíces en ellos, a hacerles los huesos de oro y los testículos de rubí.

–¡El estómago es la mejor de las bolsas! –vociferó uno de ellos–. ¡Así no corro peligro de que me roben mientras duermo!

–¡Y para pagar a tus acreedores, te les cagarás en la mano! –dijo sarcástico alguien antes de soltar una estruendosa carcajada.

Cuando se acabó la carne, dijeron a voz en grito que tenían aún despierto el apetito, que la cena no había hecho sino empezar. Fingieron estar encolerizados para espantar a los esclavos, pero estaban ya tan fuera de juicio que cayeron en su propio juego y acabaron por convencerse de que realmente se morían de hambre y que no les habían servido hasta aquel momento más que migajas. Se levantaron todos y se dirigieron hacia los asadores lanzando horribles berridos que provocaron la huida despavorida de los servidores. Una vez ante las parrillas, al no encontrar nada que poner a asar, arrojaron en las llamas a varios perros que allí se encontraban, ocupados en devorar las sobras que los pinches habían tirado. Agarrando a los chuchos, les rompían las patas para impedirles que pudieran huir y los empalaban vivos en unos espetones antes de ponerlos a asarse sobre el fuego del hogar. Los animales torturados aullaban quejumbrosamente mientras su pelo era presa del fuego, despidiendo una pestilencia insoportable.

–¡Carne fresca! –aullaban los saqueadores–, ¡una carne excelente para los valientes!

Por pura fanfarronería, fingían regalarse con esta comida despreciable, devorando los muslos de los perros medio vivos aún, y reclamaban otras porciones. Las rameras, aterradas, presentían que se acercaba el momento en que serían arrojadas también a la hoguera. Algunas se eclipsaron en medio de la noche, huyendo del lugar de la carnicería. Butaka y Uti, indiferentes al desorden reinante, dormían uno en brazos del otro, entre unas matas, allí donde la borrachera les había tumbado.

Entonces, por fin, Anuna vio a Netub. Éste fingía reír, pero sus ojos estaban fríos; aparentaba estar borracho, no obstante sus titubeos ponían de manifiesto que ello era pura comedia. Sentado en el extremo de la mesa, llevaban unas ropas nuevas, sandalias de hombre rico y un cinto realzado con unos medallones de oro que debía de costar por sí solo una verdadera fortuna. Había elegido vestirse a la moda griega, con lino blanco, y, por este simple detalle, la joven supo que se preparaba para abandonar la tierra de Egipto. Habría querido escupirle a la cara, arañarle las mejillas, pero se dio cuenta de que era incapaz de hacerlo.

«Perra –pensó ella–. No eres más que una pobre perra... Deberías sentir vergüenza.»

Él la vio a su vez, pero permaneció imperturbable. Anuna no tuvo siquiera la satisfacción de verle palidecer o poner unos ojos como platos. Instantes después estaba de pie, corriendo apresuradamente a su encuentro. Antes de que ella hubiera tenido tiempo siquiera de abrir la boca, él la cogió entre sus brazos, teniéndola apretada contra él. Ella creyó desfallecer a su simple contacto. ¿Estaba embrujada? ¿Cómo podía tener ganas de entregarse al hombre que había conspirado para matarla?

–¡Has escapado! –dijo soltando un suspiro–. No puedo creerlo... Los enanos me dijeron que habías muerto, atrapada por una avalancha de arena... ¡Me mintieron, los muy bellacos! Era para forzarme a partir más rápido... No querían que te esperara.

Su aliento ardiente hacía correr un estremecimiento por la sien de Anuna, sus manos aprisionaban los hombros de la joven.

–¿No me crees? –refunfuñó clavando sus ojos en los de su interlocutora–. Soy inocente, te creía muerta... Han sido los enanos... Esos pigmeos repugnantes quisieron desembarazarse de ti para aumentar su parte en el botín.

Anuna se quedó estupefacta, con el odio atenezándole la garganta, no sabiendo ya qué decir.

«Te miente –le susurraba la voz de la razón–. Los enanos no tienen nada que ver en esto. Es él. Es él quien...»

Pero ella tenía ganas de creérselo. ¡Tantas ganas!

Netub burlado por los pigmeos, eso lo explicaba todo. No había pensado jamás en abandonarla en el fondo de la tumba, y si se había decidido a partir era porque había creído lo que le habían contado los gnomos del país de Punt.

–¿Me crees? –repitió Netub–. Soy inocente... ¡Por los dioses! Ya les conoces, son unos bestias. Míralos. Bastaría con una nimiedad para que se volvieran contra mí. No sabes lo que me costó impedir que se degollaran unos a otros en el momento de la repartición.

–A propósito –bisbiseó la joven soltándose–. ¿Dónde está mi parte?

–La deduciré de la mía –dijo Netub sin la menor vacilación–. Tendrás lo que te corresponde. Partiremos mañana por la mañana, al amanecer. Una nave griega me espera en el puerto, dejo el país, voy a empezar una nueva vida en las islas. Estoy tan contento de volver a verte... Vendrás conmigo, Egipto se ha vuelto demasiado peligroso para nosotros. Allí nos tratarán como a verdaderos señores.

Anuna se hundió las uñas en las palmas para no flaquear. Él la tenía en su poder, no era más que un juguete en sus manos, habría podido hacerle creer todo lo que se le hubiera antojado. Era atroz; se sentía ya a punto de aceptar su versión de los hechos.

La boca de Netub se posó en la suya y todos sus buenos propósitos se vinieron abajo.

«Dice la verdad –pensó ella–, los enanos le mintieron. Nunca tuvo intención de abandonarme dentro de la pirámide... Le he acusado sin motivo.»

Las manos del joven se habían apoyado sobre su cintura. Anuna no conseguía reflexionar ya, estaba hecha un verdadero lío. Sus sentidos se inflamaban, exigiendo un abrazo más completo. Olvidó el espectáculo infernal del jardín, a punto estaba de dejarse poseer sobre la mesa, como las prostitutas de la taberna de cerveza, en medio de las manchas de salsa. Quería pertenecerle, sentirle dentro de ella, arraigado. Quería demostrarle que él la necesitaba, que no disfrutaría nunca mejor en otra parte que dentro de su vientre. La saliva de Netub tenía un sabor extraño.

«Es el cáñamo –pensó ella acurrucándose contra él–. Las exhalaciones de la droga, todo se está distorsionando...»

De repente fue presa de temblores: ¡era preciso que le dijera por qué estaba ella allí! Tenía que prevenirle de la presencia de Anatotep. El faraón y sus soldados aguardaban a que el eco de la última canción se extinguiera para subir al ataque. Eran poco numerosos pero resueltos. Les bastaría apenas un instante para degollar a los saquedores atontados por la ebriedad. También ellos eran unos verdaderos carniceros, aunque vistiendo otro uniforme.

Netub se apartó. Sus ojos refulgían de alegría, su rostro de ordinario tan duro conseguía casi sonreír.

–Ven –dijo–, realizarás con nosotros la última libación, pues es esta noche cuando vamos a poner fin a nuestra asociación.

Cogiendo a la joven de la muñeca, la atrajo cerca de la mesa y golpeó sobre un plato con el mango de su daga para llamar la atención de los comensales. Los bandidos se acercaron.

–Compañeros –profirió Netub levantando por encima de su cabeza una jarra de vino que había cogido de debajo de su asiento–, ha llegado el momento de brindar por nuestra nueva vida. Mañana, nos volveremos todos unos honestos mercaderes, unos hombres respetables, pero esta noche... esta noche seguimos siendo todavía unos bandidos. Bebamos por nuestros crímenes. Bebamos por la hermosa vida de saqueo que hemos llevado, bebamos por las degollinas, por las francachelas y por las luchas sin las cuales la existencia de un hombre sería algo muy mortecino. Puede que dentro de un tiempo, rodeados de nuestros servidores, con los pies masajeados por nuestras cortesanas, echemos de menos el pasado. Así es la vida del bandido. Pobre, sueña con convertirse en un gran señor; rico, gime por las hazañas de antaño. Bebamos por lo único que cuenta en realidad:

¡después de toda esta sangre derramada y de tantas heridas seguimos estando vivos!

Unos alaridos de júbilo saludaron esta perorata. Todos los ladrones buscaron una copa en la mesa hecha un puro desorden y la alargaron hacia Netub.

–¡Tú también! –le soltó el joven a Anuna, que, instintivamente, eligió un cubilete en medio del caos de platos y escudillas de barro.

Netub se puso a escanciar el vino, espeso, sin diluir. Anuna se pasó la lengua por los labios, pues se moría de sed. De nuevo, percibió el sabor extraño que había dejado la boca del joven jefe al posarse en la suya... y la verdad le transió el corazón.

¡El barniz... el barniz vegetal con que Netub había revestido la boca de los niños la noche del envenenamiento de Anatotep! ¡Por los dioses! Volvía a ver toda la escena: los dos chiquillos desnudos con los párpados cosidos, su madre temblando de que los soldados del faraón fueran a llamar a la puerta... El barniz, destinado a proteger la boca y el estómago de los niños en el caso de que Anatotep hubiera exigido beber el vino envenenado de sus mismos labios, como era a veces su capricho.

Anuna se apoyó en la mesa para no desvanecerse. Ahora lo comprendía todo. Netub había absorbido también la resina vegetal para protegerse del veneno... El vino que tan generosamente escanciaba era mortal de necesidad. Se disponía a asesinar a sus hombres, sin duda para recuperar su parte del tesoro. Nunca había tenido la menor intención de compartir el botín.

A punto había estado ella de caer en la trampa. De no haber cometido él el error de besarla para atajar sus acusaciones, no habría descubierto el regusto de la resina en sus labios. No habría sabido jamás...

Anuna levantó su cubilete igual que los demás, esperando que en el último segundo Netub cambiase de opinión. Cuando llegó su turno, ella le miró fijamente a los ojos, confiando verle parpadear, pero él le dedicó la más encantadora de las sonrisas... y llenó la copa.

–¡Bebamos! –gritó derramando la jarra por encima de su rostro a fin de que el vino corriera a raudales por su boca de la manera más evidente posible.

Anuna observó que tomaba no obstante la precaución de tragarse muy poco y dejaba correr la mayor parte del líquido por su mentón y su torso desnudo. Se apresuró a aparentar que bebía mientras él tenía la cabeza levantada. Ella sabía que estaba demasiado agotada para resistir a la acción de una dosis de veneno, por más que ésta fuera ínfima. A su alrededor, los bandidos bebían su muerte a grandes tragos, pero ella no oía ya sus rugidos. Se había vuelto más fría que la más fría de las noches del desierto. Un gran desfondamiento se había producido en ella, y su cuerpo entero estaba hueco, como un sarcófago vacío de ocupante. No sentía ya nada, no estaba ni siquiera segura de existir. Estuvo en un tris de tragarse el veneno para castigarse por haber sido tan cándida... y para protegerse del sufrimiento que no dejaría de golpearla cuando Netub se hubiera ido, pero su cuerpo fue más fuerte que su espíritu y ordenó a su muñeca derramar el contenido del cubilete en el suelo.

Acababa de hacerlo cuando Netub la aferró por los brazos para arrastrarla hacia la casa.

–¡Nuestra última noche! –le susurró–. ¡Nuestra última noche de canallas! Hay que aprovecharla. Mañana haré de ti una mujer honesta, darás órdenes a nuestros servidores, tomarás baños de leche, te harás masajear con los más olorosos aceites.

Anuna se dejó conducir titubeante. El joven le dirigió una mirada acerada y ella intuyó que atribuía su desfallecimiento a que el veneno había entrado ya en acción. Aunque se mostraba muy locuaz, no oía sus palabras más que a través de un espeso velo.

Se encontró en la primera planta de la mansión, en una habitación atestada de pebeteros, de cojines y de pieles de pantera. Había allí una cama sobre la que Netub la echó. Tomó no obstante la precaución de eclipsarse unos momentos, probablemente para vomitar el vino que se había visto forzado a beber delante de sus hombres.

Se desnudó en la oscuridad que horadaban las fulguraciones de las antorchas que ardían en el jardín. Se arrojó sobre Anuna, y la joven reencontró esa impresión deliciosa de estar acostada debajo de un árbol, un árbol cuyo tronco vivo rodeaban sus brazos. Era pesado y duro, la aplastaba, la ahogaba. La partía en dos. Era un fullero, un traidor y un asesino... Iba a poseerla, a hacerla gozar, y a contemplar cómo moría, y, durante todo el tiempo que estuviera yendo y viniendo dentro de ella, no cesaría de mirarla fijamente a los ojos para ver la muerte asomar al mismo tiempo que el placer en las pupilas de aquella mujer a la que había engañado hasta el último segundo.

Anuna le recibió estremeciéndose y se espantó una vez más del dominio físico que Netub ejercía sobre ella.

«No conocerás nunca más eso –pensó mientras el placer ascendía dentro de ella–. Después de él todos los hombres te parecerán meras sombras. Te habrá marcado para siempre. Y sin embargo es un monstruo...»

Se agarró a él, clavando sus uñas en la espalda del joven jefe. La miraba fijamente, aguardando la llegada de la muerte en el rostro de la mujer que mantenía clavada debajo de él.

Anuna supo que tenía que fingir que se moría: si no lo hacía, la estrangularía. Dudó, oscilando al borde de la venganza. Después de todo, no tenía más que cerrar los ojos y esperar a que Mosé subiera al asalto con sus hombres. Netub no podría hacerles frente. Los soldados del faraón se apoderarían del ladrón y le harían perecer en medio de los tormentos más espantosos.

«Tienes todo el derecho del mundo a hacerlo –le susuró una voz en su fuero interno–. Ha querido envenenarte. Si te callas, te vengarás... Haz como si te murieras, se desinteresará al punto de ti.»

Sí, era fácil, muy fácil. Mantener la boca cerrada y dejar que las cosas siguieran su curso. Ella había corrido hacia Netub para avisarle, para salvarle, y él no había sabido responder más que engañándola, una vez más. Era un bribón incorregible. Un verdadero escorpión. Merecía cien veces morir. Y sin embargo...

Anuna le sintió gozar dentro de ella y gritó contra su sien. Eran sus últimas nupcias. Se dejó caer sobre el jergón, sin aliento, cubierta de sudor. Sabía que era necesario saborear cada migaja de lo que estaba experimentando, almacenar recuerdos para el resto de su existencia, cuando su vida se hubiera vuelto de una insipidez insoportable. Se recreaba en las sensaciones, en los olores. Acarició una última vez el torso de Netub, su pecho duro cruzado por mil cicatrices.

–Anatotep –se oyó murmurar–. Está aquí... emboscado al otro lado de la calle con sus soldados. Espera a que estéis todos borrachos para venir a cortaros el pescuezo. Yo estaba con ellos... me he escapado para avisarte. Hay que partir sin perder tiempo...

La cólera y el odio llamearon en los ojos del jefe de los bandidos. Se inclinó sobre ella, con las mandíbulas apretadas.

–Lo sabías –dijo por fin dejando escapar un jadeo–, lo sabías desde un buen comienzo y no me decías nada... ¡Estúpida hembra, si no estuvieras ya medio muerta, te arrancaría el corazón!

–¿Qué? –balbuceó Anuna fingiendo que le costaba mantener los ojos abiertos.

–Nada –dijo saliendo bruscamente de su vientre–. Duerme, no te preocupes ya por nada.

Saltó de la cama sin un gesto de adiós, ni siquiera una caricia, una presión de la mano. La abandonaba igual que se aleja uno de una carroña antes de que comience a apestar. No era nada para él, nada más que un vientre, que una piel que le había dado ese placer fugaz del que los hombres no se cansan nunca. Le oyó correr escaleras abajo, llamar a Butaka. Se dio cuenta de que no tenía fuerzas para incorporarse, una intuición oscura le sugería que reteniendo el mayor tiempo posible el semen de Netub dentro de su vientre, tal vez tuviera una oportunidad de tener un hijo de él. Un hijo era conservar algo del bandido, una imagen, un doble.

«Estoy loca –pensó pasando la mano por entre sus muslos mojados–. ¿Cómo se puede desear concebir al hijo de un chacal?»

La cabeza le daba vueltas. Se preguntó si, al levantar la copa de vino envenenado hasta sus labios, no habría rozado el líquido lo bastante como para intoxicarse de manera mortal. Todo dependía de la dosis de veneno vertido por Netub en la jarra. Había creído desbaratar la trampa cuando estaba tal vez sucumbiendo a ella. El miedo la hizo incorporarse, acentuando su malestar. La habitación se puso a dar vueltas alrededor de ella. Incapaz de levantarse, volvió a caer sobre la cama, el rostro bañado en un sudor helado.

¡Morir la liberaría del recuerdo de Netub Ashra, esto era al menos algo seguro! ¡Así no pasaría el resto de su existencia llorando por su amante perdido!

A pesar de todo, intentó levantarse. El jardín estaba casi silencioso ahora. Los clamores se apagaban a medida que los crápulas se sumían en la inconsciencia. Pronto retornaría la calma, y ése sería el momento que elegiría Mosé para lanzar su ataque. Aparecería en el jardín, daga de obsidiana en mano. Sus hombres se apresurarían a cortarles el pescuezo a los borrachos desplomados en medio de los charcos de vino. Sólo un hombre sería cogido vivo: Netub Ashra.

«¡Vete! –gritó débilmente Anuna–, vete, van a venir... ¡Date prisa!»

Se desplomó antes de haber alcanzado la puerta de la habitación.

VEINTICINCO

Un puntapié la despertó, un puntapié seco y malévolo, dirigido con toda intención entre sus muslos. Ella gimió y se incorporó sobre un codo, no sabiendo ya dónde se encontraba. La luz del alba entraba en la estancia. Anatotep estaba allí, observando a la mujer tendida con esa expresión de asco que le deformaba los rasgos tan pronto como sufría el asalto de un olor desagradable.

–¡Despiértate! –le gritó él–. Apestas, apestas a mujer, apestas a hombre. Ve a lavarte con agua.

Anuna se arrodilló; le dolía la cabeza y su boca estaba como insensibilizada por una pomada de adormidera. Dedujo de ello que el veneno había intentado realmente producir su efecto en ella. La única gota de veneno que había tocado sus labios había sido suficiente para engendrar un malestar en todo su ser, indisposición a la que su cuerpo había terminado por imponerse al precio de una lucha agotadora. Tenía ganas de vomitar, su lengua reposaba como una bestia muerta en el fondo de su boca.

–No has podido dejar de traicionarnos –dijo Anatotep–. Le has prevenido de nuestras intenciones, ¿no es así?

Anuna se levantó, buscó la túnica de lino que llevaba puesta la víspera. Se vistió, pero no encontró sus sandalias. Se dio cuenta de que retardaba lo más posible el momento en que tendría que decir: «¿Está vivo Netub?», pues no podría dejar de formular la pregunta, lo sabía, y se maldecía por esta debilidad de perra agradecida. ¿Cómo podía carecerse de dignidad hasta tal punto?

Cuando levantaba la cabeza, Anatotep la cogió del mentón y escrutó su boca.

–Ha tratado de envenenarte, también a ti, ¿no es cierto? –espetó él–. Tienes los labios mustios del veneno. Has venido a salvarle la vida y él te ha condenado a muerte. ¿Qué clase de hombre es ése? ¿Tan grande es su poder sobre ti?

La joven se desasió. Este movimiento hizo cruzar como un velo negro por delante de sus ojos.

–Bajemos al jardín –ordenó Anatotep–, quiero que veas lo que Mosé y sus hombres han descubierto al tomar el control de este lugar.

Anuna le siguió escaleras abajo. Fue al posar el pie en el primer escalón cuando tomó conciencia del espantoso hedor que reinaba en la casa. Miles de moscas zumbaban, chocando contra las paredes. Fuera, la pestilencia era aún más fuerte. El calor creciente había acelerado la descomposición de los cadáveres caídos alrededor de la mesa del banquete. Las moscas disfrutaban como locas, pasando de los restos de la comida a la carne de los muertos. El primer movimiento de Anuna fue buscar a Netub, al que ella imaginaba ya crucificado, con las manos cortadas, o bien empalado en una lanza hincada en tierra... No vio nada más que cadáveres cubiertos de insectos, algunos de los cuales habían sido rajados, desde la punta del esternón hasta el pubis.

–Mosé los ha encontrado en este estado –explicó Anatotep–. Es Netub quien los ha tratado así. Me pregunto por qué, puesto que estaban ya muertos.

Anuna se inclinó sobre los despojos. Todos mostraban en la boca la mustiedad del veneno. Una mancha lívida semejante a una quemadura. Algunos bandidos habían perecido en medio de convulsiones atroces que les habían dejado en posturas obscenas. No encontró ningún rastro de Bukata o de Uti. El ladrón griego y el antiguo servidor de Dakomon habían acompañado a todas luces a Netub Ashra en su huida.

–Han sido Netub y su lugarteniente quienes les han rajado la tripa –murmuró Anuna cubriéndose la parte inferior del rostro con un faldón de su túnica–. Han querido recuperar sin duda los diamantes que estos pobres desgraciados se habían tragado por simple jactancia durante el festín.

Se dio la vuelta para vomitar, pero no consiguió sacar más que un poco de bilis. Los espasmos dolorosos la hicieron doblarse.

–¡Salgamos de aquí –ordenó Anatotep–, este olor es insoportable!

Asiendo a la joven por el brazo, la empujó hacia el pasillo que conducía a la calle. Una vez allí, sacó de su cinto un trapo impregnado de esencia de olíbano que le ofreció.

–Toma –dijo–, es un perfume vulgar comprado a un mercader de la parte baja de la calle, pero en cualquier caso es mejor que nada. Las gentes como nosotros pueden morir por haber respirado un mal olor.

Anuna se arrojó sobre el trozo de tela y se lo aplicó contra la nariz. Anatotep la observaba con una expresión de curiosidad extrañamente benévola.

–Le amas, ¿no es cierto? –le soltó al cabo de un momento–. Por eso nos has traicionado. No puedes resistirte a ello. Sabes que no eres nada para él, pero no puedes evitar arrastrarte a sus pies.

–¡Le detesto! –profirió la joven–. Ha querido matarme.

–No mientas –cortó el nomarca–. Comprendo lo que te pasa, pues yo experimenté lo mismo por Dakomon. Un sentimiento... de obsesión. Creo que ésa es la verdadera razón por la cual le hice desfigurar: para afearle. Para liberarme de él. No quería verme reducido al estado en que te encuentras tú actualmente. Lo hice para preservarme del ridículo... Sí, creo que era la única y sola razón. El secreto del perfume, las trampas del laberinto no eran más que simples pretextos. Detestaba la idea de estar sometido a ese muchacho.

Chocheaba. Anuna bajó la cabeza. A punto estuvo de aconsejarle que no debían quedarse allí, pues el hedor de los cadáveres pronto se expandiría por la calle, y seguro que habría algún niño curioso que se colara dentro del jardín. Pedirían ayuda, irían a buscar a la guardia...

–Tienes que liberarte de él –continuó Anatotep, que parecía enfrascado en su reflexión e indiferente al resto del mundo–. Tienes que liberarte de Netub Ashra como yo me liberé de Dakomon. Voy a matarle. Voy a matarle por ti... Porque me sacaste de la pirámide cuando nada te obligaba a hacerlo... Éste será mi regalo de adiós.

Hablaba con esa voz lejana que adoptaba cada vez más a menudo últimamente.

Antes de que a Anuna le hubiera dado tiempo a responder, Mosé se interpuso.

–Señor –jadeó–. Hay que partir, alejarse de esta carnicería. Si la guardia del nomo nos sorprende, nos detendrán como a vulgares ladrones.

Anatotep resopló. Durante un momento su mirada permaneció vaga, incapaz de fijarse en un punto concreto.

«Se está muriendo –pensó Anuna–. Su cabeza se vacía. No es más que un muerto que anda.»

Mosé se volvió hacia la joven. También él parecía fatigado, la mugre y los pingajos que le recubrían le conferían el aspecto de un viejo mercader de alfombras.

–¿Sabes adónde ha ido Netub Ashra? –susurró–. Te habrá dicho alguna cosa, ¿no?

Anuna dudó, sin saber ya lo que tenía ganas de confesar.

–Al puerto –murmuró ella–. Me ha dicho que se embarcaría esta mañana para las islas griegas.

–Entonces, está allí –rezongó Mosé–. Ha cargado el tesoro en una nave. Con un poco de suerte, no habrá levado anclas aún.

E hizo señal a sus hombres de que se pusieran en marcha.

Anuna tuvo que seguirles, pues la mano descarnada de Anatotep se había cerrado sobre su muñeca. ¿De qué tenía miedo? ¿Acaso temía que se pusiera de repente a correr hacia el puerto gritándole a Netub que zarpara? Mosé estaba nervioso, ojo avizor. No ignoraba que los cadáveres de los saquedores no tardarían en ser descubiertos. Anuna se preguntó qué habría hecho del cervecero y de su familia. ¿Les habría eliminado? En caso contrario, al mercader de cerveza no le costaría nada proporcionar a los soldados del nomo una descripción detallada de sus agresores: un grupo de beduinos armados hasta los dientes que iban acompañados por una negra y un anciano muy delgado... Con eso, a las patrullas les resultaría facilísimo descubrirles, incluso en medio de la multitud.

Cuando finalmente llegaron al muelle, tuvieron la desagradable sorpresa de descubrir que el puerto estaba bajo la vigilancia de una docena de centinelas. Desde ese momento, toda acción armada perpetrada a plena luz del día se volvía imposible. Las falucas, las canges, las galeras esperaban, amarradas a lo largo del muelle. Anuna observó a los marinos ocupados en transportar las tinajas de aceite, las balas de algodón o de lino. No se veía a Netub por parte alguna.

–¿Le ves? –preguntó Mosé.

–No –confesó la joven–. Creo que son tres: Netub, Butaka, su lugarteniente, un griego, y Uti, el antiguo servidor de Dakomon, el señor de los laberintos. ¿Le conocías tal vez?

–Sí –mascullό Mosé–. Si no son más que tres, están sin duda escondidos dentro de alguna bodega, y no tendremos la menor oportunidad de verles pasearse por la cubierta de ninguna nave.

–Habló de una nave griega –dijo Anuna, mortificada.

–Casi todas las naves son griegas –rezongó el general–. Yo no tengo ningún poder aquí. No puedo detenerles uno tras otro para cachearles. Sus capitanes llamarían a la guardia, y pronto seríamos rodeados. –Pareció reflexionar–. Ve tú. Una muchacha que busca a un marino, eso no asombrará a nadie... Trata de saber en cuál de esas embarcaciones han subido los tres hombres de los que hablas; les conoces mejor que yo, podrás describirles.

De un empellón, lanzó a Anuna en dirección al muelle. La joven observó que no la trataba ya con deferencia, como en el transcurso de los días anteriores. Dedujo de ello que Anatotep había revelado su verdadera identidad al general, así como el papel exacto que había jugado en el asunto. Sabía ya que ella no era más que una ladrona, una perra que no pedía más que echarse a los pies de su amo, Netub Ashra, el príncipe de los ladrones. Se encontró en el muelle, yendo de un grupo a otro, siendo recibida con risas de complicidad y obscenidades.

–Se ha ido sin pagarte, ¿verdad? –dijeron burlonamente los marinos–. ¿Te ha hecho un hijo?

Sus manos abandonaban los bultos para palpar el cuerpo de Anuna. Ella se esforzaba en reír, soportaba las caricias, describía a Netub y a sus compañeros. Se afligía por no saber decir otra cosa que: «un joven apuesto, un griego bajito y rechoncho y un adolescente con rostro de muchacha...»

Rehízo el camino del malecón, provocando los insultos de los capitanes que la acusaban de hacer de buscona y de retrasar la maniobra. Tenía miedo de que sus berridos acabaran por llamar la atención de los centinelas. Aquí y allá unos escribas establecían la larga lista del flete amontonado en los cargaderos. Estaba llegando al final del muelle cuando por fin encontró a un anciano tocado con un gorro fenicio.

–Llegas demasiado tarde, hermosa –dijo señalándole el río–. Tu amante ha zarpado al amanecer. Su embarcación está descendiendo rumbo al delta, y habrá llegado allí cuando Ra haya recorrido la mitad de su carrera en el cielo, y luego pondrá vela hacia alta mar.

–¿Cómo es esa embarcación? –preguntó Anuna.

–Una nave con una vela roja –indicó el viejo–. Es lenta porque es de gran calado. Con una barca ligera y bien aparejada, podrías darle alcance... Y pagando lo que vale, claro está.

Ella comprendió que se refería a su propia embarcación y que le ofrecía sus servicios.

–Está bien –dijo–, te contrato, espérame, voy a buscar a mis amigos.

Mientras volvía sobre sus pasos, fue presa de una duda espantosa. ¿Debía decir la verdad a Mosé? Para salvarle la vida a Netub bastaba con mentir: afirmar que nadie le había visto aún, desviar las sospechas hacia otro bajel que estuviera aún en el amarradero...

«Estoy loca –pensó–, incluso después de lo que me ha hecho, sigo queriéndole proteger.»

–¿Qué? –ladró Mosé cuando ella hubo alcanzado al grupo.

Anuna le repitió las palabras del marino fenicio.

–Está bien –dijo el general–, vamos a contratar sus servicios. Abordaremos el bajel en el río, así nadie podrá venir en ayuda de esos canallas.

El marino hizo un mohín de disgusto al ver acercarse a ese grupo de hombres harapientos, de rostros rudos, y Anuna intuyó que estaba a punto de escapar; pero Mosé hizo brillar el oro en las palmas de sus manos, y el fenicio prestó atención a lo que se esperaba de él. Instantes más tarde la faluca abandonaba el muelle. Tan pronto como estuvieron en medio de la corriente, el viejo marino desplegó toda su vela y la embarcación se puso a navegar viento en popa. Era un buen balandro, perfectamente preparado para la carrera, y que surcaba las aguas sin encapillar demasiado, cosa que dispensaba a los pasajeros de achicar agua durante el viaje. Muy pronto adelantaron a la mayor parte de los bajeles con cargas pesadas que descendían hacia el delta. Anuna se sorprendió rezando a los dioses para que surgiera una manada de hipopótamos que les impidiera el paso. No sabía ya lo que deseaba realmente. Si vengarse de Netub, recuperar su parte del tesoro... u olvidarlo todo. Tampoco es que supiera lo que Anatotep esperaba de ella. ¿La dejaría libre tras la captura de Netub? ¿Le concedería una recompensa? ¿Le pediría que formara parte de su harén? Muchas mujeres se hubieran sentido orgullosas de un ofrecimiento semejante, tanto más cuanto que un señor tan entrado en años como era Anatotep implicaba un «servicio» poco fastidioso... Pero Anuna no era ya tan joven, y no tardaría en ser relegada al rango de las «mayores» y los sucesores del nomarca pronto preferirían a las muchachas de doce años de piel clara, las circasianas, las mujeres del Norte capturadas por los piratas...

Pensó de nuevo en el tesoro. Le costaba cada vez más creer que Anatotep le concedería una parte del botín amasado por Netub. ¿Y qué sucedería si le daba a elegir entre el oro y la vida del jefe de los ladrones? Un sudor frío le perló las sienes ante la sola idea. ¿Netub o el oro? Se vio asaltada por la imagen de un Netub mutilado, con los brazos y las piernas reducidos a unos muñones apresuradamente cicatrizados con bitumen caliente... Un Netub que le pertenecería por entero como un niño monstruoso.

«¿Netub o el oro?», preguntaría Anatotep, divirtiéndose cruelmente con su indecisión. Ella sabía que era lo bastante tonta como para elegir a Netub y renunciar a la riqueza. Su recompensa no sería otra que ésa: aquel fardo imposible de llevar, una vida infernal con un hombre-tronco que había tratado en dos ocasiones de eliminarla.

El bajel de vela roja apareció de repente en medio del río, pesado, discurriendo lentamente por las aguas.

Los soldados del faraón se despojaron de sus harapos, como si les desagradara la idea de morir ataviados igual que beduinos. No conservaron más que un taparrabos y el talabarte que sostenía sus armas de combate: espada, puñal. Eran unos hombres broncíneos, robustos y coriáceos, curtidos por la dura vida del desierto y cuyo cuerpo mil veces herido no reclamaba nunca piedad. El general le hizo entender al fenicio que debía maniobrar sin hacer ruido, sin permitir que los tripulantes del bajel les descubrieran. El viejo marino se puso como loco. Sólo entonces tomó conciencia de que participaba en un acto de piratería. No obstante, hizo lo que se le pedía y arrió velas. El balandro fue a dar frontalmente contra el casco de la nave.

Mosé y sus hombres treparon sin hacer ruido por la popa; la cosa fue fácil, pues la línea de flotación de la nave era alta. Los marinos se quedaron petrificados ante la repentina aparición de estos desconocidos con cara de pocos amigos, que blandían armas de bronce. El general posó la punta de su espada en la garganta del capitán y se limitó a decirle:

–Si quieres seguir con vida, ordena a tus marinos saltar por encima de la borda, y haz tú lo propio.

Mientras hablaba, los soldados de Anatotep habían invadido la cubierta, ocupando los puntos estratégicos. Sus armas, las heridas de que estaban cubiertos eran una prueba de sus artes de combatientes y no invitaban precisamente a la réplica. Los marinos se lanzaron al mismo tiempo hacia la borda, la salvaron y saltaron a las aguas del río. En el momento en que el capitán iba a imitarles, Mosé le retuvo.

–Tus pasajeros –susurró–. Tres hombres, uno de ellos un griego y un adolescente. ¿Dónde están?

–En la bodega –dijo entre jadeos el capitán–, vigilando sus mercaderías. Están armados y no son precisamente fáciles de llevar...

–¡Largo! –ordenó Mosé.

Luego, por medio de gestos, hizo una señal a sus soldados de que vigilaran las portas. Anuna pensó que era una precaución inútil, puesto que Netub no huiría dejando el tesoro tras él. Antes preferiría batirse hasta la muerte. El cuartel de escotilla que conducía a la bodega se levantó lentamente, asomando la cabeza de Butaka. Alertado por la multiplicación de las zambullidas, el griego venía a informarse de qué estaba pasando. Los soldados del nomarca le agarraron por el pelo y le pusieron una hoja en el gaznate. Ahora Netub estaba solo.

–Netub Ashra –dijo solemnemente Mosé–, sabemos que estás aquí. Te hemos atrapado, la nave está en nuestro poder, no irás a ninguna parte. Soy Mosé, general del nomo de Setep-Abu, encargado de la custodia de las tumbas reales. Me seguiste largo tiempo la pista a través del desierto para apoderarte de mi cargamento, pero he sido yo, finalmente, quien te ha cogido a ti en la trampa. Arroja tus armas en cubierta y sal con los brazos en alto. El faraón decidirá acerca de tu suerte.

–¿Qué faraón? –dijo en tono de burla el jefe de los ladrones–. ¿Anatotep? Pero si está muerto... ¿Acaso las momias siguen dando órdenes?

Una espada con el talabarte de cuero fue arrojada por la obertura. Apareció Netub; estaba pálido, pero el furor y la arrogancia le hacían conservar su prestancia.

Todas las armas apuntaron a su pecho. Anuna tuvo miedo de que él se arrojara hacia adelante, para empalarse contra las hojas y ahorrarse así los sufrimientos de la tortura. Sin embargo, cuando vio al nomarca y a la joven, el príncipe de los bandidos perdió parte de su soberbia.

–¿Tú... aquí? –balbuceó mirando a Anuna a la cara.

A la joven le hubiera gustado replicarle con una respuesta mordaz, pero le faltaron las palabras, y tuvo que confesarse que tenía sobre todo miedo de lo que fuera a sucederle ahora al jefe de los ladrones.

Mosé ayudó a Anatotep a asentarse sobre la cubierta. El anciano sacudió la cabeza mientras examinaba a Netub. El rostro del anciano llevaba el sello de una altivez regia, muy faraónica. A pesar de los andrajos con que iba vestido, era imposible ignorar que era Anatotep, el grande, nomarca temido de Setep-Abu, el que había sobrevivido a todos los atentados, a todas las conjuras, a todos los odios. Netub retrocedió imperceptiblemente bajo la fuerte impresión de esa mirada cargada de crueldad.

–Ya ves –dijo finalmente Anatotep–, quisiste envenenarme, pero he regresado de entre los muertos para castigarte. Has creído saquear mi tumba, pero aquí estoy, para recuperar lo que me pertenece. Nada puede vencerme jamás, soy yo siempre el que sobrevive. Me han creído cien veces en la agonía, y, siempre, he enterrado yo a mis enemigos.

–¿Qué hay que hacer con estos canallas, señor? –preguntó Mosé.

–Átales al mástil –ordenó el nomarca–. Fuertemente. No quiero que se escapen. He decidido que permaneceremos juntos. Mucho tiempo. Una eternidad...

Los soldados se arrojaron sobre Netub, Butaka, Uti, y les ataron al mástil sin importarles si les desollaban. El bajel proseguía su ruta bajo el empuje del viento.

–¿Hemos de atracar? –preguntó Mosé.

–No –dijo el nomarca–. Mantén el rumbo. Nos dirigimos hacia alta mar. Quiero salir del delta y ganar el océano.

–¿El océano? –repitió el general sin comprender–. ¿Quieres abandonar el país, señor?

–Quiero abandonar la vida –respondió Anatotep mirando fijamente la línea del horizonte–. Ya es hora de que entre en el descanso eterno, de que emprenda el viaje hacia el Occidente. Estoy cansado. Si una pirámide no ha sido capaz de protegerme, ¿no podrán hacerlo tal vez las profundidades marinas? Todo cuanto necesito para mi viaje al Más Allá está en esta nave. El tesoro se encuentra en la bodega. Tengo a mis soldados conmigo, que montan una guardia vigilante. Estos tres hombres, estos ladrones, trabajarán para mí en los campos de Ialu; serán mis servidores. Labrarán, transportarán el agua, la sal, de una orilla a otra del gran río de eternidad, ése será su castigo. Esta mujer, Anuna, será mi doncella. Todos seréis mis *ushabtis*, reemplazaréis a las figurillas de madera pintada que se colocan a los pies del sarcófago para aliviar al difunto de los trabajos que se le pide que realice en el otro mundo.

Avanzó hacia la proa de la nave, mirando fijamente el disco solar con una sonrisa extraña que Anuna no le había visto jamás.

–Cuando estemos en alta mar, allí donde comienzan los fondos abisales, horadarás el casco, Mosé, para que nos vayamos a pique rápido. Las olas nos tragarán, descenderemos a lo más profundo del océano, allí donde ningún ladrón pueda robar mi tesoro. Sí, así es como quiero morir.

Mosé hincó una rodilla en la cubierta y bajó la cabeza. Todos los soldados le imitaron.

–Es un gran honor que nos dispensas, faraón –dijo una voz algo trémula–. Seremos tus guardianes, atracaremos en la orilla de los muertos con la cabeza bien alta y espada en mano, decididos a defenderte y a hacer respetar tu casa. El dios halcón ha establecido tu nombre en el cielo, te ha hecho Toro poderoso. En éste tu nombre, Horus Toro poderoso, tal como tú aparecías en Setep-Abu, te ha consagrado en el nombre de Horus y te ha confiado sus coronas. Potencia y valentía. En este tu nombre, Anatotep, reinas en la Tierra Blanca, reinas en la Tierra Roja y pisoteas a tus enemigos. Inmutable es el devenir de Ra.

Los soldados repitieron respetuosamente la letanía de los cinco nombres de faraón. El anuncio de su muerte próxima no había despertado ningún estremecimiento en ellos.

–¡Está loco! –gritó Netub–. ¡No tenéis más que oírle! Va a matarnos a todos para que le acompañemos en el Más Allá. ¿Y vosotros dejaréis que lo haga? ¡Perros! ¡Panda de dóciles perros! ¡Arrojadle por encima de la borda y repartámonos el oro de la bodega!

–Mosé, amordaza a este hombre –se limitó a ordenar el nomarca.

Los soldados de la guardia se precipitaron sobre Netub y le metieron en la boca un trapo manchado de bitumen que servía normalmente para el calafateo. Butaka y Uti sufrieron la misma suerte.

Luego Anatotep se volvió hacia Anuna y le dijo:

–Eres perfumista y embalsamadora, y me prepararás para el último viaje. Lo harás con los medios de a bordo. En esta nave hay especies, las huelo a través de las tablas de cubierta. También hay natrón e incienso. Mosé me fabricará un sarcófago con la madera de la bodega, y desgarraremos las velas para confeccionar con ellas unas bandas por si la reserva de lino embarcada por el capitán no bastara.

Netub se debatió entre sus ligaduras lanzando gritos inarticulados. El bitumen le corría de la boca como sangre negra. Uti se había meado encima de terror. A Anuna le costaba también muchísimo aparentar impasibilidad. Anatotep estaba loco, siempre lo había sabido, su demencia senil haría que todos murieran. Ahora que había expuesto sus últimas voluntades, Mosé, su perro guardián, vigilaría escrupulosamente para que fueran respetadas. Estaban todos perdidos.

–Mosé, ata un peso al tobillo de esta mujer –añadió el nomarca–. Eso hará que no tenga tentaciones de saltar por encima de la borda. Quiero que me acompañe al Más Allá, donde estará detrás de mi sillón abanicándome con una hoja de palma. Yo la nombraré señora de las gomas y de los ungüentos. Será mi perfumista.

Los soldados cogieron a Anuna por los codos y la arrojaron sobre la cubierta. Un instante después, habían anudado a su tobillo derecho una piedra que servía para lastrar las redes. El nudo era tan complicado que Anuna no habría podido liberarse de él sin la ayuda de un cuchillo; si cometía el error de zambullirse en el río, sería inmediatamente arrastrada hacia el fondo por aquel pedrusco agujereado. La angustia paralizaba su espíritu, así como también la cólera, pues no había escapado a todos estos peligros para servir de *ushabti* a un anciano chocho que no aspiraba más que a entrar en la muerte rodeado de su ajuar funerario. Ella no era una figurilla de madera pintada, no tenía, por tanto, la menor intención de ser la doncella de Anatotep en el Más Allá.

Los soldados maniobraban el bajel sin grandes dificultades, y pronto se vio dibujarse en el horizonte la horca centelleante del delta. Anatotep, sentado sobre un rollo de cordaje, enumeraba los objetos que habría que fabricar si no se encontraban ya a bordo. Se comportaba como un viajero preocupado por su comodidad, intentando prever cualquier sorpresa desagradable. Los soldados de la guardia hicieron inventario de lo que contenían las bodegas de la nave. El tesoro estaba efectivamente allí, y le permitiría al faraón mantener su rango en el Más Allá. Faltaban, por supuesto, los caballos y los carros. Habría que prescindir de ellos. Mala suerte, se lucharía a pie si había que entablar combate en los campos de Ialu. Se encontraron útiles en gran cantidad, pues estaban a bordo de una nave mercante. También había mucha tela de lino, incienso, especias y perfumes, tal como había presentido el nomarca. Los soldados se pusieron a hacer de carpinteros para construir un sarcófago con las tablas de cubierta. Cuando esta tosca caja estuvo acabada, pidieron a Anuna que la cubriera de símbolos funerarios utilizando la pintura que servía para el mantenimiento del bajel. Anuna no había sido jamás escriba de los lados de los sarcófagos, pero se aplicó a su tarea sin demasiada vergüenza. La caja así obtenida era más miserable que el más miserable de los sarcófagos en otro tiempo fabricados por Horemeb en el Per-Nefer de Setep-Abu. Tras haber conocido el fasto de los semidioses, Anatotep emprendería el viaje hacia el Occidente con el vestido de muerte de un pobre diablo.

–Está bien –dijo el nomarca examinando el féretro–. Ahora ocúpate de mi cuerpo. Perfúmame, pues no quiero entrar en el Más Allá en medio de malos olores. Purificarás esta nave y ordenarás a los hombres lavarse. Este navío es, de ahora en adelante, mi barca funeraria.

Anuna actuaba como una sonámbula. Su única esperanza era echar mano a un instrumento cortante en el curso de sus preparativos. Por desgracia, un soldado de la guardia la acompañaba a todas partes adonde iba, levantando el peso atado a su tobillo cuando debía bajar o volver a subir de la bodega. Anatotep se desnudó y se tumbó sobre la tapa del sarcófago. Anuna tuvo que lavarle utilizando la provisión de agua dulce embarcada por los marinos. Malgastar este agua no tenía ya ninguna importancia, puesto que el viaje sería de corta duración.

El anciano había cerrado los ojos y respiraba tan débilmente que se le habría creído muerto. Anuna se preguntó qué pasaría si entregaba el alma antes de que hubieran llegado a alta mar.

«Eso no cambiaría nada –decidió–. Mosé ha recibido sus órdenes y se atendrá a ellas. Es un soldado escogido, un fanático. Estamos todos condenados.»

De vez en cuando miraba a Netub de reojo. Esperaba de él un improbable prodigio, una astucia por la que se librara de sus trabas y de sus carceleros. Se dio cuenta de que deliraba. Netub estaba completamente vencido. Su trayectoria fabulosa acababa allí, en la cubierta de esa nave mercante. Al menos no sería mutilado, pues Anatotep tenía necesidad de sus brazos y de sus piernas para hacerle trabajar en su lugar en los campos del Más Allá. Se había vuelto un *ushabti* viviente. Todos eran unos *ushabti*...

Perfumó el cuerpo de Anatotep masajeándole con olores que había elaborado a toda prisa a partir de los ingredientes reunidos por los soldados. ¡Qué lejos estaban de los sutiles perfumes imaginados por Dakomon!

–Lavarás y perfumarás a todos los demás participantes –murmuró Anatotep–. Incluso a los prisioneros. El olor de los mortales indispone a los dioses. Por ello siempre he sabido que era de esencia divina: mi percepción de los olores es comparable a la de una divinidad.

Anuna encendió unos pebeteros de incienso que colocó sobre la cubierta, alrededor del sarcófago. El nomarca no se movía ya, como si ahorrara sus últimas fuerzas vitales para morir en alta mar.

La joven se consiguió una esponja y un odre, y se puso a lavar los cuerpos desnudos de los hombres que la rodeaban. Ninguno de ellos reaccionó sexualmente a sus toques, y tuvo la impresión de estar aseando unos cadáveres inmovilizados en postura vertical. «Están ya muertos –pensó–. Están todos muertos desde hace tiempo.»

Cuando llegó el turno de los prisioneros, sintió esfumarse su valor. Posar la esponja sobre el pecho de Netub la emocionó más allá de lo soportable. El jefe de los bandidos la miraba ferozmente, incapaz de fingir amor para intentar que se apiadara de él. Se había convertido de nuevo en el sembrador de odio que todo el mundo conocía.

Ella le lavó largamente, acariciando su rostro y sus músculos sabiendo que le tocaba por última vez. Era la hora del adiós. Ella no creía que se reencontrasen en el Más Allá, pues no había compartido jamás realmente las creencias de los egipcios. Si tenía que renacer en algún mundo supraterreno, sería en el universo de los dioses de su tribu, y no en el de Netub Ashra, de modo que, incluso en la vida que comenzaba tras la muerte, estarían también separados.

La lasitud se iba apoderando de ella, tenía ganas de que todo terminara lo más rápidamente posible. Se preguntó si la muerte por ahogamiento sería dolorosa.

La nave salió del delta y su proa, en la que había pintado un ojo blanco, soportó el embate de las primeras olas de alta mar. Anatotep ordenó a Mosé que se arrodillara a su cabecera para recitarle el inventario de los bienes contenidos en la bodega. Hablaba con una voz chillona que hacía pensar más que nunca en la de una anciana. Quería saberlo todo, comprobarlo todo: ¿había aperos de labranza? ¿Tela suficiente para los faldellines? Y sandalias... ¿habían encontrado sandalias de buen cuero de antílope?

Paciente, Mosé le consolaba. Sí, el bagaje era suficiente. Se llevaban oro y piedras preciosas en cantidad, el faraón podría mantener su rango. Las armas de los soldados eran resistentes, los útiles de buena calidad. Se habían encontrado incluso arados que venían de otro país: Netub y sus cómplices podrían ser uncidos a ellos a modo de bueyes.

–El pequeño –murmuró Anatotep–, el que tiene esa cara de muchacha... ¿Cómo se llama?

–Uti, señor. Era el criado de Dakomon.

–Libérale y tráelo aquí –dijo el nomarca–, quiero tenerle cogido de la mano cuando nos hundamos en las aguas. Atarás su muñeca a la mía. Será mi paje en el otro mundo.

–Se hará según tus deseos, señor –dijo Mosé con una inclinación.

Uti fue desatado. Tiritaba de frío y su hermoso rostro de jovencita había perdido todo color. Se le hizo arrodillar a la cabecera del nomarca y le ataron las dos muñecas con un trozo de cuero, que mojaron para volverlo imposible de desanudar. Con la boca aún obstruida por la mordaza impregnada de bitumen, Uti se veía reducido a gemir como un cachorro. El antiguo criado de Dakomon ponía ojos de loco.

Anuna escrutó el mar, en busca de ayuda. Era inútil, pues nadie se atrevería a abordar el bajel. La costa se alejaba. La joven, que nunca había salido al océano, se aterró debido a las sacudidas que las olas imprimían a la nave. El viento hinchaba la vela hasta hacer rechinar las escotas. Concebida para el cabotaje, la nave se sostenía con dificultad en alta mar, por lo que se volvía difícil mantener el equilibrio. Anuna midió la distancia que la separaba de la costa. Nunca conseguiría nadar hasta allí, por más que lograra desembarazarse del peso fijado a su tobillo. Cuando la orilla no fue ya más que una fina línea amarilla en el horizonte, Anatotep ordenó que bajaran a buscar la tela de lino amontonada en la bodega y que fuera cortada en largas bandas para envolver su cuerpo.

–¡No puedo desgarrar la tela con los dientes! –protestó Anuna–. Una fajadura completa requiere ciento cincuenta codos de lino. ¡Dame un cuchillo o manda hacer este trabajo a tus soldados!

Mosé puso a dos guerreros manos a la obra. Con la ayuda de su puñal, cortaron la tela en bandas irregulares que Anuna enrollaba acto seguido en torno al cuerpo de Anatotep. Uti le lanzaba miradas suplicantes, como si estuviera aún en condiciones de ayudarle.

«¿No comprendes que no puedo hacer nada por ti? –tuvo ganas de gritarle–. ¡Estamos perdidos! ¡Esta barca es la barca de los muertos!»

Actuaba sin reflexionar, reproduciendo los gestos que había realizado tantas veces en el Per-Nefer, antes de verse arrastrada a aquella descabellada aventura que, dentro de poco, iba a costarle la vida. Hija del desierto, de las colinas de arena, de las polvaredas, estaba aterrada por el océano, ese abismo líquido donde le parecía que habría podido ser tragado un continente entero. Se preguntó, en un instante de terror, si la tierra de Egipto no flotaría en la superficie de las olas igual que lo hacía la nave; esta imagen le hizo sentir ganas de acurrucarse dentro de un talego para escapar del vértigo que ascendía en su interior. Y era esta cosa sin fondo la que iba a tragársela. Esta inmensidad líquida cuya piel parecía estremecerse de cólera contenida.

Cuando hubo terminado de fajar el cuerpo del nomarca, reclamó la asistencia de los soldados para colocarle dentro del sarcófago. Uti tuvo que incorporarse y mantenerse de pie al lado del féretro, pues sus muñecas seguían atadas a la del anciano.

–¡Ahora! –soltó Anatotep desde el fondo de su sarcófago improvisado–. Mosé, procede a la inhumación.

–Es un inmenso honor que nos dispensas, oh, hijo de Horus –dijo el general–. Que nuestros halcones emprendan el vuelo hacia el sol. Mis hombres y yo no podíamos soñar con un final más glorioso.

Lloraba en silencio, sus lágrimas rodaban por su cara surcada de arrugas. No tuvo más que levantar la mano para que dos soldados se precipitaran a la bodega, con el hacha empuñada, y se pusieran a agujerear el casco. Los golpes hicieron sacudirse toda la nave. Les siguieron unos crujidos, luego un horrible ruido de agua, semejante al de una cisterna que se vacía. Era la bodega que se llenaba. El mar entraba en los costados de la nave por las brechas abiertas a hachazos.

Los soldados se pusieron a cantar un himno guerrero al valor. Se mantenían firmes, tiesos, sin dirigir siquiera una mirada al burbujeo de debajo de sus pies. La nave, de gran calado, iba a hundirse como un yunque. Uti, presa del más terrible de los pánicos, se había inclinado sobre el féretro. Tras haber conseguido escupir su mordaza, trataba ahora de cortar con los dientes la ligadura de cuero que le unía al nomarca. En medio de la confusión del miedo, no se daba siquiera cuenta de que estaba devorando la muñeca de Anatotep y que tenía la boca llena de la carne y de la sangre del anciano.

Anuna sintió el agua surgir de entre las tablas de madera de cubierta, bajo sus pies desnudos. Primero unos delgados riachuelos, una humedad que se convirtió rápidamente en un charco. Todo iría muy rápido ahora, pues la nave estaba sobrecargada. Dado que los hombres de Mosé habían tomado la precaución de perforar el casco de manera simétrica, el oleaje llenaba la bodega sin concentrarse en la proa o en la popa, de modo que el bajel, en vez de inclinarse, iba hundiéndose sin dejar de manterner un equilibrio horizontal casi perfecto. El agua penetró en el sarcófago de Anatotep, luego todos los objetos abandonados en la cubierta se pusieron a flotar y partieron a la deriva. Anuna se acercó a Mosé. Su única oportunidad de sobrevivir era tratar de arrebatarle la espada al viejo general en el momento en que las olas le sumergieran. No estaba segura de poder lograrlo.

Los soldados seguían cantando, con la mirada vuelta hacia el sol. Anuna observó que la mayoría de ellos se habían atado los tobillos a una parte cualquiera de la cubierta de manera que fueran arrastrados por la nave en el momento que ésta se hundiera. Mosé se había atado el brazo izquierdo al timón. Una gruesas burbujas de aire se escapaban de las escotillas y de las portas. Las velas arriadas se henchían de agua y comenzaban a flotar. Cuando las olas pasaron por encima de la borda para barrer la cubierta, Anuna se arrojó sobre el general como si quisiera colgarse de su cuello. Él le dio un empujón con su brazo libre, momento que ella aprovechó para arrancarle la espada que pendía de su cinto y se echó hacia atrás. Él la insultó, trató de atraparla, pero su muñeca amordazada al timón limitaba sus movimientos. Ahora, las olas burbujeaban alrededor de los restos del naufragio; Mosé, que era más bajo que Anuna, empezó a ahogarse. La joven llenó sus pulmones de aire, sumergió la cabeza bajo el agua y se puso a cortar la cuerda que la unía al peso de piedra. Creyó que no lo conseguiría nunca. Sus pies no tocaban ya la cubierta. Cuando la cuerda cedió por fin, tomó impulso hacia la superficie con un movimiento de piernas a fin de volver a tomar aire. De la nave no se distinguía ya más que la proa, con su grueso ojo blanco, y el mástil alzado por encima de las olas. Anuna se volvió a sumergir, espada en mano. Los restos del naufragio descendían lentamente, en medio de una especie de nebulosa azulada donde la carne de los hombres parecía más pálida de lo acostumbrado.

La joven se dirigió hacia el mástil, allí donde estaba atado Netub. El jefe de los saqueadores había hinchado sus mejillas de aire, pero era evidente que comenzaba ya a ahogarse. Anuna trató de cortar con el filo de la espada la cuerda que le mantenía prisionero. Era difícil, pues no nadaba muy bien y le costaba contener la respiración. Cortó la piel de Netub involuntariamente, y una suerte de neblina de pálida sangre se elevó en el agua, ocultándole el rostro del joven. La nave continuaba descendiendo, el agua se volvía cada vez más fría, más oscura. Bruscamente, cuando ella trataba una vez más de cortar la cuerda, Anuna sintió la mano de Netub cerrarse sobre su muñeca con fuerza... Ella vio primero en ello un gesto de súplica o de pavor, luego comprendió que trataba de arrastrarla con él al fondo de los abismos. ¡Quería matarla! No soportaba la idea de que pudiera sobrevivirle. Se debatió para desprenderse, pero él la sujetaba firmemente, formando sus dedos como un círculo de hierro imposible de romper. Dominada por el pánico y la asfixia, Anuna le asestó un mandoble en la parte carnosa del brazo. El dolor le obligó a soltar su presa. La joven agitó las piernas para volver a la superficie; por desgracia, los restos del naufragio al hundirse creaban un movimiento de succión que la aspiraba, y creyó que no conseguiría salir nunca de aquel pozo de atracción líquido.

Cuando emergió, estaba sin aliento y no tenía ya fuerzas para nadar. Se agarró a una verga que flotaba delante de ella y se dejó llevar por las olas rezando para que a ningún tiburón se le ocurriera arrancarle las piernas.

VEINTISÉIS

Fue recogida por un pescador de esponjas y sus dos hijos que regresaban a tierra. Éstos se asombraron de que hubiera podido naufragar un día tan bonancible, con una mar tan en calma. El más joven de los buceadores le confirmó que el navío se había ido a pique en la vertical de una fosa marina muy conocida. Un abismo sin fondo, que tenía fama de servir de guarida a las serpientes marinas. Los griegos afirmaban que se abría allí una de las entradas del Tártaro, es decir, de los Infiernos.

Se esforzaron en consolarla, pero Anuna apenas si les oía. Eran buenas gentes, sin malicia. Le dieron un poco de pan, cebollas y cerveza para que recuperara fuerzas. Cuando se puso a llorar, creyeron que era por algún querido enamorado al que se habían tragado las olas, y Anuna no tuvo valor de desengañarles. No habrían comprendido que pudieran derramarse lágrimas por un criminal, un saqueador y un bandido sin la menor piedad como era Netub Ashra, el príncipe de los ladrones. El demonio hecho hombre.

Más tarde, cuando se encontró de nuevo a solas en la playa, se volvió hacia el océano, y, mirando fijamente al sol, recitó despacio:

–Os invoco, oh Dioses. A todos, Dioses del Cielo y de la Tierra. Al espíritu de estos muertos concededles el Vestido de Pureza. Concededles el vigor y la potencia. Por el poder mágico del Vestido de Pureza, destruid el mal que se pega a su alma. A fin de que en el momento del juicio final, ante la Eternidad, sean reconocidos como puros e inocentes. Oh Dioses, destruid el mal que hay en ellos.

Una vez terminada esta oración, dio la espalda al mar y se perdió en Kefer-Aris.

Tenía dieciséis años, le quedaban, en el mejor de los casos, unos quince de vida. No había tiempo que perder.